古典情诗览胜

李元洛　著

中国出版集团　东方出版中心

图书在版编目（CIP）数据

古典情诗览胜 / 李元洛著. 一 上海：东方出版中心,2022.10

ISBN 978-7-5473-2056-3

Ⅰ. ①古… Ⅱ. ①李… Ⅲ. ①古典诗歌－诗集－中国 Ⅳ. ①I222

中国版本图书馆CIP数据核字(2022)第159707号

古典情诗览胜

著　　者	李元洛	
责任编辑	李梦溪	
装帧设计	钟　颖	

出版发行	东方出版中心有限公司	
地　　址	上海市仙霞路345号	
邮政编码	200336	
电　　话	021-62417400	
印刷者	山东韵杰文化科技有限公司	

开　　本	710mm×1000mm　1/16	
印　　张	32.75	
字　　数	632千字	
版　　次	2022年10月第1版	
印　　次	2022年10月第1次印刷	
定　　价	98.00元	

自 序

　　德国大诗人歌德在其名著《少年维特之烦恼》中说:"青年男子,谁个不善钟情? 妙龄少女,谁个不善怀春?"爱情,是无分中外古今的世上芸芸男女不可缺席的必修功课,是维系人类生存与发展不可缺少的必要链条,也是文学创作不可缺失的永恒母题,文学园林不可缺位的亮丽风景。

　　公元前八世纪末至七世纪初的古希腊诗人赫西奥德写有长诗《诸神记》(又译《神谱》),他在其中歌颂的"不朽神祇中最美丽的一位"之厄洛斯,就是古罗马神话中大名为丘比特的爱神。在中国,与丘比特及其射向恋人芳心的箭矢相比,月下老人出场较晚,见之于唐代李复言《续幽怪录·定婚店》,他拥有天下人的婚姻簿和千里姻缘一线牵的红线。不过,早在两千多年前的《诗经》中,爱情的多声部乐曲就已经于十五国风中开始鸣奏,而从开卷第一篇的《关雎》里,即使时隔两千余年岁月,我们仍可听到琴瑟与钟鼓的喜庆好音,还从远古那黄河边的不知名的河洲水湄隐隐传来。放眼寰球,在中外文学的浩荡长河中,以爱情为主题与题材的优秀作品,是永远也不会凋谢的耀眼而动心的波浪,没有这些波浪,长河虽然依旧浩荡,但却会少了许多独异的气象与迷人的风光。

　　当今之世,观念日新而世风日下,物欲高涨而道德沉沦。不论权势、不计功利的爱情,真正两情相悦、两心相许的爱情,如春花之绚丽、如月光之纯美的爱情,凌风傲雪、如磐石之坚贞、如青松之不凋的爱情,如天之长地之久、终生相望相守相亲的、海枯石烂的爱情，过去我们常常耳闻目睹，甚至自己也曾身历亲经。然而，近些年来它们似乎已经逐渐趋于珍稀，甚至行将绝版，长此以往，将来大约只能从诗经、从汉魏乐府、从唐诗宋词、从明清诗歌中去重温和招魂了。在滚滚红尘之中，在物欲横流人欲也横流的俗世，情窦初开的男女少年，试涉爱河的青年男女，曾经沧海的中年和老年人，如果他们能捧读古代那些优美的诗章包括其中的爱情诗，领略我们前人的感情之真、心地之善与人性之美，品味他们的欢乐、苦痛与哀愁，憧憬未来，珍惜当下，回首华年，我们的灵魂也许会得到安顿得到升华吧？

中国古典情诗浩如烟海，穿越千载百年仍活色生香，本书不可能一网而尽那海中的珠贝珍奇，自然难免会有许多遗珠之叹。按照人间情爱的诸多方面与大体流程，本书分为"恋情""欢情""离情""怨情""哀情"五个部分，以音乐为喻，好像五弦琴，亦有如五重奏。每部分就文体而言包括诗、词、曲这三种诗歌样式，作者均以时代先后为序。注释力求简明扼要，如同旅游景点标示的说明文字，游人读后自可进入景区之内寻幽探胜。译文遵循原作之格律，力求整饬典雅而具有音乐之美，读者自可密咏长吟而作古今之对读互照。心赏文字作者最为用力用心，在寸简尺幅之中，要求既具中国古典诗论审美印象批评的长处，讲究欣赏者的个人艺术感受与审美表达的文采，又适当征引中国五四以来的新诗与旧体诗，乃至外国诗人、作家的相关诗作与警言妙语，以通古今之邮，荟中外之萃。总之，它们是可读可赏可增长见闻的文学性小品文，而非缺乏表情毫无个性千篇一律的评语式大套话。一卷在手的慧心读者拥有此书所收录的诗作原典，如果说已经物有所值，那么，一半是学者一半是作家如我所撰写的心赏文字，则希望是他们额外得到而不虚此读的花红。

美好的爱情应该属于所有的人，特别是年轻人，包括人生已老而心灵年轻的人。

李元洛

二〇一六年岁之暮矣

目　录

●恋情——心有灵犀一点通●

欢情——乐莫乐兮新相知

离情——江南红豆相思苦

● 怨情——负妾一双偷泪眼 ●

恋情

心有灵犀一点通

关 雎

诗经 周南

关关雎鸠①，在河之洲②。
窈窕淑女，君子好逑③。

参差荇菜④，左右流之。
窈窕淑女，寤寐求之⑤。

求之不得，寤寐思服。
悠哉悠哉，辗转反侧。

参差荇菜，左右采之。
窈窕淑女，琴瑟友之。

参差荇菜，左右芼之⑥。
窈窕淑女，钟鼓乐之。

注释

①关关：雌雄二鸟相对而鸣之声。雎（jū）鸠：雌雄有固定配偶的水鸟。②河：黄河。上古时"河"系黄河之专有名词，"江"则专指长江。③好逑（qiú）："好"为男女相悦，"逑"为配偶。④参差（cēn cī）：长短不齐。荇（xìng）菜：可食用之水草。⑤寤寐："寤"为醒，"寐"为睡，意为醒时梦里。⑥芼（mào）：择取。与"流""采"分章换韵，意义相近。

今译

雌雄水鸟和鸣唱，在那河心沙洲上。美丽善良好姑娘，我想和她配成双。

短短长长水荇菜，左边采来右边采。美丽善良好姑娘，日思夜想梦中来。白日思求求不得，夜晚相思到梦乡。长夜漫漫难成眠，翻来覆去到天亮。长长短短水荇菜，左边采来右边采。美丽善良好姑娘，弹琴鼓瑟迎她来。荇菜短短又长长，左采右采已满筐。美丽善良好姑娘，钟鼓迎娶乐时光。

心赏

《诗经》是中国最早的一部诗歌总集，也是中国文学长河最早的源头，而本来诞生于黄河之边的《关雎》则是源头的最初的一朵波浪。此诗以第三人称的叙事角度，描绘和歌咏了一对青年男女的恋情，比兴巧妙而自然，情节单纯而曲折，心理刻画鲜明而细致，是表现爱情这一文学母题最原始的千古绝唱。时至今日，我们只要翻开《诗经》的扉页走进去，就会看到波光照眼，还会听到那喜庆的钟鼓之声从两千年前隐隐传来。

在这首中国最古老的情诗中，青年主人公感情热烈率真而又彬彬有礼，如醉如痴而又清醒乐观，颇具今日所说的绅士风度与理想主义精神，虽然好事多磨而终于如愿以偿。全诗的主调真如孔子所云"乐而不淫，哀而不伤"，还留下了诸如"窈窕淑女，君子好逑""悠哉悠哉，辗转反侧"等成语，那美丽汉语的原始股兼绩优股的语言资源，让我们今日在口头表达和书面运用中可以将本生利而享用不尽。

摽有梅

诗经 召南

摽有梅①，其实七兮。
求我庶士②，迨其吉兮③。

摽有梅，其实三兮。
求我庶士，迨其今兮。

摽有梅，顷筐塈之④。
求我庶士，迨其谓之。

注释

① 摽（biào）：落、击、打。有：语助词。 ② 庶：众多。士：古指未婚青年男子，后为男子的通称。 ③ 迨（dài）：及早、趁早。吉：吉日，吉祥，青春时光。 ④ 顷筐：斜口筐，簸箕一类。塈（jì）：取。之：代词，它，指梅子。

今译

枝头梅子落纷纷，树上还留约七成。追求我的众小伙，赶快趁那好时辰。枝头梅子落纷纷，树上残留只三成。追求我的小伙子，抓紧现在好时辰。枝头梅子纷纷落，提着竹筐前来撮。谁人有意追求我，只要你把话儿说。

心赏

此诗以"比喻"和"递进"的艺术手法结撰成章，以枝头梅子为喻，以"七""三""顷筐塈之"为线索，层次分明地表现了抒情女主人公追求爱情时不我待的内心情感波澜。《关雎》写男追女，此诗则写女追男，而且将爱情与劳动结合在一起咏唱，是《诗经》中颇具特色的女声而非男声的恋歌。

法国大雕塑家罗丹在《艺术论》中谈到女性美时说："真正的青春，贞洁的妙龄的青春，周身充满了新鲜的血液、体态轻盈而不可侵犯的青春，这个时期只有几个月。"对于古老的《摽有梅》，现代的读者在吟诵之余，耳边也许会响起台湾民歌"高高的树上结槟榔"的动人旋律；有的年长的读者，也许还能想起二十世纪五十年代中期名诗人闻捷颇具民谣风的《吐鲁番情歌》《果子沟山谣》之优美风韵。

静 女

诗经 邶风

静女其姝①，俟我于城隅②。
爱而不见③，搔首踟蹰。

静女其娈④，贻我彤管⑤。
彤管有炜，说怿女美⑥。

自牧归荑⑦，洵美且异。
匪女之为美，美人之贻。

注释

① 静：娴雅安详，贞静贤淑。姝（shū）：年轻美丽之貌。 ② 俟（sì）：等待，等候。 ③ 爱："薆"的假借字，躲藏，隐蔽。 ④ 娈（luán）：美好，漂亮。 ⑤ 彤管：此有三说，一说是涂红的管子，一说为红管的笔，一说系红色管状的初生植物。 ⑥ 说（yuè）：通"悦"，喜爱。怿（yì）：喜爱。女：古"汝"字，你。 ⑦ 牧：野外。归：贻赠之意。荑（tí）：细嫩的茅草。

今译

温柔娴静的姑娘，约会我在那城角上。躲藏起来不相见，急抓头皮心彷徨。温存静好的姑娘，送我彤管闪光芒。彤管颜色红又鲜，我爱她啊真漂亮。茅草摘自郊野地，草儿真美式样奇。并非草儿有多美啊，它是美人好心意。

心赏

这是中国诗歌中最早写男女幽会的诗。它从男子的角度和口吻落笔，但并未出场的女子却历历如绘，呼之欲出，此之谓"一击两鸣"或"一石二鸟"的笔法。全诗场景集中，细节生动，由物及人，富于象征意义，所表现的初恋的情感十分纯真甜美。虽然时隔两千多年，但光景常新，能引起有相同审美体验的现代人的心弦和鸣。"搔首踟蹰"不仅以形写神，而且成了流传至今的成语，而"美人之贻"呢？今日许多读者，年轻时不是都曾经有过不同的令人心跳的纪念品吗？

南朝陆凯《赠范晔》诗说："折花逢驿使，寄与陇头人。江南无所有，聊赠一枝春。"陆凯寄给朋友的是江南的梅花，其实"梅花"只是一个象征符号，他表达的是对友人的怀想之情。《静女》中女孩子送给抒情男主人公的是普通的彤管和荑草，男主人公已然喜不自胜了，不知他回赠的是什么？如果生当今世，二十世纪中期是"手表、单车、缝纫机"三大件，早非昔比的今天则是"房子、车子、票子"新的三大件了。

木 瓜

诗经 卫风

投我以木瓜①，报之以琼琚②。

匪报也③，永以为好也！

投我以木桃④，报之以琼瑶。

匪报也，永以为好也！

投我以木李，报之以琼玖。

匪报也，永以为好也！

注释

① 木瓜：丛生灌木，果实色黄而香，椭圆可食。 ② 琼琚：美色的佩玉。下章之琼瑶、琼玖义同。 ③ 匪：非，不是。 ④ 木桃：即桃子。下章之"木李"即李子，为与"木瓜"一律，故加"木"字。

今译

她扔给我的是木瓜，我就用美玉来报答。不是美玉能报答，我表示永久相好呀！她赠给我的是木桃，我回报她的是琼瑶。不是琼瑶能回报，我表示和她永相好。她送给我的是木李，我回赠她的是琼玖。不是琼玖能回赠，我要和她天长地久。

心赏

对于此诗的旨意，历来的解释竟有七种之多，古人谓之"诗无达诂"，今人称为"多义性"，但认为它是一首友情诗甚至是爱情诗，似乎更加言之有理。上古时代采集野果的工作大多由女子担任，常投掷果实以传情，从唐诗人皇甫松《采莲子》中的"船动湖光滟滟秋，贪看年少信船流。无端隔水抛莲子，遥被人知半日羞"，可见这种遗风一直传到了唐代。此诗的抒情主人公是男子，全诗语浅情深，辞直意永，三章均围绕定情而互赠信物这一中心展开，反之覆之，颠之倒之，创造了具有普遍意义的动人情境，和《诗经·大雅·抑》中的"投我以桃，报之以李"一起，共同为今人贡献了"投桃报李"这一美丽的成语嘉言。

民歌是不老泉，是长流水，不知灌溉润泽了后世多少诗人文士的心田。汉代科学家张衡作有罗曼蒂克的《四愁诗》，其中有句云"美人赠我金错刀，何以报之英琼瑶"，诗分四段，这一句式前后凡四见，这不分明是《木瓜》诗"投木桃报琼瑶"的遗韵与回声吗？

采 葛

诗经 王风

彼采葛兮^①。一日不见，如三月兮。

彼采萧兮^②。一日不见，如三秋兮^③。

彼采艾兮^④。一日不见，如三岁兮。

注释

① 葛：藤本植物，块根可食，茎可作纤维。兮：语助词，相当于"啊"。 ② 萧：又名香蒿，古人采之以供祭祀。 ③ 三秋：犹言三季，即九个月。 ④ 艾：艾蒿，菊科植物，烧艾叶可灸病。

今译

心爱的人采葛藤，要是一天不见她，好像长过那三月整。心爱的人采青蒿，要是一天不见她，如同九月啊实难熬。心爱的人采香艾，要是一日不见她，有似三年呵真难挨。

心赏

闻一多在《风诗类抄》中说："采集皆女事，此所怀者女，则怀之者男。"此诗写男子对心上人的怀念，其艺术表现可谓别蹊径而又妙到毫巅。现代心理学有所谓"心理时间"之说，指的是即使同一单位时间，实际上的时间值和心理上的时间值却大不相同，《采葛》之动人，在于对心理时间作递进式的夸饰与扩张，分别一天，竟如同三月、三季乃至三年。全诗无理而妙，而且使"一日不见，如隔三秋"成为后世情人间或友人间习用的成语，也给后来的诗歌创作以艺术上的启示。后代的优秀诗人，有谁不曾远去《诗经》中取经呢？

诗中抒情主人公的执着热烈与情深一往，不仅通过时间的错觉与夸张得到动人的表现，也借助诗中所写的三种植物"葛""萧""艾"而作了别具意味的烘染。葛藤的坚韧，香蒿的纯洁，艾叶的芬芳，都是美好感情的象征。直至清代的民歌——"入山看见藤缠树，出山看见树缠藤。树死藤生缠到死，树生藤死死也缠"。我怀疑此诗中之"藤"，与《诗经》中的"葛""萧""艾"，有着年深月久的精神上和源远流长的意象上的双重联系。

风　雨

诗经　郑风

风雨凄凄，鸡鸣喈喈①。
既见君子②，云胡不夷③。

风雨潇潇，鸡鸣胶胶。
既见君子，云胡不瘳④。

风雨如晦⑤，鸡鸣不已。
既见君子，云胡不喜？

注释

①　喈喈（jiē jiē）：鸡鸣之声。下章之"胶胶"意同。　②　君子：女子对所爱男子的称谓。　③　云：语助词，用于句首、句中或句末。胡：副词，表示疑问或反问。意为何、岂或怎么。夷：通"怡"，平静，愉快。　④　瘳（chōu）：病愈。　⑤　晦（huì）：昏暗，夜晚。

今译

窗外风声杂雨声，长夜难眠听鸡鸣。终于见到心上人，心潮怎么会不平？声声风雨猛摇窗，鸡鸣不断夜未央。终于见到心上人，疾病怎么会久长？风雨连宵暗天地，鸡鸣声声不停息。终于见到心上人，怎说我还不欢喜？

心赏

对这首写女子怀人而终于相见的诗，闻一多说得好："风雨晦暝，群鸡惊噪，妇人不胜孤闷，君子适来，欣然有作。"然而，诗中的"君子"是指奔波在外的丈夫，还是两情相悦的情人，其身份闻一多似乎也没有断定。是写"夫妻重会"，还是咏"喜见情人"？我以为两种理解均无不可，这正是诗的多义性与内蕴的丰富性的表现。

在时间上，全诗选取的是一个富于包蕴性的顷刻，既不写从前，也不写以后，只集中笔墨于相见的刹那，引人联想；在情景上，以凄清的风雨反衬相逢的欢乐，这正是后来清人王夫之在《姜斋诗话》中，所谓"以乐景写哀，以哀景写乐，一倍增其哀乐"的原始诗证。因为此诗，"风雨如晦"成了代代相传的成语，而风雨怀人的典型情境，又启发了后代许多诗人的诗思，如清代学者孙星衍所撰的联语"莫放春秋佳日过，最难风雨故人来"，便源出于此。鲁迅《自题小像》的"风雨如磐暗故园"，郭沫若《星空·归来》的"在这风雨如晦之晨游子归来了"，不是也都远承了"风雨如晦"的词意吗？

出其东门

诗经 郑风

出其东门，有女如云。

虽则如云，匪我思存①。

缟衣綦巾②，聊乐我员③。

出其闉闍④，有女如荼⑤。

虽则如荼，匪我思且⑥。

缟衣茹藘⑦，聊可与娱。

注释

① 思：语助词。存：思念，慰藉。 ② 缟（gǎo）：白色，未染色的绢。綦（qí）巾：未嫁女子戴的暗绿色佩巾。次章之"缟衣茹藘"系分章换韵，实指一人。 ③ 聊：可以，只有。员：同"云"，语助词。 ④ 闉（yīn）闍（dū）："闉"为外城（或称"曲城""瓮城"）的城门，"闍"为城门上的台。 ⑤ 荼（tú）：白茅花。 ⑥ 且（jū）：语助词。 ⑦ 茹藘（rú lú）：茜草，可作绛色染料，此处指绛红色头巾。

今译

走出东边那城门，出游姑娘多如云。虽然姑娘多如云，都不是我想的人。白衣青巾那一位，才使我心喜迎春。走到外城城门外，姑娘多如白茅花。虽然姑娘多如花，都非我心所牵挂。白衣红巾那一位，才使我心乐开花。

心赏

诗的抒情主人公是男子，他以内心直白的方式写自己情有独钟，虽然眼前有女如云。这种对忠贞爱情的咏唱，感情真挚，角度新颖，从侧面烘托，是乐府诗《华山畿》"奈何许！天下人何限，慊慊只为汝"的先声。唐诗人元稹

《离思》的"曾经沧海难为水，除却巫山不是云。取次花丛懒回顾，半缘修道半缘君"，也极可能由此诗得到启示。诗经中的《郑风·子衿》开篇曾说"青青子衿，悠悠我心"，曹操《短歌行》有云："青青子衿，悠悠我心。但为君故，沉吟至今。"他承续的，也正是先民歌唱的余绪。

我们的先民歌唱爱情的专一与坚贞，令两千年后的读者都不免为之感动。现在随着化妆术与美容术的发展，已经不是"有女如云"而是"美女如云"了，当代一位作家的小说就曾以后者作为书名。在有人号称"娱乐至死"的今天，有多少未婚和已婚的男子，面对如云美女，还有《出其东门》中这位男主人公目不迷五色的定力呢？

蒹 葭

诗经 秦风

蒹葭苍苍①，白露为霜。

所谓伊人，在水一方。

溯洄从之②，道阻且长；

溯游从之③，宛在水中央。

蒹葭凄凄，白露未晞。

所谓伊人，在水之湄④。

溯洄从之，道阻且跻⑤；

溯游从之，宛在水中坻⑥。

蒹葭采采，白露未已。

所谓伊人，在水之涘。

溯洄从之，道阻且右⑦。

溯游从之，宛在水中沚⑧。

注释

① 蒹葭（jiān jiā）：此处作代名词，指没长穗的初生的芦苇，又称"荻"。
苍苍：茂密鲜明之貌。 ② 溯洄：逆流而上。之：他或她。 ③ 溯游：顺流
而下。 ④ 湄：岸边，水与草交接之处。 ⑤ 跻（jī）：上升，登上。 ⑥ 坻
（chí）：小沙洲，水中高地。 ⑦ 右：弯曲。第二章之"跻"表地势渐高，合
第一章之"长"而观之，表示远、渐远、更远三个层次。 ⑧ 沚（zhǐ）：义同
"坻"，水中小块陆地。

今译

　　河边芦苇茂密又青苍，夜风中寒露凝成白霜。我所怀想的那个人儿，正远在河水的另一方。逆流而上去追寻她啊，水路险阻而且又漫长；顺流而下去追寻她啊，她又仿佛在河水的中央。

　　河边芦苇青青又茂密，清晨露水未干如珠粒。我所怀想的那个人儿，正远在河畔的水草边。逆流而上去追寻她啊，水路险阻而且又峻急；顺流而下去追寻她啊，她又仿佛在水中的陆地。

　　河边芦苇颜色鲜又亮，太阳照着露珠闪银光。我所怀想的那个人儿，正远在泱泱的河之旁。逆流而上去追寻她啊，水路险阻而且又曲折；顺流而下去追寻她啊，她又仿佛在水中沙洲侧。

心赏

　　二十世纪七十年代末与八十年代初，一些新诗被定名为"朦胧诗"，在诗坛引起激烈的争论。其实，朦胧诗或具有朦胧之美的诗，古已有之，而且是远古已有之，《蒹葭》篇就是两千多年前的《诗经》出示的明证。它是《诗经》中少见的具有朦胧之美的作品。季节是清秋，时间是早晨，空间是河流，人物不明性别，表现一种典型的惆怅缠绵的追怀恋情，欲觅不得，欲罢不能，千载之下仍令人遐思回想。这就难怪台湾今日以《蒹葭苍苍》为题的歌曲传唱一时。

　　在旧时的书信中，"葭思""蒹葭之思""蒹葭伊人"成为怀人的套语。音乐家贺绿汀二十世纪三十年代作词作曲的《秋水伊人》，首句即为"望穿秋水，不见伊人的倩影"；台湾通俗小说作家琼瑶的一部小说拍成的电视剧就名为《在水一方》，同名电视剧的主题歌歌词是"绿草苍苍，白雾茫茫，有位佳人，在水一方。我愿溯流而上，依偎在她身旁，无奈前有险滩，道路又远又长。我愿顺流而下，找寻她的方向，却见依稀仿佛，她在水的中央"。而台湾名诗人洛夫也以《蒹葭苍苍》为题作诗："很远就发现一丛芦苇蹲在江边/将满头白发交给流水/乡愁如云，我们的故居/依然悬在秋天最高最冷的地方。"由此可见，古今时空远隔而诗心相通，在水一方的诗歌也自有本民族诗歌遗传的基因和母体的血脉。

月 出

诗经 陈风

月出皎兮①，佼人僚兮②，
舒窈纠兮③，劳心悄兮④！

月出皓兮，佼人懰兮，
舒忧受兮，劳心慅兮！

月出照兮，佼人燎兮，
舒夭绍兮，劳心惨兮⑤！

注释

① 皎：指月光光辉明亮。次章与第三章之"皓""照"义同。 ② 佼（jiāo）：通"姣"，美好之貌。僚，通"嫽"，娇美之意。第二章"懰"、第三章"燎"之义同此。 ③ 窈纠（jiǎo）：连绵叠韵词，形容步态轻盈舒缓。第二、三章之"忧受""夭绍"义同。 ④ 悄：忧愁之意。第二章之"慅（cǎo）"义同。 ⑤ 惨：读音同"懆（cǎo）"，焦躁忧虑之意。

今译

月亮出来亮光光，美人长得多漂亮，良宵步月真轻盈，想她使得我心伤！月亮出来流清辉，美人长得多俊美，月下行来步生花，想她使得我心碎！月亮出来照四方，美人长得多漂亮，步履舒缓月下行，想她使得我断肠！

心赏

与《秦风·蒹葭》一样，这是中国诗歌中最古老而最具有朦胧之美的诗。它虚写男子想象中的月下美人，意境迷离，情调怅惘，意蕴悠长，令人一唱而三叹。此诗的人物形象是"佼人"，自然意象是月亮，中国古典诗歌中的月亮，最早就是从《月出》篇中升起，向远古的山川洒落最早的清辉，然后横过汉魏六朝的天空与城郭，在唐宋元明清诗词中汇成一个多姿多彩的月世界。

　　月亮作为诗词中的传统意象，写月夜怀人的爱情诗《月出》，确实是它最初的也是最永恒的清辉，光照百世。明人焦竑《焦氏笔乘》说："《月出》见月怀人，能道意中事。太白《送祝八》'若见天涯思故人，浣溪石上窥明月'；子美《梦太白》'落月满屋梁，犹疑照颜色'；常建《宿王昌龄隐居》'松际露微月，清光犹为君'……此类甚多，大抵出自《陈风》也。"当代台湾名诗人余光中写道："那就摘一张阔些的荷叶/包一片月光回去/回去夹在唐诗里/扁扁的，像压过的相思。"(《满目下》)可以说，中国古今的诗人咏月抒情，吟哦之际，挥笔之时，都曾沐浴过它永恒的清光。

越人歌

楚辞

今夕何夕兮，搴舟中流^①？

今日何日兮，得与王子同舟？

蒙羞被好兮^②，不訾诟耻。^③

心几烦而不绝兮^④，得知王子^⑤。

山有木兮木有枝，心说君兮君不知^⑥！

注释

① 搴（qiān）：本意为拔起、揭起，此处为荡、划、驾之意。 ② 被：同"披"，披露，展示。 ③ 不訾（zǐ）：不计较。诟（gòu）耻：耻辱，羞辱。 ④ 几：多也。 ⑤ 知：知友、知己，此处为爱恋之意。 ⑥ 说（yuè）：通"悦"，喜爱。

今译

今夜是什么难得的良夜啊，能够放舟河的中流？今日是什么难逢的好日啊，能够有缘与王子同乘轻舟？蒙受耻笑我也要显示自己美好的容貌，不计较别人的讥嘲羞辱。我的心中有许多忧烦而绵绵不绝啊，希望成为王子的知心朋友。山上有树木啊树木生长枝丫，我喜爱你啊你怎么视若无睹！

心赏

据西汉刘向《说苑》记载，楚康王之弟鄂君子皙乘舟出游，操舟的越地女子以越地方言唱此情歌致意，大约他是她心中的白马王子吧？前几句全用赋体，即现代文学术语中所谓的"白描"，最后两句是由彼及此的比喻，以加强抒情的形象性和激动性。"今夕何夕"一语沿自《诗经》，至今仍多为爱情描写的用语。有古典诗词素养的读者，若逢良辰美景，赏心乐事此语也常到心上与口头。

"敕勒川，阴山下，天似穹庐，笼盖四野。天苍苍，野茫茫，风吹草低见牛羊。"乐府《杂歌谣辞》中的《敕勒歌》原为敕勒族人耶律玺所唱，南北朝时由鲜卑语译为汉语。与此相似，《越人歌》是中国文学史上最早的"翻译"作品，从吴越方言译为楚语楚声。跨国之恋的对象鄂君子皙听不懂，曾言："吾不知越歌，子试为我楚说之。"从诗中的"兮"字，从类似《九歌·湘夫人》"沅有芷兮澧有兰，思公子兮未敢言"的句式，均可见楚歌的蛛丝马迹，流风余韵。

琴 歌[①]

汉 司马相如

凤兮凤兮归故乡[②]，遨游四海求其凰[③]。

时未遇兮无所将[④]，何悟今兮升斯堂[⑤]。

有艳淑女在闺房，室迩人遐毒我肠[⑥]。

何缘交颈为鸳鸯，胡颉颃兮共翔翔[⑦]！

作者简介

　　司马相如（约公元前179—公元前118年），字长卿，蜀郡成都（今四川省成都市）人，西汉著名词赋家。

注释

　　① 司马相如未受到汉武帝赏识时，家贫无业，临邛县令王吉邀饮于富豪卓王孙家，卓女文君新寡，司马相如弹琴挑之，文君夜奔。　② 凤：古代传说中的鸟名，雄鸟。兮：语助词。　③ 遨游：游历，漫游。凰：雌鸟。　④ 将：取得，得到。　⑤ 何悟：哪里想到。斯：这，这个。　⑥ 迩：近。遐：远。毒：痛苦，难过。　⑦ 胡：何，什么。颉颃（xié háng）：鸟上下翻飞之状。

今译

　　凤啊凤啊回到了自己的故乡，曾经四海漫游寻求意中之凰。机缘不至未能得到意中之人，何曾想到今晚登上这个厅堂。贤惠美丽的姑娘就在她闺房，咫尺天涯室近人远令我心伤。何时有缘与她交好如同鸳鸯，像比翼鸟在天空中上下飞翔。

心赏

　　中国古代诗人常常以传说中的凤凰象征情爱，早在诗经的《大雅·卷阿》篇中，就有"凤凰于飞，翙翙其羽"的歌唱。司马相如和卓文君冲破封建礼教而自由恋爱，他们在成都开设一家酒馆，夫妇当垆卖酒，开今日文人下海经商的先河，乃高规格高品位的文商。总之，"文君私奔"与"当垆卖酒"两个典故，就是颇为开放、新潮的。他们两位的联手创作是令后人津津乐道的美谈。

　　杜甫流落成都时，曾作《琴台》一诗表示赞赏与追怀："茂林多病后，尚爱卓文君。酒肆人间世，琴台日暮云。野花留宝靥，蔓草见罗裙。归凤求凰意，寥寥不复闻。"不过，自司马相如的《琴歌》之后，"凤求凰"就成了中国语汇中表示男子求偶的专门用语。西方诗人则往往以玫瑰来象征爱情，如德国诗人歌德的《夜玫瑰》、英国诗人布莱克的《我可爱的玫瑰树》、彭斯的《一朵红红的玫瑰》，都是如此。由此可见，中国人唱的是凤凰之歌，西方人吟的是玫瑰之曲。

上 邪

汉乐府

上邪①!

我欲与君相知②，长命无绝衰③。

山无陵④，江水为竭，

冬雷震震，夏雨雪⑤，天地合，

乃敢与君绝!

注释

① 上：天。邪（yé）：同"耶"，语气词。上邪即"天哪"，即指天誓日。 ② 相知：相亲相爱。 ③ 长：永远，永久。命：令，使。 ④ 陵：山丘、丘陵。 ⑤ 雨（yù）雪：下雪，降雪。此处"雨"为动词。

今译

苍天为证啊，我要与心上的你相亲相爱，永远也不衰退断绝。巍巍高山变为平地，滔滔江水也一朝枯竭，冬天雷声滚滚不断，夏天飘飞大雪，天地合在一起，只有这样我才会与你诀别!

心赏

乐府本是汉武帝时设立的音乐机关，后来将其采集的配乐之诗称为"乐府"。《上邪》篇是乐府名篇，也是古代民间爱情诗中的无上妙品，正如明代诗学家胡应麟《诗薮》中所说："上邪言情，短章中神品。"此诗前半部分是正抒情，直抒胸臆，后半部分反抒情，列举五种难以发生的自然现象，层层递进地表现对爱情的生死不渝。它个性张扬，追求婚姻自由，语气十分决绝，有如滔滔而下的瀑布，冲击读者的视觉，也震撼读者的心弦。它是唐代民间爱情诗《菩萨蛮》"枕前发尽千般愿"的先声，也是今日有情人与负心者的镜鉴。

在外国诗歌中，似乎还没有如此表现并如此动人之作。勃朗宁夫人是英国著名诗人，其《葡萄牙人的十四行诗》共四十四首，是献给她的丈夫——诗人罗伯特·勃朗宁的。其中的《我是怎样地爱你》在英语世界被公认为是最有名的爱情诗:"假如上帝愿意,请为我作主和见证:在我死后,我必将爱你更深,更深。"不知英诗的原酿如何,但仅从"诗是不可译的"译文而言,我更爱读东方如陈年烈酒般的《上邪》。

子夜歌

南朝乐府

夜长不得眠，明月何灼灼①。

想闻欢唤声②，虚应空中诺③！

注释

① 灼灼：明亮之貌。 ② 想闻：想象中仿佛听到。欢：恋人。 ③ 虚应：空自应答。诺：答应之声。

今译

辗转难眠啊长夜漫漫，明月高悬如同白玉盘。仿佛听到恋人的声音，虚自向空答应他呼唤。

心赏

南朝乐府是南朝的乐府机关采集的诗作。《子夜歌》是其时流传在长江下游、流行于以建康（今南京市）为中心的吴地一带的民歌。此诗缠绵婉约，具有南朝民歌所共有的柔性美。它从长夜不眠空应虚有实无的呼唤着笔，从痴情结想的"幻想"而至于"幻听"的角度，一句一层，层层递进，写一位女子刻骨的相思。设想新颖，细节传神，极具错觉心理刻画的深度，令读者味之不尽。多少年又多少年过去了，那位女子的虚应之声，仿佛仍从遥远而又遥远的月明之夜隐隐传来。

古希腊的柏拉图曾经说过："当爱神拍你的肩膀时，就连平日不知诗歌为何物的人，也会在突然之间变成一位诗人。"此诗的女主人公相思之情深而且切，她原来也许并不是诗人，但她却在相忆相思的明月之夜，一不小心就被民间的歌者带入了高华的诗境，进入了浪漫的诗的国土。

子夜四时歌（春歌之三）

南朝 乐府

春林花多媚①，春鸟意多哀②。
春风复多情③，吹我罗裳开④。

注释

① 媚：美好，可爱。 ② 哀：原意为凄恻，此处引申为动听、动人。 ③ 复：更。 ④ 罗裳：裳，下衣，即裙子。罗裳为丝织的裙子。

今译

春天的园林百花多么明媚，春天的飞鸟歌声多么动听。还有习习春风啊更是多情，竟然私自吹开了我的罗裙。

心赏

音乐中有所谓"变奏"，《子夜四时歌》就是《子夜歌》的变奏。在歌咏春夏秋冬总共七十五首《子夜四时歌》之中，《春歌》为二十首，此诗是第三首，它"以乐景写乐"，即西方诗论中所谓"客观对应物"，以与感情一致的景物来表现主体感情。全诗"春花"喻己，"春鸟"喻男，"春风"喻男而拟人化，前三句又均以"春"字领起，是句法中所谓之"勾连句"。它的主旨和《诗经》中的《摽有梅》等篇相似，也令人在春风沉醉中飞越千年时间和万里国界，想起德国大诗人歌德的小说《少年维特之烦恼》的卷头诗："青年男子，谁个不善钟情？妙龄少女，谁个不善怀春？"

民歌，是文人诗人心中一泓永远的清泉。北魏文人王德《春词》的"春花绮绣色，春鸟弦歌声，春风复荡漾，春女亦多情"，李白《春思》的"燕草如碧丝，秦桑低绿枝。当君怀归日，是妾断肠时。春风不相识，何事入罗帏"，均从这首民歌中汲取了灵感，捧饮了这一眼清泉。

子夜四时歌（冬歌之一）

南朝 乐府

渊冰厚三尺①，素雪覆千里②。
我心如松柏，君情复何似③？

注释

① 渊：深潭。　② 素：白，白色。　③ 复：又。何似：像什么。

今译

深潭的坚冰厚凝三尺，皑皑的白雪覆盖千里。我的心如不凋的松柏，你的情用什么来比拟？

心赏

《论语·子罕》说："岁寒，然后知松柏之后凋也。"在中国古典文学中，松柏是一个有特定内涵的象征意象，也是一个传统的原型意象，文人多用以象征气节，民间则多用以象征爱情，此诗就是如此。全诗在前三句的层层铺垫之后，最后逼出一问，更觉态度坚定而诗情宛转，语言直白而含义深长，不知诗中的此"君"怎样对答，何以为辞？

《子夜四时歌》多出之以女子的口吻，以松柏作喻的亦见于另一首："果欲结金兰，但看松树林。经霜不堕地，岁寒无异心。"前者的比喻，重在描绘松柏的整体，此诗的取喻，重在说明树叶与树身的关系，它们各臻其妙。天上没有两朵相同的云彩，何况是发现美和艺术地表现美的诗歌？法国大作家巴尔扎克曾说："真正的爱情总是一模一样的，但爱情的表现形式则各有不同。"不是吗？

读曲歌

南朝 乐府

种莲长江边，藕生黄檗浦①。

必得莲子时②，流离经辛苦③。

注释

① 藕：谐音"偶"。黄檗（bò）：檗亦作"蘗"，一种植物，味苦，此处象征"苦"。浦：水滨。 ② 莲子：谐音"怜子"。 ③ 流离：四处奔波跋涉。

今译

种莲种在那长江之旁，莲藕生长在苦水之浦。要想得到清香的莲子，必须经奔波跋涉之苦。

心赏

《读曲歌》属于南朝乐府民歌中的《清商曲辞》。《清商曲辞》以"吴声歌"与"曲歌"为主，《读曲歌》为"吴声歌"的一部分，共八十九首，此为其中之一。曲折尽情的双关隐语，是南朝乐府民歌的习用手法，而"莲藕"则更是常常用来作为爱情的比附与象征。此诗也是这样，但在谐音双关方面更觉婉转而有致，曲而尽情。它所表现的美好爱情必须历经辛苦才能获致的主题，可以供读者引申联想，具有相当的哲理意味。在欧洲的古莱茵民歌中，不是有一首就名为《爱情的考验》吗？

南朝乐府中莲荷的隐喻，一直传扬到唐宋和明清的诗歌之中，包括文人的作品里。明人钱仲举的《子夜歌》说："涉江采莲花，花落不自守。空余莲子心，辛苦为君剖。"明人字攀龙的《子夜歌》说："涉江种芙蓉，青荷几时有？但使莲心生，何虑不成藕？"清人叶奕苞的《子夜歌》也说："双桨采莲去，香摇绿池水。郎待折荷花，侬待摘莲子。"一缕清芬袅袅不绝，其来远自南朝。

读曲歌

南朝 乐府

怜欢敢唤名①? 念欢不呼字②。

连唤欢复欢③：两誓不相弃。

注释

① 敢：岂敢，不敢。 ② 字：古人除名之外，还有人的表字。如《离骚》："名余曰正则兮，字余曰灵均。"③ 连唤：频频呼唤。欢：古代女子对所爱男子的称谓，此处更为昵称。约为"哥哥"或"亲爱的"之意。

今译

怜爱你怎么敢直呼你的名？想念你更不忍直呼你的字。只有连连呼唤哥哥啊哥哥，立下两不相弃的山盟海誓。

心赏

《读曲歌》是南朝时流行在长江下游的民歌。"读曲"又作"独曲"，意为女子独自演唱，不奏乐器。此诗写一位女子对她的恋人热烈而又刻骨铭心的感情，全诗运用层层递进的手法，先是说不敢呼名，继之说不忍称字，接着说只有连连以"欢"相呼，最后一语则逼出山盟海誓。苏联诗人施企巴乔夫《爱情要懂得珍惜》一诗的结句说："爱情正像一首优美的歌儿，但这首歌却不容易谱曲。"这一首优美的读曲歌，谱写歌唱的正是纯真的优美的爱情。

在甘肃敦煌石窟发现的唐人手抄唐诗中，有一位吐蕃攻占敦煌后陷于敌手押送青海羁留之无名氏的作品，其中之一是："日月千回数，君名万遍呼。睡时应入梦，知我断肠无？"与这首《读曲歌》的"怜欢敢唤名，念欢不呼字"不同，他千遍万遍呼唤的却是爱人的名字。表现真情挚爱，二者真是情境有别却异曲而同工。

团扇郎

七宝画团扇①，灿烂明月光②。

饷郎却暄暑③，相忆莫相忘！

注释

① 七宝：七种珍宝。一般指用金银玛瑙等作装饰的器物，如七宝床、七宝砚、炉等。画：此处为装饰之意。团扇：有柄之圆扇。　② 明月光：一以取团扇圆如明月，一以指素绢制成的团扇之洁白。　③ 饷：赠给，赠与。却：除去。暄暑：暑热，溽暑。

今译

多种珍宝装饰的团扇啊，圆圆地闪耀明月的光芒。赠给情郎啊轻摇去暑热，但愿长相思念念不相忘。

心赏

团扇为圆形的有柄之物，汉代班婕妤《怨歌行》中就有"裁为合欢扇，团团似明月"之句。古代宫内多用之，又名宫扇。王昌龄《长信秋词》有句云"奉帚平明金殿开，且将团扇共徘徊"。六朝士大夫喜白团扇，民歌中写团扇之作也不少，如"青青林中竹，可作白团扇"，如"团扇障白日，面作芙蓉光"。另一首《团扇郎》则是："团扇复团扇，持许自遮面。憔悴无复理，羞与郎相见。"又传为是东晋的大书法家王献之（王羲之第七子）之爱妾桃叶的作品，题为《答王团扇歌》（二首）的第一首、答谢王献之为她所作的《桃叶歌》。

《团扇歌》属"吴声歌曲"。在中国古典诗歌和民歌中，团扇因为常常被用来作为情爱的象征而成了一个"原型意象"。此诗是中国诗歌中最早以团扇寄寓情爱的作品之一。后世的许多同类题材的作品，都或多或少地沐浴了团扇的清风，团扇轻摇啊轻摇，摇出了多少爱情的春花秋月，摇出了多少情爱的缠绵悱恻。

清溪小姑曲

南朝 乐府

开门白水①，侧近桥梁②，
小姑所居，独处无郎。

日暮风吹，叶落依枝，
丹心寸意③，愁君未知。

注释

① 白水：水流，此处指溪水如同白练。 ② 侧近：近侧，旁边。 ③ 丹心：赤心，忠贞的心，此处指情爱。

今译

清溪小姑门对如白练的溪水，侧面不远是一座小小的桥梁，她好像空谷的幽兰自开自放，一个人独居自处还没有情郎。

夕阳西下晚风轻轻吹拂之时，欲坠的残叶啊依依恋着树枝，我空怀一片赤心和千般情意，忧愁的是心中郎君怎么得知。

心赏

这两首诗属于《吴声歌曲》，前为正曲，以第三人称手法出之，后为副曲，乃清溪小姑所唱。据梁时的吴均《续齐谐记》等书记载，清溪小姑亦神亦人，此曲为祭祀歌曲而人神合写，有如屈原的《九歌》。正曲写“独处无郎”，副曲写“愁君未知”，各有侧重，相映成文，共同创造了空灵蕴藉、亦实亦虚的诗境。读者吟咏之余，疑真疑幻恍兮惚兮不觉就到了人神交接的边界，身在现实的人间，灵魂却飞到了幻美的仙界。

《清溪小姑曲》是吴地的歌曲，吴头楚尾，楚地本来是幽奇惝恍的楚辞的故里，光怪陆离的神话的家乡。唐诗中有一首作者为“湘驿女子”作的《题玉泉溪》：“红树醉秋色，碧溪弹夜弦。佳期不可再，风雨渺如年。”宋人胡仔《苕溪渔隐丛话》将其列入“鬼诗”，同为宋人的魏庆之《诗人玉屑》则将其列入“灵异”，它和《清溪小姑曲》一样，都具有神秘主义色彩，属于现实与超现实相交的谱系。

折杨柳歌辞

北朝 乐府

腹中愁不乐，愿作郎马鞭。

出入揽郎臂①，蹀坐郎膝边②。

注释

① 揽（huàn）：环绕，悬挂。 ② 蹀（dié）坐："蹀"为小步，行走，蹀坐之意为坐与行。

今译

我满怀忧愁而不快乐，只希望变作你的马鞭。出入环绕在你的手臂，行坐都不离你的膝边。

心赏

《折杨柳歌辞》共五首，属于北朝乐府中的"横吹曲辞"，作者主要是鲜卑族与北方其他民族。它是北朝流行的民歌，具有刚健清新、直爽率真的特色，如《折杨柳歌辞》："健儿须快马，快马须健儿。跋涉黄尘下，然后别雄雌。"如《折杨柳枝歌》："门前一株枣，岁岁不知老。阿婆不嫁女，那得孙儿抱。"此诗写女子对郎君的爱恋也是如此，和南方爱情民歌婉转缠绵的风格大异其趣。

此诗中的"愿作"的奇想，启发了后来许多文人的灵感，例如陶渊明为鲁迅肯定为反封建礼教的爱情歌赋之《闲情赋》，一共发了"十愿"，即今日所说的"愿景"，其中的"愿在衣而为领""愿在裳而为带""愿在发而为泽""愿在眉而为黛"等等，其低首下心的柔情绮思，竟然出自不为五斗米折腰的正襟危坐的五柳先生，那不正是承袭了前人的一脉馨香吗？

慕容家自鲁企由谷歌

北朝 乐府

郎在十重楼，女在九重阁^①。

郎非黄鹞子^②，那得云中雀？

注释

① 重：多，深，重叠。此处"十重""九重"均为形容楼阁之复叠和高峻。 ② 鹞：食肉之鸟。"黄鹞子"即黄色羽毛之鹞。

今译

你住在十层的高楼，我住在九层的峻阁。你如果不是一飞冲天的鹞子，怎么能捉到翩飞的云中之雀？

心赏

这首民歌见于《乐府诗集》中的《梁鼓角横吹曲》，实际上是一首北朝乐府民歌。诗题中的"慕容家"，指的是前燕的鲜卑族慕容氏。《乐府诗集》中曾收录《慕容垂歌辞》多首。"自鲁企由谷"应是由鲜卑语译为汉语时的音译之词，其义不详。

可以确定的是，此为十六国时代鲜卑族的一首爱情诗。诗题虽难通解，但全诗具有鲜明的地域色彩和民族风貌。北朝乐府民歌《企喻歌》中，有"鹞子经天飞，群雀两向波"之句，此诗也是以"鹞"他喻，以"雀"自喻，复以十重之楼与九重之阁比喻彼此空间之隔绝，以表现北方少数民族女子对爱情大胆率真的追求。风格上全无南朝民歌的婉转低回，更没有文人爱情诗的那种雅致文饰，一派天机云锦，一腔真心热血，一番胜概豪情。

长干曲^①

唐 崔颢

君家何处住？妾住在横塘^②。

停船暂借问，或恐是同乡。

家临九江水^③，来去九江侧。

同是长干人^④，自小不相识。

作者简介

崔颢（704—754），汴州（今河南省开封市）人。时人将其与王维、高适并称，宋人严羽在《沧浪诗话》中誉其名作《黄鹤楼》为唐人七律第一。

注释

① 长干曲：南朝乐府中《杂曲歌辞》的旧题，由建康（今南京市）的一处街坊长干里而得名，内容多是表现船家妇女的生活。 ② 横塘：三国时在建康所建之堤塘，在今南京市西南，秦淮河南岸，地近长干里。 ③ 九江：原指江西浔阳附近的九江，此诗泛指长江之中下游。 ④ 长干：在今南京市南，地临横塘。

今译

你的家啊住在哪里？小女的家就在横塘。停船暂且借问一声，恐怕我们还是同乡。

我的家宅面临长江，来来去去在长江之旁。我们同在长干长大，从小不识未通来往。

心赏

崔颢的组诗《长干曲》共有四首，此处选录者为前两首。两首诗是先女后男的男女赠答之辞。有人物，有背景，有潜台词，有单纯的情节，颇富戏剧性，是精彩的戏剧小品，而且其情含而不露，隐隐约约，欲说还休，如此更能刺激读者的联想和想象。

　　清代学者王夫之在《姜斋诗话》中，称道此诗"墨气四射，四表无穷，无字处皆其意也"。我还要说它言短意长，是一篇精彩之至的当代所云小说中之"微型小说"。崔颢这位北方才子，不仅有《黄鹤楼》一诗让骄傲的李白低眉，叹息"眼前有景道不得，崔颢题诗在上头"，而且有如江南水乡一样优美旖旎的《长干曲》，妙手先得，让许多出生在南方的诗人遥望他的背影而为之惭愧。

相　思

唐　王维

红豆生南国①，春来发几枝？
愿君多采撷②，此物最相思。

作者简介

王维（701？—761），字摩诘，祖籍太原祁（今山西省祁县）人，随父迁官蒲州（今山西省永济市），遂为河东人。他精音乐、绘画，诗与孟浩然齐名，人称"王孟"，是盛唐山水田园诗派的掌门人。他在纪行、送别、边塞、军旅等题材的创作上也颇多佳构，与李白、王昌龄的绝句相映生辉，共同代表了盛唐绝句的最高海拔。

注释

① 红豆：又名相思子，产于岭南，历久不坏，可作饰物，亦是友情与爱情的象征。② 采撷（xié）：采取，摘取。

今译

晶莹鲜艳的红豆出产在南方，春天萌发多少枝条摇曳春光？希望你多多采撷好好珍藏啊，它最能表达绵绵相思和希望。

心赏

此诗题又作《江上赠李龟年》。据说安史之乱中唐代的这位顶级歌手流落江南，常在筵席上歌此诗，闻者为之饮泣。后人改题为《相思》，寄寓更为深广。这是王维的代表作之一，也是古典诗歌中五言绝句的珍品。"相思"本是一种抽象的不可把捉的感情，诗人却找到了"红豆"这一具有象征意义的客观对应物，托物抒情（友情、爱情、亲情、乡情，可确指也不必确指），言近意远，影响深远。在王维之后，温庭筠《添声杨柳枝词》云："玲珑骰子安红豆，入骨相思知不知？"韩偓《玉合》诗云："中有兰膏渍红豆，每回拈着长相忆。"时至当代，国学大师陈寅恪以失明之身，写成笺释钱谦益、柳如是因缘洋洋近百万言的《柳如是别传》，就是因购得钱氏故园中之一粒红豆引发，有他作于

1955年的《咏红豆并序》为证。1958年，陈老相濡以沫的妻子唐筼六十生日，他曾作一联以贺也提及"红豆"："乌丝写韵能偕老，红豆生春共卜居。"

千百年来，使许多读者心存感激的是，他们在爱恋中情动于衷而无法形之于诗，便去向王维借债，朗读或书写此诗赠给自己的恋人，好在王维十分大度，有成人之美，借条也不要他们开具一张。

章台柳①

唐 韩翃

章台柳②，章台柳，昔日青青今在否？

纵使长条似旧垂，也应攀折他人手③！

作者简介

韩翃（hóng）（生卒年不详），字君平，南阳（今河南省南阳市）人，天宝十三载（754）登进士第。"大历十才子"之一。

注释

① 据唐人孟棨（qǐ）《本事诗》与唐代传奇作家许尧佐的著名传奇小说《柳氏传》记述：诗人韩翃与柳氏相爱，韩翃及第后在平卢节度使侯希逸部下任书记。安史乱起，留在长安的柳氏削发为尼；安史乱后，有功之胡人将领沙咤利劫之为妾，韩翃派人携金寻觅柳氏，并题《章台柳》一词。在壮士许俊和侯希逸的帮助下，他们终于破镜重圆。② 章台：汉代长安街名。柳：一语双关，指街旁之柳，也指柳氏。③ 也应：推测之词，担心柳氏为他人占有。柳氏见韩翃词后，曾答《杨柳枝》词一首："杨柳枝，芳菲节，可恨年年赠离别。一叶随风忽报秋，纵使君来岂堪折。"

今译

章台的杨柳啊，章台的杨柳啊，往日青青的颜色今天是否仍然依旧？即使长长的枝条还像过去那样依依，我担心害怕的是已攀折在他人之手。

心赏

韩翃诗风格高华，多清词丽句。"春城无处不飞花，寒食东风御柳斜。日暮汉宫传蜡烛，轻烟散入五侯家。"《寒食》一诗即为其代表作，德宗建中元年（780），唐德宗因欣赏此诗而钦点其为中书舍人，可见诗人与诗歌在唐代的地位。不过，较之《章台柳》一词，《寒食》一诗的知名度与对读者的吸引力，似乎仍稍逊一筹。

此词情深一往，令人肠断。"章台柳"为全词的中心意象，全词由此结撰成章。"柳"字一语双关，虽为天籁，亦系人工，从中可见诗心之妙。韩翃与柳氏的故事先悲后喜，在以权力和武力为中心的乱世，他们本来是会以悲剧终场谢幕的，不料山回水转，最后竟以皆大欢喜的大团圆收束。真希望他们，特别是韩翃，珍视这一番相聚不易破镜重圆的爱情，不要像今日许多现代人一样出于各种各样的原因，聚合也匆匆，离散也匆匆。

题都城南庄①

唐 崔护

去年今日此门中，人面桃花相映红②。

人面不知何处去③，桃花依旧笑春风④！

作者简介

崔护（772—846），字殷功，蓝田（今属陕西省）人。唐德宗贞元十二年（796）登进士第。《全唐诗》存诗六首，以《题都城南庄》知名。

注释

① 都城南庄：指唐朝都城长安南郊的村庄，唐之都城即今陕西省西安市。唐代孟棨《本事诗》记载：应举落第后，崔护在清明日独游都城南郊，见一村庄，因酒后口渴叩门而求饮。开门送水的是一位美丽少女，她倚在桃花树下看他喝水，两人四目相交，脉脉含情。第二年清明，崔护忆旧重访，景物如故，但门已锁闭，少女杳然，他怅然题诗于门之左扇。数日后，复往，老父哭告其女见诗而绝食病逝。崔护大恸，死者竟然复活，二人终成眷属。② 人面：所见少女的面容。③ 人面不知何处去：一本作"人面只今何处在"。④ 笑春风：桃花在春风中含笑盛开。

今译

去年的今日啊就是在这个门庭之中，美丽的容颜和绚美的桃花互增光彩。今年此日那窈窕淑女却不知何处去了，只剩下桃花在春风中笑吟吟地盛开！

心赏

《题都城南庄》是少年崔护的钟情与怀春的写实之作。此诗前两句写过去，后两句写现在，同一地点，两个画面，其中以"人面"与"桃花"一线贯穿而互相照应。依旧是此门之中，依旧是清明时节，依旧是桃花春风，不同的则是芳踪已杳，如此对比和反跌，使人所共有的对美好事物的怀念之情表现得分外深切动人。元人白朴、尚仲贤据此各作有《崔护求浆》杂剧，明人孟称舜将此诗及其本事，改编为杂剧名曰《人面桃花》。

"桃之夭夭，灼灼其华"，美女与桃花，早在远古的《诗经》中就结下了不解之缘，而在崔护的诗中，"人面桃花"之比也确是创造性的妙喻，以致千多年后以新诗名世的老一辈诗人艾青，在《西湖》一诗中也不免受其影响，而写出"在清澈的水底/桃花如人面/是彩色缤纷的记忆"之美妙结句。

南歌子词[①]

唐 裴諴

不信长相忆，抬头问青天。

风吹荷叶动，无夜不摇莲[②]。

作者简介

裴諴（xián）（约生活于公元825年前后），字与生卒均不详，河东闻喜（今山西省闻喜县）人，诗文家裴度之侄。擅作词，《全唐诗》收录其《南歌子》与《杨柳枝》。

注释

① 南歌子：词牌名。唐代诗人所作《南歌子词》，实为五言绝句。② 莲：双关语，既指客观的莲花，又谐音主观的"怜（爱）"。摇：亦为双关语，"遥"也。摇莲，即遥怜。

今译

如果不信我对你长长的苦忆，请抬头询问高高在上的青天。晚风吹得池塘荷叶翩然摇动，我无夜不将你遥遥思念爱怜。

心赏

诗的抒情主人公的性别没有确指，留给读者更多的想象余地。主人公指天誓日，又妙用双关与比喻，更觉情真意切，动人情肠。表白爱情时信誓旦旦，请干卿何事的老天帮忙作证，中外皆然。英国诗人勃朗宁夫人在《我是怎样地爱你》一诗中就曾说："要是没有你/我的心就失去了激情/假如上帝愿意/请为我作主和见证。"

当代词人蔡世平作有《蝶恋花·情赌》，他不问天，不问地，却是戛戛独造地问"赌"，词前小序曰："人与己设情赌，忘他一日，验情之深浅。皆闻'忘'落泪，毛发俱寒，不知心归何处。"其词曰："删去相思才一句。湘水东头，便觉呜咽语。又是冰霜又是雾，如何青草生南浦。　　抛个闲情成赌注。岂料魂儿，迷失茫茫处。应有天心连地腑，河山隔断鱼莺哭。"情之所钟，念念不忘，许多有相同情感体验的读者，读上述古今二词，大约都会心弦共鸣吧？

新添声杨柳枝词①

唐 裴諴

思量大是恶姻缘②，只得相看不得怜③。

愿作琵琶槽那畔④，得他长抱在胸前。

注释

①"杨柳枝"为乐府"近代曲"名。"添声杨柳枝"为曲调名。"添声"指新添之和声。② 大是：最是，极是，确实是。③ 怜：惜，爱。④ 琵琶槽：弦乐器架弦的格子，名为"弦槽"，琵琶槽即琵琶的弦槽。那畔，演奏者紧贴胸膛的那一边。

今译

思来想去这确实是不好的姻缘，对她目注神驰却不可蜜爱轻怜。我愿变作琵琶上那一边的弦槽，这样就能被她长久地抱在胸前。

心赏

诗的主人公表白他对情之所钟的女子的热恋，感人之处就在于其如中国古典诗论所说的"无理而妙，愈无理而愈妙"的痴想：想做她胸前琵琶的弦槽，如此才可一亲芳泽，才可解脱可望而不可即的相思之苦。读这首诗，令人再次回想五柳先生陶渊明《闲情赋》中的许多绮愿，在众生心中这位不为五斗米折腰的高风亮节的著名隐士，竟然有许多未能免俗的罗曼蒂克的想法："愿在衣而为领，承华首之芳泽；愿在裳而为带，束窈窕之纤身……"其中居然还有"愿在木而为桐，作膝上之鸣琴"，裴諴定然去陶渊明那里听过课，受到过他的密授与心传，是陶渊明异代的好学生。

中外同心。十九世纪匈牙利伟大爱国诗人裴多菲，不仅有白莽所译、鲁迅所赏的名诗"生命诚可贵，爱情价更高；若为自由故，二者皆可抛"，而且也有极为优美的爱情诗，如《我愿意是树》《我愿意是激流》《我的爱情在一百个形象中》等篇。"我愿是树，如果你是树上的花；我愿意是花，如果你是露水；我愿是露水，如果你是阳光……这样我们就能够结合在一起。而且，姑娘，如果你是天空，我愿意变成天上的星星；然而，姑娘，如果你是地狱，（为了在一起）我愿意永堕地狱之中。"对于异国诗人的如斯告白，早生千年的裴諴如果后来有知，也当会引为同工的异曲吧？

竹枝词^①

唐 刘禹锡

杨柳青青江水平，闻郎江上唱歌声^②。
东边日出西边雨，道是无晴却有晴^③。

作者简介

刘禹锡（772—842），字梦得，洛阳（今河南省洛阳市）人，出生于苏州府嘉兴（今浙江省嘉兴市），祖上为匈奴族，北魏孝文帝时，七世祖刘亮改汉姓。与白居易、柳宗元齐名，世称"刘白"与"刘柳"，有"诗豪"之称。开成元年（836）以太子宾客分司东都（洛阳），故称"刘宾客"。

注释

① 竹枝词：乐府"近代曲"名，原为巴渝（今重庆市东部）的民歌，歌舞时以笛鼓伴奏，内容多关男女情爱。② 唱歌声：一本作"踏歌声"。男女恋爱常以唱歌来表达情意，此种民间风俗仍流传于现在一些少数民族之中。③ 晴：双关语。"晴"乃"情"谐音，"无晴""有晴"，是"无情""有情"的隐语，既表天气之晴雨，又表情意之有无。

今译

岸边杨柳青青眼前江水平平，江上传来啊郎君悠扬的歌声。东边阳光照耀西边细雨飘洒，说它不是晴天吧却又是天晴。

心赏

刘禹锡长期被贬逐外放，人在江湖，才有机会接触生意盎然的民间文学，而使自己的创作呈现新的境界与风光。《竹枝词》就是他任夔州（今重庆市奉节县）刺史时所作，明人胡震亨《唐音癸签·东通二》说："竹枝本出巴渝。……后元和中，刘禹锡谪其地，为新词，更盛行焉。"此诗明写与暗指交织，写实与象征并陈，将民歌的原汁原味与文人的雅情雅意融合在一起，是典型的文人诗，却有浓郁的民歌味。如果请刘禹锡作一个"文人诗歌创作与民间文学的关系"的学术报告，创作过《竹枝词九首》《浪淘沙九首》《杨柳枝词九首》和《踏歌词》等精彩作品的他，定然会逸兴遄飞，舌灿莲花，而且对民间的爱情诗尤其别有会心，向千年后的我们提供一席精神的盛筵。

时至清代，诗人仍喜作竹枝词，如鲍皋《姑苏竹枝词》："水市南头香压船，买郎荷叶买郎莲。侍儿只爱玲珑藕，侬道心多不值钱！"只是同为"竹枝"，他的笛孔里传扬的却不是巴渝调而是东南风了。

采莲曲①

唐 白居易

菱叶萦波荷飐风②，荷花深处小船通③。
逢郎欲语低头笑，碧玉搔头落水中④。

作者简介

白居易（772—846），字乐天，号香山居士，下邽（今陕西省渭南市）人，生于河南新郑。倡导补察时政反映民生疾苦的"新乐府运动"，诗、文、词俱胜，与元稹在文学史上并称"元白"，是唐代中期极具影响的大诗人。

注释

① 采莲曲：系乐府旧题，原为流行于江南水乡的民歌，常由采莲女所唱，梁武帝制为《江南弄》七曲之一。② 萦：萦回，旋转。飐（zhǎn）风：指因风吹而颤动、摇曳。此句为"互文"，如同王昌龄《出塞》之"秦时明月汉时关"。③ 小船通：两只小船在荷花深处相遇。④ 搔头：簪之别名。碧玉搔头：即碧玉制成之发簪（zān）。

今译

菱叶与荷花在水波中回旋啊又摇舞迎风，有缘有意在荷花深处我们的船对面相逢。遇上郎君想说话通情却又含羞低眉而笑，不料头上的碧玉簪竟然掉落到碧水之中。

心赏

此诗写采莲少女的初恋情态，喜悦而娇羞，如闻纸上有人，呼之欲出。尤其是后两句的细节描写，生动而传神，如灵珠一颗，使整个作品熠熠生辉，如果没有这一后来居上之笔，全诗就将大为减色。今日读者关心的是，采莲少女和她心中情郎究竟对话交流了没有，因为古代"男女授受不亲"，哪里能像现代人这样自由而开放？至于那男子是纵身一跃潜入水中捞取遗簪呢，还是去珠宝行另购珍贵首饰作为补偿以悦芳心，那更是今日的我们所不得而知的了。

1924年，徐志摩陪同印度诗哲泰戈尔访问日本，对日本女郎频频欠身低首的温存仪态感触良深，遂成《沙扬娜拉·赠日本女郎》一首，发表时共十八个小节，出书时删去前十七节，仅剩他最得意的最后五行："最是那一低头的温柔，像一朵水莲花不胜凉风的娇羞，道一声珍重，道一声珍重，那一声珍重里有蜜甜的忧愁——沙扬娜拉!"写"低头"之意趣，与白居易诗一脉相承而各有千秋。

浪淘沙词①

唐　白居易

借问江潮与海水②，何似君情与妾心③？

相恨不如潮有信④，相思始觉海非深⑤！

注释

① 浪淘沙：原为唐时民间曲调，后入唐教坊，唐代诗人多以七言绝句入曲，刘禹锡、白居易均有此题之组诗，至南唐李后主煜才将其变为长短句，成为词牌之名。② 借问：请问之意。③ 何似：哪里像，即不似。君情：男方之情。妾：古代妇女自称。④ 相恨：偏义复词，即恨。⑤ 相思：思念。李之仪《卜算子》："只愿君心似我心，定不负相思意。"

今译

请问江中的潮海中的水，哪里像他的情和我的心？可恨他感情不专还不如潮水之涨落有定，比起我的思恋方觉得千寻海水并不深沉。

心赏

反之覆之，颠之倒之，如谣如谚，如歌如曲，白居易的《浪淘沙词》，是时间的波浪也永远淘洗不去的永恒的优美情歌。

古希腊哲人亚里士多德在他的《修辞学》中，曾将"比喻"作为修辞的三大法则之一，并称："比喻之用大矣哉！"诚哉斯言！比喻，是诗国的奇花，没有新颖而奇妙的比喻，诗歌园地将是一片萧索与荒凉。此诗以女子之口"借问"领起，以江潮喻"君情"，以海水比"妾心"，复以"何似"相询，而且翻空出奇，愈转愈妙。"江潮"之喻虽从李益的名作《江南曲》之"嫁得瞿塘贾，朝朝误妾期。早知潮有信，嫁与弄潮儿"化出，全诗却仍有创新之美。如元代马致远的名作《天净沙·秋思》，是从白朴的"孤村落日残霞，轻烟老树寒鸦，一点飞鸿影下。山青绿水，白草红叶黄花"（《天净沙·秋》）脱胎而来，却青出于蓝而胜于蓝。白居易此诗即使只有局部的出蓝之美，也是值得称道的了。

答张生①

唐 崔莺莺

待月西厢下②，迎风户半开。

拂墙花影动，疑是玉人来③。

作者简介

崔莺莺，生卒年不详。唐德宗贞元（785—805）中人。唐诗人元稹托名张生的真实的自叙或自传中的人物，乃元稹的表妹，即他后来诗中多次出现的"双文"。宋人王铚在《〈传奇〉辨正》中早已指出："其诗中多言双文，意谓二'莺'字为双文也。"

注释

① 中唐诗人元稹根据自己的亲身经历写成传奇之作《莺莺传》，又名《会真记》，记叙张生在山西蒲州（治所即今永济市西南之蒲州镇）与崔莺莺的艳遇和恋爱故事。张生写了两首《春词》请红娘转送莺莺。其一为："深院无人草树光，娇莺不语趁荫藏。等闲弄水浮花片，流出门前赚阮郎。"《答张生》即为莺莺的答诗。② 厢：厢房，即正房之前两侧的房屋，东边称东厢，西边称西厢。金代董解元之《西厢记诸宫调》和元代王实甫之《西厢记》，即由此得名。③ 玉人：美貌的人，一般指女性。

今译

你在西厢下等待东升的明月，我迎着晚风将门扉半闭半开。拂墙花影在夜风中轻轻摇曳，我怀疑意中人悄然越墙而来。

心赏

此诗出自崔莺莺的纤纤玉手，毋庸置疑。因为《莺莺传》并非虚构之小说，而是元稹托名张生的真实的自叙或自传；传中又特笔点明莺莺的侍女红娘对元稹介绍莺莺的说辞："善属文，往往沉吟章句，怨慕者久之。"加之其他理由，故《全唐诗》将版权归于莺莺之名下。

意境，是情景交融而刺激读者联想和想象的艺术世界。这首诗之所以传唱不衰，不仅因为文辞妍秀，更因为意境动人，发人绮思。黄昏或夜晚等候意中之人，这是几千年来相恋者的传统节目，《诗经》中的《邶风·静女》篇就说"静女其姝，俟我于城隅。爱而不见，搔首踟蹰"。在此诗之后，欧阳修《元夕》词的"月上柳梢头，人约黄昏后"，朱淑真《元夜》诗的"但愿暂成人缱绻，不妨常任月朦胧"，地点与人物不同，演出的故事却大同小异。今日的情人约会，已开放得多，远胜古人，尤其在大中城市，许多已是"若非跳舞场中见，便向咖啡店里逢"了。

莺莺诗①

唐 元稹

殷红浅碧旧衣裳②，取次梳头暗淡妆③。

夜合带烟笼晓日④，牡丹经雨泣残阳⑤。

依稀似笑还非笑，仿佛闻香不是香。

频动横波娇不语⑥，等闲教见小儿郎⑦。

作者简介

元稹（zhěn）（779—831），字微之，郡望洛阳（今河南省洛阳市）人，生于京兆万年（今陕西省西安市），为北魏鲜卑族的后裔。他与白居易倡导"新乐府运动"，世称"元白"。所作多针砭现实，艳情诗与悼亡诗亦佳。

注释

① 莺莺诗：选自《全唐诗》，系作者追怀往昔与崔莺莺的爱情而作。② 殷红：红中带黑之暗红。浅碧：浅绿色。③ 取次：随意，随便。④ 夜合：合欢的别称，植物名，又名"合昏"。带：萦绕。烟：此处指水汽云雾。晓日：旭日。⑤ 泣：哭泣，这里指水光闪耀之状。⑥ 横波：眼神如水波流动。⑦ 等闲：随便，寻常。教：使。小儿郎：小孩子，年轻人，此为作者自谓。

今译

暗红的衣衫和淡绿的裙子都是旧衣裳，鬟髻随意妆饰无心显得十分淡雅平常。像笼在晨阳中的合欢萦绕着云雾水汽，如沐雨后的牡丹水光还闪闪迎向夕阳。朦朦胧胧唇边漾开了浅笑又不像浅笑，恍恍惚惚像闻到一脉幽香又不像幽香。眸光有如秋波的横流但却娇羞不语，端庄娴静不随便让我看到她美丽的容光。

心赏

元稹初遇莺莺时，莺莺年方十七，虽然始乱终弃，但诗人毕竟不能忘情，日后写了不少或显或隐的追怀少年爱情往事的诗作，《莺莺诗》即其中之一。

因为元稹当时刚过弱冠之年，应当还是初恋，初恋之情对任何人都可称刻骨铭心，何况元稹这样的多情才子？而且莺莺才貌双绝，元稹既爱其色，复爱其才，当时可称是灵与肉的结合。此正所谓复杂的人性，或曰人的性格的二重性。诗中"横波"一喻，启发了后来许多诗人的灵感。如李后主《菩萨蛮》之"眼色暗相钩，秋波横欲流"，李清照《浣溪沙》之"绣面芙蓉一笑开，斜飞宝鸭衬香腮，眼波才动被人猜"，王观《卜算子》之"水是眼波横，山是眉峰聚"，均是。而"依稀似笑还非笑"一语，我以为恐为曹雪芹在《红楼梦》中描状林黛玉"一双似笑非笑含情目"之所本，以曹雪芹之博学多才，对《莺莺诗》岂有不如数家珍为其所用之理？

巧笑倩兮，美目盼兮，眼睛是灵魂的窗户，美丽的焦点，心语的暗示，所谓"顾盼神飞"是也。以水波或秋波喻女子的眼睛，则更是中国诗人绝妙的创造。意大利但丁的"眸子里不时射下利箭一支，使我心头的湖泊干涸"（《祈求爱神》），英国斯宾塞的"如蓝宝石，她的眼睛蓝得彻底"（《那里有千种美德闪耀》），德国海涅的"你那甜蜜的眼睛，闪烁着好比月亮"（《我心中小鹿撞撞》），似乎都远不及"横波""秋波""娇波"之简而妙。

离思^①

唐 元稹

曾经沧海难为水^②，除却巫山不是云^③。

取次花丛懒回顾^④，半缘修道半缘君^⑤！

注释

① 离思：生离死别之后的怀念与追忆。五代后蜀韦縠（hú）编《才调集》卷五题为"离思六首"，第一首即《元稹集》中之《莺莺诗》，可推论这组诗是思念莺莺而作，也有人认为乃悼念亡妻韦丛。此处选者为第四首。② 沧海：大海。因海水颜色青苍，而"沧"与"苍"通。此处化用《孟子·尽心上》之"故观于海者难为水，游于圣人之门难为言"语意。③ 巫山：在四川、湖北两省交界处，长江穿流其中，成为三峡。此句用宋玉《高唐赋序》所描述的楚国神话传说中之巫山神女事。④ 花丛：比喻众多之美女。⑤ 缘：因为，由于。

今译

经历过浩瀚的大海之后再也看不上平常的水，除却巫山姿态万千的云眼中再没有其他的云。即使是经过花丛我也漫不经心懒得回眸一顾，一半为了清心学道一半为了原来的心上之人。

心赏

这是元稹追怀旧恋的诗，不论对象是始乱终弃的莺莺，或是结缡七年而早逝的妻子韦丛，在真情实感的抒发中仍可窥见他的忏悔或内疚之意。首二句设喻巧妙，化文为诗，推陈而出新，概括了具有普遍意义的心理情结与人生情感，是千百年来传诵不衰的名句。虽然后来元才子继续风流，其言行与首二句之表白大相径庭，但这两句诗确为形象大于思想的千古名句，其引申意义远远超越于爱情之外，这也算是元稹"将功补过"——将文学之功，补个人用情不专之过了。

清人王闿运《王闿运手批唐诗选》评论此诗有言："所谓盗亦有道。"读来令人莞尔。当代国学大师陈寅恪《元白诗笺证稿》评论说："微之以绝代之才华，书写男女生死离别悲欢之情感，其哀艳缠绵，不仅在唐诗中不多见，而影响后来之文学者尤巨。"可见他着眼重在元才子作为诗人的诗学贡献，对其千多年前的私生活已无必要多所批评矣。

采莲子①

唐 皇甫松

船动湖光滟滟秋②，贪看年少信船流③。
无端隔水抛莲子④，遥被人知半日羞。

作者简介

皇甫松（sōng）（生卒年不详），字子奇，睦州新安（今浙江省淳安县）人，中唐诗人皇甫湜（shí）之子。终生布衣。

注释

① 采莲子：乐府旧题。② 滟滟（yàn）：水光闪动之貌。③ 年少：主人公倾慕的青年男子。信船流：任船随水漂流。④ 无端：无缘无故。莲子：与"怜子"谐音，语意双关。

今译

在轻舟摇动湖光闪耀的晴秋，贪看那少年竟任船随意漂流。无缘无故隔水向他抛掷莲子，遥遥被人察觉令人久久惭羞。

心赏

德国大诗人歌德在自传中曾说，每只鸟儿都有它的诱饵。此诗之妙主要在三、四句，"抛莲子"的细节描绘，颇具心理深度，如闻纸上有人，而且声发纸上。但不知那位少年接住采莲少女那颗隔水抛来的信号没有？至今仍令人悬想。在古代，男女之间传情达意颇为不易，且难以公开，即使有所表示也近似于做秘密的"地下工作"，在这一方面，现代人真是身在福中要知福。

此词中的采莲女情窦初开，虽说"无端"，实属有意，全词集中表现她既欲试探又颇为羞怯的可爱情态。在当代的诗词创作中，词人蔡世平的《浣溪沙·初见》也颇堪玩味："对镜几回弄晓妆，青娥淡淡舔晴光。熊头狐尾暗收藏。　叫句老师唇没动，改呼宝贝口难张。慌忙粉面映羞郎。"写情爱中的羞涩难言，难言羞涩中的情爱，令读者有端猜想而无端神往。

无题二首①（之一）

唐 李商隐

昨夜星辰昨夜风②，画楼西畔桂堂东③。

身无彩凤双飞翼，心有灵犀一点通④。

隔座送钩春酒暖⑤，分曹射覆蜡灯红⑥。

嗟余听鼓应官去，走马兰台类转蓬⑦。

作者简介

李商隐（约813—约858），字义山，号玉谿生，祖籍怀州河内（今河南省沁阳市），祖父时迁居郑州荥阳（今河南省荥阳市）。陷于"牛（僧儒）、李（德裕）党争"的旋涡，一生坎坷不得志。其诗风格绮丽精工，绵密深婉，七言律、绝尤工，律诗为杜甫之后的第一人，写爱情诗的"无题"诗更系绝唱。

注释

① 无题：李商隐共作"无题"诗二十余首，是他所独创的一种诗歌体式，寓意深婉而情思绵邈，向来传唱人口。② 昨夜：星辰与风色一如昨夜而人已各自东西。③ 画楼：美丽的阁楼。桂堂：芬芳的厅堂。④ 灵犀：指犀牛角，中心的髓质如线，贯通根末，古代视为灵异之物，此处喻灵心相通。⑤ 送钩：古代游戏，又称藏钩。参加者分为两方，一方藏钩，一方猜钩在谁手。⑥ 射覆：猜谜游戏，原为将物覆盖而让人猜度。后人将猜谜语亦称射覆。⑦ 兰台：本为汉代宫廷之藏书阁，藏秘书典籍之处，唐高宗时改秘书省为兰台。其时作者任秘书省正字。

今译

令人难忘的是昨夜的星辰昨夜的风，在美丽的楼阁西畔芬芳的厅堂之东。身上虽然没有彩凤可以飞翔的双翼，心中却有奇异的灵犀和她一线相通。隔着座位玩藏钩之戏春酒分外温暖，分队猜谜蜡烛比平日似乎更加殷红。可叹啊晨鼓催人我只得上班听差去，秘书省骑马往来如风中旋转的飞蓬。

心赏

　　此诗众说纷纭，论者有的说是托寓君臣遇合，有的说是咏叹不得立朝，有的说是言得路者与失路者之不同，等等。但不少人认为这是席上有遇而追忆绮事的情诗或曰艳诗，我赞成这一看法，不要将旖旎的春日风光贬为萧索的冬日图景吧，何况这一组诗的第二首是："闻道阊门萼绿华，昔年相望抵天涯。岂知一夜秦楼客，偷看吴王苑内花。"这一首绝句，正是前一首律诗所荡漾的余波。

　　清代王夫之在《姜斋诗话》中说"以乐景写哀，以哀景写乐，一倍增其哀乐"，这首诗虽非以乐景写哀情，但却是以乐景写相思的惆怅之情。颔联为爱情名句，千年来传唱不衰，不过，好诗常有多义而不止于单义，常有多解而不止于单解，颔联固然是抒写恋爱双方人虽异地而两心相通的绝妙好辞，但传唱至今，它的应用范围更广，已并非完全是男女之间抒发恋情的专利了，由此亦可见经典作品的无穷艺术魅力。

无题二首（之二）

唐 李商隐

凤尾香罗薄几重①？碧文圆顶夜深缝②。

扇裁月魄羞难掩③，车走雷声语未通④。

曾是寂寥金烬暗⑤，断无消息石榴红。

斑骓只系垂杨岸⑥，何处西南待好风⑦？

注释

① 凤尾香罗：织有凤尾纹的绮罗。薄几重：古有单帐复帐，复帐由多层薄纱所制。② 碧文圆顶：文，通"纹"，花纹，纹饰，青碧花纹的圆形帐顶。③ 扇裁月魄：月魄，原指月亮中未被阳光照到的部分，此处指裁成圆月形的团扇。西汉班婕妤《怨歌行》："裁为合欢扇，团团似明月。"④ 雷声：形容车声。西汉司马相如《长门赋》："雷殷殷而响起兮，声像君之车音。"⑤ 金烬：指铜灯盏上的残烬。⑥ 斑骓（zhuī）：黑白色相杂的马。⑦ 好风：西南风，喻心上人。曹植《七哀诗》："愿为西南风，长逝入君怀。"

今译

织有彩凤花纹的薄薄罗帐究竟有多少层？碧绿花纹的那圆圆帐顶她缝到夜色深沉。相逢时她用圆月形的扇子半遮娇羞的脸，车轮滚动如雷鸣响我们竟不及话语传情。我曾不知多少次独对残灯度过寂寥长夜，春去夏来啊全无音讯石榴花又开得火红。无可奈何我只得将斑骓马系在那杨柳岸，什么时候她才像西南风一样吹入我怀中？

心赏

李商隐写的既是东方式的恋爱，又是中国古代的恋爱，且是个人的难与君说的恋情，故只能未歌先咽，欲说还休，但它所抒写的那种具有人生普遍意义的相思情境，即相思之苦，会合之难，执着之望，也能令现代的有情人玩味不尽。《无题》诗是李商隐的首创，他以无题之诗抒写自己的无法言明的感情和爱情。对象是谁？内容有何所指？千百年来许多专家高手前往"破案"，企图一探"隐私"，但众说纷纭，莫衷一是。真要结案，恐怕要李商隐亲自出庭自首作证。

相思相望不相闻，上述《无题》诗的意境，使我想起了德国名诗人海涅的《星星们动也不动》，那是我年轻时读过而铭记的，至今也未遗忘："星星们动也不动，高高地悬在天空，千万年彼此相望，怀着爱情的苦痛。/它们说着一种语言，这样丰富，这样美丽；却没有一个语言学者，能了解其中的秘密。/但我学会了它，我永久不会遗忘；供我使用的语法，是我爱人的面庞。"原诗很好，译文也妙，可以与李商隐此诗互参。

为妻作生日寄意

唐 李郢

谢家生日好风烟①，柳暖花春二月天。

金凤对翘双翡翠②，蜀琴初上七丝弦③。

鸳鸯交颈期千岁，琴瑟谐和愿百年。

应恨客程归未得④，绿窗红泪冷涓涓⑤。

作者简介

李郢（yǐng）（生卒年不详），字楚望，吴（今江苏省南部、浙江省北部）人，唐宣宗大中十年（856）中进士。

注释

① 谢家：东晋谢安之家，此处以谢安侄女又兼才女之谢道韫代指己妻。② 金凤、翡翠：均为鸟名，这里指金玉所做的鸟形首饰。③ 蜀琴：汉代司马相如和卓文君所弹之琴，代指作者与其妻常奏的乐器。④ 客程：作客他乡的路程。⑤ 绿窗：妻子闺房的绿纱窗。

今译

你的生日逢上那美好的时节，正是在春暖花开的艳阳天。金玉的首饰使你容光更娇媚，你轻拢慢撚着蜀琴上的丝弦。我们如同鸳鸯盼望千年好合，又好比琴瑟祈愿和鸣而百年。此时你该怨我作客久未归去，绿窗里眼泪和烛泪一起涓涓。

心赏

许多恋情是写婚前，此诗却写婚后与别后之恋，意挚情真，更为难得。最后两句"从对面写来"，在恋诗中别具一格，而颈联可作为天下白头偕老或愿执子之手与子偕老的有情人的铭语。古代的婚姻是所谓"父母之命，媒妁之言"，常常不免于"先结婚，后恋爱"，当然不少只能是同床异梦。李郢所抒写的这种婚后美好的久而愈醇的恋情，真是不幸中的大幸，也非今人所谓的"七年之痒"，弥足珍贵。

　　家母陶暄八十寿辰时，家严李伏波曾赋《老妻八十寿辰抒怀》以贺，诗的结尾回忆少年时听家母吹笛的温馨往事："谈笑添筹酒一卮，晚晴犹爱夕阳迟。历经风雨沧桑后，已到龙钟老大时。终是三生原有约，可真百岁不难期。蕉窗悄听梅花落，今日犹闻玉笛吹。"我援引于此，不唯作古今之互照，也是想挽留那遥远的令我在想象中不胜低回的袅袅笛声。

情

唐 吴融

依依脉脉两如何①？ 细似轻丝渺似波②。

月不长圆花易落，一生惆怅为伊多③！

作者简介

吴融（850—903），字子华，越州山阴（今浙江省绍兴市）人，晚唐龙纪元年（889）登进士第。其诗多为纪游与送别之作，《废宅》一诗，清人薛雪《一瓢诗话》称为"晚唐绝唱"。

注释

① 依依：依恋不舍。脉脉：含情欲吐。② 渺似波：如烟波迷茫。③ 伊：她，意中人。

今译

依依不舍脉脉含情这两种情态如何描画？好有一比则细微如同轻纱渺茫好似烟波。大自然中明月不会长圆花儿容易谢落，我一生因为你啊而常常久久地伤怀落寞。

心赏

诗人将抽象的情化为具体可感的意象，而且他创造的相思情境具有解释的多样性，内涵不可确指，而不同的读者可以有不同的领悟，这常常也是好诗的特征之一。中国的哲学，是一种以时间和空间为核心的生命哲学，而对时间和生命以及爱情的咏叹，则是中国文学特别是中国诗歌永恒的主题。这首诗也表现了青春的可贵，爱情的可珍，生命的可惜，是主题的确定性与具体内涵的模糊性的统一，但诗中所抒发的地久天长与生命同在的相思之情，一以贯之，其真挚的倾诉与持久的自守分外动人情肠。

读吴融此诗，我不禁想起刘半农1920年写成的名作《教我如何不想她》，此诗1926年由语言学家赵元任谱曲，传唱至今："天上飘着些微云，地上吹着些微风。啊，微风吹动了我的头发，教我如何不想她？/月光恋爱着海洋，海洋恋爱着月光。啊，这般蜜也似的银夜。教我如何不想她？……"八年后刘半农中年不幸染疾去世，赵元任的挽联是："十载奏双簧，无词今后难成曲；数人弱一个，教我如何不想他。"巧用刘半农诗的原句，虽为同性之谊，也堪称友谊地久天长。

新上头①

唐 韩偓

学梳蝉鬓试新裙②，消息佳期在此春③。

为爱好多心转惑，偏将宜称问旁人④。

作者简介

韩偓（wò）（约842—923），字致尧，一字致光，自号玉山樵人。京兆万年（今陕西省西安市东南）人。十岁能诗，其姨夫李商隐称赞他"雏凤清于老凤声"。其诗多感时伤逝，慨叹身世，而其《香奁集》词华婉丽，多涉艳情，后人遂称艳情诗为"香奁体"。

注释

① 上头：古代女子十五岁时以簪子盘起头发，以示成年。② 蝉鬓：薄如蝉翼的两鬓。③ 佳期：指女子出嫁成婚之日。④ 偏：背着。宜称：好坏，合适与否。

今译

学将两鬓梳如蝉翼而且试穿新裙，因为听说出嫁成婚佳期就在今春。由于想装扮得更好反而疑惑不定，背着父母将合适不合适去问别人。

心赏

德国诗人海涅说过："一到了青春期，人们都抱着爱与被爱的急切欲望。"此诗写婚前的妙龄少女喜悦而兼羞涩的心理，可谓入木三分，纤毫毕现，如闻纸上有人。红学家俞平伯的父亲俞陛云说："迨吉有期，新妆乍试，明知梳裹入时而犹问旁人者，一生爱好，不厌详求，作者善状闺人性情也。"（《诗境浅说续编》）读此诗，上述中外之论可以互参。

女为悦己者容，早在遥远的《诗经》中，无名的诗人早就为我们描写过女子的这种心理了，《卫风·伯兮》说："自伯之东，首如飞蓬。岂无膏沐，谁适为容？""女为悦己者容"这一俗语，正是由此衍化而来。已婚如此，何况新婚？今日的新嫁娘和待嫁的美眉们，她们待字闺中时和新婚前梳妆打扮的心理，不也正是如此吗？

思帝乡

五代 韦庄

春日游，杏花吹满头。陌上谁家年少^①，足风流^②。妾拟将身嫁与，一生休。纵被无情弃^③，不能羞。

作者简介

韦庄（约836—910），唐末、五代前蜀诗人、词人。字端己，京兆杜陵（今陕西省西安市东南）人。与温庭筠并称"温韦"，温词秾丽而韦词俊爽，同为"花间派"健将。

注释

① 陌上：田间的小路上。② 足：足够，十分。③ 纵：纵然，即使。

今译

春天去郊野游赏，杏花在风中纷飞吹满头上。田间小路上的那位少年，十足的英俊模样。我想嫁给他，和他共度百年时光。即使将来被他抛弃，我决不羞愧悲伤。

心赏

清人贺裳《皱水轩词筌》说"小词以含蓄为佳，亦有作决绝语而妙者"，就曾以韦庄此词为证。词中的少女形象，独具个性与风采，她的开放，她的对自由与幸福的无畏追求，她的不计后果的大胆精神，在千年前的封建时代可谓空谷足音，难能可贵。古希腊的柏拉图曾说："浸在爱河中的时候，人人都是诗人。"此作虽然是代言体，即所谓"男子作闺音"，但我们还是要感谢韦庄设身处地，赠给我们一首在文人词作中难得一见的"作决绝语"的好诗。

《思帝乡》中表现的自由思想与追求精神，在民歌中虽不鲜见，但在文人作品中却不可多得。白居易《井底引银瓶》一诗，写"妾弄青梅倚短墙，君骑白马傍垂杨。墙头马上遥相顾，一见知君即断肠"，情景与韦庄之诗类似，"墙头马上"一词，后来还被元曲家白朴借用做了他的一曲杂剧之名。但这位自称"妾"的女主人公被她心中的白马王子始乱终弃，她的心情与韦词中的女主人公却截然相反，而是"今日悲羞归不得"了。白居易作诗，提倡"卒章显其志"，他在此诗之尾谆谆告诫："寄言痴小人家女，切勿将身轻许人！"时至观念更新、世风开放的今日，白大诗人的教言似乎更显语重心长。

南乡子

五代 李珣

乘彩舫①，过莲塘，棹歌惊起睡鸳鸯②。游女带香偎伴笑，争窈窕③，竞折团荷遮晚照④。

作者简介

李珣（xún）（855？—930？），字德润，五代前蜀词人。先代为波斯人。后入居蜀中梓州（今四川省三台县）。"花间派"词人之一，尤以小词见长。

注释

① 彩舫（fǎng）：舫，船，一般指小船。彩舫：彩饰之小船，即彩船、画船。② 棹（zhào）歌：棹，摇船的用具。棹歌：船歌，也指渔歌或山歌。③ 窈窕（yáo tiáo）：美好貌。《诗经·周南·关雎》："窈窕淑女，君子好逑。"④ 团荷：圆形的荷叶。

今译

乘坐彩饰华丽的游船，荡桨碧水绿波的荷塘，船歌惊动莲叶间交颈而眠的鸳鸯。如花开放的游春少女依偎着欢笑，她们像是在争比美貌，竞相折取那圆圆的荷叶遮挡落照。

心赏

李珣是蜀中词人，属于"花间派"，但其词也有许多描山摹水、叙写风土人情之作。他的《南乡子》共十七首，富于水乡生活气息，风格清新明丽，拓展了"花间词"原来比较狭窄的题材领域，丰富了词这一文体的美学意蕴。红学家俞平伯之父俞陛云，在其唐宋诗选讲的著作中，特别赞赏他的《南乡子》组诗"为词家特开新采"。此处所引即组诗之四。

晚唐五代词风有时落于妖冶浮艳，此词由爱情鸟之鸳鸯交颈而少女们见之竞相团荷遮面，设色华美艳丽而格调明快清晰，结句尤佳，情景宛然而羞涩之态令人玩味，历来得到读者与评家的赞赏。荷花既有"花中君子"的尊称，又有"翠盖佳人"的雅号，蔷薇与玫瑰，是西方人的爱情之花，中国的爱情之花，先是灼灼其华在《诗经》中的桃花，当《采莲曲》唱遍江南江北，荷花就取而代之了。这首词，不就令我们想起忆起蓬勃的青春和醉人的爱情吗？

生查子

五代 牛希济

新月曲如眉，未有团圞意①。红豆不堪看②，满眼相思泪。　　终日劈桃穰③，人在心儿里。两朵隔墙花，早晚成连理④。

作者简介

牛希济（生卒年不详），籍贯陇西（今属甘肃省）。五代时人，词人牛峤之侄。《花间集》收其词十一首，为"花间派"重要词人之一。

注释

① 团圞（luán）：圆貌。此处有"团聚""团圆"的双关之意。② 红豆：又名相思子，鲜红而带有黑斑，象征爱情。③ 桃穰（ráng）：桃仁。"仁"与"人"谐音。④ 早晚：何时。连理：植物根株不同但枝干连成一体，是爱情的象征。

今译

一弯新月如娥眉曲曲弯弯，不管人间分离还无意团圆。不忍看那撩人愁思的红豆，使我满眼的相思泪珠轻弹。我整天劈剖桃实觅取桃穰，那桃仁就在果核里面深藏。两朵分隔着高墙而望的花，早晚会实现连理枝的梦想。

心赏

作者描绘了新月、红豆、桃穰、连理枝四种意象，以物态喻人情，以谐音寓他意，深得南朝乐府民歌的风神遗韵。但四种意象均取其难得团圆之意，四象并列，最后逼出"成连理"的祈愿。作者或他所抒写的词的主人公的心愿是否实现？有情人是否终成了眷属？千载之下仍令我们不胜怀想。

外国诗歌中似乎没有谐音寓意，然而却有物态喻情，如英国浪漫主义诗人雪莱的《爱的哲学》："出山的泉水与江河汇流，江河又与海洋相通，天空里风与风互相渗透融洽于甜蜜的深情。万物遵循着同一条神圣法则，在同一精神中会合。世界上一切都无独而有偶，为什么我和你却否？"同是写相思而盼团圆，写来却诗想不同，西方诗人如奏提琴，东方诗人如吹箫笛。

菩萨蛮

五代 李煜

花明月暗笼轻雾，今宵好向郎边去。刬袜步香阶^①，手提金缕鞋^②。画堂南畔见，一向偎人颤^③。奴为出来难，教君恣意怜^④。

作者简介

李煜（937—978），徐州（今江苏省徐州市）人，字重光，初名从嘉，为南唐中主李璟第六子，史称南唐后主。能文、工书、善画、知音律，精于鉴赏，极富文名，是不可多得的全面的天才艺术家，尤工于词。

注释

① 刬（chǎn）袜：女子穿袜而未穿鞋，称刬袜。② 金缕鞋：镶有金丝线之鞋。③ 一向：一味，一意。或作"多时""许久"解。颤：抖。④ 恣意怜：恣，听任，任凭。恣意怜即任凭尽情地怜爱。

今译

花明月暗四周笼罩着轻雾，如此良宵正好幽会情郎去。怕惊动他人悄悄走下台阶，提在手中啊镶着金线的鞋。在画堂南边我们悄悄相见，她久久颤抖依偎在我胸怀。低声诉说来相会好不容易，任凭郎君尽情地轻怜蜜爱。

心赏

本来堪称词国之君的李煜，却不幸而为亡国之君。此词全用赋体，纯系白描，只从"花、月、雾"的典型幽会情境落笔，从"明、暗、轻"的对比光影渲染色彩，纸上有人，情景若画，读之如在目前，诵之余香满口。宋太祖赵匡胤曾说："李煜好个翰林学士，可惜无才作人主耳！"清人郭麐《南唐杂咏》也说："作个才人真绝代，可怜薄命作君王。"赵匡胤作了"人主"又怎么样？我大学时代的授业老师启功先生咏李煜说得好："一江春水向东流，命世才人居上游。末路降王非不幸，两篇绝调即千秋！"

据考，此词是写李后主与小周后的幽会。姐姐大周后患病，其妹进宫探视，与后主两情相悦。大周后病逝后，其妹立，是为小周后。知悉这一"本事"，可以加深对此诗情境的体味，但也不必拘泥，因为李后主治国低能而写词高明，他的词善于将个人情事升华为具有普遍人生意蕴的意境，将具体的写实升华为永恒的艺术，真是罕有的绝代才人。

长命女

五代 冯延巳

春日宴，绿酒一杯歌一遍①。再拜陈三愿：一愿郎君千岁，二愿妾身常健②，三愿如同梁上燕，岁岁长相见。

作者简介

冯延巳（903—960），一名延嗣，字正中，广陵（今江苏省扬州市）人，五代南唐词人。词史上地位大致与温庭筠、韦庄相当。王国维《人间词话》评其词"虽不失五代风格，而堂庑特大，开北宋一代风气"。

注释

① 绿酒：未经细滤而有绿色泡沫的酒。② 妾：古代女子的谦称。

今译

欢宴在明媚和煦的春天，进一杯美酒并一回歌唱。一拜再拜表白三个愿望：一愿郎君长寿，二愿妾身健康，三愿如同梁上双飞之燕，年年形影相随比翼翱翔。

心赏

清人王渔洋论词，有所谓诗人之词、词人之词、文人之词与英雄之词；当代词学专家王兆鹏仿其例而分之，说词又可分为少年之词、青年之词、中年之词和老年之词；我复仿王之例而又分之，恋情有少年之恋、青年之恋、中年之恋与老年之恋。冯延巳此词，写的至少是青年之恋甚至是中年之恋，因为等到祝愿双方健康长寿时，大约已属夏日或秋天，已非春日的少年情怀了。

此词从白居易《赠梦得》诗脱胎而出。白诗云："为我尽一杯，与君发三愿：一愿世清平，二愿身强健，三愿老临头，数与君相见。"冯作有出蓝之美。不过，白居易的诗是写友情，是写与好友刘禹锡的友情，可见古人多笃于友谊；而冯延巳则是写爱情，是写白头偕老、天长地久的爱情，可见古人多诚于爱情。花开两朵，各表一枝，两者各有千秋。

蝶恋花

宋 柳永

伫倚危楼风细细①，望极春愁，黯黯生天际②。草色烟光残照里，无言谁会凭栏意？　　拟把疏狂图一醉③，对酒当歌，强乐还无味。衣带渐宽终不悔，为伊消得人憔悴④。

作者简介

柳永（约984—约1053），崇安（今福建省武夷山市）人。初名三变，字耆（qí）卿，排行第七，故称柳七，因曾任屯田员外郎，故又称柳屯田。他是北宋第一个专力攻词而以婉约名世的词家。其词多反映中下层市民的生活，语言俚俗生动，风行一时，所谓"凡有井水处，即能歌柳词"。

注释

① 伫倚危楼：伫，久立。危楼，高楼。② 黯黯：深黑色，此处指黯然神伤。③ 疏狂：疏散狂放，不受拘束。④ 消得：值得。

今译

在高楼的习习轻风中久久站立，登高望远黯然神伤，一派春愁涌动在渺茫天际。夕阳照耀下烟光淡淡草色萋萋，黯然无语谁知道我的凭栏之意？我本来打算放浪形骸而图一醉，对酒应该低咏高歌，但强颜为欢终究没有兴味。啊，衣裳渐渐宽松我始终无怨无悔，为她消磨得瘦骨伶仃形容憔悴。

心赏

王国维在他的《人间词话》中，曾说古今之成大事业大学问者，必须经过三种境界，他将此词结句认定为第二境界。我却说它是词中的画龙点睛之笔，灵珠一颗，全词遍体生辉。莎士比亚说过："'爱'和炭相同，烧起来，就要把一颗心烧焦。"这首词的主人公的"憔悴"也是如此。他虽然自作自受，但却是"终不悔"，不仅一厢情愿，而且是甘心情愿。在恋爱中有如此之"自我牺牲"精神而非强行骚扰，即使俘虏不了"伊"的芳心，至少应该得到意中之人

"伊"的理解与同情。

李白早就有"暝色入高楼，有人楼上愁"（《菩萨蛮》）之名句，汉代《古诗十九首》中亦有"相去日已远，衣带日已缓"之好辞，五代冯延巳《鹊踏枝》里复有"日日花前常病酒，不辞镜里朱颜瘦"的佳唱。但是，柳永虽然有所传承，但他却能翻陈出新，另辟佳境，不让前人专美于前，有如旧有的乐器，却演奏出全新的歌曲。

诉衷情

宋 张先

花前月下暂相逢，苦恨阻从容①。何况酒醒梦断，花谢月朦胧。　　花不尽，月无穷，两心同。此时愿作，杨柳千丝，绊惹春风②。

作者简介

张先（990—1078），字子野，乌程（今浙江省湖州市）人。宋仁宗天圣八年（1030）进士，官至都官郎中。曾以"云破月来花弄影""娇柔懒起，帘压卷花影"（一作"帘押残花影"）、"柳径无人，堕絮飞无影"，以及"不如桃杏，犹解嫁东风"，被称为"张三影"和"桃杏嫁东风郎中"。又因其《行香子》一词有"心中事，眼中泪，意中人"之妙语，故人又称之为"张三中"。张先一生安享富贵，诗酒风流，颇多佳话。好友苏轼赠诗"诗人老去莺莺在，公子归来燕燕忙"，为其生活写照。据传张先在八十岁时仍娶十八岁的女子为妾。一次家宴上苏轼再度赋诗调侃："十八新娘八十郎，苍苍白发对红妆。鸳鸯被里成双夜，一树梨花压海棠。"

注释

① 从容：举止行动。《楚辞·九章》："孰知余之从容。"王逸注："从容，举动也。"② 绊惹：拘系，牵引。

今译

我们在花前月下曾经短暂地相聚，深恨那横来阻障隔断了重逢。何况在宿酒已醒好梦初回之后，春花凋谢月色朦胧往事成空。青春长在花不尽，团圆有日月长明，我们的心像铁石坚贞。这时候啊我愿化作，那千丝万条的杨柳，牵引着爱情的春风。

心赏

此词虽为小令，但语多转折，尺水兴波。"花"与"月"在全词中先后出现三次，意象相同而各异其趣。第一次是"暂相逢"的背景，第二次是短聚长别的衬托，第三次则是以花月的无穷无尽，比喻两心的心心相印，两情的地久天长。如此舌灿莲花，妙语连珠，不唯情深一往，而且音韵悠长，它们固然出自词人的灵心慧悟，但语言之妙也实非词中高手莫办。

张先之词多写别绪离情，感情浓烈而情韵含蓄。如《一丛花令》的开篇与结尾："伤高怀远几时穷？无物似情浓。""沉思细恨，不如桃杏，犹解嫁东风。"他善于写影，除了简介中所引之外，他的《木兰花·乙卯吴兴寒食》中有"中庭月色正清明，无数杨花过无影"，《青门引·春思》中有"那堪更被明月，隔墙送过秋千影"，《木兰花》中有"草树争春红影乱，一唱鸡声千万怨"等，真是善于捕风"捉影"，好像同一乐器，弹奏的是各有其妙的乐曲。

渔家傲

宋 欧阳修

近日门前溪水涨，郎船几度偷相访。船小难开红斗帐①，无计向②，合欢影里空惆怅③。　　愿妾身为红菡萏④，年年生在秋江上。重愿郎为花底浪，无隔障，随风逐雨长来往。

作者简介

欧阳修（1007—1072），字永叔，号醉翁，晚年又号六一居士，吉州永丰（今江西省吉安市）人。诗人、文学家、史学家。诗、词、散文的造诣均高，乃北宋古文运动的领袖，"唐宋八大家"之一。其词多写男女恋情、离情别恨与自然风光，风格清新隽永，承唐五代词风余绪而又自开新境。

注释

① 红斗帐：红色的形如覆斗之圆顶小帐。② 无计向：没办法，无可奈何。"向"为语助词。③ 合欢：植物名，此处指合欢莲，又名双头莲，同心莲，喻男女相悦的和合欢乐。④ 红菡萏（hàn dàn）：红色的荷花。

今译

近些天我家门前啊溪水上涨，你驾轻舟好几回偷偷来探望。可惜小小船难以张开红罗帐，真是无可奈何啊，只能面对同心莲花空怀惆怅。我希望自己化身红艳的荷花，岁岁年年都开放在秋江之上，更祈愿你能变为花底的波浪，没有阻隔障碍啊，即使风风雨雨也能长相来往。

心赏

晚唐五代，文人抒写爱情时对象多为闺阁庭院和上层社会之男女，不外游子怀归和思妇念远，此词不然，着眼民间水乡、底层儿女，笔调清新独创，在词史上具有既继承南朝民间乐府传统又生面别开的开创性，可以照亮读者惊喜的眼睛。法国文豪巴尔扎克曾说："爱情不只是一种感情，它同样是一种艺术。"词的抒情主人公因为"船小难开红斗帐"，故而忽发痴想，自己化为"红菡萏"，而祈愿对方成为"花底浪"，这真是源于感情而幻为艺术，令读者想入非非，绮思无穷。

欧阳修官拜参知政事，即旧时之宰相，今日之总理，同时他又是文坛盟主，其地位相当于今日之全国作协主席与文联主席，但他在许多堂堂之阵、正正之旗的诗文之外，仍移柔情绮思于词，创作了不少情真意挚、意境清幽的爱情词，在中国的爱情诗词史上占有一席之地。"思往事，惜流芳，易成伤。拟歌先敛，欲笑还颦，最断人肠"（《诉衷情·眉意》），"尊前拟把归期说。未语春容先惨咽。人生自是有情痴，此恨不关风与月"（《玉楼春》），如果没有如此等等性情中人的情词绮语，欧阳修也许就只剩下可敬而不可亲的形象了。

生查子 元夕①

宋 欧阳修

去年元夜时②，花市灯如昼③。月上柳梢头，人约黄昏后。　　今年元夜时，月与灯依旧。不见去年人，泪满春衫袖④。

注释

① 生查子：此词亦载朱淑真《断肠集》，明人杨慎《词品》亦以为系朱淑真之作。南宋曾慥（zào）所编《乐府雅词》作欧阳修，清代学者叶申芗之《本事词》考定作者亦为欧阳修，当是。② 元夜：农历正月十五元宵节之夜，亦称"上元"。唐代自唐玄宗开始即有放灯火三夜的习俗，故又称灯节。宋太祖开宝年间又加两夜，称"五夜元宵"。③ 花市：火树银花的繁华街市。④ 泪满：一作"泪湿"。

今译

去年元宵佳节的夜晚啊，火树银花街市如同白昼。一轮圆月升上柳树枝梢，有情人约会在黄昏之后。今年元宵佳节的夜晚呢，圆月与花灯啊依然如旧。但是却不见那去年的人，伤怀的热泪落满我衫袖。

心赏

月、灯、夜如故而人事已非，在时间、地点、景物、结局的对比中，在同与不同、变与不变的反复咏唱中，抒写的是一段缠绵而令人惆怅追怀的爱情，构成一阕动人的爱情回旋曲。词中的"月上柳梢头，人约黄昏后"，乃千古传唱不断再版的名句。"黄昏后"为恋人相聚最暧昧和神秘的时分，而"月上柳梢"则是造化所安排的最富诗意的布景。自宋代以来尤其是近现代，不知有多少恋人在这一典型的诗意背景下，演出过他们的爱情故事。如今的约会多在茶室、咖啡店、卡拉OK厅和酒楼舞池，哪里还能寻觅古典的雅致清纯与温馨？

在古典诗词中，以元夜为背景的抒写爱情之作，似无人能出欧阳修此词之右。题旨与相近情调之词，欧阳修尚有《浪淘沙》："把酒祝东风，且共从容。垂杨紫陌洛城东，总是当时携手处，游遍芳丛。　　聚散苦匆匆，此恨无穷。今年花胜去年红，可惜明年花更好，知与谁同？"此词亦为名作，结句亦为名句，且同是今昔对比，但似乎仍不及元夕之词之恻恻动人。

卜算子

宋 李之仪

　　我住长江头①，君住长江尾②。日日思君不见君，共饮长江水。　　此水几时休③，此恨何时已④，只愿君心似我心，定不负相思意⑤。

作者简介

　　李之仪（约1048—1128），字端叔，自号姑溪居士，沧州无棣（今山东省无棣县）人。词作有《姑溪词》九十四首，多小令，词风属于婉约派，长于淡语、景语、情语。

注释

　　① 长江头：指长江上游四川一带。② 长江尾：指长江下游江苏一带。③ 休：停止，结束。④ 已：完结，停止。⑤ 定：此字为衬字。

今译

　　我住在长江的上游啊，你却住在下游的江尾。天天忆念你啊但却又见不到你，共饮长江这同一流水。长江水几时停止奔腾？我的愁恨何时可停息？唯有希望你的心像我不变的心，才不会辜负我相思的情意。

心赏

　　此词以男子作闺音，托为女子口吻，出以回环复沓之民歌风调，语言朴实无华，但"我""君"两两对举，"长江水"一线贯穿，写来情深意挚，婉曲而有深度。如果说"此水几时休，此恨何时已"，是远承南唐后主李煜之"问君能有几多愁？恰似一江春水向东流"的余绪，那么，结句虽然是从后蜀词人顾夐（xiòng）《诉衷情》之"换我心，为你心，始知相忆深"化出，却有出蓝之美。山东多豪杰之士，李之仪是山东人，却为南方的长江写出了如此婉约之调，为长江的南方谱出了如此爱情之曲，真是锦心绣口。

　　台湾名诗人余光中生长于江南，青少年时期于抗日战争中流亡四川。在海峡两岸尚未开放的1985年，他在香港写有《纸船》一诗："我住长江头／你在长江尾/折一只白色的小纸船/投给长江水/我投船时发正黑/你拾船时头已白/人恨船来晚/发恨水流快/你拾船时头已白。"他遥接的，正是此词的一脉心香，李词人有知，当会欣然一笑。不过，余诗中之"你"恐系泛指，诗首也并未确指爱情，李诗则不然。李之仪因故被贬谪安徽当涂，相濡以沫患难与共的爱妻和子女相继不幸去世，李已五十余岁，艰难困苦，满目萧然，但幸得妙龄歌伎杨姝相爱而不弃，上述《卜算子》就是写于他们同游长江之时，是诗人第二度青春开放的花朵！

临江仙

宋 晏几道

梦后楼台高锁，酒醒帘幕低垂①。去年春恨却来时②。落花人独立，微雨燕双飞③。　记得小蘋初见④，两重心字罗衣⑤。琵琶弦上说相思⑥。当时明月在，曾照彩云归⑦。

作者简介

晏几道（1038—1110），字叔原，号小山，临川（今江西省抚州市）人。晏殊第七子，能文善词，与晏殊合称"二晏"。他工于言情，词风与李煜相近，兼花间之长，有《小山词》存世，乃婉约派的代表词人之一。

注释

①"梦后"两句："梦后"与"酒醒"为互文。② 却：又，再。③"落花"句：落花、微雨二句出自五代翁宏《春残》一诗。④ 小蘋：友人家的歌女名，即沈廉叔、陈君龙两家歌女"莲、鸿、蘋、云"之蘋。⑤ 两重心字：两个篆书心字结成的连环图案。⑥"琵琶"句：从白居易《琵琶行》中之"低眉信手续续弹，说尽心中无限事"化出。⑦ 彩云归：化用李白《宫中行乐词》中之"只悲歌舞散，化作彩云飞"。"彩云"喻小蘋，并暗示其歌伎身份。

今译

午夜梦回迷离中唯见高楼深锁，宿酒醒来朦胧里只觉帘幕低垂。去年因春光逝去的怅恨又袭叩心扉。落红成阵中孤单地久久伫立，春雨霏微中看翩翩燕子双飞。铭心永记和小蘋的惊鸿初见，她穿着双重"心"字的轻薄罗衣。在琵琶弦上诉说相思多么令人心醉。今宵在天依旧是当时的明月，照耀她归去却是往日的清辉。

心赏

白居易在《简简吟》中说："大都好物不坚牢，彩云易散琉璃碎。"此词中的"彩云"也是如此。《小山词》中屡次提到如同彩云的小蘋，如《木兰花》

中的"小蘋若解愁春暮，一笑留春春也住"，《玉楼春》的"小颦微笑尽妖娆，浅注轻匀长淡静"。主人去世，小蘋等人也流落民间，不知所终。此词如《小山词》自序所云："所记悲欢离合之事，如幻如电，如昨梦前尘，但能掩卷抚然，感光阴之易迁，叹镜缘之无实也。"

晏几道是一位"词人"，更是一位"痴人"，后世评论家众口交誉称之为"古之伤心人"。"落花人独立，微雨燕双飞"，原为五代翁宏《春残》诗中的成句，一经晏几道移用于新的语境之中，遂成千古佳唱，而大都不知"其来有自"了。全词上片写"春恨"，下片写"相思"。苦恋情，孤寂感，无穷恨，时空叠映，构思婉曲，痴人痴语，写人世间普遍可见的美的消逝与人世间人所共有的对美的追怀，真是情深语挚，有余不尽而摇人心旌。

鹊桥仙

宋 秦观

纤云弄巧①，飞星传恨②，银汉迢迢暗度。金风玉露一相逢③，便胜却人间无数④。　　柔情似水，佳期如梦，忍顾鹊桥归路⑤。两情若是久长时，又岂在朝朝暮暮！

作者简介

秦观（1049—1100），字少游，一字太虚，别号淮海居士，扬州高邮（今属江苏省）人。"苏门四学士"之一，最为苏轼所重，他是婉约派词人中的名家，有《淮海居士》长短句。

注释

① 纤云弄巧：纤薄的云彩变幻各种图景。暗喻向织女"乞巧"的七夕。② 飞星：流星。③ 金风玉露：秋风白露。化用李商隐《辛未七夕》诗："恐是仙家好别离，故教迢递作佳期。由来碧落银河畔，可要金风玉露时。"④ "便胜却"句：化用唐人李郢《七夕》诗："乌鹊桥头双扇开，年年一度过河来。莫嫌天上稀相见，犹胜人间去不回。"⑤ 忍顾：怎忍回顾。

今译

轻柔的彩云编织各种图案，飞逝的流星传递别恨离愁，牛郎织女在七夕把迢遥的银河暗渡。每年在秋风白露中于天上的一回相见，要远远胜过那茫茫人世间的无数凡俗。柔情啊如水一样悠长温软，佳期啊像梦一样轻飘短促，怎么忍心回顾鹊桥成为我们的归路。你和我的感情若是坚贞不渝地久天长，哪里又在乎形影不离厮守在朝朝暮暮！

心赏

牛郎织女的故事，汉代即已开始流行，诗人们或咏叹他们的相思之苦，或歌唱他们的相会之欢，如汉代《古诗十九首》："迢迢牵牛星，皎皎河汉女。纤纤擢素手，札札弄机杼。终日不成章，涕泣零如雨。河汉清且浅，相去复几许？盈盈一水间，脉脉不得语。"如杜牧的《秋夕》:"银烛秋光冷画屏，轻罗小扇扑流萤。天阶夜色凉如水，卧看牵牛织女星。"秦观此诗却独弹别调，其结句尤其被词评家美称为"化腐朽为神奇"（清·黄苏《蓼园词选》）。

咏七夕之古典诗词，此作当为上上之选，它不仅新其命意，而且新其意象，同时新其语言，唐宋词中殊不多见。不过，结句所说的那种形而上的精神境界，恐非一般重在当下的凡人所能做到。人生苦短，为欢几何？当代女诗人舒婷《神女峰》一诗有句说:"与其在悬崖上展览千年／不如伏在爱人的肩头痛哭一晚。"似可视作秦观词的反调。

青玉案　横塘路

宋　贺铸

凌波不过横塘路^①，但目送，芳尘去^②。锦瑟华年谁与度？月桥花院，琐窗朱户^③，只有春知处^④。　　碧云冉冉蘅皋暮^⑤，彩笔新题断肠句。试问闲情都几许^⑥？一川烟草，满城风絮，梅子黄时雨。

作者简介

贺铸（1052—1125），字方回，祖籍山阴（今浙江省绍兴市），生于卫州共城（今河南省辉县市），才兼文武，屈居下僚。因《青玉案》一词而得名"贺梅子"。词风兼具婉约与豪放，有《东山词》。

注释

① 凌波：形容美人步履轻盈，出自曹植《洛神赋》："凌波微步，罗袜生尘。"过：访、探望、到来。横塘：苏州盘门之南十余里，贺铸退居苏州时于此筑"企鸿居"。② 芳尘：即罗袜生尘，代指美人。③ 琐窗：窗上雕刻或彩绘连环状花纹。④ 春知：春光知道，即人不知也。⑤ 蘅皋（gāo）：杜衡生长的水边泽畔。⑥ 闲愁：与正事无关之愁，常指爱情。

今译

翩若惊鸿的步履不到横塘这边，我只好目送芳尘飘然远去。美好的青春岁月谁和她共同度过？月照溪桥花开庭院，雕花窗棂朱红门户，只有春光知道她的住处。我久立杜衡生长的水边一直到暮云四合，不见伊人啊只得用彩笔新题那断肠之句。试问郁积于心多少愁怀恨绪？请看那满地的烟笼青草，满城的风扬柳絮，满天的霏霏梅雨。

心赏

北宋诗人黄庭坚《寄贺方回》说："少游醉卧古藤下，谁与愁眉唱一杯？解作江南断肠句，只今惟有贺方回。"他将贺铸与秦观并列，并且极致赞誉。贺词结句，以精彩独造的"博喻"喻"闲愁"，确为千古绝唱。"博喻"，又称

"联珠比喻"，西方称之为"莎士比亚式比喻"，因为博喻是指用多个比喻去多方面地形容同一个事物，莎士比亚的戏剧最擅此道，其笔下妙喻连珠，而贺铸此词之结句可以和莎氏一较身手。

如果要评选以比喻写愁情的冠军之作，恐怕要归贺铸的《青玉案·横塘路》而莫之它属。杜甫《自京赴奉先县咏怀五百字》以山喻愁："忧端如山来，澒洞不可掇。"李后主《虞美人》以水喻愁："问君能有几多愁，恰似一江春水向东流！"秦观以海喻愁："春去也，落红万点愁如海。"李清照以舟船喻愁："只恐双溪舴艋舟，载不动，许多愁！"如此等等，情采纷呈，但都不及贺铸以博喻取胜之作。

木兰花 美人书字

宋 李邴

沉吟不语晴窗畔，小字银钩题欲遍①。云情散乱未成篇，花骨敧斜终带软②。 重重说尽情和怨，珍重提携常在眼③。暂时得近玉纤纤，翻羡镂金红象管④。

作者简介

李邴（bǐng）（1085—1146），字汉老，号龙龛，济州任城（今山东省济宁市）人。翰林学士。在当时的词坛享有盛名，与王藻、楼玥合称为"南渡三词人"。有《云龛草堂集》。

注释

① 银钩：比喻书法刚劲有力。② 敧（qí）斜：倾斜不平之貌。③ 提携：帮助、照顾。④ 翻：反转，转而。

今译

默默沉思吟味在晴日朗照的窗畔，秀丽而劲健的字迹要将信笺写遍。情思如飞云散乱书不尽万语千言，笔力劲峭终究有女性的妩媚柔软。字里行间重重申说的是远情闺怨，珍重好自己的字眼常常照人眉眼。读书信亲芳泽毕竟是想象和幻觉，我妒羡镂金红象管握于玉手纤纤。

心赏

李邴最有名的作品是《汉宫春·梅》，在宋代与姜夔的《暗香》《疏影》以及同是宋人的刘行简的《夜行船》同系咏梅，并喧竞丽，但我以为并不及这首咏美人书字的《木兰花》。此词之妙，一是题材的创造性，诗词中咏书法的作品多矣，但所咏均为男性书家，此词则独咏美人书字；一是结尾的情深一往，虽有传承，但仍出人意料。

全词上片写美人书字，下片写读者观书，结尾虽得陶渊明《闲情赋》"愿在衣而为领，承华首之余芳""愿在裳而为带，束窈窕之纤身"之妙意，但无论题材与写法都具有创造性，是一首别饶情味的爱情之歌。正在恋爱中的读者，或是曾经恋爱过的读者，不是都有过书写或收读情书的经历吗？不过，那大都不是手握传统的笔管柔毫而成，而是借助现代的钢笔或圆珠笔，甚至后二者均已弃置不用，均已离休或退休，一腔情意都托付给毫无诗意的手机与电脑了。

临江仙 闺思

宋 史达祖

愁与西风应有约，年年同赴清秋。旧游帘幕记扬州，一灯人着梦，双燕月当楼。　　罗带鸳鸯尘暗澹^①，更须整顿风流。天涯万一见温柔^②，瘦应因此瘦，羞亦为郎羞。

作者简介

史达祖（约1195年前后在世），字邦卿，号梅溪，汴京（今河南省开封市）人。其词长于咏物，细腻工巧，著有《梅溪词》。

注释

① 暗澹：暗淡。② 天涯：天边，此处指代游子。温柔：词之女主人公自称。

今译

忧愁与西风应该早就缔有盟约，年年一起相会在萧瑟的清秋。长忆旧游在那风月繁华的扬州，而今在孤灯下重温旧梦，只见双燕栖宿月照高楼。绣着鸳鸯的罗带虽已颜色暗淡，更是要梳妆打扮保持美貌风流。万一天涯游子归来啊相逢再见，我消瘦是为相思而消瘦，我娇羞也是为他而娇羞。

心赏

姜夔称史达祖的词作"奇秀清逸，有李长吉之韵"，他的"做冷欺花，将烟困柳，千里偷催春暮"（《绮罗香》）之咏春雨，他的"还相雕梁藻井，又软语商量不定。飘然快拂花梢，翠尾分开红影"（《双双燕》）之咏春燕，"青未了，柳回白眼。红欲断，杏开素面"（《东风第一枝》）之咏春雪，都是剪翠裁红，词中上品，配得上"奇秀清逸"之美誉。

此词开篇构思巧妙，是现代美学中所谓之"移情"，结尾道前人之所未道，相当于今日小女子娇嗔的口语"还不都是为了你"。全词写女主人公的相思心理，可谓细腻入微。新诗写相思，却别是一番韵味，如冰心的《相思》："躲开相思，披上裘儿，走出灯明人静的屋子。小径里明月相窥，枯枝——在雪地上，又纵横地写遍了相思。"今日读来虽不觉其有何等高明，但它作于新诗的草创时期，开山辟路之功就已经颇为难得了。

浣溪沙

宋 吴文英

门隔花深梦旧游^①，夕阳无语燕归愁。玉纤香动小帘钩^②。　　落絮无声春堕泪，行云有影月含羞。东风临夜冷于秋。

作者简介

吴文英（约1212—1272），字君特，号梦窗，四明（今浙江省宁波市鄞州区）人。终生布衣。词风幽隐密丽，卓然成家，在南宋词坛与豪放之辛弃疾、清空之姜夔三足鼎立。《四库全书总目》中之《梦窗稿提要》说："词家之有文英，亦如诗家之有李商隐。"

注释

① 旧游：从前的游冶赏玩之处。② 玉纤：美人的手指。

今译

重门阻隔花丛深远梦中回到旧游之地，夕阳无语西下远道归来紫燕衔着忧愁，似乎听到那纤纤的含香玉手在拨动帘钩。柳絮落地无声是春景也是我掉下的眼泪，流云行天遮掩月华像是美人在掩面含羞。我相思惆怅啊春夜的东风竟然冷过凉秋。

心赏

吴文英的作品是宋词中的异数，为宋词的多姿多彩作出了重要贡献。清人周济在《介存斋论词杂著》中，说他的小令"其佳者，天光云影，摇荡绿波，抚玩无斁（yì），追寻已远"。早在宋代，黄昇在《中兴以来绝妙词选》中也说："求词于吾宋者，前有清真，后有梦窗。"可见其词的特色与风格。此词记"梦"，迷离恍惚，虽是表现相思怀人之情，但却不能确指，既具李商隐《无题》诗的朦胧之美，也开现代新诗中朦胧诗的先河。

吴文英在《唐多令·惜别》中，有"何处合成愁，离人心上秋"之名句。他的另一首《思佳客》，是在杭州追悼亡姬之作，可以与上述《浣溪沙》合参："迷蝶无踪晓梦沉，寒香深闭小庭心。欲知湖上春多少，但看楼前柳浅深。愁自遣，酒孤斟。一帘芳景燕同吟。杏花宜带斜阳看，几阵东风晚又阴。"

雨中花

宋 无名氏

　　我有五重深深愿①。第一愿且图久远；二愿恰如雕梁双燕，岁岁得长相见；三愿薄情相顾恋②；第四愿永不分散。五愿奴哥收因结果③，做个大宅院④。

注释

　　① 五重："重"之意为"层"，五重即五个层次。② 薄情：少情，寡情。此处取其反义，指有情男子。③ 奴哥：对年轻女子的昵称，此处为自称，"哥"为无实义的语尾词。收因结果：宋元间俗语，意为结果、结句、收场。④ 宅院：宋元俗语，意为宅眷、眷属。

今译

　　我心有五层深深的心愿。第一愿是图个日子久远。二愿如同画梁上双飞之燕，能年年月月相守相见。三愿郎君有情长相眷恋。四愿我们永远不要分离。五愿自己到头来结果美满，做个花好月圆宅眷。

心赏

　　这是宋代的无名作者为歌妓们所作的演唱之词，其题为《改冯相三愿词》，即改南唐时曾为宰相的冯延巳的《长命女》一词。冯词系表现情爱与祝福的祝酒辞，祝辞虽好，却不及此作之角度新锐而内涵深厚。此词表现风尘女子身不由己的痛苦和对美好生活的愿望，艺术上的层层递进的手法也相当成功。只是这些美好的愿望，在男尊女卑的社会里，大都是风中之烛，水底之月，镜中之花。

　　冯延巳的《长命女》说："春日宴，绿酒一杯歌一遍。再拜陈三愿：一愿郎君千岁，二愿妾身常健，三愿如同梁上燕，岁岁长相见。"不过，如果沿波讨源，冯作的源头应是白居易的《赠梦得》："为我尽一杯，与君发三愿：一愿世清平，二愿身强健，三愿老临头，数与君相见。"白作是前浪，冯作为后浪，此曲乃后浪之后浪也。

眼儿媚

宋 无名氏

杨柳丝丝弄轻柔①，烟缕织成愁。海棠未雨，梨花先雪，一半春休。　　而今往事难重省②，归梦绕秦楼③。相思只在：丁香枝上④，豆蔻梢头⑤。

注释

① 弄：玩弄，引申为戏耍。此句写春风中嫩柳的动态。② 省：此处为察看、重现解。③ 秦楼：指所恋女子的居所。古乐府《陌上桑》："日出东南隅，照我秦氏楼。秦氏有好女，自名为罗敷。"④ 丁香：丁香花含苞不吐，其形如结，诗人常借以表情肠郁结。如李商隐《代赠》："芭蕉不展丁香结，同向春风各自愁。"⑤ 豆蔻：与丁香同为植物名，诗文中常以之象征少女，如"豆蔻年华"。

今译

春风中的柳条舞弄得多么轻柔，如烟如缕织成啊我心中的忧愁。未经雨打海棠还在枝头怒放，梨花如雪先开放在仲春时候，但三春美景有一半已经罢休。到如今那如烟往事难重新捡拾，绮梦回归我曾经居住过的秦楼。无尽的相思之情只好寄托在：花苞未展的丁香枝上，蕊心相并的豆蔻枝头。

心赏

《汉书·艺文志》最早提出"相反皆相成"的看法，清代王夫之《姜斋诗话》认为："以乐景写哀景，以哀景写乐景，一倍增其哀乐。"此词上阕写景，下阕言情，正是以乐景写哀，以三春美景反衬发生于春日已成往事的如梦如幻的恋情。李白《长干行》的"八月蝴蝶黄，双飞西园草；感此妾伤心，坐愁红颜老"，不正是出自同一诗心？

晚唐杜牧的《赠别》说："娉娉袅袅十三余，豆蔻梢头二月初。春风十里扬州路，卷上珠帘总不如。"南唐中主李璟的《摊破浣溪沙》唱道："手卷真珠上玉钩，依前春恨锁重楼。风里落花谁是主？思悠悠。　　青鸟不传云外信，丁香空结雨中愁。回首绿波三峡暮，接天流。"宋代无名氏此词的结语分别借支化用前人成句，正是对原典的顺手牵羊，巧为我用，即使是借条也不必开具一张。

御街行

宋 无名氏

霜风渐紧寒侵被。听孤雁声嘹唳①。一声声送一声悲，云淡碧天如水。披衣告语："雁声略住，听我些儿事。 塔儿南畔城儿里，第三个桥儿外，濒河西岸小红楼②，门外梧桐雕砌③。请教且与④，低声飞过，那里有、人人无寐。⑤"

注释

① 嘹唳（lì）：形容雁鸣声清亮高远。② 濒：靠近水边。红楼：妇女居住之所。③ 雕砌：雕花的台阶。④ 请教：请。且：姑且。与：意为对待。⑤ 人人：常用以指亲爱的人，意为"人儿""那人儿"。

今译

秋日的霜风渐渐凄紧冷侵衣被，寒夜不眠听孤雁的鸣声凄切，一声声传送着那一声声的伤悲，轻云淡淡夜空如秋水。我披衣起坐向天祈告："雁儿啊请稍稍停一停，且听我将心里话诉说明白。位于城里的那座宝塔的南边，第三座桥梁之外，有一栋小红楼靠近西岸水滨，门外有雕花台阶和梧桐，请你飞过那里时姑且低声，我亲爱的人儿啊还不曾入梦。"

心赏

古代没有电话、电报与电传，更没有时髦的智能手机，鱼与雁在古典诗文中便常常充当信使的重要角色，责无旁贷。但此词写来却别开生面，抒情主人公直接向雁诉说他对恋人的刻骨相思，角度颇为新颖独特，表现细腻入微。"披衣告语"以下的自诉纯用口语，意有三层，软语叮咛活色生香，富于生活气息，从中可见民间词的本色。

现代文学中有所谓"荒诞派"，这首词可以说是开荒诞派的先河。它用主人公与雁说话的这种非现实的荒诞方式，表现对恋人的刻骨相思与呵护之情，出人意表又引人共鸣。此词主人公的性别不明，非男即女，但更可能是男性。他对所爱的女子可谓体贴入微，如果他长期并始终具有这样的上佳表现，那位女子就算是真正有福了。

【中吕】阳春曲 题情二首

元 白朴

从来好事天生俭，自古瓜儿苦后甜^①。奶娘催逼紧拘钳^②，甚是严，越间阻越情忺^③。

轻拈斑管书心事，细折银笺写恨词。可怜不惯害相思。则被你个肯字儿，拖逗我许多时^④。

作者简介

白朴（1226—约1306），字太素，一字仁甫，号兰谷。祖籍隩州（今山西省曲沃县），后徙居真定（今河北省正定县）。为"元曲四大家"之一。杂剧作品见于著录者十六种，如《梧桐雨》《墙头马上》，其散曲婉约而俊爽。

注释

① "从来好事天生俭"两句：为当时谚语。俭：挫折，不足。② 拘钳：拘束，钳制。③ 情忺：情投意合。忺（xiān）：乐意，高兴。④ 拖逗：勾引，挑逗。

今译

从来好事就是多磨要受到挫折，自古瓜儿就是先苦涩而后香甜。我的亲娘管束严密催逼得厉害，但越是阻挠，我们越是相爱而情意绵绵。

轻轻拈着斑竹笔管书心中之事，仔细折叠的白纸上写怨恨之词。可怜我不习惯受这种相思的折磨，只因为被你的甜言蜜语迷惑啊，使得我长时间如醉如痴。

心赏

两首散曲分别刻画了两位女抒情女主人公的形象，前者刚强泼辣，越是好事多磨，越是触底反弹，后者柔婉缠绵，为情所困，她们是中国古代女性的两种典型，与今日之"女强人"或"弱女子"大体类似。然而，"女强人"在封建社会如凤毛麟角，如生活中实有的武则天，如传说中虚构的花木兰，在爱情领域里，敢于反抗父母之命媒妁之言的也极为少见。"弱"，则是昔日普天下女子的身份证。连西方的莎士比亚在《哈姆雷特》中都曾说："弱者，你的名字是女人。"此语一出，便成了名剧中的名句，引用率极高。

时至现代，女权主义得到了空前的发扬，女人的命运大多已非昔日可比，独立性与自主性也已非封建时代绝大多数女人所敢想象。至于现代女子而害相思病，如果不是对心目中的白马王子情深一往，难以解脱，就是被男人的迷魂汤灌得意醉神迷了。

【双调】落梅风

元 马致远

　　云笼月，风弄铁①，两般儿助人凄切。剔银灯欲将心事写②，长吁气一声吹灭。　　磨龙墨，染兔毫，倩花笺欲传音耗。真写到半张却带草草，叙寒温不知个颠倒。

作者简介

　　马致远（约1250—1321年以后），字千里，号东篱，大都（今北京市）人，元代初期名剧作家、散曲家。与关汉卿、郑光祖、白朴并称"元曲四大家"。其杂剧《汉宫秋》是元杂剧中的名篇。其小令《天净沙·秋思》被誉为"一代之冠""秋思之祖"。

注释

　　① 风弄铁：风吹悬挂在檐下之铁马叮当和鸣。② 剔银灯：剔，挑也。挑明、挑亮灯光。

今译

　　薄云笼罩着天上的月轮，夜风吹动铁马叮当和鸣，月朦胧而铁马声平添惆怅凄清。挑亮灯光我想将心事写给意中人，转念又将灯吹灭而长叹一声。将饰有龙纹的好墨磨浓，拿象管兔毫把墨汁蘸饱，倩花笺将心事传给那人知道，开始半张还规规矩矩写到后来却字迹潦草，问暖嘘寒啊我语无伦次神魂颠倒。

心赏

　　散曲写情难免直白发露，但也需讲求艺术含蓄。马致远此作野趣与雅趣、明朗与含蓄兼而有之。诚如郑振铎《中国俗文学史》所云："谐俗之极，而又令雅士沉吟不舍。"马致远一生写了一百二十多首小令和近二十小套数，咏唱男女恋情是其作品的重要内容之一。这位写了著名杂剧《汉宫秋》的作家，今日如能前来说明他这首《落梅风》之后的故事或本事，那就太令人喜出望外了。

作为记事陈情抒怀达意的书信，遍及于世界各国，普及于芸芸众生，在中国更是源远流长，有单名与双名，诸如简、札、牍、启、书简、尺牍、书札、尺素等，就是"信"的芬芳美丽的别名嘉号，足以编成一部皇皇的《中国书信史》或《中国尺牍文学史》。马致远笔下的这位蕙质兰心的美人，其半张花笺如果能流传至今，恐怕可以上中央电视台的"鉴宝"节目，或在"淘宝网"拍出高价。

【黄钟】人月圆

元 赵孟頫

一枝仙桂香生玉，消得唤卿卿①。缓歌金缕②，轻敲象板③，倾国倾城。　　几时不见，红裙翠袖，多少闲情。想应如旧，春山澹澹，秋水盈盈。

作者简介

赵孟頫（fǔ）（1254—1322），字子昂，号松雪道人。湖州（今浙江省湖州市）人。宋代宗室，被征入元而位至公卿。诗文、书法、绘画、篆刻、音乐均冠绝一时，是多才多艺的诗人和艺术家。

注释

① 消得：配得，值得。卿卿：情人或夫妻间的一种亲昵的称呼。　② 金缕：金缕曲，词牌"贺新郎"的别名。③ 象板：我国民族音乐中用之配合节拍之板，形如象牙或镶以象牙。

今译

好像一枝仙宫之桂又像生香的美玉，真是值得亲昵地叫她卿卿。缓缓地唱着金缕曲，轻轻地敲着象牙板，倾国倾城绝代佳人。分手日久难得相逢，不见她的红裙翠袖，惹动多少思念之情。我想她应青春如昔，娥眉仍像春山淡淡，明眸仍如秋水盈盈。

心赏

赵孟頫是宋太祖子赵德芳之后裔，宋亡后被迫出仕。因元朝对宋宗室一般都比较宽容优待，加之赵孟頫确实多才多艺，故仕途显达。但他毕竟有更深的故宫黍离之悲，如《岳鄂王墓》就是他的七律名篇，在成千上万篇岳王墓诗中一枝秀出："鄂王坟上草离离，秋日荒凉石兽危。南渡君臣轻社稷，中原父老望旌旗。英雄已死嗟何及，天下中分遂不支。莫向湖山歌此曲，水光山色不胜悲。"他有《岳鄂王墓》这样的悲歌，同时也还有《人月圆》这样的恋曲。

　　"美人未可凋朱颜，朱颜但愿长如此。"作者在《美人曲》诗中如是说。此作表现了对美的怀念和祈愿，偶语有情，叠语有韵，意永情长，结句尤佳。眼睛是灵魂的窗户，自诗经《秦风·硕人》篇写美人的"美目盼兮，巧笑倩兮"以来，诗人们对美人的眼睛均情有独钟，不惜笔墨，画家应有"点睛"之笔，赵孟頫身为诗人与画家，又何能例外？

【双调】折桂令　梦中作

元　郑光祖

半窗幽梦微茫，歌罢钱塘①，赋罢高唐②。风入罗帏，爽入疏棂，月照纱窗。　　缥缈见梨花淡妆，依稀闻兰麝余香。唤起思量，待不思量，怎不思量！

作者简介

郑光祖（？—1324年之前），字德辉，平阳襄陵（今山西省临汾市）人，他是元代后期重要的剧作家，与关汉卿、马致远、白朴并称"元曲四大家"。《倩女离魂》是其代表作，散曲清丽圆润。

注释

① 歌罢钱塘：指南齐钱塘名妓苏小小。② 赋罢高唐：战国时楚人宋玉作《高唐赋》，写楚襄王梦游高唐时与巫山神女欢会。

今译

窗户半开和她幽会如幻如梦依稀微茫。柔情似水她有如苏小小歌喉婉转，蜜意如饴我好似襄王神女在高唐。夜风如水啊吹动她轻薄的罗帏，清爽之气从稀疏的窗棂吹了进来，高天的一轮明月照耀着碧色纱窗。恍恍惚惚看到她如一枝素洁淡妆的梨花，隐隐约约闻到她身上如兰似麝的芬芳。幻美的梦境唤起我对往事的回想，我不想也不忍啊去回首前尘如梦，但刻骨铭心的往事又怎能不思量？

心赏

梦，是现实与心理的曲折投影。中国古典诗文中写梦的诗文篇章不少，足可以编撰成一本皇皇之《中国梦文学史》。此作以幻写真，以真写幻，真真幻幻，令读者疑幻疑真。诗美是多样的，如同春日的百花，"朦胧美"就是诗美的一种，诗经中《陈风·月出》篇和《秦风·蒹葭》篇，是中国诗歌朦胧美的源头，郑光祖的《折桂令》则是千年后的一朵浮光耀金的浪花。

郑光祖此作写的是对曾经相遇的恋情或艳情的回想，台湾当代女诗人席慕蓉的《盼望》也是："其实我盼望的／也不过就只是那一瞬／我从没要求过　你给我／你的一生／如果能在开满了栀子花的山坡上／与你相遇　如果能／深深地爱过一次再别离／那么　再长久的一生／不也就只是　就只是／回首时　那短短的一瞬。"只是古典诗与现代诗的韵味有别，一者有如兰陵美酒，一者有如白兰地。

【双调】清江引 相思

元 徐再思

相思有如少债的①，每日相催逼。常挑着一担愁，准不了三分利②，这本钱见他时才算得。

作者简介

徐再思（生卒年不详，约1320年前后在世），字德可，号甜斋，嘉兴（今浙江省嘉兴市）人。其散曲学习"俗谣俚曲"，多写闲情与闺趣。他与贯云石同时并齐名，贯号"酸斋"，故后人合辑他们的作品为《酸甜乐府》。

注释

① 少债：欠债。② 准不了：抵不了，折不得。

今译

相思好比拖欠了人家的银钱，每天都要被要债的催逼。总是挑着一担沉重的忧愁，然而那又并折不得三分利息。这本钱啊只有见到那个冤家时才能和他算计。

心赏

相思如同欠债，比喻和构思都富于原创性，通俗新鲜而又深刻。"愁"属于感情状态，无影无形，不可把捉，而作者谓之"一担"，情意觉通于具体可感的视觉与触觉，现代诗学中之所谓"通感"，在古典诗歌中已屡见不鲜，此为一例。此曲又善于比喻，将"相思"比为"欠债"，并引申到"本钱"和"利息"，化无形为有形，化平凡为警动，化习见为新鲜，令人不禁想起古希腊亚里士多德在《修辞学》中对比喻的赞美："比喻之作用大矣哉！"

老诗人冯至早期的名作《蛇》，也是写相思之情，也是妙用比喻，可以古今对读："我的寂寞是一条长蛇，冷冷地没有言语——姑娘，你万一梦到它时，千万呵，不要悚惧！//它是我忠诚的侣伴，心里害着热烈的相思；它想那茂密的草原——你头上的、浓郁的乌丝。//它月光一般的轻轻地，从你那儿轻轻走过；为我把你的梦境衔了来，像一只绯红的花朵。"由此可见，真正优秀的新诗并不让古典专美于前。

【双调】折桂令 春情

元 徐再思

平生不会相思，才会相思，便害相思。身似浮云，心如飞絮，气若游丝。　空一缕馀香在此①，盼千金游子何之②。证候来时③，正是何时？灯半昏时，月半明时。

注释

① 馀香：留下的香气。古时男人也喜配香。② 千金游子：千金子，表尊贵、珍贵之人。之：往、去。③ 证候：病情，此指相思病。

今译

从前不知相思因为不知爱恋，现在情窦初开之后，便害了磨人的相思。身子像轻飘的浮云，心儿像飞舞的柳絮，气息像空中的游丝。他去后空留下一缕余香在这里，我盼望的心上人现在何方栖迟？相思病症常常袭来，多发作在何地何时？请问灯花半暗时候，请看月色昏黄之时。

心赏

徐再思的这首小令以第一人称自叙的方式，写初恋少女的相思。"思"与"时"首尾重韵，显示了曲与词不同的用韵方式，也深刻地表现了主人公的心理。她已经"心如飞絮，气若游丝"了，何况又是在凄凉冷寂的"灯半昏时，月半明时"。我们真应该发扬人道主义的精神，打个电话给120医疗急救中心，或者请一位心理医生，使这位相思病重度患者能得到及时的疗治。

俄罗斯大诗人普希金有一首爱情名诗，题为《凯思》，开篇即是写的相思之情："我记得那美妙的一瞬：在我的眼前出现了你，有如昙花一现的幻影，有如纯洁之美的精灵。在那绝望的忧愁的苦恼中，在那喧嚣的虚荣的困扰中，我的耳边长久地响着你温柔的声音，我还在睡梦中见到你亲爱的面影。"这是写男子对女子的相思，而且是域外之诗，可以与元曲作家徐再思的《折桂令·春情》互参对读。

西湖竹枝歌（选二）

元 杨维桢

鹿头湖船唱赧郎^①，船头不宿野鸳鸯。

为郎歌舞为郎死，不惜黄金成斗量。

劝郎莫上南高峰^②，劝侬莫上北高峰^③。

南高峰云北高雨，云雨相催愁杀侬。

作者简介

杨维桢（1296—1370），字廉夫，号铁崖，诸暨（今浙江省诸暨市）人，一作山阴人。元末有影响的诗人、文学家。其诗奇诡纵横，自成一格，号"铁崖体"。

注释

① 赧（nǎn）郎：赧，脸上羞红之貌。赧郎：红着脸的情人；一解为歌曲名。② 南高峰：在今浙江省杭州市西。宋代康与之《长相思》词："南高峰，北高峰，一片湖光烟霭中，春来愁杀侬。"③ 侬：我。李白《秋浦歌》："寄言向江水，汝意忆侬否？""侬"又作"人"解，如古乐府《寻阳东》："鸡亭故侬去，九里新侬还。"此处作非我之中性的"人"为宜。

今译

站在鹿头湖船上唱给红脸的情郎，船上从不栖宿非正式配偶的鸳鸯。我可以为郎歌舞甚至为郎而死啊，绝不会看重世俗的黄金车载斗量。

劝郎莫把南高峰上，劝人莫把北高峰上。南高峰北高峰都弥漫着云情雨意，云雨相交相融会使得人愁断肝肠。

心赏

这两首竹枝歌借"鸳鸯"和"云雨"为喻，写一位少女对爱情的看法与追求，颇具民间的纯真与民歌的情韵。关于金钱，令人想起法国大作家左拉在

《娜娜》中的一句话:"金钱算什么? 要是我,如果我对一个男人一见钟情的话,我情愿为他而死!"不过,这恐怕是中国的古人和外国的近人的想法,如今世风不古,人心大变,不看重权势与金钱的爱情,已经快要稀少珍贵得像冰山上的雪莲了。

　　他山之石,可以攻玉。美国十七世纪诗人坎宾的名作《樱桃熟了》(又名《她的脸上有一座花园》),歌颂自由的纯洁的爱情,也有"不惜黄金成斗量"之意:"她的脸上有一座花园/园里盛开着玫瑰与白莲/那是一个极乐的天堂/有各样的美果生长/还有樱桃,但谁也休想买到/除非她自己叫'樱桃熟了!'//有两排明亮的珍珠/被樱桃完全遮住/巧笑时颗颗出现/像玫瑰花蕾上面霜雪盖满/可是王公卿相也休想买到/除非她自己叫'樱桃熟了!'"

【中吕】红绣鞋

元 无名氏

长江水流不尽心事，中条山隔不断情思①。想着你，夜深沉，人静悄②，自来时。来时节三两句话，去时节一篇词③。记在你心窝里直到死！

注释

① 中条山：山名，在山西省西南部，位于黄河与涑水河、沁河之间，长约170千米。② 静悄：静寂，悄然无声。③ 一篇词：一番情语，或指一首诗词。

今译

滚滚长江水流不尽我的心事，巍巍中条山隔不断我的相思。回想你悄悄地潜来和我幽会，常是那夜色深沉人静悄之时。来时说几句多情的话，去时又是山盟海誓之词。这些情景和誓言啊要记在你心窝里直到死！

心赏

此曲表现女主人公对爱情的怀想与坚贞，全诗风格颇具阳刚之美，从中可见虽然同是来自民间，但北方的作品与南方的作品情味因文学地理的不同而各异。这首小令的起兴告白即气势不凡，结句的誓词咒语也斩钉截铁，首尾呼应，所谓以健笔写柔情，与文人之作固然不同，与缠绵悱恻的南方民歌相较也大异其趣，它有如热烈高亢的唢呐，后者仿佛深情低回的箫笛。

幽期密约，是热恋中的男女最感到甜蜜难忘的时光。苏轼的《春宵》有"花有清香月有阴，春宵一刻值千金"之语；法国诗人普列维尔的《公园里》开篇也说："一千年一万年，也难以诉说尽，这瞬间的永恒。"这首小令中的女主人公的声口心态，跃然纸上，令我们不由想起中外诗人的有关名句。

【仙吕】寄生草

元 无名氏

有几句知心话，本待要诉与他。对神前剪下青丝发，背爷娘暗约在湖山下①，冷清清湿透凌波袜。恰相逢和我意儿差②，不刺③，你不来时还我香罗帕！

注释

① 湖山：指湖山石，亦可代指假山。② 意儿差：情思不合，指对方变心。③ 不刺：语气词，有无奈之意。

今译

有好几句知心的话语，本来等着要倾诉给他。对着神像我剪下准备送他的一绺黑发，背着爷和娘我们暗自约会在那假山下，久候不来夜深寒重露水湿透了罗袜。你啊才和我相好怎么忽然就变了卦，拉倒就拉倒，你要是不来就还给我送的那香罗帕！

心赏

时间是万籁俱寂的深夜，空间是偷期密约的湖山石旁，作者正是选取了这样一个典型的时空，以自诉的手法，刻画了一位极富个性的恋爱中的少女的形象，表现了她的痴情，也显示了她的决断。信物是表示以终生相托的剪下的青丝，待倾诉的是心中的千言万语，然而，正如紧锣密鼓之后竟然一片空寂，少女怀人却久候不至，心潮如捣而决心如男方变心则一刀两断。

至于以"青丝"与"罗帕"作为定情的信物，则不独民间为然，《红楼梦》中的贾宝玉与林黛玉不也是如此？第三十四回写宝玉挨打，是《红楼梦》的重要情节之一，也是前八十四回两种力量冲突的高潮。黛玉前来看望之后，宝玉嘱心腹丫鬟晴雯送去两方他用过的手帕，黛玉心领神会，感怀无已，连夜于灯下写了《题帕绝句三首》，其中有句是"尺幅鲛绡劳解赠，叫人焉得不伤悲"。由此可见，罗帕虽小，却不可等闲视之！

【越调】小桃红 情

元 无名氏

断肠人寄断肠词①，词写心间事。事到头来不由自，自寻思，思量往日真诚志②。志诚是有，有情谁似？似俺那人儿。

注释

① 断肠：形容悲痛至极。此处极写相思之苦。② 真诚志：诚心诚意。

今译

痛断肝肠的人寄出苦恋之词，字字句句是缠绵的心事。事到如今我的心已情不由自，仔仔细细地寻思，思来想去对他真是真心一志。志诚心切的人是有，有谁和我真情相似？似他和我一样恋苦情痴。

心赏

印度名诗人泰戈尔说过："爱就是充实了的生命，正如盛满了酒的酒杯。"这首小曲写的就是抒情女主人公的爱恋之情，她的爱情标准非名非利，非精神之外的物质要求，而是"真诚志"，也就是别无旁骛地相互以心相许。她本人如此，她想象和相信所爱的人也是这样。作为读者，我们也只能信她之所信而为她祝福了。

这首小曲运用的是"联珠体"，修辞学中名为"顶针格"，也称"顶针续麻体"，即后一句的第一个字，与前一句的最后一个字相同。本篇译文也仿此体。不过，我们关心的还是男子究竟是否"真诚志"，在旧时代，这是女子所普遍具有的心结，不像今日的女人可以心事多变，也可以有诸多选择。元曲中还有无名氏所作的《[中吕]四换头》也提出了"真诚志"的问题："东墙花月，好景良宵。怎记著，低低的说，来时节，明日早些，不志诚随灯灭。"可见人同此心，向往和推崇的还是忠贞的爱情。

越　歌

明　宋濂

恋郎思郎非一朝，好似并州花剪刀^①。

一股在南一股北，几时裁得合欢袍^②？

作者简介

宋濂（lián）（1310—1381），字景濂，号潜溪，浦江（今浙江省浦江县）人。明初散文家、诗人。明代"开国文臣之首"。

注释

① 并州：古地名，今山西省太原市一带，以产剪刀闻名，古代诗人多有题咏。② 合欢袍：婚服，其上绣有具象征意义的花鸟虫鱼之成双图案。

今译

思念和爱恋郎君远非一夕一朝，相思像并州出产的锋利的剪刀。然而它们一股在南啊一股在北，什么时候才能裁成那合欢之袍？

心赏

写女子渴盼和情郎结为百年之好，泼辣大胆，为一般文人诗中所少见。剪刀之喻，既切合女主人公应娴于女红的身份（有如当代台湾诗人洛夫《与李贺共饮》一诗"哦，好瘦好瘦的一位书生／瘦得像一枝精致的狼毫"，以狼毫喻病弱书生李贺），又一语双关，新鲜独创，是所谓风马牛不相及的"远距离比喻"。剪刀如果知道自己种种实用价值之外，尚能担负起贺知章"剪柳"与宋濂"裁袍"实为"裁情"的光荣任务，也许会始料不及而感到十分荣幸吧？

宋濂幼年家贫，常借书苦读。元末诏为翰林编修，不出，隐居山林著书十余年。明初主修《元史》，官至翰林学士承旨知制诰，一代礼乐，多由其裁定。想不到这样一位学富五车并且想必也冠冕堂皇的老夫子，竟然有如此风情旖旎的情歌，可见浸淫于礼乐与官场的他，还葆有一份诗人的真性情，不像有的人一入官场或久在官场，人性都"异化"了，人性日少而官性日多，如果还要附庸风雅，为文赋诗，其大作则不想而可知矣！

吴歌（二首）

明 刘基

侬做春花正少年，郎做白日在青天。

白日在天光在地，百花谁不愿郎怜①？

承郎顾盼感郎怜，准拟欢娱到百年②。

明月比心花比面，花容美满月团圆。

作者简介

刘基（1311—1375），字伯温，青田（今浙江省青田县）人。明代开国功臣之一，封诚意伯。他是元末明初诗文兼擅的作家。有《诚意伯》文集。

注释

① 怜：爱也。② 准拟：预料，定会，定要。

今译

我正当青春年少如春花一般鲜妍，情郎你像那太阳照耀在万里青天。太阳高高在天啊光芒照耀着大地，百花初放谁不希望得到你的爱怜？

我有幸得到你的顾盼感激你爱怜，我料想一定会琴瑟和鸣偕老百年。一轮明月是你的心春花是我的脸，我们俩的爱情美满如同花好月圆。

心赏

这是文人仿民歌体裁写的作品，语言俗中见雅，比喻的连用与妙用尤见匠心。如果不巧用比喻，全诗将黯然失色。比喻，是语言艺术中的艺术，优秀的诗人，全是创造佳比妙喻的高手，如同英国诗人雪莱所说："诗的语言基础是比喻性。"刘基此作比喻虽然不算十分新鲜，但在反复回环中却可见运用之妙。

我的学生何琼华曾作词题我与内子缇萦的少年俪照，词曰《虞美人·俪影》:"锦瑟年华佳丽貌,皓齿明眸,秀发蝶飞绕。玉面郎君花月皎,谁人不道青春好? 半世流光谁与杏? 镜里繁华,暗换青丝了。镜外翁妪相偎笑,神仙也羡白头老!"似水流年,今昔映照,时空交感,构思巧妙。她下笔以前,是否曾读过刘基的《吴歌》呢?

妒 花①

明 唐寅

昨夜海棠初著雨②，数点轻盈娇欲语。

佳人晓起出兰房③，折来对镜比红妆④。

问郎"花好奴颜好"，郎道"不如花窈窕"。

佳人闻语发娇嗔⑤："不信死花胜活人。"

将花揉碎掷郎前："请郎今日伴花眠。"

作者简介

唐寅（1470—1523），字伯虎，一字子畏，自号六如居士、桃花庵主、逃禅仙吏、江南第一风流才子。吴县（在今江苏省苏州市）人。明代诗人、画家、书法家。

注释

① 妒花：此诗脱胎自唐无名氏《菩萨蛮》："牡丹含露真珠颗，美人折向庭前过。含笑问檀郎：'花强妾貌强？'檀郎故相恼：'须道花枝好。'一面发娇嗔，碎挼花打人。" ② 海棠：花名，春季开红花，花容艳丽。③ 兰房：与兰闺、香闺意同，女子居室之美称。④ 红妆：古时年轻女子之妆饰，也指美女。⑤ 嗔（chēn）："瞋"之异体字，生气发怒。

今译

昨天晚上海棠刚刚沐过春雨，花开几朵娉娉婷婷含娇欲语。美人早晨起来走出闺房观赏，折来花朵对镜比较自己的容光。她问郎君："花好还是我颜色好？"郎君答说："你比不上海棠窈窕。"美人听到后就故意怒气冲冲："不信死花能美过活生生的人！"她将花搓碎后抛到郎君面前："那就请你今天晚上伴花而眠。"

心赏

唐伯虎这首爱情诗，在古典爱情诗中别具一格。它是写年轻夫妇间出于爱恋而互相调笑戏谑，而且通过采花、比花、揉花的典型细节，以对话的方式出之。全诗写人物对话率直与婉转兼而有之，如闻人立纸上，呼之欲出。表现颇有"颜值"的女主人公之亦嗔亦娇，读来如饮醇醪令人微醉。以对话为主写成的诗作，在中国古典诗歌中为数不多，因为诗作者常常是设身处地，代替所写的主人公直抒胸臆，而对话要写得声口逼肖，一语百情，却颇为不易。唐寅此诗，仅就"对话"这一道风景而言，也够读者观光的了。

在唐寅之前，唐代崔颢的《长干行》写年轻男女在长江舟中试探性的对话，宋代欧阳修《南歌子》写新婚夫妇象征性的对话，都可以说是风光旖旎妙到毫巅之作，读者不妨对读而互参。由此也可以看到，即使是典籍有名而民间传说中更大名鼎鼎的唐伯虎，他也曾去前人的文库中取经，不可能完全凭空创造。

吴 歌

明 民歌

约郎约到月上时，看看等到月蹉西①。不知奴处山低月出早②，还是郎处山高月出迟③？

注释

① 蹉（cuō）：过。此处为偏西之意。② 奴：封建时代女子的自称。③ 郎处：郎的住处。

今译

与郎相约见面是在月上东时，左等右盼看看月轮又偏了西。不知是我的住处岭矮山低月亮升得早，还是哥哥你的住处山高啊月亮出得迟？

心赏

西方人喜爱太阳，多的是太阳颂，中国人喜欢月亮，多的是月光曲。无论是抒乡情，写友情，咏亲情，表爱情，总少不了请月亮出场，或当背景，或作陪衬，或干脆作为作品中的主角或主角之一。这首明代的《吴歌》，是流传于江南一带的民歌。全诗以月为中心意象，抒情女主人公围绕月意象而反复咏唱四次之多。首句说相约见面之时是东山"月上"，次句见守候之久而月已"蹉西"。三、四句出之以妙哉妙哉的痴想与痴问：是我住的地方山低而"月出早"呢，还是你住的处所山高而"月出迟"？全诗四次写月，至此两问即戛然而止，初恋少女的柔情与轻怨，失约的前因后果如何，还有其他许多未曾道出的潜台词，都刺激读者去想象得之。

莎士比亚曾经说过："爱是一种甜蜜的痛苦。真诚的爱情永不是走一条平坦的道路。"从这首民歌来看，即使一次未能如约而至的约会也是如此，从中我们可以品尝到诗中少女心中甜蜜的痛苦，当然，情况并未坏到不可收拾，所以她也就还有痛苦中的甜蜜。

挂枝儿

明 民歌

　　隔花阴，远远望见个人来到，穿的衣，行的步，委实苗条①，与冤家模样儿生得一般俏②。巴不得到眼前，忙使衫袖儿招③。粉脸儿通红羞也，姐姐你把人儿错认了。

注释

　　① 委实：确实，的确。② 俏：容态轻盈美好。③ 使：用，使用。

今译

　　隔着花影儿，远远地望见一个人走近来到，他穿的衣裳，走路的步态，确实轻盈美好，样子长得跟我心中的情郎一般俊俏。恨不得他就走到我面前，急忙挥动衣袖向他招摇。粉白的脸蛋怎么忽然羞涨红潮，原来姐姐你心急眼花把人认错了。

心赏

　　错觉，是一种特殊的心理现象，也是心理学的专有名词，如"几何错觉""运动错觉""大小错觉""方位错觉"等。这首明代的《挂枝儿》就是诗歌中写人物错觉的精彩一例。它写的是所谓"远近错觉"，少女思春，神魂颠倒，她远望来人以为是相约的意中人而挥袖相招，及至走到近处始知错认。全诗主要部分写少女的错觉与情态，是第一人称的写法，最后两句以第三人称转换，近似电影中的插白或旁白，点明"错认"，谐趣横生，女主人公粉脸羞通红，读者也不禁为之莞尔。设身处地，将心比心，有的读者自己不也曾经有过相同或类似的错觉吗？

　　明代还有一首《挂枝儿》，纯粹是以"内心独白"的方式，写自己的"听觉错位"："恨风儿，将柳阴在窗前戏，惊哄奴推枕起。忙问是谁？问一声，敢怕是冤家来至。寂寞无人应，奴家问语低。自笑我这等样的痴人也，连风声也骗杀了你。"真是既可怜，复又可爱。

挂枝儿

明 民歌

要分离除非是天做了地，要分离除非是东做了西，要分离除非是官做了吏①。你要分时分不得我，我要离时离不得你，就死在黄泉也做不得分离鬼②。

注释

① 吏：专指官府中的胥吏或差役。旧时也通称大小官员。② 黄泉：原指地下泉水，后指人死后所在的阴间。

今译

要我们分离除非天变成了地，要我们分离除非东变成了西，要我们分离除非官变成了吏。你想要分开时分不得我，我想要离开时离不得你。就是死后到阴间做鬼也要双双在一起。

心赏

这是民间男女的山盟海誓。没有婉转，没有文人的雅致而有率直，而有泥土的芬芳。全诗围绕"分离"着笔，前三句均以"要分离"领起，分别陈述三种相反而不可互代的事象，以示不可分离。四、五句你我分说，这是写实，最后一句你我合一，此为想象。全诗斩钉截铁，一气呵成，是忠贞爱情的山海之誓，是对封建婚姻制度的挑战之书。

古典诗歌中的爱情诗，不论是文人之诗还是民间之作，大都是礼赞爱情的纯美与忠贞，那应该是人类爱情生活中的高贵品质和情感，令我们今日读来仍然不禁常常悠然回首。但是，今日非昨日，我们虽然对海枯石烂之情仍然深怀敬意，但如果情人或夫妇感情破裂，到了"要分离"之时，还是要记住"捆绑不是夫妻""强扭的瓜不甜"之俗谚口碑，和平而文明地分手，不要像现实生活中某些人一样，失去理智演出和"黄泉"与"鬼"有关的悲剧与惨剧。

挂枝儿

明 民歌

为冤家造一本相思帐①，旧相思、新相思，都是明白帐。旧相思销得了②，新相思又上了一大桩。把相思帐拿来和你算一算，还了你多少，不知还欠你多少想？

注释

① 帐：亦作"账"，钱物出入的记录，如账目、账簿、账户。② 销：消除，取消，此处意为从账上勾销的销账。

今译

为情郎我专门造了一本相思簿，旧相思加上新相思啊，都是明明白白的账。以往的相思勾销了，新的相思啊在账上又添一大桩。把相思簿拿来和你当面仔细算一算，还了你多少债，不知还欠了未还的你多少想？

心赏

同是花，却千姿百态，各有它们不同的色泽与芬芳；同是写"相思"这一许多作者与作品不厌重复的主题，或者说男女恋情中的永恒主题，优秀的作者都能独出机杼，出色的作品均能别开生面。此诗就是如此，抽象的相思之情化为具象的账簿，"新"与"旧"，"了"与"欠"，其切近生活使读者具体可感，其言外之意也令读者玩味不尽，如果诉之于平板的直说，就会味同嚼蜡了。

曹雪芹在《红楼梦》第五回中曾说："厚地高天，堪叹古今情不尽；痴男怨女，可怜风月债难偿。""风月债"之中的主打项目就是"相思"。在明代的民歌中，以"相思"为题的诗作不少，如同样是以数字入诗的下述作品："别人家，念亲亲，有时儿住。谁似我，自子时直想到亥时。没黄昏，没白日，心脾碎。一月三十日，一日十二时。十二时的中间也，刻刻想着你。"（《桂枝儿·相思》）不同的主人公，账本的形式有异而内容大致相同，真是相怜同病，也会让有类似感情体验的读者同病相怜。

山 歌

明 民歌

送郎送到灶跟头，吃郎踢动子火叉头^①。娘道丫头耍个响^②，小阿奴奴回言道："灯台落地狗偷油。"

注释

① 吃：被。火叉头：叉火棍。② 耍个：啥个，什么。

今译

送郎送到厨房的灶前头，黑暗中被情郎碰到了火叉头。娘问丫头是什么东西响，小女子急急忙忙回言道："灯台落地上是狗在偷油。"

心赏

文人诗歌中有的作品有单纯的情节，它可以增加艺术的魅力，引发读者的艺术再创造的想象，这首民歌也是这样。它写一位少女晚上在家中与情郎幽会后送郎离去的情景，短短五句之中写了三个人物，并且有人物动作与心理活动的刻画，有含蕴丰富的对话，情节单纯，却颇具戏剧性，机智幽默，风趣横生。

同是写幽期密约，文人的写法就要细腻和文雅许多。贵为帝王的李煜在本质上是一位文人，而且是文人中的诗人，他的《菩萨蛮》写与大周后娥皇之妹幽会："花明月暗笼轻雾，今宵好向郎边去。划袜步香阶，手提金缕鞋。　画堂南畔见，一向偎人颤。奴为出来难，教君恣意怜。"不过，那首民歌是咏不正常的状态（封建礼教）下男女无可奈何的幽会，李煜写的则是另一种不正常状态的（所爱乃皇后之妹）即越轨或云出轨的幽会。身份不同，环境有别，情味各异，艺术表现有雅俗之分，但同为好诗则一。

柳絮词

明 钱谦益

白于花色软于棉，不是东风不放颠①。

郎似春泥侬似絮，任他吹着也相连。

作者简介

钱谦益（1582—1664），字受之，号牧斋，江苏常熟人。明清之交的诗人、文学家，主盟文坛达五十年之久，与吴伟业、龚鼎孳（zī）合称"江左诗文三大家"。

注释

① 放颠：柳絮被东风吹得四处飞舞。颠：颠狂。杜甫《江畔独步寻花》："颠狂柳絮随风舞，轻薄桃花逐水流。"

今译

比白色花更洁白比棉花更轻软，不是东风吹拂就不会飞舞蹁跹。情郎啊你像春泥我就像那柳絮，任它风吹雨打我们也紧紧相连。

心赏

明清之际的诗坛领袖钱谦益，虽然一度降清而大节有亏，但他毕竟很快就幡然悔悟，之后写了不少可读可诵的感怀时世追悔当初的诗作。除此之外，他还写过一些颇堪吟咏的爱情诗，此即富于民歌风味与民间风情的一首。此诗题中有"柳"字，应该是赠给意中人风尘女侠兼女侠柳如是的吧？诗中比喻多矣，此诗之比清新圆美如春天的露珠。"白于花色软于棉，不是东风不放颠"之比，单看也并不算十分出色，但结合下文将郎比为"春泥"，而"春泥"与"絮"却"任他吹着也相连"，于是立即就妙趣横生了。

柳如是不仅是风尘侠女，也是诗国名姝，当代国学大师陈寅恪以双目失明的半废之身，还凭口授为她写成近百万字的《柳如是别传》。柳如是曾作《西湖八绝句》，其首篇是："垂杨小院绣帘东，莺阁残枝蝶趁风。大抵西泠寒食路，桃花得气美人中。"她认为桃花之美得自美人之气，钱谦益读后再三赞赏，先是在《西湖杂感》中说"杨柳长条人绰约，桃花得气句玲珑"，后又在《姚叔祥过明发堂，共论近代词人，戏作绝句十六首》中，盛誉此诗"今日西泠夸柳隐，桃花得气美人中"。他曾表示非柳如是不娶，最后有情人终成眷属。

长相思 采花

清 丁澎

郎采花，妾采花，郎指阶前姊妹花①，道侬强似它。　　红薇花，白薇花，一树开来两样花，劝郎莫似它！

作者简介

丁澎（1622—1685），顺治十二年（1655）进士，字飞涛，号药园，仁和（今浙江省杭州市）人。能诗善词，与仲弟丁景鸿、季弟丁潆皆以诗名，时称"三丁"。

注释

① 姊妹花：此处指一株蔷薇开出红白二色。蔷薇一名牛棘，又名刺红，其花一枝数簇，一簇数花，一株数色，民间称为"姊妹花"。

今译

郎君采花，妾也采花，郎君指着台阶前盛开的蔷薇，赞美我的容貌胜过它。红蔷薇花，白蔷薇花，一株树上开出两种颜色的花，我劝郎君啊不要像它！

心赏

此词围绕"蔷薇"落笔，以"郎"与"妾"，"红"与"白"、"姊妹花"与"两样花"两两对举成文，以"强似"与"莫似"之翻叠陡转诗意，歌唱爱情的忠贞和忠贞的爱情。语言回环往复，读来唱叹有情。诗中之"郎"，本以"强似它"来夸赞意中人了，但不料她却妙以花之二色暗喻人之二心，而劝郎"莫似它"，顺手牵来，亦警亦诫，可见其蕙质兰心。

中国古代诗人只偶以蔷薇、牡丹之类来表现爱情，西方诗人则常以玫瑰来表现爱情和所爱的对象，如十八世纪与十九世纪之交的德国大诗人歌德有《野玫瑰》，十八世纪末的英国名诗人布莱克有《我可爱的玫瑰树》，十八世纪苏格兰有史以来最杰出的农民诗人彭斯有《一朵红红的玫瑰》，十九世纪俄国最伟大的诗人普希金也有《玫瑰》一诗。歌德的一些名诗，曾被许多大音乐家如贝多芬等人谱成乐曲，流传世界，其根据民歌改作的《野玫瑰》，就曾由舒伯特等作曲家谱曲，成为世界民歌之一。丁澎此词的警示意义，今日远未过时，有谁能为之谱曲呢？

酷相思 本意

清 郑燮

杏花深院红如许①，一线画墙拦住。叹人间咫尺千山路，不见也相思苦，便见也相思苦。　　分明背地情千缕，拌恼从教诉。奈花间乍遇言辞阻②，半句也何曾吐，一字也何曾吐！

作者简介

郑燮（xiè）（1693—1765），字克柔，号板桥居士，世称郑板桥，兴化（今江苏省兴化市）人。诗、书、画皆负盛名，其诗清新遒劲，书自成一格，号"六分半书"，画最擅兰与竹，时称"板桥三绝"，为"扬州八怪"之一。

注释

① 杏花深院：反用宋代诗人叶绍翁《游园不值》之"春色满园关不住，一枝红杏出墙来"。② 乍：忽然，突然。

今译

红艳艳的杏花开放在深深庭院，一道画墙拦住了明媚春光。可叹人间近在咫尺却像有千山万水阻挡，没见到她时啊想断愁肠，就是见到她也苦断愁肠。背地里分明有千缕柔情万般情话，要尽情地把烦恼向她倾诉，无奈在花间突然相遇却欲说还休，哪里曾有半句话吐露啊，唉，连一个字都没有吐露！

心赏

郑板桥是一位清官良吏，关心民间疾苦，他在山东范县任上曾作《喝道》一诗："喝道排衙懒不禁，芒鞋问俗入林深。一杯白水荒途进，惭愧村愚百姓心。"他的《题竹》诗甚至说："秋风昨夜渡潇湘，触石穿林惯作狂。唯有竹枝浑不怕，挺然相斗一千场！"他的《潍县署中画竹，呈年伯包大中丞括》题画名诗写道："衙斋卧听萧萧竹，疑是民间疾苦声。些小吾曹州县吏，一枝一叶总关情。"不过，一副向菩萨低眉有时也金刚怒目的他，想不到同时竟也有一副儿女柔肠。

此词写郑板桥自己的旧日恋情，动人之处在于对矛盾心理的深切描摹，可以和他《踏莎行·无题》写与一位"中表姻亲"的爱情悲剧互参："中表姻亲，诗文情愫，十年幼小娇相护。不须燕子引人行，画堂到得重重户。　　颠倒思量，朦胧劫数，藕丝不断莲心苦，分明一见怕销魂，却愁不到销魂处。"全词是回忆录，是自白书，是陈情表，可以和此词对照参读。

绮 怀①

清 黄景仁

妙谙谐谑擅心灵，不用千呼出画屏。

敛袖搊成弦杂拉②，隔窗掺碎鼓丁宁③。

湔裙斗草多春事④，六博弹棋夜未停⑤。

记得酒阑人散后，共搴珠箔数春星⑥。

作者简介

黄景仁（1749—1783），字汉镛，一字仲则，武进（今江苏省常州市武进区）人。工诗词，善书画，多抒发怀才不遇之情，亦不乏愤世嫉俗之作。于清代文坛极富盛名。

注释

① 绮怀：原题共十六首，作者二十七岁主讲于安徽寿县正阳书院时，追怀与表妹的恋爱经历而作。又，《绮怀》中女子之身份，清人林昌彝《射鹰楼诗话》认为乃仲则宜兴姑母之婢。② 搊（chōu）：用手指弹拨乐曲。杂拉：错杂繁多。③ 掺（càn）：按一定鼓点击鼓。碎：鼓点细密。丁宁：鼓声反复密集。④ 湔（jiān）裙：洗裙于水边，是古代男女约会的好机缘。斗草：儿童和妇女的一种游戏。⑤ 六博弹棋：古代的博弈与棋类游戏。⑥ 搴（qiān）：撩起，揭起。珠箔：珠帘。

今译

她心灵聪慧绝妙很懂得诙谐戏谑，也用不着千呼万唤才会走出画屏。卷起衣袖弹拨乐器弦音繁复激越，隔窗而鼓鼓声细密如同人语叮咛。在水湄洗裙斗草春天本来多乐事，在晚上又博弈下棋深夜也不消停。最难忘的美事是在酒残人散之后，我们俩撩起珠帘同数天上的春星。

心赏

此诗为《绮怀》组诗的第二首。前六句历数往事，描绘表妹的秀外而慧中，这在一般作者尚不难写出，结尾轻灵静美，意境隽永，则纯是出自才人的锦心绣口，非平庸之作手可办。同是春星，黄景仁有一首《癸巳除夕偶成》："千家笑语漏迟迟，忧患潜从物外知。独立市桥人不识，一星如月看多时。"满怀忧患，独对孤星，此中的凄楚孤愤的情味，和当年与恋人"共赛珠箔数春星"的小夜曲自是大不相同也。

黄仲则曾将这一组诗寄给他的好友、诗人洪亮吉，洪后来提到它时称为《绮忆》，可见均为追怀之作。鲁迅曾经说过，感情激烈的时候不可作诗，否则易将诗美杀掉。十九世纪美国湖畔派华兹华斯在其《抒情歌谣集·序言》中也说："诗是强烈感情的自然流露，它起源于在平静中回忆起来的情感。"黄仲则的组诗《绮怀》，可以说提供的正是异国诗人的证明。

浪淘沙 书愿①

清 龚自珍

云外起朱楼，缥缈清幽，笛声叫破五湖秋②。整我图书三万轴③，同上兰舟。　　镜槛与香篝④，雅儋温柔。替侬好好上帘钩。湖水湖风凉不管，看汝梳头。

作者简介

龚自珍（1792—1841），字璱人，号定庵。仁和（今浙江省杭州市）人。思想家、名诗人，在清代中叶的诗坛标新立异，自树一帜。

注释

① 书愿：书写自己的愿望和理想。② 笛：铁笛，古人多以指隐士生活。五湖：说法不一，此处指太湖。③ 轴：量词，卷数。④ 镜槛与香篝：镜槛即镜架，代指妆镜妆台。香篝即香炉外的笼罩，代指香炉。

今译

红色高楼耸峙云外，高远隐约而清幽，清越的笛声吹破五湖肃杀的凉秋。收拾整理好我珍爱的图书三万卷，一同登上木兰舟。闺中的妆镜和香炉，你高雅淡远温柔。请替我好好挂上那窗帘上的玉钩，不管湖水是否清凉湖风是否寒冷，柔情千缕看你梳头。

心赏

龚自珍在《湖月》词中说："怨去吹箫，狂来说剑。"在《天仙子》词中又说："古来情语爱迷离。"有如名牌产品的注册商标，"剑"与"箫"是龚自珍的至爱，在他的诗词中，它们是联袂出镜率最高的两个原型意象。勇者之寒光四射的闪闪剑光，令人联想到他狂放不羁的性格与建功立业的强烈愿望；歌者之缠绵悱恻的箫声，令人联想到他怀才不遇的悲怨和柔情似水的爱情。

《浪淘沙·书愿》这一首爱情词，显示了他将雄奇豪放与幽远婉约熔于一炉的风格。这位肝肠如火的诗人，关心时局，心忧国事，有不少壮语豪辞；

他又色貌如花，柔情万种，为意中的情人吹奏过许多缠绵幽远的洞箫横笛。此词所书之愿，主题词即是"归隐""著书"与爱情。联系龚自珍所处的时代和他个人的遭逢，从中隐约可见时代的折光，更可见诗人自云的"试想英雄垂暮日，温柔不住住何乡"的深情远意。

东居杂诗

清 苏曼殊

碧阑干外夜沉沉，斜倚云屏烛影深[1]。
看取红酥浑欲滴[2]，凤文双结是同心[3]。

作者简介

苏曼殊（1884—1918），字子谷，一名玄瑛，小字三郎，香山（今广东省中山市）人。母亲是日本人，他生于日本。二十岁时落发为僧，法号曼殊。工诗文，其诗秀丽清颖，善绘画，长于小说，有《断鸿零雁记》。精通汉、英、法、日、梵五种文字。

注释

① 云屏：描绘了云气图案或用云母镶嵌屏风。李商隐《嫦娥》："云母屏风烛影深，长河渐落晓星沉。" ② 看取：看着，"取"为语助词。红酥：女子体肤红润白嫩。浑：简直，差不多。唐人元稹《离思》："须臾日射胭脂颊，一朵红酥浑欲融。" ③ 凤文双结：两条绣有丹凤图纹的带子联结在一起，表示情爱。

今译

碧色的栏杆之外夜色已经沉沉，我们斜靠着屏风偎依在烛影中。看你红润白洁的肌肤娇嫩欲滴，绣有丹凤的带子双结表示同心。

心赏

组诗《东居杂诗》，乃苏曼殊写自己和一位日本少女的恋情，如同作者写爱情题材的其他作品，"其哀在心，其艳在骨"，远承李商隐的遗风而又有自己的创造。如"灯飘珠箔玉筝秋，几曲回栏水上楼。猛忆定庵哀怨句：三生花草梦扬州"（《东居杂诗》），如"碧阑干外遇婵娟，故弄云鬟不肯前。问到年华更羞涩，背人偷指十三弦"（《碧阑干》），真是可以与李商隐、龚定庵的情诗比美。

不过，优秀的诗人不仅有杏花春雨江南，也有铁马秋风塞北。苏曼殊亦僧亦俗，在清末民初大动荡大变革的时代中，他既关注民生国事，参加了有革命倾向的"南社"，但又欲远离混乱昏暗的浊世，从温婉清纯的女性求取精神上的慰藉。因此，他有许多情深一往的爱情诗，也有慨当以慷的社会诗，他的《以诗并画留别苏国顿》说："海天龙战血玄黄，披发长歌览大荒。易水萧萧人去也，一天明月白如霜。"他的《题拜伦集》说："秋风海上已黄昏，独向遗篇吊拜伦。词客飘零君与我，可能异域为招魂？"他欣闻武昌起义成功，1912年1月2日在致柳亚子的信中，曾写有"壮士横刀看草檄，美人挟琴请题诗"的联语，从中可见这位"不可无一，不可有二"（柳亚子语）的诗僧精神世界的丰富和深广。

寄生草

清 民歌

欲写情书，我可不识字。烦个人儿①，使不的！无奈何画个圈儿为表记②。此封书惟有情人知此意③：单圈是奴家，双圈是你。诉不尽的苦，一溜圈儿圈下去。

注释

① 烦：央求，请求。② 表记：表示心意的符号。③ 惟有：只有。

今译

想写情书给情郎，可惜我又不认识字，请人代笔写书信，那可使不得！没办法只好画个圈儿标记来代替。这封信啊只有情人才知晓我心意：单圈圈是代表我啊，双圈圈是代表你，诉不尽的相思苦啊，一溜单圈双圈圈到底！

心赏

男女如同两弦之琴，琴弦上不知拉出了多少各不相同的相思之曲。仅仅是集中于"书信"意象的相思曲，就让我们大开眼界了。如清代有一首《寄生草·这封书儿写停当》就是："这封书儿写停当，手拿封筒往里装。泪珠儿点点滴在书皮上。上写着拜上拜上多拜上，拜上情人不要改肠，后会佳期有指望。要改肠，奴命丧在你身上！"是祈愿，是吁请，也是无可奈何的威胁。然而，还有另外一种形式的书信，如上面所引的《寄生草》，它可以说是造意新奇的不书之书吧？

此诗的构思十分奇特，女主人公想将自己的相思之苦诉情人，但因为不识字没文化而无法诉诸笔墨，当然也不便请人代笔，于是就发明了这种表意法，我姑且称之为"圈圈传情法"，爱情的信息借助这种圈圈的象征性载体才得以传达，虽然不知被传达者是否得以全息接受，照圈全收。由此我不禁想起了前人的一句珠玑之语："恋爱可以增长智慧。"由此观之，谁曰不然？

马头调

清 民歌

变一面青铜镜①，常对姐儿照；变一条汗巾儿，常系姐儿腰；变一个竹夫人②，常被姐儿抱；变一根紫竹箫，常对姐樱桃③；到晚来品一曲④，才把相思了，才把相思了。

注释

① 青铜镜：古代用青铜制镜，至清乾隆时为玻璃镜所取代。② 竹夫人：古代夏天床席间取凉的用具，又名"竹奴""青奴"。苏轼《送竹几与谢秀才》："留我同行木上坐，赠君无语竹夫人。"③ 樱桃：喻女人之口小而红润。④ 品：品味，品尝，此处指吹弄乐器。

今译

我要变成一面青铜镜，常常对着姐儿照；我要变成一条汗巾儿，常常系在姐的腰；我要变成一个竹凉具，常常在姐怀中抱；我要变成一根紫竹箫，常常对着姐的红嘴小樱桃；到晚上品赏吹一曲，才能把相思来了，才能把相思来了。

心赏

明代有一首山歌中曾说"斟不出茶把口吹，壶嘴放在姐口里。不如做个茶壶嘴，常在姐口讨便宜，滋味清香分外奇"。这首清代民歌则"变本加厉"，一连四变，而且"逐步升级"，最后一变已是性爱的象征了。

"愿在衣而为领，承华首之余芳""愿在丝而为履，附素足以周旋"，陶渊明《闲情赋》中也有十愿，但却不失文人诗含蓄雅致的特色。匈牙利名诗人裴多菲《我愿意是树》也说到"变"："姑娘，如果你是天空，我愿意变成天上的星星。然而，姑娘，如果你是地狱，（为了在一起）我愿意永坠地狱之中。"中外诗心相通，可以参照。

高高山上一树槐

清 民歌

高高山上一树槐①，

手攀槐枒望郎来。②

娘问女儿："望什么？"

"我望槐花几时开③。"

注释

① 一树槐：一株槐树。槐：植物名，落叶乔木。② 枒（yá）："丫"的异体字，枝丫。③ 槐花：槐树于夏季开花，花色淡黄，可入药。

今译

高高的山上长有一株槐啊，手攀槐枝盼望情郎早些来。娘在一旁询问女儿："望什么？""娘啊，我望槐花什么时候开。"

心赏

这是一首有叙事因素的短小抒情诗，也是一幕轻松活泼的小喜剧。首句是布景，次句引出全诗的主要人物，在如此铺垫和安排之后，最精彩的是母女间简短而含义深长的对话，娘的问话也许是无意，或者是有心，但在"男女授受不亲"的旧时代，恋爱中的有"隐私"的女儿却不得不巧为掩饰。其母可能已被其女瞒天过海，而读者却早就明白究竟，如此更觉风趣横生。

《高高山上一树槐》是云南民歌，曾有曲谱广为传唱。见于中国音乐研究所1960年编定而由音乐出版社印行的《中国民歌》（简谱本）。与它同曲传唱的姐妹篇是《雨不洒花花不红》："哥是天上一条龙，妹是地下花一蓬，龙不翻身不下雨，雨不洒花花不红。"意象清新，韵味无穷，言在心而意在彼，真是人间的天籁，民间的绝唱，无上妙品的好辞。

土家族情歌①

清 民歌

高山点灯不怕风，
深山砍柴不怕龙②。
无心哪怕郎做官，
有心不怕郎家穷！

注释

① 土家族情歌：这是一首清代土家族民歌。土家族主要居住于湖南、湖北、四川等省的山区。② 龙：远古传说中的神异动物，有鳞有须，能兴云作雨。

今译

高山上点灯不怕那大风，深山里砍柴不怕那云龙。我无心相好哪怕你做官，我有心对你哪怕你家穷！

心赏

此诗的对偶句式为"高山"与"深山"、"有心"与"无心"和"不怕"与"哪怕"，复出之以叠字和排比，便加强了全诗的回环往复的音乐美，也有助于表现人物的坚定性格与决断感情。"无心哪怕郎做官"一语，使人想起十七世纪英国诗人坎宾《樱桃熟了》中的一节："有两排明亮的珍珠/被樱桃完全遮住/巧笑时颗颗出现/像玫瑰花蕾上面霜雪盖满/可是王公卿相也休想买到/除非她自己叫'樱桃熟了'。"

原始的感情往往是一种最纯真、最无功利因素的感情，因而也是最美的感情。当今的社会越来越商业化、功利化、世俗化，恋爱与婚姻也越来越受到权力地位与金钱财富的制约，男方对女方如此，女方对男方更是如此。虽然芸芸众生生活在红尘俗世之中都未能免俗，我们不能也不必苛求，但梁山伯与祝英台的故事所传扬的爱情，清代这首土家族民歌颂扬的爱情，毕竟令人肃然起敬而心神向往。

壮族山歌①

清 民歌

连就连②，

我俩结交订百年③。

哪个九十七岁死，

奈何桥上等三年④。

注释

① 壮族山歌：此为壮族民歌，壮族为我国少数民族之一，主要居住在广西壮族自治区和广东省、云南省一带。② 连：结合，联姻。③ 订百年：约定、签订夫妻的百年之好。④ 奈何桥：自古相传的说法，阴阳交界之处有一条奈河，河上桥名为奈何桥，为人死后去阴间的必经之路。

今译

要结姻缘就要结好姻缘，我们俩约定白头偕老到百年。哪个九十七岁自己就先走了，在那奈何桥上等也要等三年。

心赏

一首优秀的民歌就如一颗灿烂的星辰，它的光辉长久地照人眼目，引人企望。这首民歌咏唱的是海枯石烂的爱情，但却不是蹈常袭故，而是作生前身后之痴想，这在民间众多情歌中可谓别开生面，感情之真挚与想象之新奇，都撼人心魄。

百年新诗中作民歌如此想如此咏者，百寻不得。但台湾名诗人余光中有组诗四首总题为《三生石》，多有此类痴想奇思，其中也写到"奈何桥"，也写到"我会等你"。如《当渡船解缆》的后一部分，诗人假设写先走的自己在彼岸等候："我会在对岸/苦苦守候接你的下一班船/在荒芜的渡头/看你渐渐的靠岸/水尽，天回/对你招手。"台湾名小说家高阳读后，依其意和七绝四首，其一与其三是："水阔天长挥手时，待君相送竟迟迟。一朝缘证三生石，如影随形总不离。""依稀梦影事难明，独记君言'我待卿'。此即同心前世约，须知眼下是来生。"作者一为新诗名家，一为小说高手，作品一为新诗，一为旧体，相对而各自出彩，相映而彼此生辉。

欢情

乐莫乐兮新相知

桃 夭

诗经 周南

桃之夭夭①，灼灼其华②。
之子于归③，宜其室家④。

桃之夭夭，有蕡其实⑤。
之子于归，宜其家室。

桃之夭夭，其叶蓁蓁⑥。
之子于归，宜其家人。

注释

① 夭夭（yāo）：生机蓬勃，生意盎然。② 灼灼（zhuó）：鲜艳之貌。华（huā）：同"花"，花朵。《礼记·月令》："小桃始华。"③ 之：这。子：指诗中女子，古代女子也可称"子"。于归：出嫁。④ 宜其室家："宜"为和顺、适当。男子有妻叫有室，女子有夫叫有家，室家指家庭、婆家。⑤ 蕡（fén）：果实累累。贺新娘多子多孙。⑥ 蓁（zhēn）：草木繁茂。贺新娘家族兴旺。

今译

桃树含苞满枝杈，花光照眼似红霞。这位姑娘来出嫁，和顺宜室又宜家。桃树含苞开满枝，花儿结出好果实。这位姑娘来出嫁，和顺宜家又宜室。桃树含苞花似锦，成荫绿叶多茂盛。这位姑娘来出嫁，和顺家人喜盈盈。

心赏

在中国古典诗歌史上，这是最早的一首歌唱青年女子婚嫁的诗，是最早敲响的婚庆的钟鼓。它表面是写桃树、桃花、桃实，深层却是对新嫁娘的贺辞。诗分三章，有如分三次演奏的乐曲，祝贺她婚姻美满，祝福她多子多孙，祝愿她宜室宜家。全诗意象鲜明，比喻恰切，节奏明快，"桃之夭夭""宜室宜家"

等词句两千年后仍沿用至今，新鲜得如永不变质的水果，令人口颊生香，真是"其喜洋洋者矣"！

读这首写桃花与婚嫁的诗，令我想起台湾诗人洛夫歌咏春天的诗句："春，在羞红着脸的/一次怀了千个孩子的/桃树上。"（《城春草木深》）他写桃树、桃花，仍然与嫁娶生息有关，他写的虽然是现代新诗，不也仍然流溢着一脉遥远的古典的馨香吗?

女曰鸡鸣

诗经 郑风

女曰"鸡鸣?"士曰"昧旦①!"

"子兴视夜,明星有烂②。"

"将翱将翔③,弋凫与雁④。"

"弋言加之⑤,与子宜之⑥。

宜言饮酒,与子偕老。

琴瑟在御⑦,莫不静好⑧。"

"知子之来之⑨,杂佩以赠之。

知子之顺之,杂佩以问之。

知子之好之⑩,杂佩以报之⑪。"

注释

① 昧(mèi)旦:"昧"为昏暗之意,指天色将明未明之时。② 明星:启明星。烂:灿烂,明亮。③ 翱翔:本为鸟飞之貌,此指猎人出猎的动作。④ 弋(yì):以生丝为绳系于箭上射鸟。凫(fú):野鸭。⑤ 加:本意为侵凌,此处意为射中。⑥ 宜:肴。此处作动词,烹调之意。⑦ 御(yù):用,侍,奏。⑧ 静好:美好娴静,指音乐,也指生活。⑨ 来(lài):借为"勑",抚慰,慰问,劝勉。⑩ 好(hǎo):恩爱。⑪ 杂佩:各种玉石构成的佩饰。报:送。上文之"赠""问",意均同此。

今译

妻子说:"雄鸡在歌唱。"丈夫答:"天还没有亮。""你快起来看夜空,启明星儿闪光芒。""走得快来跑得快,射中鸭雁一双双。""射来野鸭和大雁,为你好好烹调它。将这美味来下酒,白头偕老乐无涯。又弹琴来又鼓瑟,琴瑟和谐幸福家。""知你慰我对我好，送你佩玉请收牢。知你对我很温存，送你佩玉表衷情。知你对我很恩爱，送你佩玉藏胸怀。"

心赏

这首诗写一位猎手和他的妻子的黎明对话，是中国古典诗歌中最早的"对答体诗"，或称"对话体诗"。首章是妻子与丈夫的一问一答，次章妻子对答丈夫，三章丈夫再答妻子，表现了他们幸福和谐的家庭生活，夫妻间的一往情深，以及先民的爱情与劳动的关系。全诗以对话结撰成章，是别具一格的对话体，声闻纸上，栩栩如生，前人说此诗"脱口如生，传神之笔"，信有之矣！

这种对话体的形式影响及于后世。最有名的长篇如汉乐府之《孔雀东南飞》，短篇如唐人崔颢的《长干曲》。长篇无法引述，短篇照录如下："君家何处住？妾住在横塘。停船暂借问，或恐是同乡。""家临九江水，来去九江侧。同是长干人，生小不相识。"写男女青年江上对话，真是声态并作而墨光四射，令人如临其境而想入非非。

溱 洧

诗经 郑风

溱与洧，方涣涣兮^①，士与女，方秉蕑兮^②。

女曰："观乎？"士曰："既且^③。"

"且往观乎？洧之外洵訏且乐^④！"

维士与女^⑤，伊其相谑^⑥，赠之以勺药^⑦。

溱与洧，浏其清矣，士与女，殷其盈矣。

女曰："观乎？"士曰："既且。"

"且往观乎？洧之外洵訏且乐！"

维士与女，伊其将谑^⑧，赠之以勺药。

注释

① 溱（zhēn）：古郑国水名。洧（wěi）：古郑国水名，源出河南省登封县，东南流至新郑市与溱水会合。② 蕑（jiān）：水边的泽兰。郑国风俗，上巳日男女手持或胸佩泽兰，在溱洧二水两岸举行祭祀活动，除恶祈吉。③ 既且（cú）：同"既徂"，已经去过了。④ 洵（xún）：确实。訏（xū）：大，广阔，指游乐的场面。⑤ 维：语助词。下句之"伊"同此。⑥ 其：他们，即士与女。相谑（xuè）：互相嬉戏，调笑。⑦ 勺药：即芍药，三月开花的香草，男女赠别以示爱慕。⑧ 将：相将，互相之意。

今译

溱水流来洧水流，洋洋春水漫河洲。青年小伙与姑娘，清芬之花拿在手。姑娘说道："去游吧？"小伙子说："已游过。""不妨再去游一游，洧水河边人真多，地方宽广好快乐！"到处都是男与女，又是笑来又是歌，临别互赠香芍药。

溱水河来洧水河，河水清清涌碧波。青年小伙与姑娘，人满河滩真正多。姑娘说道："去看吧？"小伙说道："已看过。""不妨再去看一看，洧水河边人真多，地方宽广多快乐！"到处都是男和女，又是笑来又是歌，临别互赠香芍药。

心赏

春秋时代的郑国在今之河南郑州、登封一带。上巳节是三月上旬的巳日，郑国男女老少届时到溱、洧二水的岸边祭祀，祈祝风调雨顺五谷丰登，而青年男女却往往借此谈情说爱，因为这是一载难逢的寻伴的机会，并非常设的觅侣的平台。此诗以第三者的视角来抒写，有环境的渲染，有人物的对话，有叙述人的描绘，有群写，有特写，有全景镜头，有特写镜头，气氛场景，均氤氲纸上，均如在目前，是风景画，也是北国风情画，更是远古的民俗狂欢嘉年华。

郑国是常受周围大国侵凌的小国，国君也多是不清不明的昏君，但即使如此，民间也仍然有自己难得的节日快乐，也仍然有与生俱来的青年男女的爱情。两千年后，溱洧水边的明丽而欢乐的场景，有如永不谢幕的小品喜剧，令台下观赏的我们悠然神往。犹记我上大学时读到此诗，曾心往神驰，数十年后的耄耋之年重新温习，仍恍如昨日。

绸　缪

诗经　唐风

绸缪束薪①，三星在天②。

今夕何夕？见此良人。

子兮子兮！如此良人何！

绸缪束刍，三星在隅③。

今夕何夕？见此邂逅④。

子兮子兮！如此邂逅何！

绸缪束楚⑤，三星在户。

今夕何夕？见此粲者⑥。

子兮子兮！如此粲者何！

注释

① 绸缪（chóu móu）：密密缠绕，又指情意深厚，此处双关情意缠绵。束薪：捆好的柴。古代礼俗，束薪比喻婚姻。次章之"束刍（牧草）"、三章之"束楚（柴草）"，其意同此。② 三星：即参星，古人以九月霜降至二月冰泮为婚期，此时参星黄昏后现于东方。③ 刍（chú）：牲口吃的草。隅：角落。④ 邂逅（xiè hòu）：不期而会，亦指不期而会之人。此处用为名词，意为可爱的人。⑤ 楚：木名，荆属植物。⑥ 粲者：粲为鲜明华美，粲者即漂亮的人。

今译

柴枝捆紧庆新婚，参星正在东方明。今夜究竟是何夜？终于见我心上人。你呀，你呀！把这心上人怎么办呀！牧草捆紧解不动，照着房角是参星。今夜究竟是何夜？终于见我心爱人。你呀，你呀！把这心爱人怎么办呀！荆条捆紧成一丛，参星闪耀当窗棂。今夜究竟是何夜？终于见我大美人。你呀，你呀！把这大美人怎么办呀！

心赏

　　这是千古传唱的新婚诗。它抒写的是新郎和新娘在良缘缔结之夜的欢乐之情，全诗以"束薪""束刍""束楚"三种与乡土和劳动有关的事物为比喻，比况新郎新娘感情的深厚与牢固；以三星"在天""在隅""在户"的空间意象，渲染黄昏和晚上的景色，使"欢乐今宵"于言外可想。同时，全诗又运用了设问句，以使文情摇曳有致。没有拙劣低下的情色描写，只有甜美的情韵和悠然不尽的想象余地，是爱情诗特别是新婚诗中的上乘之作。

　　因为这首诗，"绸缪""良人""今夕何夕"等词一直流传到今天，成为我们日常和专用的美好的词语。曾经有过相同体验的读者，读此诗时当会蓦然回首。许多名家曾经演奏过的柔情万种之名曲《良宵》的旋律，应当会再一次鸣响心头。

东门之枌

诗经 陈风

东门之枌①，宛丘之栩②。

子仲之子③，婆娑其下④。

穀旦于差⑤，南方之原。

不绩其麻，市也婆娑。

穀旦于逝，越以鬷迈⑥。

视尔如荍⑦，贻我握椒⑧。

注释

① 东门：陈国国都的东门。枌（fén）：榆之一种，皮白色，即白榆树。
② 宛丘：四边高中间低之地。此处为地名，在陈国都城（今河南省周口市淮阳区）南三里。栩（xǔ）：栎树，一名柞树。③ 子仲之子：子仲氏之女、姑娘。④ 婆娑：舞蹈。⑤ 穀（gǔ）旦：好日子。差（chāi）：选择。⑥ 越以：语助词。鬷（zōng）迈：鬷为"会聚"，迈为"行""去"。鬷迈意即去的次数很多。⑦ 尔：你，即"子仲之子"。荍（qiáo）：又名荆葵、锦葵，花冠淡紫红色，此处是以荆葵花比意中人。⑧ 握椒：椒与"交"谐音，椒香且多子，故为古代香料兼礼品。握椒即一把花椒，表情意之信物。

今译

东门生有白榆，宛丘长有栎树。子仲家的姑娘，树下婆娑起舞。选择吉祥日子，聚集南方平原。放下大麻不绩，市上起舞翩翩。选择良辰同往，要寻欢乐常来。你像荆葵花美，赠我花椒满怀。

心赏

陈建都宛丘，全国盛行巫风，酷爱歌舞，歌舞场也常常是青年男女的恋爱场。这正是一首表现歌舞与爱情的风俗诗。首章写意中人独舞，次章写男女群舞，第三章写载歌载舞中得到了表示爱情的馈赠，有如电影中的三个特写镜头。全诗层次分明，场景突出，风格明快，是柔美的轻音乐，是明丽的水彩画。

《陈风》中还有一首诗题目和《东门之枌》大同小异，即《东门之杨》："东门之杨，其叶牂牂。昏以为期，明星煌煌。东门之杨，其叶肺肺。昏以为期，明星晢晢。"主角都是男女青年，场地都是在首都的东门，只是《东门之枌》重点写的是热闹场面中的独舞，而《东门之杨》写的则是黄昏时的双人幽会，前者是以男子为抒情主人公，后者似是客观叙事，乃欧阳修《生查子》"月上柳梢头，人约黄昏后"的先声，可见即使是名列"唐宋八大家"的大作家大词人，也会以问祖寻根之心，去朝拜中国诗歌的江河源，写出既有民族诗歌的血脉而又面目一新的作品。

古绝句

汉　乐府

南山一树桂①，上有双鸳鸯②。
千年长交颈③，欢爱不相忘。

注释

①　一树桂：一株桂树。桂树为常绿灌木或小乔木，秋季开花，极为芳香。
②　鸳鸯：鸟名，雌雄偶居不离，古称"匹鸟"，常以之喻恩爱夫妻。③　交颈：脖颈相交，意为并头，见感情深厚。

今译

南山上有一株芬芳的桂树，上有一对形影不离的鸳鸯。百载千年形影永远在一起，它们你欢我爱啊互不相忘。

心赏

"绝句"之名始于六朝的刘宋时期，它是一种诗体，以四句为一首。此诗是魏晋以前的作品，属于汉乐府中之"杂曲歌辞"，最初见于南朝陈代徐陵所编的《玉台新咏》，故称"古绝句"，与唐代成熟而风行的讲求平仄的近体诗"绝句"有别。《古绝句》一共四首，这是第四首。它是一首以物喻人之诗，以成双作对的鸳鸯喻人间恩爱的夫妻。南山是温暖之乡，桂树是芬芳之树，而鸳鸯更是恩爱夫妻的象征。这首明快而纯美的诗，表现的正是我们民族先人对爱情与婚姻的美好理想，可见情爱之真，人性之美。

鸳鸯，是中国人的爱情的象征。中国诗人爱以鸳鸯为喻，如汉代乐府长篇《孔雀东南飞》中的鸳鸯象征刘兰芝和焦仲卿，如唐诗人杜甫的《绝句》："迟日江山丽，春风花草香。泥融飞燕子，沙暖睡鸳鸯。"这种象征专利属于中国，外国诗人未能染指，如智利诗人彼森特·维多夫罗的《咱们俩》就是另一番比喻："咱们俩就像是/同一条河里的两道涟漪；咱们俩就像是/同一朵花里的两颗露滴……"

子夜歌

南朝 乐府

宿昔不梳头①，丝发披两肩。
婉伸郎膝下②，何处不可怜③！

注释

① 宿昔：即夙昔。本为从前、以往，此处作"昨夜"解。② 婉：宛转柔美。伸：伸展，展开。③ 可怜：可爱。

今译

昨夜欢会时头发还来不及梳理，只好让满头青丝从两肩披下来。温柔多情地依偎在情郎的膝下，一颦一笑举手投足都惹人怜爱！

心赏

据《唐书·乐志》说，子夜歌是晋代一位名为子夜的女子所谱创的曲调；又有一种说法是：子夜歌内容在时间上多与三更有关，故取此名。这首诗是一位少女对美好时光的温馨回想，也是一个时至今日在公园里和旅游地可以不时见到的镜头。它集中刻画了少女娇憨的神态，表现了她自爱并盼人爱的心理活动，形象明媚优美，宛如一帧特写。这首诗，省略了"我"这一主语，故可以视为少女的自叙，也可读为第三人称的他述，这正是中国古典诗词富于弹性的一种表现。

此诗吟咏良宵美景，赏心乐事，重在恋人的精神上的情投意合、轻怜蜜爱，艺术表现比较含蓄，留给读者的是味之不尽的想象余地。许多西方诗人写到此类题材则要直露开放得多，有的则不免偏重色欲而强调性爱，如英国玄学派代表诗人邓恩，他的一首诗就题为《上床》，由此也可见中国古典爱情诗与西方现代爱情诗在情调、风格和艺术表现上的差异。

子夜四时歌（秋歌）

南朝 乐府

凉秋开窗寝，斜月垂光照。
中宵无人语①，罗幌有双笑②。

注释

① 中宵：半夜时分。陆机《赠尚书郎顾彦先》："迅雷中霄激，惊电光夜舒。" ② 罗幌：罗，古代丝织物名。罗幌即丝织的帐幔。

今译

秋凉天气就寝时开启窗扉，月光斜穿窗户把床帷照耀。夜半时分四周已万籁无声，只有帐幔里两人软语轻笑。

心赏

日僧遍照金刚在《文镜秘府论》一书中，保存了王昌龄的一些诗歌见解，其中有"每至落句，常须含思，不得令语尽思穷"之语。"落句"即结句，结句是作者一首诗创作的终点，也是读者的欣赏这一艺术再创造的起点，因此，结句应该蕴藉空灵，含思无限，激发读者的想象，而不宜倾箱倒箧，不留余地，这首《子夜四时歌》的结句正是恰到好处。

这首诗是《子夜四时歌·秋歌》的第八首，它的故事情节从第七首发展而来："秋夜凉风起，天高星月明。兰房竞妆饰，绮帐待双清。"而它所创造的诗境，又给后代诗人以影响，例如白居易的《长恨歌》写唐明皇与杨贵妃："七月七日长生殿，夜半无人私语时。"虽然两首诗主角的身份天差地别，但情境却相似而且相通。

读曲歌

南朝 乐府

打杀长鸣鸡①，弹去乌臼鸟②。

愿得连冥不复曙③，一年都一晓④。

注释

① 长鸣鸡：长声啼叫不断的鸡。② 乌臼鸟：一种候鸟，俗名黎雀，黎明时即开始啼鸣。③ 冥：黑夜。曙：天亮，黎明。④ 都：总共，只有。

今译

打杀那讨厌的不断长鸣的鸡，弹弓弹飞那清晨就鸣叫的鸟。只希望整年都夜夜相连不要再天明，一年三百六十五天只一次破晓。

心赏

"吴声歌"与"读曲歌"是南朝乐府民歌的主体，属于《清商曲辞》。《乐府诗集》共收八十九首读曲歌，此为其中之一，为第五十五首。

时间有所谓"物理时间"与"心理时间"，一个晚上的"物理时间"是一定的，有其"量"的规定性，不会缩短也不会延长，然而在恋人心中却良宵苦短，众生都向往白天，她或他却希望不要天明，黑夜连着黑夜，这就不仅是微妙的"心理时间"，而是企图对时间进行改造颠覆的反常心理了。这首诗所表现的，正是热恋中的女子痴情的心理渴望。正是因为违反常情，企图将不可能变为可能，才获得了"无理而妙"的动人效果。唐诗人金昌绪也许是从此诗受到启发，才写出那首著名的《春怨》："打起黄莺儿，莫教枝上啼。啼时惊妾梦，不得到辽西。"不过，《读曲歌》写的是实有的良宵，《春怨》中的女主人公却只是一厢情愿而已，因而更令人同情。

读曲歌

南朝 乐府

千叶红芙蓉①，照灼绿水边②。
余花任郎摘，慎莫罢侬莲③。

注释

① 红芙蓉：红色的莲花。② 照灼：花光照耀之貌。③ 侬：我。莲：谐音"怜"，怜爱，怜惜。

今译

千片绿叶簇拥着朵朵红莲，红莲朵朵照耀在碧水中间。其他的花任郎君去采摘啊，切莫休止对我的蜜爱轻怜。

心赏

芙蓉碧水的绮丽景色，前人早已挥动彩笔而予以描摹了，如曹植状洛水女神之美的"灼若芙蕖出碧波"（《洛神赋》），汉乐府的"江南可采莲，莲叶何田田"（《江南曲》）。此诗前面两句诗写景，既具前人笔下的风采，又颇有后来宋人杨万里《晓出净慈寺送林子方》的"接天莲叶无穷碧，映日荷花别样红"的景象，但这两句同时又是比喻和象征，不同于杨万里之作纯为写景，倒是和曹植的以物比人近似。第三句荡开一笔，故作宽容，实系以反说正，正言反说，结句才是女主人公心意的真实表白，也是全诗的主旨所在。至于"莲"与"怜"之谐音，更是民歌尤其是南朝乐府民歌的当行本色。

古代社会是男尊女卑的社会，女子的社会和经济地位远在男子之下，一夫多妻或多妾成为社会的普遍现象。此曲中的女子的曲终求告，固然是正话反说，也是情不得已之辞。时当今日，如果男人乃采花之蜂，浪花之蝶，刚烈的女性一旦得知早就与其决裂而拜拜了。

读曲歌

南朝 乐府

暂出白门前①，杨柳可藏乌。
欢作沈水香②，侬作博山炉③。

注释

① 白门：即古南京的白下门。② 欢：女子对所爱的男子的称谓。沈水香：又名密香，用上等香料檀香制成，可沉水底，故名。③ 博山炉：汉代的香炉名，形似大山状。

今译

我们暂且去到那白下门之外，杨柳茂密得见不到所藏之乌。情哥哥你就做那个沈水香啊，我就做那个燃点香火的博山炉。

心赏

这是一首写男女幽期密约的诗，时间是杨柳茂密的春夏之日，地点是在白下门外。最精彩的是后面两个隐喻，它们是明显的性爱的比喻和象征，但却仍然具有中国古典诗歌的含而不露的特色。同时，这两个隐喻也为前人所未道，由此可见出色的诗大都有出色的比喻。如果诗歌是常青树，比喻就是树上不谢的花朵；如果诗歌是河流，比喻就是河中耀眼的波浪。

这首诗抒写性爱是颇为大胆的了。因为南朝较之封建专制更为酷烈的后世如明清两代，还是相对开放和自由的，尤其是南朝民歌多为商业都市的产物，更少孔孟的儒家之道的束缚，个性与人性也相对解放。正是这种历史的文化的土壤，才有清新纯美甚至不乏野性的情歌之花盛开。

碧玉歌

南朝 乐府

碧玉破瓜时^①，相为情倾倒^①。
感郎不羞郎^③，回身就郎抱。

注释

① 碧玉：原为晋代汝南王之妾，此处借指少女。破瓜：旧时文人拆"瓜"字为二八字以纪年，指十六岁，诗文中多用于女子。② 颠倒：神魂颠倒，心绪错乱。③ 感郎：被情郎相爱之情所感动。

今译

这位十六岁的怀春少女啊，她被爱情撩拨得神魂颠倒。感激情郎之爱而不顾羞涩，回转身来迎接情郎的拥抱。

心赏

《碧玉歌》是南朝著名乐府歌曲之一。梁元帝《采莲曲》云："碧玉小家女，来嫁汝南王。"庾信《结客少年场行》说："定知刘碧玉，偷嫁汝南王。"汝南王司马义是晋宗室后裔，而碧玉是"小家女"，可见是平民出身，今日仍传有"小家碧玉"一词。《碧玉歌》一为三首，据《乐苑》所载为汝南王所作；一为二首，据徐陵《玉台新咏》，为与司马义同时的东晋著名文人孙绰所作，题为《情人碧玉歌》二首。此处选录者为二首之一。

同是写热恋中的民间少女的情态，同是写类似的动作，同是在南朝乐府之中，《读曲歌》有"双眉画未成，那能就郎抱"之句，《孟珠》有"望欢四五年，实情将懊恼。愿得无人处，回身与郎抱"之语。而此诗则又别是一番风情，表现了同中之异，而且更为热烈可爱，如同郑振铎在《中国俗文学史》中所说，南朝民歌"是少女而不是荡妇"。由此可见，诗贵在创造，贵在喜新厌旧，即使是"大同"，也要力求发现和表现"小异"，让读者获得新的审美愉悦。

地驱乐歌辞

北朝 乐府

侧侧力力①，念君无极②。

枕郎左臂，随郎转侧③。

注释

① 侧侧力力：象声词，表示悲切的叹息声。② 无极：无边无际，没有穷尽。③ 转侧：辗转反侧，翻来覆去。

今译

悲悲切切长叹息，思念郎君无边际。头枕在郎左臂上，辗转反侧随郎意。

心赏

《地驱乐歌辞》四首，收入《乐府诗集·梁鼓角横吹曲》，是北朝时的民歌，此处所引录者为第三首。

侧侧力力是象声词，如晋明帝太宁初童谣之"侧侧力力"，北朝民歌《折杨柳枝歌》之"侧侧力力，女子临窗织"，均为叹息之拟声。此词又有它解，"侧侧"喻繁多，"力力"同"历历"，表分明之意。以上两解均可通。总之，诗的前两句写女主人公对情郎的绵绵思念，后两句写他们相会时的热烈情状。四字一顿，诗句简短，节奏明快，感情的抒发是所谓"奔进式"而非"吞咽式"，由此可见北朝乐府的爽朗泼辣，直率刚健，与南朝乐府情感的缠绵宛转、含蓄有致大异其趣。这正是地域性与民族性所致，从文学地理学与文学民族学的角度可以追溯它们风貌与风情各异的原因。如果说，南朝情歌是低回的南国的洞箫，那么，北朝情歌则是嘹亮的北方的唢呐。

幽州马客吟歌辞

北朝 乐府

荧荧帐中烛①，烛灭不久停②。
盛时不作乐③，春花不重生。

注释

① 荧荧（yíng）：微光闪烁之貌，多指星月之光或烛光。杜牧《阿（ē）房（páng）宫赋》："明星荧荧。" ② 不久停：不让久停。此处为很快吹灭烛光不使其久亮之意。③ 盛时：昌盛之时，此指精力充沛的青春时期。

今译

微光闪烁的是帐中的蜡烛，很快吹熄不让它久放光芒。青春时不和恋人同欢共乐，如同春花凋谢就不再开放。

心赏

今河北北部一带，故称幽州。"马客"是北方以牧猎为生的骑手，或是如云贵一带所云"马帮"的赶马人，他们所吟唱的歌，称为"幽州马客吟歌辞"，收入《乐府诗集》之《梁鼓角横吹曲》，共五首，此为其中之一。

此诗写男女之间的性爱，从男女之情的角度表现了对青春与生命的珍惜。前两句实写，时间与空间都落在实处；后两句虚写，以比喻来说明和暗示。即使明快大胆如北朝情歌，较之西方的一些爱情诗仍然是含蓄的，点到即止，如英国苏格兰的诗人彭斯，于此大约就要写什么"我自己是一滴露水/跌入她美丽的乳房"。而至于英国玄学诗之鼻祖邓恩，则在《上床》诗中要说什么"脱下那腰带，虽闪闪如边界，却环绕着比它美得多的世界。你的长袍脱落展示如此美丽的一洲，犹如山影自多花的草地偷偷溜走……"外国诗有其文化、民族、地理的基因，我们姑且不论，至于当代我们所谓"下半身写作"的一些所谓诗作，则是流于鄙俗乃至恶俗，不堪入目。

后园凿井歌①

唐 李贺

井上辘轳床上转，水声繁，弦声浅②。情若何？荀奉倩③。　城头日，长向城头住。一日作千年，不须流下去④！

作者简介

李贺（790—816），字长吉，福昌（今河南省宜阳县西）人。创作极为严肃刻苦，诗风奇崛幽峭，新颖诡异，人称"诗鬼"，为中唐诗坛名家。

注释

① 后园凿井歌：题源《晋拂舞歌·淮南王篇》："后园凿井银作床，金瓶素绠汲寒浆。"② 辘轳（lù lu）：安在井上用来转绳汲水的圆木，即利用轮轴制成之井上汲水之具。床：指井床，井上围栏，即井架。弦：汲水之绳。③ 荀奉倩：三国时魏人荀粲，字奉倩。冬天妻病发烧，他在室外将自己冻冷而熨妻退烧。事见南朝刘义庆《世说新语》，这里诗人自比荀粲。④ "一日"二句：将年华喻为逝水。

今译

井上的辘轳在井床的上空转动，水声激荡绳音短促彼此相和。若要问我的情意怎样？与三国的荀粲差不多。城头的太阳啊，你要长驻城头照耀着我，我愿一天有千年之久啊，你不要像流光往下降落！

心赏

有人说此诗是作者新婚之作。始三句是起兴也是比喻夫妻和谐，次二句以笃于伉俪之情的古人作比。最后呼告太阳不落而春光长在。情深一往，想象新奇。作者是二十七岁即英年早逝的天才，李白是"诗仙"，杜甫是"诗圣"，刘禹锡是"诗豪"，贾岛是"诗囚"，他则是"诗鬼"。"一日作千年，不须流下去"，这是他美好的祈祝，可惜天不假年，真是令人叹息！

河南宜阳县《李贺故里调查》一文说，李贺故里有一村庄名后院（园），他的《咏怀二首》中有"绿草垂石井"之句，可见其故居实有石砌之井。但时光不流，日光不落，则纯属诗人的一厢情愿。晋傅玄《九曲歌》云："安得长绳系白日。"李白《拟古》云："长绳难系日，自古共悲辛。"李商隐《谒山》云："从来系日乏长绳，水去云回恨不胜。"对生命极为敏感而对爱情又颇为珍惜的李贺，也难免有同样的生命短促而宇宙永恒的悲剧感慨。

闺　意①

唐　朱庆馀

洞房昨夜停红烛②，待晓堂前拜舅姑③。
妆罢低声问夫婿："画眉深浅入时无④？"

作者简介

朱庆馀（797—？），名可久，越州（今浙江省绍兴市）人。诗以五律和七绝见长，其绝句清丽隽永，含蓄深婉。

注释

① 闺意：此诗原题"闺意上张水部"，又题"近试上张水部"。张水部即诗人张籍，时任水部员外郎，对朱颇赏识。② 停：置放，此处为"亮着"之意。③ 舅姑：公婆。④ 画眉：描画眉毛。古代常以画眉表示夫妻"闺房之乐"。《汉书·张敞传》记载张敞为妻画眉而其事传于长安。

今译

洞房昨夜燃亮红烛的光芒，坐待天明厅堂把公婆拜望。梳妆已完毕低声询问夫君："我画眉的深浅合不合时尚？"

心赏

诗人张籍当时官拜水部员外郎，在文学创作与提携后辈方面与当时的韩愈齐名，而朱庆馀赴京参加科举考试，正需前辈扶掖。据归署宋人尤袤著之《全唐诗话》记载，张籍"索庆馀新旧篇什，留二十六章，置之怀袖而推赞之。时人以籍重名，皆缮录讽咏，遂登科。庆馀作《闺意》一篇以献"。张籍答诗《酬朱庆馀》说："越女新妆出镜心，自知明艳共沉吟。齐纨未足人间贵，一曲菱歌抵万金。"他还作有《送朱庆馀及第归越》一诗，赞美他："州县知名久，争邀与客同。"千载之下，张籍的爱才之心仍令人怀想感佩。

但好诗并非只有单解，而可义有多解，撇开本事而以爱情诗视此诗，或不明诗之本事而以此为爱情诗，此诗也堪称上选之作。有情节，有对话，有微妙的心理表现，是诗中颇具观赏性的戏剧小品。

菩萨蛮

五代 牛峤

玉炉冰簟鸳鸯锦①，粉融香汗流山枕②。帘外辘轳声③，敛眉含笑惊。　　柳阴烟漠漠，低鬟蝉钗落④。须作一生拼⑤，尽君今日欢。

作者简介

牛峤（生卒年不详），字松卿，陇西（今甘肃省陇西县）人，自称唐宰相牛僧孺后裔，唐僖宗乾符五年（878）进士。"花间派"词人之一。

注释

① 玉炉：华贵的香炉。冰簟：精细清凉的竹席。② 山枕：两端突起、形状如山的枕头。③ 辘轳：见前李贺《后园凿井歌》注。辘轳声：指汲水声，有人认为可指车轮声。④ 蝉钗：蝉形的金钗。⑤ 拼：舍弃，不顾一切。

今译

炉香袅袅清凉竹席铺陈着绣有鸳鸯的被衾，留落在枕头上的是被淋漓香汗溶解的脂粉。帘外传来了井上的汲水之声，皱眉含笑不由心中暗惊。柳树含烟啊曙色正朦胧，蝉钗坠落啊低垂着云鬟。我要不顾一切舍弃自己，让郎君今日啊尽情欢欣。

心赏

牛峤是五代"花间派"的重要词人之一。温庭筠与韦庄都是此派词人中写艳情的高手，温词词藻富丽，意旨朦胧，韦词语言晓畅，多用白描，而牛峤则以丽语写浓情，融雅俗为一炉而富于情韵。

此词有人解为女子夏夜久候情人之作，"辘轳声"则为情人到来的车声，亦通。但仍不如解为良宵苦短不惜夜以继日为佳。写鱼水之欢情如此大胆直露，在远较诗为开放的词中亦颇为难得。"敛眉含笑惊"五个字写三种动作和深层心理，语言极度精炼而内蕴十分丰富，与白居易《长恨歌》中之"揽衣推枕起徘徊"七字写四个动作表现人物的心理，有异曲同工之妙。而"欢娱嫌夜短"，结句的不顾一切，则颇有点"爱情至上主义"了。

这种突破温柔敦厚的诗教的大胆表露，这种重在当下享受青春与人生的生命态度，这种婉约中见豪放的笔墨，即使在唐五代的爱情诗词中也不多见。当然，它仍然是有节制的，含而不露，并且点到为止，不流于恶俗，这就是诗的审美，审美的诗。

江城子

五代 和凝

斗转星移玉漏频①，已三更，对栖莺。历历花间②，似有马蹄声。含笑整衣开绣户，斜敛手③，下阶迎。

作者简介

和凝（898—955），字成绩，郓（yùn）州须昌（今山东省东平县）人。擅长短歌艳曲，被称为"曲子相公"，为"花间派"词人之一。

注释

① 斗转星移：北斗星已转向，参商二星已移位，意谓天色将明。玉漏：指漏壶，古代计时器，壶上有部件刻着符号，一昼夜漏下百刻。② 历历：分明可数。③ 敛手：拱手，表示欢迎和恭敬。

今译

斗转星移记时的玉漏滴答声声，夜色深天将晓人孤寂，独对笼中已睡的黄莺。那分明可数的花丛中，似乎传来了马蹄的声音。她连忙含笑起身整衣开启闺门，斜斜拱手向情郎致意，急匆匆走下台阶欢迎。

心赏

和凝的《江城子》，是共有五首的系列组诗，叙述描绘的是一位女子约会情人在晚上相见的全过程。此词为组诗中的第三首，写女子晚上久候情人的场景和心理，历历如绘，细腻入微。尤其是听到马蹄声之后的细节描写，表现人物又惊又喜的心理，更是写影传神之笔。今日的情人约会，已经是颇为现代化的大胆和开放了，但意中人欲来未来时的焦灼、期待的微妙复杂的心理，大约是古今共通的普遍情感与情境，因而此词仍然可引起现代读者的共鸣。

中国的爱情诗不同于西方的爱情诗，前者多写"情"，即使写"欲"也常常是适可而止，后者则常常情欲并兼，对"欲"的描写有时不免相当裸露，如同美国大诗人惠特曼在《一个女人等我》一诗中所说："性包括一切：肉体，灵魂……"有不少西方爱情诗，以中国读者的眼光观之则近似于"黄色"，这大约是文化的和民族心理的差异吧？

浣溪沙

五代 张泌

晚逐香车入凤城①，东风斜揭绣帘轻，慢回娇眼笑盈盈。　　消息未通何计是②？便须佯醉且随行，依稀闻道"太狂生"！

作者简介

张泌（生卒年不详），泌一作佖。字子澄，淮南（今安徽省寿县）人。《花间集》称他为"张舍人"，列在牛峤后、毛文锡前。仕南唐，官至内史舍人。擅诗词，所作多七言近体，风格婉丽，时有佳句。

注释

① 凤城：都城，京城。② 消息：殷勤之意，爱慕之情。

今译

黄昏时追逐香车从郊外进入都城，斜斜轻揭车上绣帘是多情的东风，她缓缓地回眸一笑却如秋水盈盈。爱慕之情无法表达啊有什么办法？那就装作醉酒姑且一路跟随前行，仿佛听到她的嗔骂："太轻狂了，这个后生！"

心赏

这是一首颇具戏剧性的小诗，写男女授受不亲的封建时代，一双有情男女萍水相逢的故事，鲁迅在《二心集》中曾戏称为"唐朝的钉梢"。时间与空间由首句交代，春游之后的黄昏，回程路上的邂逅，人物则是车上的青年女子和车下的青年男子，情节单纯而富于暗示性，有故事而暂无事故，潜台词十分丰富。可见诗歌也可以隔墙探望戏剧的庭院，借助它的某些长处来光耀自己的门楣，因为文学艺术的各个门类之间，并非相互闭关自守，而是声息相通，可以互相借鉴。

其实，张泌此词的血缘可以上溯到李白的《陌上赠美人》："骏马骄行踏落花，垂鞭直拂五云车。美人一笑褰珠箔，遥指红楼是妾家。"在新诗创作中，早在二十世纪三十年代与四十年代之交，年方弱冠的杰出学者兼诗人吴兴华就曾以《绝句》为题作新体绝句十余首，其中一首就曾写道："黄昏陌上的游女尽散向谁家/追随到长巷尽处不识的马车/一春桃李已被人践踏成泥土/独有惜影的红衣掩映在长河。"

一斛珠

五代 李煜

晓妆初过，沈檀轻注些儿个①，向人微露丁香颗②。一曲清歌，暂引樱桃破。　　罗袖裛残殷色可③，杯深旋被香醪涴④。绣床斜凭娇无那⑤。烂嚼红茸⑥，笑向檀郎唾⑦。

注释

① 沈檀：沈此处同"沉"（shén）。润泽为"沈"，"檀"为浅绛色。轻注：轻轻注入，即"点"之意。些儿个：当时方言，如今所云之"一点点"。② 丁香：植物，又名"鸡舌香"，代指女人之舌。颗：牙齿。③ 裛（yì）：沾濡。殷色：深红色。可：隐约，不算什么。④ 涴（wò）：污染。⑤ 娇无那（nuó）：无限娇美，身不由主。⑥ 红茸："茸"通"绒"，刺绣所用丝缕。⑦ 檀郎：晋代美男子潘安小字檀奴，古时妇女对所爱男子的称呼。

今译

刚刚梳理好晨妆，轻轻点抹一些绛红在口唇上，向人微露舌头一派撒娇模样。一曲清丽的歌声，使她樱桃般的小口微张。绫罗衣袖被酒沾濡颜色隐约，深杯大口美酒翻溅染湿衣裳。斜靠在绣床上醉态无限娇媚，嚼烂红绒，含着笑吐向檀郎。

心赏

在李煜之前，以"樱桃"形容女人之口的古典诗词并不少见，如白居易的"樱桃樊素口，杨柳小蛮腰"。而英国十七世纪诗人坎宾的名作《樱桃熟了》，也是以樱桃比喻少女的红唇，可见中外同心。但"破"字的妙用却是李煜的独创，虽然晚唐诗人韩偓《嬺娜》一诗中，有"着词但见樱桃破，飞盏遥闻豆蔻香"之句，然而还是不及李煜之鲜明生动，富于美感，可见这位不爱江山爱美人的帝王，对美人之美真是别有会心，不，别有慧心。尤其是结尾的"笑嚼红茸"与"唾"的动态刻画，使得少女娇憨神态宛然如见，更是他的诗的发现。清诗人杨孟载《春绣》绝句说："闲情正在停针处，笑嚼红茸唾碧窗"，翻词入诗而东施效颦，差之远矣！

　　这位无限娇娆的女子，当年迷倒了爱美的李煜，李煜形诸笔墨，又不知迷倒了后世多少男性读者。只有清代戏剧家李渔在其《窥词管见》中，诋之为"此娼妇倚门腔，梨园献丑态也"，斥之为"后之读词者，又只重情趣，不问妍媸，复相传为韵事，谬乎不谬乎"，这岂止是名副其实的"管见"而已，显示的更是一副封建卫道士可厌可憎的嘴脸。虽然作为戏剧家他自有成就，其"窥词"之书也非一无是处。

菩萨蛮

唐 敦煌曲子词

　　枕前发尽千般愿，要休且待青山烂①。水面上秤锤浮，直待黄河彻底枯②。　　白日参辰现③，北斗回南面④。休即未能休⑤，且待三更见日头！

注释

　　① 休：罢休，休止，停歇。② 直待：直等到。③ 参（shēn）辰：参星与商星。参星在东，商星在西，不同时出现，何况白天。杜甫《赠卫八处士》："人生不相见，动如参与商。"④ 北斗：北斗星，位置永远在北面。⑤ 即：就是。

今译

　　枕头上发尽了千般誓愿，要罢休且等到青山腐烂。秤砣从水面上浮升起来，滔滔的黄河也彻底枯干。参星商星白天同现，北斗星也回到南面。要罢休就是不能休，且等夜半三更时升日头！

心赏

　　1900年，道士王圆箓在他所居住的敦煌石窟寺中，偶然发现了秘藏的窟中之窟，其中就有唐人手抄的唐诗卷。诗卷保存了不少后代已失传而不见于《全唐诗》的作品，有如名副其实的重见天日的遗珠，上述敦煌曲子词就是其中晶亮的一颗。

　　此词与汉乐府中的《上邪》可谓是异代不同时的姐妹篇。《上邪》列举五种不可能发生的自然现象，表示爱情之坚贞，此词有异曲同工之妙。它们同是运用比喻而且是比喻中的博喻，西方称之为"莎士比亚比喻"，即以多个比喻来比况同一个事物，钱锺书在《宋诗选注》一书中又称此为"车轮战法"。不过，《上邪》所比的五种情况有的偶尔还会发生，但这首曲子中所说的六种情况，却一种也不会发生，这可以说是另一种后来居上吧。又有人解释"休"为"休弃"之意，然而全词并非互表忠心，而是丈夫在心怀疑忌的妻子面前赌咒发誓，但我以为不妨仍存此一说，因为诗可有一义，也可有多义，可作单解，也可作多解，合情合理的解释的多样性，源于作品内涵的多样与丰富，以及读者的欣赏这一艺术的再创造。

菩萨蛮

唐 敦煌曲子词

牡丹含露真珠颗①，美人折向庭前过。含笑问檀郎②："花强妾貌强？"　檀郎故相恼，须道花枝好③。一面发娇嗔，碎挼花打人④。

注释

① 真珠颗：真珠意同"珍珠"，此处一说为一种名贵的红花千叶的牡丹花；一说为牡丹含露，如颗颗珍珠。② 檀郎：晋代美男子潘安小字檀奴，后以之为夫婿或所爱男子的美称。③ 须道：却道，却说。④ 挼（nuó，又读 ruó）："挪"之异体字，此处为揉搓之意。

今译

牡丹花上的露水像珍珠颗颗，美人儿折下花枝从庭前经过。她满面春风笑问情郎："是花漂亮还是我漂亮？"情郎故意要使她烦恼，却说花容比她容貌好。美人儿听后假装发怒，揉碎花朵儿抛打情人。

心赏

以花喻人在情歌情诗中已屡见不鲜，此诗妙在以花作为贯串全诗的线索，通过女主人公"折花——比花——挼花"的动作和语言，以及她的恋人的正言反说故为其辞，把小儿女之间的调笑戏谑写得风趣盎然，如见其人，如闻其声。正如同当代英国作家杰拉尔德·布瑞南所说："幸福的婚姻里，妻子是气候，丈夫是风景。"

明代书画家兼诗人唐寅（伯虎），是民间传说中的风流才子，他有一首《题拈花微笑图》，前已引述，不妨重复："昨夜海棠初着雨，数朵轻盈娇欲语。佳人晓起出兰房，折来对镜比红妆。问郎花好侬颜好？郎道不如花窈窕。佳人见语发娇嗔，不信死花胜活人。将花揉碎掷郎前，请郎今夜伴花眠。"唐伯虎如果没有读过上述敦煌曲子词，那他这一诗作就真是惊人的创造与巧合了。如果读过呢，那他此作虽非夐夐独造的原创，却也有加工、补充和发展，仍然颇堪一读。

菩萨蛮

唐 无名氏

晓来误入桃源洞①，恰见佳人春睡重。玉腕枕香腮，荷花藕上开。　　一扇俄惊起②，敛黛凝秋水③。笑倩整金衣④，问郎何日归？

注释

① 桃源洞：暗用陶渊明的《桃花源记》，此处是指女子的闺房。② 俄：突然，顷刻。③ 敛（liǎn）黛：敛为收拢、紧蹙之意。黛是青黑色颜料，古代女子用以画眉，引申为女子眉毛的代称。④ 倩（qìng）：此处意为请求、央求。黄庭坚《即席》："不当爱一醉，倒倩路人扶。"

今译

早晨误进了她香艳的闺房，恰巧碰到美人儿春睡正长。香腮枕着玉般的手腕，如红荷在白藕上开放。扇子轻敲她突然惊醒，眸光如秋水蹙紧眉黛。笑请情郎为自己整衣，连问郎君是何日归来？

心赏

诗歌要以不全求全，从有限中见无限，就不能笨拙地去叙述事件或情态的前因后果，表现事物发展的全过程，而只能选择与捕捉典型的"须臾"和"一瞬"来描绘，引发读者对这一瞬间本身的想象，以及对过去的追溯与对未来的期待。有如一幕轻喜剧的此词正是如此，它表现的只是一个特定的有意味的瞬间，前不见来龙，后不见去脉，"佳人"与"郎"的身份及之后的种种情事，都留有余地，刺激读者去想象。这，也可说是南宋的邵雍《安乐窝中吟》所说的"美酒饮教微醉后，好花看到半开时"，也即德国十八世纪文学理论家莱辛的名著《拉奥孔》中所说的"不到顶点"。

恋人的相会，多数时候是有告而来，有约而至，那是一种意料中的期待，少数情况是不告而来，未约而至，那则是或者说更是一种意外的惊喜。唐代无名氏这首词中的女主人公事出意外的又惊又喜的情态，今日也有许多读者亲历而领略过吧？

诉衷情

宋 晏殊

青梅煮酒斗时新①，天气欲残春。东城南陌花下②，逢着意中人。　回绣袂，展香茵，叙情亲。此时拚作③，千尺游丝，惹住朝云④。

作者简介

晏殊（991—1055），字同叔，抚州临川（今江西省抚州市）人。少年时以神童诏见，赐同进士出身。工诗词，词风承袭五代，多写闲情逸致而风格婉丽，有《珠玉词》128首。"无可奈何花落去，似曾相识燕归来"（《浣溪沙》）一联，为其千古名句。

注释

① 青梅煮酒：古人于春末夏初好用青梅、青杏煮酒，取其新酸醒胃。斗：趁。时新：应时之肴品，意如时鲜。② 东城南陌：古诗文中常指游赏之地。③ 拚（pàn）：义同"拼"，舍弃，甘愿，不顾惜。④ 朝云：喻意中人，暗用宋玉《高唐赋》中"旦为朝云，暮为行雨"的典故。

今译

用青梅煮酒趁的是时新，天气正是春光要将尽。在东城南陌的那花丛下，我和意中人邂逅相逢。我招呼她回过衣袖，铺展开芬芳的茵席，坐叙相思相爱之情。此时此刻我心甘情愿，化作缠绵的游丝千尺，好牵住啊我的心上人。

心赏

此词结句之誓愿颇为动人。"愿在衣而为领，承华首之馀芳""愿在木而为桐，做膝上之鸣琴"，陶渊明《闲情赋》共写十愿，大学者钱锺书的《管锥编》在评论此赋时，更遍举古今中外有关诗文之例，可见挽留美好的时光和事物是人同此心。清人谭献《蝶恋花》词，有"遮断行人西去道，轻躯愿化车前草"之句，此词则是"此时拚作，千尺游丝，惹住朝云"，真是各有手段，各有绝招。

在新诗中，台湾旅美名诗人纪弦的《你的名字》是广为传诵的名篇，《黄金四行诗》是其夫人满六十岁他的祝贺并纪念之作。晏殊此词歌咏的是青春的恋情，纪弦此诗则是咏唱老大后的爱情，诗分六节，每节四行，互为关系，又可单独成篇，最后一节是："几十年的狂风巨浪多可怕！真不晓得是怎样熬了过来的。我好比漂洋过海的三桅船，你是我到达的安全的港口。"古今对照，慧心的读者当会别有会心。

南歌子

宋 欧阳修

凤髻金泥带①，龙纹玉掌梳②。走来窗下笑相扶，爱道"画眉深浅入时无③？" 弄笔偎人久，描花试手初。等闲妨了绣工夫④，笑问"双鸳鸯字怎生书？"⑤

注释

① 凤髻句：发髻梳成凤凰式，以泥金带子束之。金泥带，即泥金带，以屑金为饰的带子。② 龙纹句：玉制掌形之梳，上刻龙纹。③ 画眉句：见前辑注朱庆馀《闺意》诗。④ 等闲：轻易，随便。⑤ 怎生书：怎样写。

今译

高高凤髻用金泥丝带束住，插一把龙纹的玉梳在髻上。走到纱窗下夫君笑意盈盈来相扶，她总爱说："眉黛的深浅合不合时尚？"久偎在夫君怀里把玩画笔，试着描绘春日的叶绿花光。她不怕轻易地耽误了刺绣的工夫，还笑着问道："怎么写那两个字——鸳鸯？"

心赏

明代沈际飞在《草堂诗余别集》中谈到此词的艺术结构，认为是"前段态，后段情"，我要特为拈出的是，全诗抒写一对新婚夫妇甜蜜美满的生活，妙在上下两片均以新妇的问话作结，一问引用前人成句，颇具文化意蕴，恰到好处地符合人物的身份教养；一问富于象征和暗示，无穷余味，读来令人销魂。

这首词，古代有些头脑冬烘的论者曾指责它"浮艳"，有的人则为作者辩护，认为身为一代儒宗的欧阳修不会写这类艳词，"当是仇人无名子所为"（南宋陈振孙《直斋书录解题》）。其实，歌德说过"世界要是没有爱情，它在我们心中还有什么意义"的名言，海涅也有"没有爱情，就没有生命"的警语，西方直白，东方含蓄，但人心相同，诗心相通。因此，一代文宗欧阳修，除了许多正言谠论的大文之外，当然可以有如此风光旖旎的小调，令读者捧读之余，恍然如赴精神的喜宴。

鹧鸪天

宋 晏几道

　　彩袖殷勤捧玉钟①，当年拚却醉颜红②。舞低杨柳楼心月，歌尽桃花扇底风。　　从别后，忆相逢，几回魂梦与君同③。今宵剩把银釭照④，犹恐相逢是梦中。

注释

　　① 彩袖：彩色衣袖，代指女子。玉钟：玉制酒器，酒盏美称。② 拚（pàn）却：舍弃，不顾惜。李清照《怨王孙·春暮》："多情自是多沾惹，难拚舍。"③ 同：欢聚。④ 剩把：尽把，只管把。把为握持之意。银釭（gāng）：银制的灯盏，或作灯的美称。

今译

　　回想当年你殷勤地捧着酒盅劝酒，我为美人不惜一醉方休两颊飞红。楼头欢舞舞得明月杨柳枝头沉落，挥动桃花扇唱得扇停挥不再生风。分别以后的日子，回忆我们的初识，多少回在梦寐中和你啊欢聚重逢。今天晚上只管把那银灯举来照看，我只怕今宵的欢会是在梦魂之中。

心赏

　　"舞低杨柳楼心月，歌尽桃花扇底风"，是词中名句，较之白居易"笙歌归院落，灯火下楼台"（《宴散》）更其情韵深至，历来解说纷纭，可见味之不尽。结句从杜甫"夜阑更秉烛，相对如梦寐"（《羌村》）、司空曙"乍见翻疑梦，相悲各问年"（《云阳馆与韩绅宿别》）化出，更觉曲折宛转，一往情深。然而，波长浪远的江河有它最早的源头，以上所说顶多只能算是中游的波浪，《诗经·唐风·绸缪》篇的"今夕何夕？见此良人。子兮子兮，如此良人何"，才是晏几道这两句词的江河之源。

　　晏几道此词忆昔日情景，抒别后相思，描今宵欢会，其结句虽然有所传承，但仍是他的匠心独运。近现代词学家陈匪石《宋词举》说得好："'剩把''犹恐'四字，略作转折，一若非灯可证，竟与前梦无异者。笔特夭矫，语特含蓄，其聪明处固非笨人所能梦见，其细腻处亦非粗人所能领会，其蕴藉处更非凡夫所能企望。"今日有相同或相似生活经历的慧心的读者，读到如斯结句，当会怦然心动恍如昨日而回首当年。

少年游

宋 周邦彦

并刀如水①，吴盐胜雪②，纤手破新橙。锦幄初温，兽烟不断③，相对坐调笙。　　低声问："向谁行宿？城上已三更。马滑霜浓，不如休去，直是少人行④！"

作者简介

周邦彦（1056—1121），字美成，号清真居士，钱塘（今浙江省杭州市）人。以词名家，婉约派的集大成者和格律派的创始人，对后世影响甚巨。

注释

① 并刀：唐代并州（今山西省太原市）制造的刀剪，以锋利闻名。杜甫有"焉得并州快剪刀，剪取吴淞半江水"（《戏题王宰画山水图歌》）之句。② 吴盐：唐肃宗时于两淮煮盐，以洁白闻名，后世称淮盐为吴盐。李白有"吴盐如花皎白雪"（《梁园吟》）之辞。此处是以吴盐来中和橙之酸味。③ 兽烟：兽形香炉中透出的香烟。④ 直是：真的，真是。

今译

光闪闪的并刀如水，白生生的吴盐胜雪，纤柔的玉手轻轻破开新橙。锦帐绣被已然温暖，兽形香炉香烟飘升，相对而坐玉人儿吹起箫笙。她低声殷勤询问："你到哪里去借宿啊？你听城楼上已敲响了三更。秋霜浓重马蹄溜滑，不如留在这里不走，外面这时真是很少人夜行！"

心赏

此词通过人物的语言表现其内心感情，含蓄蕴藉，温柔缠绵，妙不可言而让读者于言外可想，确是才人手笔，非高手莫办。上阕写夜晚情人之相聚，铺垫了环境之温暖情调之温馨；下阕写女方之问话，细腻曲折而妙到毫巅。本想留宿而明知故问"向谁行宿"，继之说时间已晚，又言道路泥泞，最后说行人断绝，恐怕安全都成了问题，于是结论只能是"不如休去"而留宿于眼下的温柔乡了。宛转温存，风情旎旖，今日的读者读来，仍难免心猿意马而生非非之想。

写男女之情而绝不恶俗卑下，绝非今日新诗中所谓之"下半身写作"可比，咏男女之情而含蓄隽永，也与西方诗歌之直露奔放有异。如法国大作家雨果《小夜曲》之开篇即是："黄昏后，当你在我身边柔声歌唱，但愿你听见我的心轻轻跳荡。你的歌声像阳光照耀在我的心上。啊！歌唱，歌唱，我亲爱的，轻轻歌唱。"两相比较，中国的读者恐怕更倾心于古典的情诗吧？

减字木兰花

宋 李清照

卖花担上，买得一枝春欲放①。泪染轻匀②，犹带彤霞晓露痕。　怕郎猜道③，奴面不如花面好。云鬓斜簪④，徒要教郎比并看⑤。

作者简介

李清照（1084—1155），号易安居士，山东人，又云济南府属县章丘人。婉约派代表词人之一，其词因时代的变乱而分为前后两期，风格不同，但语言平易清新而内蕴丰厚隽永则一，被称为"易安体"。她不仅是宋代而且是中国古典文学史上最杰出的女作家。

注释

① 春：指花之生机盎然。② 泪：比喻花上之露珠。③ 郎：可指女子之丈夫，亦可指所爱之男子。④ 簪：古人用来插定发髻或连冠于发的长针，后专指妇女插髻之首饰，此处为插戴之意。⑤ 徒：只，但。比并：对比。

今译

在卖花人挑的担子上，买得一枝鲜花啊正含苞欲放。花上染有像泪珠的晨露，还闪动着早霞照耀的光芒。我恐怕郎君揣摩测度，说道不如鲜花娇美我的模样。将它斜插在发髻之上，要郎比较是花美还是我漂亮。

心赏

此词可能是李清照初嫁赵明诚时的作品。前人曾说清照"闾巷荒淫之笔，肆意落笔"，这纯系封建卫道士的口吻，不足为训。上片写买花，下片写戴花，人花相比颜值，青春亮丽，情趣横生。虽然仍是将花与女子相比，但却出之以抒情女主人公的口吻，直抒胸臆，且是以女子来比花，别是一番笔致与风情。待到国破家亡，沧桑历尽，李清照的笔下就再没有这种燕尔新婚、明媚旖旎的风景了。

古代的爱情诗词，多是男性作家的作品，他们常常代女方立言，所谓"男子作闺音"是也。诗坛与文坛，本来几乎是男性的一统天下，女性是作家又杰出如李清照者，实在是如同凤毛麟角的一个异数，除了同时代的朱淑真，唐代的薛涛，清代的秋瑾，可谓无人能与其相较。李清照曾被称为"词后""词国女皇帝"，恐怕今日无论新旧诗坛的女诗人，都还只能遥望她的背影。

浣溪沙

宋 李清照

绣面芙蓉一笑开①，斜偎宝鸭衬香腮②。眼波才动被人猜。　　一面风情深有韵，半笺娇恨寄幽怀③。月移花影约重来④。

注释

① 绣面：唐宋以前妇女之额颊多贴花样纹饰，贴花如绣，形容脸庞漂亮。芙蓉：荷花，喻人面。白居易《长恨歌》："芙蓉如面柳如眉。" ② 斜偎宝鸭句：宝鸭，亦称金鸭，即鸭子形的铜香炉或铜手炉。香腮：芬芳的面颊。宋人陈师道《菩萨蛮》："玉腕枕香腮，荷花藕上开。" ③ 幽怀：幽情远意。 ④ 月移花影句：从欧阳修《元夜》诗"月上柳梢头，人约黄昏后"化出。又，王安石《春夜》："春色恼人眠不得，月移花影上阑干。"

今译

面容娇美笑时像荷花初放，斜倚着铜香炉手托着香腮。眼波刚一流动便被人测猜。面容秀丽多情而富于风韵，写半张信笺寄托幽秘情怀。约意中人月移花影时再来。

心赏

全诗除首句的芙蓉之比外，全为白描，自然浑成，音韵谐美。"眼波才动被人猜"，是写人的"化美为媚"的高明笔墨，远较朱淑真《清平乐·春日游湖》之"娇痴不怕人猜"高明。德国十八世纪文学批评家莱辛在其名著《拉奥孔》中说："诗可以用另外一种方法，在描绘物体时赶上艺术，那就是化美为媚，媚是在动态中的美。"而"化美为媚"，则常常和写女子的剪水秋波有缘。

对"眼波才动被人猜"一语，前人之赞备矣。明代赵世杰等《古今女史》："摹写娇态，曲尽如画。'眼波才动'句更入趣。"清人沈谦《填词杂说》："传神阿堵，已无剩美。"清人田同之《西圃词说》："观此种句，即可悟词中之真色真香。"如此等等，不一而足。眼睛是灵魂的窗户，眼睛的语言被称为"目语"，故"眉目传情"一语流传至今，今日普天下之有恋爱经验的男女，对此不是均深有会心吗？

武陵春

宋 辛弃疾

走去走来三百里①，五日以为期。六日归时已是疑，应是望多时。　　鞭个马儿归去也，心急马行迟。不免相烦喜鹊儿②，先报那人知。

作者简介

辛弃疾（1140—1207），字幼安，号稼轩，历城（今山东省济南市）人。杰出的爱国词人，宋词中"豪放派"的主将，后世常将苏（轼）辛并称。又与李清照并称"济南二安"。有《稼轩长短句》，存词629首。

注释

① 走去走来：即来去，来回。② 喜鹊：在民俗传说中为报喜之鸟。

今译

出门在外来去路程三百里，离家说五天是归期。今是六日她将不安又猜疑，应盼望多时心焦急。我不断地快马加鞭往回赶，心急火燎马蹄不急。无奈只好拜托枝头喜鹊儿，飞报那人我的好消息。

心赏

王国维在《人间词话》中，说"东坡之词旷，稼轩之词豪"。辛弃疾是词坛大家，词国的射雕手，豪放慷慨的"壮词"的确是他的本色，但他同样也有一些清新妩媚的篇章，其词风以雄奇刚健为主，又兼有清丽深婉，表现出主调与多样的统一。他以"白马秋风塞上"见长，但他的"杏花春雨江南"也令人神往，如同一位杰出的作曲家，他的笔下有《英雄奏鸣曲》，铁马金戈，天风海雨，也有《月光小夜曲》，花前月下，流水小桥。

此词就正是如此。全词是客中游子的自叙，但却多"从对面写来"，笔法如杜甫的"今夜鄜州月，闺中只独看"（《月夜》），如柳永"想佳人，妆楼颙望，误几回，天际识归舟"（《八声甘州》），语言平易通俗，清新秀丽，其才华如多棱形的钻石，面面生辉。德国现代诗人布莱希特《题一个中国的榕树根狮子》说："坏人惧怕你的利爪，好人喜欢你的优美。我愿意听人这样谈我的诗。"辛弃疾之词，豪放者令壮士起舞，柔婉者令人心中如醉。

水调歌头 贺人新娶，集曲名

宋 衰长吉

紫陌风光好，绣阁绮罗香。相将人月圆夜①，早庆贺新郎。先自少年心意，为惜殢人娇态②，久俟愿成双。此夕于飞乐③，共学燕归梁。　索酒子④，迎仙客⑤，醉红妆。诉衷情处，些儿好语意难忘。但愿千秋岁里，结取万年欢会，恩爱应天长。行喜长春宅，兰玉满庭芳⑥。

作者简介

衰长吉（生卒年不详），字叔巽，晚号委顺翁，崇安（今福建省崇安市）人。南宋嘉定十三年（1220）进士。

注释

①"相将"句：相将犹言"相共"。人月圆夜：正月十五元宵节夜。② 殢（tì）人：娇柔之人。③ 于飞：《诗经·邶风·燕燕》有句云："燕燕于飞，差池其羽。"此处以双燕比翼齐飞，喻新婚美满幸福。④ 索酒子：主持婚礼者。⑤ 仙客：新郎。事见南朝宋刘义庆《幽明录》。⑥ 兰玉：芝兰玉树。典出刘义庆《世说新语·言语》。

今译

京城的大道上风光美好，新娘的闺阁中绮罗飘香。和宾客们一道在元宵节夜，去庆贺举行婚礼的新郎。新郎年少时满怀柔情蜜意，怜爱新娘未嫁时娇姿媚态，久久等待渴望作对成双。今夜有比翼齐飞的欢乐，如双燕入香巢栖于画梁。婚礼主持人呼唤新人喝交杯酒，迎新郎，醉新娘。洞房里他们互诉衷曲，那些山盟海誓绵绵情意永难忘。祝愿他们夫妻恩爱，千秋万岁，地久天长。还祝愿他们家啊春风长在多生贵子，像芝兰玉树那样的香花名木满院芬芳。

心赏

集句是中国特具的诗文化现象，也是中国诗歌的独门秘笈与独特体裁。前人有"集句诗""集句词""集句散曲""集句文"及"集句联"，即将他人诗词文章中的成句集成一首或一篇新的作品。另也有"檃括词"，那是将他人的诗文改写压缩为词。此词为"集曲名"，即通篇由十九个词牌拼集而成，依次是"风光好""绮罗香""人月圆""贺新郎""少年心""嫷人娇""愿成双""于飞乐""燕归梁""索酒""迎仙客""醉红妆""诉衷情""意难忘""千秋岁""万年欢""应天长""长春""满庭芳"，真是慧心独运，别具一格。衣装中佛教有所谓"百衲衣"，壮族民歌有当代诗人韦其麟整理的"百鸟衣"，集词牌之名为词，颇见匠心和创造，是否可以它们为喻呢？

今日之众多婚礼上，主持人或贺客油腔滑调者有之，话中带黄者有之，庸俗低下者有之，如哀长吉这样的具有高文化品位的贺辞，恐怕此曲只应古代有，今朝能得几回闻，已经几近绝版了。

[中吕]阳春曲 题情

元 白朴

笑将红袖遮银烛^①，不放才郎夜看书。相偎相抱取欢娱。止不过迭应举^②，待及第又何如^③?

注释

① 红袖：红色的衣袖，此处为女主人公自称。银烛：雪亮的蜡烛。② 止：只，仅。迭：屡次。③ 及第：隋唐以来称科举应试中选。

今译

笑着将红色的衣袖遮住雪亮的蜡烛，不让才郎晚上还苦读诗书就着烛光。我们互相依偎拥抱是多么开心欢畅。只不过是屡次参加科举考试，就是应举考中了那又怎样?

心赏

清代女诗人席佩兰《天真阁集》云："红袖添香伴读书。"宋真宗赵恒《劝学诗》也早就说："书中自有黄金屋。"此曲的女主人公却反其道而行之，表现了对于科举仕途的冷漠轻视和对人生正常幸福生活的热望与追求，颇具叛逆的精神与独立自由的意志。视富贵世俗的功名若等闲，视重在当下享受人生如珍宝，这在古代文人爱情诗作中不仅殊不多见，而且是难得的异数，乃空谷的足音。清代性灵派诗人袁枚的《寒夜》可以与此曲互参："寒夜读书忘却眠，锦衣香尽炉无烟。美人含怒夺灯去，问君知是几更天?"

英国的贝·泰勒说："功名诚可贵，爱情价更高。"当代女诗人舒婷的《神女峰》有云："与其在悬崖上展览千年，不如在爱人肩头痛哭一晚。"上述中外二语，可以与白朴此曲互参。

[南吕]骂玉郎过感皇恩采茶歌
欢（四情之二）

元 钟嗣成

　　春风尽日闲庭院，人美丽正芳年。时常笑显桃花面，翠袖揎①，玉笋呈②，金杯劝。　　月殿婵娟，洛浦神仙③，脸霞鲜，眉月偃④，鬓云偏。同携素手，并倚香肩，舞风前，歌月底，醉花边。好姻缘，喜团圆，绮罗丛里笑声喧。百岁光阴能有几？四时欢乐不论钱！

作者简介
　　钟嗣成（约1279—1360），字继先，号丑斋，大梁（今河南省开封市）人。所著《录鬼簿》，为中国古代戏曲研究的奠基之作。

注释
　　① 揎：挽起。② 玉笋：比喻美人洁白细嫩之手。③ 洛浦神仙：洛水神仙。见曹子建《洛神赋》。④ 偃：偏，倒伏。

今译
　　春风整天吹拂闲静的庭院，美丽的伊人正值妙年。笑涡常显现她的桃花脸面，挽起绿色的衣袖，露出洁白的纤手，捧着美酒来相劝。她好似月殿里嫦娥，又如同洛水中神仙，脸如明媚的朝霞，眉如弯弯的新月，鬓发如云偏额边。我们携手并肩，在风吹中曼舞，在月影下歌唱，一同沉醉在花间。今生美好的姻缘，今世啊喜庆团圆，我们在绮罗丛中笑语声喧。即使是百年光阴能有多少？享受爱情欢乐不珍惜金钱。

心赏
　　苏东坡在《水调歌头》中说："人有悲欢离合，月有阴晴圆缺，此事古难全。"钟嗣成的组曲《四情》，即分别以悲、欢、离、合为题。此曲是《四情》之二，写男女欢情，全用具体呈现的比喻之法，无一字抽象陈述，且不着一"情"字而情深意长。第一层是《骂玉郎》曲，第二层是《感皇恩》曲，第三层是《采茶歌》曲。前面均是描绘，结尾转为议论。"百岁光阴能有几"，这不是消极颓唐而是一种清醒的时间观念与生命意识，时间永恒，生命短暂，我们不是要更加珍惜美好的姻缘吗？

"百岁光阴能有几？四时欢乐不论钱"，此语正是此曲的亮点，全曲的精华。金钱，绝不是衡量爱情的最重要的标准，莎士比亚早就说过："爱情是理想的一致，意见的融合，而不是物质的代名词，金钱的奴仆。"但是，今天的社会日益商业化、世俗化、金钱化，而且生存不易，生活艰难，不以物喜的真纯而地久天长的爱情，恐怕已经是而且只能是美好的童话了。

[中吕] 红绣鞋

元 贯云石

挨着靠着云窗同坐，看着笑着月枕双歌①。听着数着愁着怕着早四更过②。四更过，情未足，情未足，夜如梭。天哪！更闰一更妨什么③！

作者简介

贯云石（1286—1324），号酸斋，又号芦花道人。维吾尔族，原名小云石海涯。后人合辑他与徐再思（号甜斋）的散曲为《酸甜乐府》。

注释

① 月枕：月光照耀之枕。或指月牙形的枕头。② 听着数着愁着怕着：听谯鼓，数更声，愁天亮，怕欢娱不长。③ 闰：延长，余数。

今译

相依相靠在纱窗下望着流云同坐，相偎相抱月光照耀枕上唱着情歌。听谯鼓数更声愁天明怕四更如飞而过。四更如飞过，欢情尚未已，欢情尚未已，良夜快如梭。老天爷啊，年月日都有闰你延长一更有什么！

心赏

时间有"物理时间"和"心理时间"，唐人李益《同崔邠登鹳雀楼》诗所谓"事去千年犹恨速，愁来一日即为长"，苏轼《春夜》诗说"春宵一刻值千金，花有清香月有阴"，就均是指后者。此曲写一对恋人良宵苦短，时间与心理的对应描写颇为真切动人。不是吗？和不喜欢的人在一起，哪怕是片刻也会"度日如年"，而和良友在一堂，一天也恍如转瞬，何况是热恋中的情人呢，那当然是白居易在《长恨歌》中所说的"春宵苦短"了。

这支曲的主人公是热恋中的一对男女，他们的心理焦点是害怕时间飞逝，希望留住如胶似漆的美景良辰，这是普天下沉于爱河的人都具有的普遍心理。如果从诗歌史寻流溯源，则可以追溯到《诗经·郑风》中的《女曰鸡鸣》："女曰'鸡鸣'。士曰'昧旦'。"欢会或新婚中的女子说鸡已报晓，男子却推说还没有天亮，这不正是"情未足，夜如梭。天哪！更闰一更妨什么"的先声吗？

[仙吕]游四门

元 无名氏

海棠花下月明时，有约暗通私①。不付能等得红娘至②，欲审旧题诗③。支，关上角门儿。

注释

① 暗通私：暗中互通心曲。指情人幽会。② 不付能：即不甫能，没料想、想不到之意。为元曲中习用之语。③"欲审"句：正想审辨揣摩以前情人所寄赠的诗笺。此处借用元稹《莺莺传》、王实甫《西厢记》中张生与崔莺莺的故事。莺莺答张生诗："待月西厢下，迎风户半开。拂墙花影动，疑是玉人来。"

今译

海棠花影下月光明亮之际，密约在先暗通心中隐私。不料想红娘早已经飘然来至，正当我记诵那赠诗之时。把花园角门悄悄关上，只听见轻轻的一声"吱"。

心赏

唐代诗人元稹的《莺莺传》与金人董解元《西厢记诸宫调》、元人王实甫《西厢记》，演述了张生与崔莺莺的悲欢离合的爱情故事。此曲可能是表现他们的幽期密约的场景，也可能是借用它来抒写另一场爱情戏剧。全曲场景集中，情景单纯而丰富，在描绘中省略了许多前因后果、事件过程，"支"的一声之后，留给读者以味之不尽的余地。

一般而言，诗创作重暗示而忌直白，重提供联想的线索而忌一眼洞穿的和盘托出，重刺激读者想象即现代文学批评所云的"召唤结构"，而忌不留余地的密不透风。元曲中的另一首同题诗说："落红满地胭脂湿，游赏正宜时。呆才料不顾蔷薇刺，贪折海棠枝。支，撕破绣裙儿。"其艺术奥秘就正在于刺激读者的审美联想和想象。

锁南枝

明 民歌

傻俊角①，我的哥。和块黄泥捏咱两个。捏一个你，捏一个我。捏的来一似活托②，捏的来同床上歇卧。将泥人摔碎，着水儿重和过③。再捏一个你，再捏一个我，哥哥身上也有妹妹，妹妹身上也有哥哥。

注释

① 俊角：容貌俊美的人。傻俊角：对恋人的正言反说的昵称。② 来：语助词。活托：脱胎，形容二者极为相像。③ 着：用，把。

今译

漂亮的傻人儿，我的那情哥哥。用水和黄泥捏我们两个，捏一个你来捏一个我。捏的你我活脱脱，捏的来一张床上同歇卧。把那泥人摔碎，用水重新来和过。再捏一个你来再捏一个我，哥哥的身上也有妹妹，妹妹的身上也有哥哥。

心赏

《锁南枝》是民间小调，明代中叶开始于中原一带流行传唱。捏泥人原系民间工艺，这首民歌将民间曲调与民间风俗交融在一起，表现了旧时代青年男女对爱情追求的大胆、真挚与坚贞，谱成了一曲民间情歌的千古绝唱。

这首诗表现封建时代妇女对爱情的渴望与追求，这种主题颇具传统性，是文学中的所谓"母题"，但此诗数百年来脍炙人口，就是因为它在艺术表现上戛戛独造，有大胆而极富创造性的想象，超越了许多同一主题的作品。据明人蒋一葵在《尧山堂外记》中说，元代诗人赵孟頫五十多岁欲纳妾，其妻管道升作《我侬词》规劝晓喻他，诗中有"我泥里有你，你泥里有我"之句，明代的这首民歌也许受到过管道升之作的启示，即使如此，它也仍然有出蓝之美。

时尚急催玉

明 民歌

钦天监造历的人儿好不知趣①，偏闰年②，偏闰月③，不闰个更儿。鸳鸯枕上情难尽④，刚才合上眼，不觉鸡又鸣。恨的是更儿，恼的是鸡儿，可怜我的人儿热烘烘丢开，心下何曾忍，心下何曾忍！

注释

① 钦天监：明清时官署名，负责观察天象、推算节气历法等事务，设监正、监副等官。② 闰年：闰为余数。农历纪年与地球环绕太阳运行一周的时间有一定差数，故每隔数年必设闰日或闰月予以调整。闰年即阴历中有闰月（一年十三个月）的年。③ 闰月：阳历中的二月为二十八日，遇闰月则为二十九天。④ 鸳鸯枕：绣有鸳鸯图样的枕头。

今译

钦天监制定历法的人好不通人情，偏偏可以闰年啊，偏偏可以闰月啊，却不知晚上延长一两点钟。鸳鸯枕上我们柔情蜜意难穷尽，刚才合上眼睛，不觉晨鸡啼鸣。恨的是不加长的良夜啊，恼的是不知趣的鸡鸣啊，可怜我的情郎不得不走时衾被还热烘烘。我哪里舍得了，我哪里能忍心！

心赏

旧时一夜分为五更，每更约两个小时。良宵苦短，这是诗中的女主人公的"心理时间"，她由此不禁埋怨起反映"物理时间"的历法"不闰个更儿"，并且将问罪的矛头指向执行历法的钦天监，差一点造成了新的闻所未闻的冤假错案。这是古典诗论中所说的"无理而妙"，表面上看不合常情常理，但却别出奇趣地表达了人物的实感痴情，这种不合生活逻辑的感情逻辑，无理之极而又妙不可言，即欧阳修《玉楼春》所云"人生自是有情痴，此恨不关风与月"是也。

在明代的民歌中，民告官的钦天监的不白之冤不只一桩，此处不妨再举一例："五更鸡，叫得我心慌撩乱，枕边儿说几句离别言，一声声只怨着钦天监。你做闰年并闰月，何不闰下个一更天？这样掌阴阳的官儿也，削职还该贬！"不是反腐败而是反渎职，即使反错了，这首民歌也真是想法可爱，勇气可嘉。

挂枝儿

明 民歌

眉儿来，眼儿去，我和你一齐看上①。不知几世修下来②，和你恩爱这一场。便道有个妙人儿，你我也插他不上③。人看着你是男是女？怎你我二人合一副心肠。若把你我二人上一上天平，你半斤，我八两④。

注释

① 一齐看上：眉目传情，彼此中意。② 几世修：传统说法，现世的幸福源于前世的修善积德。③ 插他不上：第三者无法插足。④ 八两：旧时十六两为一斤，故有"半斤对八两"之说。

今译

眉来眼去我们彼此看上，几世修来你我恩爱一场。便有个俏女人也插足不上。他人看你是男为何又是女？不然你我怎么会共一样的心肠。如果把你我摆在天平上，你是半斤我是八两。

心赏

俗语有云："十世修来同船渡，百世修来共枕眠。"诗中的青年男女在不自由的封建社会里追求的是自由恋爱，字里行间洋溢着女主人公的欢愉之情，以及对美好姻缘的渴望与赞美。现代婚姻中常有所谓"第三者"，即现在流行语所说的"小三"，殊不知早在明代的民歌中，就已经有对"妙人儿"即"第三者"的排斥与批判了。

德国大诗人海涅曾经说过："最美丽的童话时常被破坏，爱情的梦很少得到美好的结局。"中外同心，童话不永而好梦不长，常常是由于男性或女性的第三者的介入。这首民歌最早地提出爱情与婚姻中的"第三者"这一问题，表现了在以男性为中心的社会中女子的恐惧与忧患。这种"小三"之忧，古已有之而于今尤烈。

挂枝儿

明 民歌

　　喜鹊儿不住的喳喳叫①，急慌忙开了门往外瞧：甚风儿吹得我乖乖到②。携手归房内，双双搂抱着③。你虽有千期万约的书儿也④，不如喜鹊儿报得好。

注释

　　① 喜鹊：鸟名。民间传说喜鹊的叫声是象征喜兆，诗文中常以之隐喻男女情爱。② 甚：什么。乖乖：民间俗语中对喜爱的人的昵称。③ 着（zháo）：到，成。④ 书儿：书信。

今译

　　喜鹊不停喳喳叫，慌忙开门向外瞧：啊，什么好风吹得我的心肝宝贝来到了。牵手回房里，急急相拥抱。你虽写有那千约万约的书信啊，还不如这鹊儿的喜报得好。

心赏

　　摄影家要有可贵的"瞬间意识"，从最佳的角度，捕捉那瞬息即逝的动人镜头，诗作者何尝不也应如此？这首诗所抒写的就是一对久别的恋人重逢的瞬间，着重刻画了女主人公期待、喜悦而又有些埋怨的心理世界。结句尤其意味深长，虽是直白之辞，却亦嗔亦喜，有引人玩索之趣。

　　喜鹊，顾名思义是吉祥之鸟，在我国古典诗歌中扮演的大都是正面而且是喜庆的角色。在这首诗歌里，它的作用甚至超过情人或丈夫的诸多书信。但是也不尽然，《劈破玉·喜鹊》诗则是："喜鹊儿不住在门前聒絮，霎时间又往别处飞。飞来飞去，好没些主意；心性无定准，跳着东，又跳西。你这样的油嘴也，我把金弹儿来打你。"喜鹊本无所谓喜与不喜，万念皆从心起，其奈喜鹊何？

山　歌

明　民歌

凭你春山弗比得姐个青^①，凭你秋波弗比得姐个明^②，凭你夜明珠弗比得姐个宝^③，凭你心肝弗比得姐个亲。

注释

① 春山：春天的山色碧绿，此处比喻女子的眉黛。② 秋波：秋天的水波明亮，此处比喻女子的眼波。宋代词人王观《卜算子》："水是眼波横，山是眉峰聚。"③ 弗比得：不能比，比不上。

今译

凭你春山比不上姐姐的柳眉青，凭你秋波比不上姐姐的杏眼明，凭你夜明珠比不上姐姐更宝贵，凭你心肝比不上姐姐可爱可亲。

心赏

比喻，是诗之骄子。许多诗作就是因为有出色的比喻，才如明珠一颗，灿然生辉。此诗由四"比"所构成。前二比，着重于强调恋人的外在之美：春山不如柳眉，秋波不如杏眼。如此强调形容尚嫌不足，后二比，着重于描写对恋人的感情以及恋人在自己心目中的价值：宝贵胜过明珠，亲爱胜过心肝。以上四比，既分别从四个方面比况，前后之间复由外美而内质，同时又层层递进，真可谓独出心裁。

男子追求女子时，总是如俗语所云："三十晚上吃年饭，尽说好的。"一旦目的已达，或"七年之痒"已过，随即热情退潮，乃至判若两人，甚至如同陌路，最不堪者则成了名副其实的"冤家"。无论古今，除了少数例外，女子相对弱势，故同是明代山歌，有一首咏唱的则是女子的企盼与祝愿："一对灯笼街上行，一个黄昏来一个明。情哥莫学灯笼千个眼，只学蜡烛一条心，二人相交要长情！"

秦淮花烛词

清 钱谦益

宝镜台前玉树枝^①，绮疏朝日晓妆迟^②。
梦回五色江郎笔^③，一夜生花试画眉^④。

作者简介

钱谦益（1582—1664），字受之，号牧斋，江苏常熟人。与吴伟业、龚鼎孳合称"江左诗文三大家"，明末清初诗坛领袖。

注释

① 玉树枝：形容才貌之美。杜甫《饮中八仙歌》："宗之潇洒美少年，举觞白眼望青天，皎如玉树临风前。" ② 绮疏：即绮窗，窗户上的镂空花纹，或指镂花的窗格。③ 江郎笔：《南史·江淹传》载，梁代江淹夜梦自称郭璞者索其怀中五色笔。④ 生花：传说李白少时曾梦笔头生花。画眉：《汉书·张敞传》载张敞为妻画眉的故事。

今译

华贵的镜台映照着你和我女貌与郎才，早妆迟迟朝阳从镂花的窗格中照进来。绮梦刚醒手握梦中得到的生花彩笔，试着在新婚的次日早晨为你饰画眉黛。

心赏

莎士比亚在《爱的徒劳》中说："当爱情发言的时候，就像诸神的合唱，使整个的天界陶醉于仙乐之中。"这是一首妙用典故的写新婚的诗，是对有爱情的婚姻之歌唱。钱谦益年老时曾明媒正娶秦淮名妓柳如是，柳氏国色天香，多才多艺，而且是风尘中之侠女，钱谦益曾喜赋《催妆词》《合欢诗》，他这首《秦淮花烛词》当也是在"喜"至心灵时挥洒而成。

新娘柳如是二十三岁，新郎钱谦益则已五十九岁了。他用匹嫡之礼迎娶柳如是，而非纳妾之礼，表示了对柳的爱恋与尊重。当代国学大师陈寅恪以失明的半废之身，撰述了近百万字的《柳如是别传》，其中说柳如是"风尘憔悴，奔走于吴越之间，几达十年之久。中间离合悲欢，极人生之痛苦。然终于天壤间得值牧斋，可谓不幸中之幸矣"。钱谦益此诗，就是她不幸中之幸的证明书。

赋得对镜赠汪琨随新婚

清 吴嘉纪

洞房深处绝氛埃①，一朵芙蓉冉冉开②。
顾盼忽惊成并蒂③，郎君背后觑侬来④。

作者简介

吴嘉纪（1618—1684），字宾贤，号野人，泰州（今江苏省泰州市）人。平生清苦，终生布衣，自名居所"陋轩"，著有《陋轩集》，诗多散失。

注释

① 氛埃：尘埃。② 冉冉：慢慢地，渐进之貌。③ 并蒂：同一枝条上两朵并头而开的花。④ 觑（qù）：偷看，窥看，细看。侬：我，吴地方言。

今译

新婚夫妇的深深卧室隔绝尘埃，对镜梳妆如一朵荷花含苞初开。顾盼中忽然惊奇为何花开两朵，原是郎君悄悄从背后瞧我而来。

心赏

诗创作讲究时空的跳跃或飞跃，其意象的组合与电影中的"蒙太奇"镜头有相似之处。此诗四句，三个镜头，首写洞房，次以芙蓉喻新娘，第三句的并蒂花为大特写，读来历历如见，喜气洋洋。汪琨随生平不详，应是吴嘉纪的友人，三百多年过去了，诗人所咏的那一对新婚伉俪，早已化为尘泥，再也无可寻觅，但吴嘉纪为他们写的这首诗却长留天地之间，如同开不败的花朵。

还应该特为拈出的是，贺新婚之诗很容易流于俗套，如花好月圆、早生贵子之类，但此诗的作者却从"对镜"这一特定的角度落笔，定格于新郎新娘的镜中俪影。那时摄影术还没有发明，本诗作者生平清苦，但苦中作乐的他却以自己出彩的诗笔为他们立此存照，有如此贺诗，新郎新娘当更加喜上眉梢了。

内人生日

清 吴嘉纪

潦倒丘园二十秋，亲炊葵藿慰余愁^①。

绝无暇日临青镜^②，频遇凶年到白头。

海气荒凉门有燕^③，溪光摇荡屋如舟。

不能沽酒持相祝^④，依旧归来向尔谋^⑤。

注释

① 葵：冬葵，蔬菜之一。藿（huò）：豆叶。以豆叶为食谓之粗食。② 青镜：青铜制成的镜子。③ 海气：作者家居临海的泰州，此指海滨气象。④ 沽：买或卖。沽酒：买酒。⑤ 尔：你。

今译

失意在山林和田园已有二十春秋，天天亲自烹制葵藿安慰我的忧愁。忙于家计你没有闲暇去对镜打扮，连遇荒月凶年患难相扶共到白头。海边景象荒凉只有燕子出入门户，溪光晃漾里茅屋如风雨中的小舟。穷得无钱买酒用以祝贺你的生日，我只得空手回来啊同你计议商谋。

心赏

吴嘉纪家在泰州海滨的安丰盐场，贫困的他曾从事盐场杂作，近乎今日之农民工，著有《陋轩集》。其妻王睿字智长，亦为江苏泰兴人，颇通文墨。吴嘉纪二十一岁时与王氏成亲，二十年来伉俪情深，相濡以沫。王睿生日时，吴嘉纪秀才人情诗一首，此诗流传至今，远胜过珠宝店众多珍珠与钻石。

唐诗人元稹在《遣悲怀》中说："贫贱夫妻百事哀。"此诗为作者贺其妻王睿生日而作，纯用白描，真切感人。表面不无哀怨愧怍，实则表现了和衷共济、甘苦共尝的伉俪深情。作者终生布衣，乃无权而且无钱的草根百姓，但真正的爱情并不是权势和金钱可以买到的，王睿嫁给了吴嘉纪这样的优秀诗人，后者与其相爱白头，生日以诗为赠而传于今日，虽说是秀才人情，对于她也可说足慰平生了。

夏夜示外①

清 席佩兰

夜深衣薄露华凝，屡欲催眠恐未应②。
恰有天风解人意③，窗前吹灭读书灯。

作者简介

席佩兰（约1789年后在世），名蕊珠，字韵芬。昭文（今江苏省常熟市）人。清代诗人袁枚之女弟子，诗人孙原湘之妻。

注释

① 外：旧时女子称自己的丈夫为外或外子。② 应：应答，答应。③ 解：了解，理解。

今译

夜色已深沉衣衫薄露水浓重，屡次想催他就寝怕他不答应。恰好有那天风理解人的意愿，钻进窗来吹灭了他的读书灯。

心赏

此诗通过"吹灯"的细节，表现妻子对丈夫的关怀爱护，和春宵一刻值千金的可贵，使人想起英国维多利亚时代的诗人丁尼生的一句名言："男思功名女盼爱。"人同此心，中外皆然。生活在封建时代而思想颇为解放的席佩兰有如此好诗，不愧对张扬个性从官场急流勇退的一代名诗人袁枚的教诲，诗人孙原湘有如此多才而且体贴入微的妻子，也该感激这种十世修来共枕眠的福气。

读此诗，尚可与前述之元代少数民族诗人贯云石的《红绣鞋》一曲互参共赏。贯云石是维吾尔族，更少儒家礼教的观念羁绊，而且所写乃以生新泼辣见长之曲，席佩兰为汉族，且是养在深闺的女诗人，所以他们的情感内涵与抒情方式各有不同，虽抒写同一题材与主题，也各有其趣，如同音乐中的通俗唱法与美声唱法。

赠　外

清　林佩环

爱君笔底有烟霞，自拔金钗付酒家①。

修到人间才子妇②，不辞清瘦似梅花。

作者简介

林佩环（生卒年不详），清代诗人张问陶（1764—1814）之妻。张问陶系四川遂宁人，幼年聪慧，过目成诵，乾隆五十五年（1790）进士，诗、书、画皆负盛名，为清代诗风近似袁枚的"性灵派"诗人。

注释

①"自拔金钗"句：元稹《遣悲怀》有"泥他沽酒拔金钗"句，金钗换酒表示夫妇贫寒而和谐相得。② 修到人间才子妇：从宋代诗人谢枋得《武夷山中》的"几生修得到梅花"句意化出。

今译

我喜爱你生花的彩笔飞舞烟霞，我为你换酒拔下金钗付给酒家。今生有幸修成人间才子的妻室，我不辞清瘦即使像亭亭的梅花。

心赏

张问陶的确无愧其夫人对他的赞誉，"才子"之名绝非浪得。他的《醉后口占》是："锦衣玉带雪中眠，醉后诗魂欲上天。十二万年无此乐，大呼前辈李青莲。"他的《阳湖道中》曰："风回五两月逢三，双桨平拖水蔚蓝。百分桃花千分柳，冶红妖翠画江南。"张问陶伉俪情深，张之《七夕忆内》有"人间风露遥相忆，天上星河共此情"之句，而林诗一出，即传唱人口。西谚云："据说女人爱男人可以有六十七种不同的爱法。"爱己之所爱，操心操劳而自己形容瘦损如清瘦的梅花，这种东方之爱，大约是在西方的所有爱法之外。林佩环有张问陶这样的夫婿，她认为是福慧双修了，张问陶也该以自己有如此之佳偶而不虚此生吧？

在现代诗人中，郁达夫当然也是不可多得的才子，他一九二七年作《寄映霞二首》，第一首是："朝来风色暗高楼，偕隐名山誓白头。好事只愁天妒我，为君先买五湖舟。"据其日记记载，"她已誓说爱我，之死靡他"。不意十年之后喜剧即成了悲剧，孰是孰非，有郁达夫《毁家诗纪》二十首为证，悲夫！

新婚词（选二）

清 完颜守典

乍时相见已相亲①，斜面窥郎起坐频②。

烛影摇红人静后，含羞犹自不回身。

绣囊兰屑袭人香③，浅浅眉痕淡淡妆。

尽日输情浑不语④，依郎肩坐读西厢⑤。

作者简介

完颜守典（约1867—1893），字孟常，满洲旗人，祖籍辽沈。有《逸园集》。

注释

① 乍时：短暂、急促之时。② 频：屡次，连续不断。③ 绣囊兰屑：装着兰花屑的绣花香袋。④ 输：本为运送、运输，此处为传情之意。浑（hún）：全，满。⑤ 西厢：即王实甫写张生与崔莺莺的爱情故事的《西厢记》。

今译

虽是刚刚相见却已经心意相亲，她斜着面庞偷看郎君起坐频仍。红烛摇曳清光在人声寂静之后，低眉含羞的她还不肯回转腰身。

绣花袋中的兰花屑散发袭人清香，她眉痕画得浅浅穿着素雅的衣裳。整天脉脉含情啊却总是不说话，靠着郎君肩膀而坐同读《西厢》。

心赏

完颜守典这组诗为《新婚词》，共四首，此处所选系第一首与第三首。这两首诗以新婚为中心，第一首写洞房花烛之夜，第二首写燕尔新婚之后。主要人物是新娘以及她的神态和心理，但视角却是新郎的眼光与感受。诗作含蓄有致而又引人遐想，曲尽其情而又不落俗套，风光旖旎而又雅致高华，撩人绮思而不是助人邪念，这就是"美"。法国大作家雨果说过："爱情，这是良宵的赞歌；爱情，这是曙光的呼声。"他还说过："人生是花，而爱便是花蜜。"

　　此诗中写到新婚夫妻并肩而坐同读西厢，可以引起读者许多联想。曹雪芹在《红楼梦》第二十三回中，也写了贾宝玉和林黛玉同读《西厢记》的情节。贾、林读时是神秘而兴奋的，有犯禁的羞涩和忐忑，此诗中的新婚夫妇读时是默契而兴奋的，有过来人的甜蜜。新时代的今天的读者，读来则早是另有一番滋味在心头了。

一半儿 新婚夕

清 觉罗廷奭

粉红绫帐翠钩垂，枕腻衾香两意痴①。笑拥轻偎嫩玉肌。低声悄相问，一半儿妆憨②一半儿睡。

春宵底事最消魂③？漏滴铜龙灯影昏。香腻不胜春。问玉人，一半儿含羞一半儿肯。

作者简介

觉罗廷奭（shì）（生卒年不详），清末人，大约与黄遵宪同时，字紫然，号饭石道人。娶舅父之独女为妻，伉俪情笃。

注释

① 腻：肥，细腻。此处可释为软。② 憨：傻气。如憨厚，憨笑。③ 底事：什么事，那种事。

今译

粉红帐幔和翠绿的帐钩低垂，枕软被香两人都已心迷意醉。笑着轻轻偎拥你柔嫩的玉体，低声询问悄悄相推，她一半儿装不懂一半儿装睡。

洞房花烛夜何事最令人销魂？计时的铜漏催人而灯影朦胧。依偎温香软玉此情难忍难禁。问声美丽心爱的人，她一半儿含羞啊一半儿应允。

心赏

"洞房花烛夜"是旧时代所说人生四喜之一，宋人汪洙的《神童诗·四喜》早就说过："久旱逢甘雨，他乡遇故知，洞房花烛夜，金榜题名时。"新时代何莫不然？此曲写春宵旖旎风光，绘影传神而又含蓄有致，令人意夺魂消。

好花看到半开时。今日流传的熟语有"男人的一半是女人"之语，此诗的曲牌乃"一半儿"，多表男女之情，末句定格嵌入两个"一半儿"。元代大戏剧家关汉卿在《题情》四咏中早就写过："碧纱窗外静无人，跪在床前忙要亲，骂了个负心回转身。虽是我话儿嗔，一半儿推辞一半儿肯。"觉罗廷奭的诗，其源有自，但又不让关汉卿之作专美于前。

新嫁娘诗^①

清 黄遵宪

屈指三春是嫁期^②，几多欢喜更猜疑。

闲情闲绪萦心曲，尽在停针倦绣时。

闲凭郎肩坐绮楼^③，香闺细事数从头^④。

画屏红烛初婚夕，试问郎还记得不^⑤？

注释

① 新嫁娘诗：组诗，共五十一首，此处选两首。② 三春：夏历三月，即春季的第三个月。③ 绮楼：华美的楼房。④ 香闺细事：新婚生活的种种往事。⑤ 不（fǒu）：通"否"，用于句尾表询问语气。

今译

扳着指头计算阳春三月是出嫁的日子，对未来我多么欢喜又免不了疑虑猜想。种种思量测度啊萦绕反复在心的深处，特别是在那停针止绣神魂不定的时光。

悠闲地靠着郎君肩膀坐在华美的楼房，新婚生活种种柔情蜜意让人从头回想。高烧红烛照耀着画屏的甜蜜新婚之夜，试问郎君你啊是否还时时铭记在心上？

心赏

少女婚前与少妇婚后的心态，在上述两诗中得到细腻入微又含蓄不露的刻画。前一首中少女未有一语，千思万想，尽在不言之中，后一首中少妇仅有一问，意在言外，一语胜过千百。正如英国诗人丁尼生所说："聪明的恋人，爱得多，说得少。"唐诗人朱绛有《春女怨》诗："独坐纱窗刺绣迟，紫荆花下啭黄鹂。欲知无限伤春意，尽在停针不语时。"艾略特是二十世纪之初英美现代派诗宗与诗论家，他在《传统与个人才能》中说："不成熟的诗人会模仿，成熟的诗人会偷盗。"唐代诗僧皎然，早在《诗式》中就提出了"偷语""偷意"与"偷势"的"三偷"之说。中外诗人无有不"偷者"，黄遵宪的"尽在停针倦绣时"，该是从朱绛那里"偷"来的吧？

莎士比亚说过："婚姻是青春的结束，人生的开始。"新婚是甜蜜的，婚后则是现在流行的所谓"七年之痒"，就是五味杂陈、风雨兼程的长途，年轻貌美的新嫁娘也会老去。让我们铭记英国哲人培根的箴言吧："妻子是青年人的爱人，中年人的伴侣，老年人的保姆。"

离情

江南红豆相思苦

卷耳

诗经 周南

采采卷耳①，不盈顷筐②。
嗟我怀人，置彼周行③。

陟彼崔嵬④，我马虺隤⑤。
我姑酌彼金罍⑥，维以不永怀⑦。

陟彼高岗，我马玄黄⑧。
我姑酌彼兕觥⑨，维以不永伤。

陟彼砠矣⑩，我马瘏矣⑪！
我仆痡矣，云何吁矣⑫。

注释

① 采采：采了又采。卷耳：又名苓耳或苍耳，一种菊科植物，嫩苗可食。
② 顷筐：斜口筐子，后高前低，簸箕一类。 ③ 彼：指顷筐。周行（háng）：大路。 ④ 陟（zhì）：登上。崔嵬：高处，高山。⑤ 虺隤（huī tuí）：马病而腿软。⑥ 姑：姑且，暂且。金罍（léi）：铜铸的酒器。 ⑦ 维：语助词，无实义。以：介词，后面省去宾语"之"，借此之意。⑧ 玄黄：病马而毛色黑黄。此处也指眼花。⑨ 兕觥（sì gōng）："兕"为青色独角野牛。觥：酒杯。⑩ 砠（jū）：多石之山。⑪ 瘏（tú）：病也。下句之"痡"（pú）同此。⑫ 云：语助词。吁（xū）：忧愁。

今译

采了又采卷耳菜，采了半天不满筐。可叹我念远行人，把筐放在大路旁。登上远处那高山，我马腿软不向前。我且斟满铜酒器，借酒浇愁免想念。登上远处那高岗，我马有病毛发黄。我且斟满牛角杯，借酒浇愁除心伤。正在上那石山啊，我马腿儿发软啊！我的仆人病了啊！我心怎不忧愁啊！

心赏

　　此诗四章，历来均认为是写劳动中的妇女怀念出征在外的丈夫。钱锺书在《管锥编》中说："作诗之人不必即诗中所咏之人，夫与妇皆诗中人。诗人代言其情事，故各曰'我'。首章托为思妇之词，"嗟我"之我，思妇自称也。……二、三、四托为劳人之词。……男女两人处两地而情事一时，批尾家谓之'双管齐下'，章回小说谓之'话分两头'，《红楼梦》第五十四回凤姐仿'说书'所谓：'一张口难说两家话，花开两朵，各表一枝。'"钱氏此论一出，天下翕然从之。

　　陆游说："诗无杰思知才尽。"（《遣兴》）出色的诗作，一定有巧妙的构思。有无巧思，关系一首诗的成败。此诗的构思值得称道，首章写女主人公怀念远行的丈夫，以下各章则变换角度，从对面写来，抒写做为男主人公的丈夫征途辛苦和对妻子的怀念。如此既写正面又写对面，宛如男女二重唱，笔花飞舞，曲折生情，启发了后代许多诗人的诗思。杜甫的《月夜》、王维的名作《九月九日忆山东兄弟》等不就是如此吗？

伯 兮

诗经 卫风

伯兮朅兮①，邦之桀兮②。

伯也执殳③，为王前驱。

自伯之东④，首如飞蓬⑤。

岂无膏沐，谁适为容⑥？

其雨其雨⑦，杲杲日出⑧。

愿言思伯⑨，甘心首疾⑩。

焉得谖草⑪，言树之背⑫。

愿言思伯，使我心痗⑬！

注释

① 伯：本义为兄弟中最长者，此处系女子对丈夫的称呼。朅（qiè）：威武之貌。② 桀（jié）：本意是特立，引申为英俊、英杰。③ 殳（shū）：兵器之名，长一丈二尺，竹木制成。④ 之：动词，去，往。⑤ 蓬：丛生的野草，枯后遇风飞旋，故称"飞蓬"，此处喻女主人公头发散乱。⑥ 适：悦，喜悦，高兴。为容：打扮。⑦ 其：语助词，表示祈求之意。⑧ 杲杲（gǎo）：太阳光芒明亮。⑨ 愿：每，常常。言：语助词，无实义。⑩ 首疾：即疾首，也即头痛。⑪ 焉得：安得，哪里得。谖（xuān）：忘。谖草：古人假想的使人健忘的忘忧草。⑫ 树：动词，栽植。背：同"北"，堂屋之北。⑬ 痗（mèi）：病痛。

今译

高大威武我丈夫，他是国家一英杰。丈二长杖拿在手，为王先驱在前列。自从丈夫去东方，头发乱如飞蓬样。不是没有润发油，为谁打扮美容光？盼落雨啊盼落雨，太阳出来红彤彤。每次思念我丈夫，想得头痛也甘心。哪里能有忘忧草，栽在北面堂屋边。常常想念我丈夫，心中痛苦不堪言！

心赏

征夫思乡，思妇念远，这是中国古典诗歌中的传统主题之一，表现这一主题，在诗经的《国风》中约有二十篇左右。《伯兮》正是中国古典诗歌史上最早写征夫与思妇之作。其中最出色之处，是"自伯之东，首如飞蓬"的细节描写，和"岂无膏沐，谁适为容"的心理刻画。女人是爱美的，女人尤其是喜欢为悦己者容，作者通过精彩的细节处理和内心世界的揭示，使得人物形象如同特写镜头一样鲜明突出，而人物复杂微妙的情感也经由内心独白如实招来，而上述诗句也因而成为传诵至今引用不衰的经典。

古人说：春秋无义战。春秋的战争是个人争霸，战国的战争是个人称王，百姓只有分离的哀伤和死亡的痛苦。这首诗的社会内涵就是如此。正因为它表现了古今共通的具有普遍意义的思想感情，加之构思新创，行文一唱三叹，所以就余音袅袅一直传扬到今天。

君子于役

诗经 王风

君子于役①，不知其期。曷至哉②？

鸡栖于埘③。日之夕矣，羊牛下来。

君子于役，如之何勿思④！

君子于役，不日不月，曷有其佸⑤？

鸡栖于桀⑥。日之夕矣，羊牛下括⑦。

君子于役，苟无饥渴⑧！

注释

① 君子：妻子称其丈夫。于：往。于役：在外服役。② 曷（hé）：何，什么，表疑问。曷至哉即何时归来。③ 埘（shí）：凿墙成洞做成的鸡窝。④ 如之何：怎么会。⑤ 佸（huó）：会，相会。有佸即又佸，意为再会。⑥ 桀（jié）：桀为"榤"之省借，即鸡窝中的小木架。⑦ 括（kuò）：义同"佸"，此处指牛羊聚集在一起。⑧ 苟：且，如。此处表示希望。

今译

丈夫服役在那远方，谁知还有多少时光。何时回来哟！成群的鸡儿进了窝，西斜的太阳落了山，牛儿羊儿走下山冈。丈夫服役在那远方，叫我如何能不念想？丈夫服役在那远方，没有归期日子漫长。何时能够欢聚一堂？成群的鸡儿进了窝，西斜的太阳落了山，牛儿羊儿走下山冈。丈夫服役在那远方，愿无饥无渴人健康。

心赏

这首诗，是流传在东周王城（今河南省洛阳市）附近的一首民歌，时在西周灭亡而平王东迁洛阳的春秋时期。战争与徭役连年不已，丈夫征战或劳役在外，妻子在家空房独守，由此产生了许多闺怨诗。唐代的闺怨诗如繁华照眼，而闺怨诗最早的花苞却开放在《诗经》之中，此诗就是其中的一朵。它的成功之处，就是创造了黄昏日暮的典型乡村环境，人物置身其中而触景生情，伤离念远。清人方东润在《诗经原始》中说："傍晚怀人，真情真境，描写如画。晋、唐田家诸诗，恐无此自然。"信哉！

日之夕矣的黄昏，最容易撩起人的伤离念远之情。如唐代杜甫《咏怀古迹》的"一去紫台连朔漠，独留青冢向黄昏"，宋人赵孟頫《绝句》的"燕子不来花又落，一庭风雨自黄昏"，元代马致远《秋思》的"夕阳西下，断肠人在天涯"，等等，许多有关黄昏的诗句，都是《君子于役》中"日之少矣"的遥远的回声与变奏。

饮马长城窟行

汉 乐府

青青河畔草，绵绵思远道①。

远道不可思，宿昔梦见之②。

梦见在我旁，忽觉在他乡。

他乡各异县，展转不相见③。

枯桑知天风，海水知天寒。

入门各自媚④，谁肯相为言⑤！

客从远方来，遗我双鲤鱼⑥。

呼儿烹鲤鱼，中有尺素书⑦。

长跪读素书⑧，书中竟何如：

上言加餐食，下言长相忆。

注释

① 绵绵：细密不断，一语双关"思"与"草"。② 宿昔："昔"与"夕"通，宿昔即昨夜。③ 展转：意同辗转，不定之貌。④ 各自媚：只顾各自的欢爱。⑤ 言：问讯，慰安。⑥ 遗（yí，旧读wèi）：送。双鲤鱼：装书信的木函，一底一盖两块木板刻成鱼形。⑦ 尺素：素乃生绢，尺素即是一尺长左右的古人常于其上写字的书简。⑧ 长跪：古人席地而坐，坐姿是两膝着地，臀部压于脚之后跟。长跪即伸直伸长腰身而跪。

今译

绿油油是那河边青青草，细又长怀念亲人在远道。道路遥远思念而不能见，只在昨夜梦中会了一面。本来梦见他在我的身旁，忽然醒来征人仍在他乡。漂泊他乡都是陌生州县，辗转不定更加难以相见。桑树叶落仍然知道天风，海水不冰仍然知道天寒，他人在家各爱自己所爱，谁肯前来安慰我的孤单。忽有位客人从远方到来，他送我一双可爱的鲤鱼，忙叫儿把鱼形木板分开，里面有一封亲人的手书。我伸直腰身细读那手书，看看信中写的究竟如何：前说多加餐饭保重身体，后说天长路远常相忆。

心赏

《饮马长城窟行》又称《饮马行》，属乐府相和歌瑟调曲，本辞已不存。此诗以长城戍卒为题写思妇之情，启发了后代许多诗人的灵感，曹丕、陈琳等诗人就有同题拟作，唐代诗人更有不少远承此诗余绪的篇章。此诗写思妇绵绵相思的闺情，丈夫音讯杳然的怨情，生离死别不得相见的悲情，层次分明，意多转折。前八句两句一韵，并运用顶针句法，声义相谐，蝉联不断。结尾别开一境，余味无穷，正如古典诗论所说"一篇之妙在于落句"。

此诗的起句也是名句，"青青河畔草，绵绵思远道"，既是即景起兴，又是一语双关。汉代无名氏《古诗十九首》中就有题为《青青河畔草》一诗，开篇之句为"青青河畔草，郁郁园中柳"。二十世纪四十年代有一部爱情电影即以"青青河边草"为名，其主题歌有句是："青青河边草，相逢恨不早。莫为浮萍聚，愿做比翼鸟。"这一主题歌中对河边青草的歌咏，正是汉代民歌中青青河畔草的遥远回音。

艳歌行

汉 乐府

翩翩堂前燕，冬藏夏来见①。

兄弟两三人，流宕在他县②。

故衣谁当补，新衣谁当绽③。

赖得贤主人，览取为吾绽④。

夫婿从门来，斜柯西北眄⑤。

语卿且勿眄，水清石自见。

石见何累累⑥，远行不如归。

注释

① 见（xiàn）：此处同"现"，即回来，出现。② 流宕："宕"同"荡"，即流荡，漂流在外。③ 绽：此处意为缝纫。④ 览：意同"揽"，取的意思。绽（zhàn）：其意为缝。⑤ 眄（miǎn）：斜着眼睛看。⑥ 累累：身心因负累太多太重而疲惫。

今译

翩翩翔舞堂前燕，冬天飞走夏天现。我们兄弟两三人，漂泊不定在外县。旧衣破了谁来补？要做新衣谁来缝？幸亏主人多贤惠，拿去破衣缝几针。丈夫从外进门槛，斜靠树枝白眼看。请你不要白眼看，流水清清石自现。石现我心多疲累，远行游子不如归。

心赏

"艳"是音乐名词，正曲之前的序曲，古时称"艳"。这首民歌属于汉乐府中的相和歌辞。这是一首具有戏剧性的抒情诗，有场景，有人物，有情节，有自白。人物是漂泊他乡的游子、女主人和她的丈夫，其间有小小的误会，有内心的独白和人物的对话。"语卿"句即是女主人的告白，"石见"句即是游子的自诉，"斜柯西北眄"即是对男主人形神毕现的细节描写。比与兴、概括与细节、独白与对话等多种艺术手法的交错运用，创造了这一幅典型的以夫妻情爱为中心的社会生活图景，从一个新颖的角度表现了游子怀乡的传统主题。

　　男子凄苦，女主人贤惠，男主人多疑，这一特殊的三角关系，谱成了这首读者洞若观火而男主人当局者迷的有意味的诗。全诗令人如观戏剧小品，而且附带赠读者以"水清石现"的成语。

兰若生春阳

汉 古诗

兰若生春阳①，涉冬犹盛滋②。

愿言追昔爱③，情款感四时④。

美人在云端⑤，天路隔无期⑥。

夜光照玄阴⑦，长叹恋所思。

谁谓我无忧，积念发狂痴。

注释

① 兰若：即兰花与杜若，均为香草，生长于春日。② 涉：经历，经过。③ 愿言：犹"愿然"，静默沉思之貌。④ 情款：情怀，心曲，意为忠实诚挚的心意。⑤ 美人：君子所爱的人。⑥ 天路：上天、苍天之路。⑦ 夜光：月光。玄阴：幽暗之处。

今译

兰草杜若喜爱春日的阳光，越过冬天仍然繁茂地生长。我沉静地追忆往昔的恩爱，忠贞的情感四时都是一样。恋人远游在外呵如隔云端，云天之路阻隔相会多渺茫。天上的月光照耀下界幽暗，我长长叹息想念我的情郎。谁说我心中无忧也无虑啊，长期的思念使我如痴如狂。

心赏

前四句由兰若经冬至春久经严寒的考验而起兴，抒写抒情主人公的热烈而忠贞的恋情，历经分隔而不忘所爱。后六句抒发天各一方、相会无由的忧伤。"美人在云端，天路隔无期。"一语转折，由舒缓而激越，由沉静而高扬，由绵绵思念而忽忽如狂，全诗的感情线索班班可考，谱成了这一怀人之章，悲怆之曲。

李白《长相思》的后半篇说："美人如花隔云端，上有青冥之长天。下有渌水之波澜。天长路远魂飞苦。梦魂不到关山难，长相思，摧心肝！"他的诗就是由此化出而后来居上，诗的构思也是以"美人如花隔云端"作全篇的枢纽与转折，可见民歌是一道清清的长流水，历代的大诗人都曾在它的岸边至少作过一瓢之饮。

行行重行行

汉 古诗

行行重行行①，与君生别离。

相去万余里，各在天一涯。

道路阻且长，会面安可知？

胡马依北风②，越鸟巢南枝③。

相去日已远，衣带日已缓。

浮云蔽白日④，游子不顾返。

思君令人老，岁月忽已晚⑤。

弃捐勿复道⑥，努力加餐饭！

注释

① 行行：走啊走啊，愈行愈远。重：又，再。② 胡马：古代指北方民族为"胡"，胡马即产于北方的马。依北风：胡马南来仍依恋北方。此句以马喻人。③ 越鸟：古代称南方今两广、福建一带越族聚居之地为"越"，越鸟即产于南方的鸟。巢南枝：越鸟北去，仍筑巢于南向的树枝，意为鸟兽都眷恋故乡，人更应是如此。④ "浮云"句：暗指游子可能另有所欢，被其蒙蔽。⑤ "岁月"句：一语双关，既指一年将逝，也指年华易老。⑥ 弃捐：弃置，捐弃。

今译

走啊走啊越走越远，和夫君你死别生离。彼此相隔万里之遥，你我各在天之边际。道路阻碍多而且长，重逢之日怎么能知？南来胡马依恋北风，北去越鸟筑巢南枝。相隔一天比一天远，衣带一天比一天宽。浮云飞来遮蔽太阳，游子在外不想回返。思念夫君令我苍老，岁月匆匆忽已近晚。相思啊幽怨啊什么都抛开不说，只望你在外注意健康努力加餐！

心赏

梁昭明太子萧统编辑《文选》时，将东汉末年无名氏文人创作的十九首五言诗选录在一起，总题为《古诗十九首》，各首均以首句为题。《行行重行行》是《古诗十九首》的开篇之作。它表现的是思妇怀人这一文学中的"母题"，却有许多别开生面之处。一是回环复沓，反复咏叹，大大地增强了全诗的音乐美感，显示出民歌的特具风姿；二是引用和化用民歌民谣以及《诗经》《楚辞》中的成句，水乳交融，恰到好处；三是结构严谨，层次分明，浑然成为一个天球不琢的完美的艺术整体。

此诗在艺术上承前启后。欧阳修《踏莎行》上片的"离愁渐远渐无穷"，下片的"平芜尽处是青山，行人更在青山外"，就是脱胎自此诗的首四句；柳永《凤栖梧》中的"衣带渐宽终不悔，为伊消得人憔悴"，就是源自此诗的"相去日已远，衣带日已缓"；而李白的《登金陵凤凰台》中的"总为浮云能蔽日，长安不见使人愁"，也可从此诗的"浮云蔽白日"中听到最早的原始的消息。

涉江采芙蓉

汉 古诗

涉江采芙蓉①，兰泽多芳草②。

采之欲遗谁③？所思在远道。

还顾望旧乡④，长路漫浩浩⑤。

同心而离居⑥，忧伤以终老。

注释

① 芙蓉：莲花。② 兰泽：长满兰草的水边泽地。③ 遗（wèi）：馈赠之意。④ 旧乡：故乡，家乡。⑤ 漫浩浩："漫"为长，"浩浩"为广大，此处形容归途的遥远。⑥ 同心：爱情的代称，指夫妻或情人间的恩爱。离居：分离而生活于两地。

今译

渡过江水摘莲花，兰泽地里采芳草。采摘花草想送谁？我思之人在远道。回头眺望旧家乡，天长地阔路遥遥。你恩我爱却分离，只得忧伤而到老！

心赏

此诗系《古诗十九首》中的第六首，也是最为简短而情韵深远的一章。在文学的长河中，前浪是后浪的先行，后浪是前浪的发展。清人李笃因认为此诗对《离骚》数千言，括之略尽，当然太过溢美，但此诗不仅继承了离骚美人香草的传统与芬芳悱恻的情韵，意境新创而清远，而且吸收和化用了离骚中的许多词语，如"涉江""芙蓉""芳草""旧乡""同心""离居"等，焕发出奇光异彩，因此可以说：长江后浪"承"前浪。

经典作品的重要特征之一，就是历久常新的传后性，也就是为后世所传诵与传承，在日常生活的运用中，而且也在文学创作的化用中。时至今日，我们馈赠远方的情人，可以引用"采之欲遗谁？所思在远道"之语，有情人而终不能成眷属，"同心而离居，忧伤以终老"之句，则可以触景生情而派上用场。经典的永恒的生命力，由此可见。

迢迢牵牛星

汉 古诗

迢迢牵牛星①，皎皎河汉女②。

纤纤擢素手③，札札弄机杼④。

终日不成章⑤，泣涕零如雨。

河汉清且浅⑥，相去复几许？

盈盈一水间，脉脉不得语。

注释

① 牵牛星：天鹰星座主星，俗名牛郎星，在银河南面，此处指牛郎。迢迢（tiáo）：路途遥远之意。② 皎皎：星光明亮之貌。迢迢，皎皎互文见义。河汉女：指织女星，为天琴星座主星，在银河北面。此处指织女。③ 擢：举，此处指织布时手的摆动。④ 杼（zhù）：织布之梭。⑤ 章：布帛纹理，此处指织不成布。⑥ 河汉：银河。

今译

路途遥远牵牛星织女星，星光闪耀牛郎与织女。细长白皙的手指在摆动，札札之声是她操作机杼。织了一天竟没有织成布，涕泗交流啊脸上泪如雨。那银河清清河水也浅浅，两星间相距究竟是几许？只隔着一条清浅的河流，含情而望啊却不能相语。

心赏

此诗为《古诗十九首》中的第九首。在中国古典诗歌中，织女与牛郎的最早出场亮相，是在《诗经·小雅·大东》篇中："跂彼织女，终日七襄。虽则七襄，不成报章。睆彼牵牛，不以服箱。"在遥远的汉代，就已流传牛郎织女的完整的神话传说。《古诗十九首》中的这一作品，是以牛郎织女为题材的最早也是最出色的篇章之一。它感情真挚，想象丰富，连用六个叠词，如同《饮马长城窟行》一样，都是在十句诗中六处叠词而加强了全诗的音乐之美，启迪了后代无数诗人的诗思。

这首最早最美的歌咏牛郎织女的诗，应该说是同类题材诗作的开山之祖，之后的有关诗作，都是它的有密切血缘关系的绵绵后裔，如杜牧《秋夕》的"天阶夜色凉如水，卧看牵牛织女星"，如秦观《鹊桥仙》的"纤云弄巧，飞星传恨"，等等。在新诗创作中，郭沫若早期诗作《天上的街市》遥承了它的余绪，台湾名诗人郑愁予的《雨丝》不也远绍了它的一脉心香吗？

明月何皎皎

汉 乐府

明月何皎皎①，照我罗床帏。

忧愁不能寐②，揽衣起徘徊。

客行虽云乐③，不如早旋归④。

出户独彷徨，愁思当告谁？

引领还入房⑤，泪下沾裳衣。

注释

① 皎皎（jiǎo）：洁白明亮。《诗经·陈风·月出》："月出皎兮，佼人僚兮。" ② 寐（mèi）：睡，入睡。《诗经·邶风·柏舟》："耿耿不寐，如有隐忧。" ③ 云：说，道。如"人云亦云"。④ 旋归：归来，回来。⑤ 引领：伸脖，延颈，若有所望之意。古乐府《悲歌》："悲歌可以当泣，远望可以当归。"

今译

天上月光多么明亮，照着我丝织的床帷。忧愁煎心不能入睡，提起衣裳绕室徘徊。良人在外虽说快乐，还是不如早日回归。走出室外独自彷徨，心中愁思能告诉谁？引领而望回到房中，衣裳之上沾满泪水。

心赏

此篇是《古诗十九首》的最后一篇。开篇的情景交融之语，不仅启发了六朝的谢庄，他在《月赋》中写下"美人迈兮音尘阙，隔千里兮共明月"之句，大约给数百年后的李白也留下了深刻印象吧？千秋明月照亮了他的《静夜思》："床前明月光，疑是地上霜。举头望明月，低头思故乡。"《明月何皎皎》这首诗，有人说是思妇思念远行丈夫的闺情诗，有人却说是游子久客思归之作，我以为此诗富于弹性，诗中主人公的性别并无确指，也不必定于一尊，因此，我虽取前解，但并不排斥解释的多样性。文本多义而解释多样，是中国许多古典诗歌作品及其诠释的特色。

清人张庚《古诗解》说："因'忧愁'而'不寐'，因'不寐'而'起'，因

'起'而'徘徊'，因'徘徊'而'出户'，既'出户'而'彷徨'，因彷徨无告而仍'入房'，十句之中层次井井，而一节紧一节，直有千回百折之势，百读不厌。"他说来头头是道，有如导游，不，导读，我们不妨听他别有会心的解说。

子夜歌

南朝 乐府

今夕已欢别^①，合会在何时？
明灯照空局^②，悠然未有期^③。

注释

① 欢：古代男女对情人的昵称。此处指欢会而别。② 空局：空空的既无棋子更无对局人的棋盘。局为棋盘之意。③ 悠然：此处指时日漫长。悠然隐"油燃"之意，与"明灯"照应。期：日期。期双关"棋"，与"空局"照应。

今译

今夜与情人欢会而别，何时重温那柔情蜜意？明灯照耀空空的棋局，时日漫长啊相见无期。

心赏

悲莫悲兮生别离，何况是情人之间或新婚夫妻之间的久别与远别？歌谣数百种，子夜最可怜。这首《子夜歌》之可爱，就是因为在短小的篇幅中，别出心裁地写出了一位少女缠绵的相思之情。谐音双关是民歌中常见的艺术手法，此诗不仅妙在提炼了"棋盘"这一意象，而且在语言上妙用双关且前后照应，将主人公抽象的情思作具体而独特的呈现。后代诗人与下棋有关的佳作，有宋代赵师秀的《约客》："黄梅时节家家雨，青草池塘处处蛙。有约不来过夜半，闲敲棋子落灯花。"有杜牧的《重送》："绝艺如君天下少，闲人似我世间无。别后竹窗风雪夜，一灯明暗覆吴图。"不过，那都是咏同性的友情而非异性的恋情。

当代词人蔡世平二十世纪七十年代之初，新婚后从军新疆，于风雪边地作《卜算子·静夜思》："身盖月光轻，隔镜人初静。寸寸相思涉水来，枕上波澜冷。　梦里过湘江，柳下人还问：我到边疆可若何？同个沙场景。"较之古人，这又是一番风情与写法了。

子夜四时歌（秋歌）

南朝 乐府

秋风入窗里，罗帐起飘飏①。
仰头看明月，寄情千里光②。

注释

① 飘飏（yáng）：飏同"扬"，"扬"之异体字。飘飏即飘动，飘扬。
② 千里光：照耀千里的月光。

今译

引人伤感的萧瑟秋风吹进纱窗，触景生情的丝织床帐风中飘扬。抬头久久凝望高天之上的明月，离情寄托给那普照千里的月光。

心赏

楚国的宋玉在《九辩》中说："悲哉，秋之为气也，萧瑟兮草木摇落而变。"自此，秋天在中国古代就称为怀人的季节，志士悲秋，情人也悲秋。明月自古也是中国人思亲情结的寄托，文士咏月，情人也咏月。此诗正是对秋月而抒怀，乃思妇怀远之歌，是《子夜四时歌》十八首秋歌中的一首，也是情思最为绵邈、意境最为清远的一首。

这首民歌上有承传，下有启迪。大诗人李白对"月"情有独钟，他存诗约千首，涉"月"之诗共382首，占总数之38%。与这首民歌有关的如"床前明月光，疑是地上霜。举头望明月，低头思故乡"（《静夜思》），如"杨花落尽子规啼，闻道龙标过五溪。我寄愁心与明月，随风直到夜郎西"（《闻王昌龄左迁龙标遥有此寄》），都说明这位诗仙虽然是天纵奇才，但也曾低首皈心，前往南朝乐府的殿堂里上香。

子夜四时歌（冬歌）

南朝 乐府

昔别春草绿，今还墀雪盈^①。
谁知相思老^②，玄鬓白发生^③。

注释

① 墀（chí）：台阶，也指阶面。盈：满。② 相思老：俗语"相思令人老"。③ 玄：黑色。鬓：面颊两旁近耳的头发。《庄子·说剑》:"蓬头突鬓。"

今译

过去分别时春草碧茵茵，今日你回乡台阶雪纷纷。有谁知道那相思令人老，乌黑的鬓角白发已丛生。

心赏

魏晋南北朝时，战乱不已，世事沧桑，百姓的流离失所与亲人的生离死别，是动乱社会的常态。这首民歌写的就是大时代中的一个丈夫久别归来的小插曲。《诗经·小雅·采薇》篇中有"昔我往矣，杨柳依依；今我来思，雨雪霏霏"之句，清代王夫之《姜斋诗话》认为这是"以乐景写哀，以哀景写乐，一倍增其哀乐"。此诗前两句大体相似，可见前后之承传，而后两句则不仅"玄鬓"与"白发"对比鲜明，"玄鬓"与"春草"、"白发"与"墀雪"又相互照应，而且春别之黑发到冬还时即已变白，也遥启李白《秋浦歌》"白发三千丈，缘愁似个长。不知明镜里，何处得秋霜"，以及《将进酒》"君不见高堂明镜悲白发，朝如青丝暮成雪"之诗思。

此诗中的"春草"与"墀雪"，固然可以认为是指春日与冬天，但不妨将其视为象征与比喻，以"春草"喻青春，以"墀雪"喻老大，诗中的主人公分离的时间则不只一年，而几乎是整整一生，近乎"少小离家老大回"，如此则更具悲剧性。这种悲剧不只发生在古代，例如二十世纪中期台湾与大陆之间的隔绝，不就上演了数不尽的离合悲欢吗？

华山畿

南朝 乐府

相送劳劳渚[①],

长江不应满,

是侬泪成许[②]!

注释

① 劳劳渚:"劳劳"为惆怅不已之貌;"渚"为水中的小洲。劳劳渚是南京西劳劳山下长江之边的地名。李白《劳劳亭》:"天下伤心处,劳劳送客亭。春风知别苦,不遣柳条青。" ② 许:这样,如此。苏轼《答文与可》:"世间那有千寻竹,月落空庭影许长。"

今译

送郎啊送到那万里长江边上,江水不会浩浩漫漫上涨成这样,是我的眼泪将它流成一片汪洋。

心赏

中国的长江,很早就奔流在历代文人和无名作者的诗句里,卷起千堆雪,此处选赏的这首诗,就是较早的一朵耀眼的浪花。区区眼泪比之浩浩江水,本来是微不足道的,甚至可以忽略不计,但女主人公竟然说浩浩江水是她的眼泪流成,而且似乎言之凿凿,毋庸置疑,这不仅是"夸张",更可以说是具有现代感的"荒诞",但不如此则不足以表现人物的痛苦与痴情。南唐李后主写下《虞美人》中的"问君能有几多愁,恰似一江春水向东流"时,他是否也曾想到过这首诗呢?我虽然心有所疑,但却无法起他于地下而问之了。

华山畿,在今江苏省句容市北十里,畿(jī)为山脚之意。《华山畿》歌曲因在此间发生的一个悲剧爱情故事而得名,共25首,多写男女之离合悲欢之情。其中第七首说:"啼着曙,泪落枕将浮,身沉被流去。"第十首说:"隔津叹,牵牛语织女,离泪溢河汉。"都是写分离引起之泪,"相送劳劳渚"是第十九首,虽云各臻其妙,但却后来居上。

三洲歌

南朝 乐府

风流不暂停①，三山隐行舟②。
愿作比目鱼③，随欢千里游。

注释

① 风流：风吹水流。② 三山：不详，或为山名，或指远处的三座山。
③ 比目鱼：鲽（dié）形目鱼类的总称，两眼生在身体的同侧，相传此鱼两条同游，以便互相照看，民间常以之比喻恩爱夫妻或情人。成语有"鹣（jiān）鲽情深"。

今译

征帆远去风吹水流，樯桅消失三山背后。我愿化作比目之鱼，跟随情郎千里同游。

心赏

《三洲歌》原是商人所作之歌。南北朝时，商业开始发展，尤其是在长江流域的中下游一带。南朝巴陵郡（今湖南省岳阳市）属南朝西部地区，也是商旅活跃之地，他们的舟楫常经洲渚，故创作《三洲歌》，属六朝乐府清商曲辞的"西曲歌"范畴。《乐府诗集》录无名氏《三洲曲》三首，其一是"送欢板桥湾，相待三山头。遥见千幅帆，知是逐风流"。其二则是此处所引，均为商人妇送别之辞。

前两句写情郎的船帆渐行渐远，这种情境描绘可能启发了李白，使他在《送孟浩然之广陵》中吟出了"孤帆远影碧空尽，唯见长江天际流"的诗句，而"比目鱼"之喻，在中国诗歌中也不少见，在此诗中尤为就地取材，颇具水乡地域特色。而在智利诗人彼森特·维多夫罗的《咱们俩》中，形容恋人是"同一条河里的两道涟漪""同一朵花里的两颗露珠""一颗星的两道光辉""一把琵琶弹出的两个音符""一个窝中的两只小鸟"，却独独没有比目鱼。

那呵滩

南朝 乐府

闻欢下扬州[①]，相送江津湾[②]。
愿得篙橹折，交郎到头还[③]。

篙折当更觅，橹折当更安[④]。
各自是官人[⑤]，那得到头还？

注释

① 欢：六朝时江南皆谓情人为"欢"。扬州：当时州之名，位于现在的江苏省南京市东南。② 江津：今湖北省江陵县附近。③ 交：教。到：同"倒"。到头：此处意为倒转船头。④ 安：安放，安置。⑤ 官人：此处意为给官家当差的人。顾炎武《日知录》："唐时有官者始得称官人也。"

今译

听说情郎你要去扬州，送别你啊送到江津湾。只愿长篙大橹都折断，教郎倒转船头好回还。

篙断了当会再换一根，橹折了当会再行安装。大家都是官府当差人，怎么能倒转船头回还？

心赏

长江不仅是中国的母亲河，它也是诗歌的摇篮。长江的橹桨和波浪不知摇出了多少谣谚与诗章。南朝时，长江沿岸诞生了许多商业城市，尤以南京、扬州、江陵为最，这些城市的商业往来主要是依靠水运，因此，船夫的生活与他们的喜怒哀乐离合悲欢，就进入了诗歌的天地，占领了诗歌史的有关篇幅。

"那（nuò）呵"二字谐音"奈何"，实为"奈何"的谐声之词。当时亲人或情人均于此送船工远行，江水道阻且长，执手相看而无可奈何，故名"那呵滩"，同时它也成了歌曲之名。《那呵滩》是南朝流行在长江中游和汉水流域的民歌，属于荆楚一带的"西曲歌"，共有六首流传至今。江南的"吴声歌"风格艳丽而柔弱，"西曲歌"的风格热烈而浪漫，这一特色从上述两位别离中的男女一唱一和之诗中即可看出。特别是女主人公一厢情愿地盼望篙橹折断而良人回还，更是奔放热烈，无理而妙，不言"爱"而爱得刻骨铭心，心魂摇荡。由此可见，对于他人写过一千次的男女离别的题材与主题，有才华的作者可以作一千零一次的新的艺术发现与表现。

西洲曲

南朝 乐府

忆梅下西洲①，折梅寄江北②。

单衫杏子红，双鬓鸦雏色。

西洲在何处？两桨桥头渡。

日暮伯劳飞③，风吹乌臼树④。

树下即门前，门中露翠钿⑤。

开门郎不至，出门采红莲。

采莲南塘秋，莲花过人头。

低头弄莲子，莲子青如水⑥。

置莲怀袖中，莲心彻底红⑦。

忆郎郎不至，仰首望飞鸿⑧。

鸿飞满西洲，望郎上青楼。

楼高望不见，尽日栏杆头。

栏杆十二曲，垂手明如玉⑨。

卷帘天自高，海水摇空绿。

海水梦悠悠，君愁我亦愁。

南风知我意，吹梦到西洲。

注释

① 西洲：约在武昌附近。唐温庭筠有"西洲风日好，遥见武昌楼"之句。下：去。去西洲因为它是诗中女子与情人的旧游之地。② 江北：长江之北。此指情人现在的居地。③ 伯劳：惯于单栖之鸟，仲夏始鸣。暗喻女子的孤单。④ 乌臼（jiù）：亦作乌桕，夏季开花，种子可洗衣、制烛，旧时人家多植。⑤ 翠钿：镶嵌翠玉的头饰。⑥ 莲子：谐音"怜子"。青如水：即清如水，比喻对男方的爱情之纯净。⑦ 莲心：谐音"怜心"，即爱怜之心。彻底红：象征爱情的真挚深沉。⑧ 飞鸿：古代有鸿雁传书之说，此指书信。⑨ 垂手：手扶栏杆。明如玉：洁白

如玉。

今译

　　回忆往事去西洲把梅花采摘，采摘梅花捎到情郎住的江北。我穿着那杏红颜色的单衣衫，鬓发如云像那雏鸦一般乌黑。西洲啊它在什么地方？双桨驾轻舟渡过桥梁。黄昏时分伯劳鸟飞翔，风吹乌桕树沙沙作响。乌桕树下是我的家门，门中露出守望的身影。打开家门啊情郎不来，只好出门去采那红莲。采莲南塘时已是清秋，那朵朵莲花高过人头。我低下头来抚弄莲子，怜子柔情如水般清纯。将清香莲子放置怀袖，爱怜之心啊真挚深沉。怀念情郎情郎却不至，心系远方啊仰望飞鸿。鸿雁南飞落满了西洲，遥望情郎我独上西楼。楼阁再高也望不见他，整天竟日我伫立凝眸。十二栏杆啊弯弯曲曲，手扶栏杆啊洁白如玉。卷起珠帘见天空高远，水天相接望碧空摇绿。别梦像海水一样悠悠，情郎他忧愁我也忧愁。南风啊你如果知道我的心意，请把我的梦魂吹送到那西洲。

心赏

　　《西洲曲》是南朝民歌中的翘楚，也是中国古典民歌中一颗璀璨的不可多得的明珠。它最早见于南朝梁代徐陵所编之《玉台新咏》，宋人郭茂清将其收入《乐府诗集》中，题曰"古辞"，可见它本是民间的创作，后来可能经过文人的润色，因此民间的清新纯美与文人的雅致典丽兼而有之。

　　前人曾说此诗是"言情之绝唱"，信言不虚。英国大诗人拜伦曾说："时间能考验真理和爱情。"这首诗写一位女子对江北情人的怀念，婉转缠绵，情深一往，其感情的真挚深沉就足以动人情肠，而水乡泽国怀人念远之情景的水乳交融，一年四季从早到晚时序节候的一线贯穿，以形传神的细节描写，接字重字的修辞手法，宛转流动的音韵之美，更使此诗如明珠一颗，在中国诗歌史上永远生辉。

送 别

南朝 梁 范云

东风柳绵长，送郎上河梁^①。

未尽樽前酒^②，妾泪已千行。

不愁书难寄^③，但恐鬓将霜。

空怀白首约，江上早归航。

作者简介

范云（451—503），字彦龙，南乡舞阴（今河南省泌阳县）人，文思敏捷，存诗四十余首。曾居竟陵王萧子良门下，与谢朓、王融等人同为"竟陵八友"之一。

注释

① 河梁：河上的桥梁。② 樽：本作"尊"，酒杯。樽前酒：指杯中酒。③ 书：信。

今译

春风吹拂吐翠的柳丝长长，送别远行的郎君河桥之上。一杯饯行的酒还没有喝干，我的脸上已珠泪流下千行。不愁书信他日难以寄达啊，只恐双鬓因相思而飞白霜。空怀着白头到老的盟约啊，只盼望郎早早从江上回航。

心赏

这是中国古典诗史上写情人送别的最早的诗作之一。在范云之前，三国时魏国徐干的《室思》咏叹："浮云何洋洋，愿因通我辞。飘摇不可寄，徙倚徒相思。人离皆复会，君独无返期。自君之出矣，明镜暗不治。思君如流水，何有穷已时？"晋代傅玄在《东遥遥》篇中说："车遥遥兮马洋洋，追思君兮不可忘。君安游兮西入秦，愿为影兮随君身。君在阴兮影不见，君依光兮妾所愿。"他们的诗各有千秋，但似均不及范云之诗，难怪齐梁时钟嵘在其《诗品》中赞许范诗时说："清便婉转，如流雪回风。"

柳眼桃腮，本是欢乐的春游日景色，但女主人公却要送郎远行。这就是清代王夫之在《姜斋诗话》中所说的"以乐景写哀，以哀景写乐，一倍增其哀乐"。范云的《咏松》诗，其中有名句是"凌风知劲节，负雪见贞心"，虽然是咏松，喻指的却是高尚的人格与坚贞的节操，但移用给这位感情真挚专一的女主人公，想必也无不当。

江南曲

南朝 梁 柳恽

汀洲采白蘋[①]，日暖江南春。

洞庭有归客，潇湘逢故人[②]。

"故人何不返[③]？春花复应晚。"

"不道新知乐，只言行路远。"

作者简介

柳恽（465—517），字文畅，河东解（今山西省运城市）人。与沈约共同探讨规定诗歌作品之声律，存诗二十余首。

注释

① 汀州：水中或水边平地。蘋（pín）："苹"的繁体字。一种浅水草，又称"四叶菜"，多见于南方的沟渠与池塘。② 潇湘：潇水与湘水合称，在湖南省永州市零陵区境内二水合流。③ 故人：旧友，原来的情人。

今译

在水边的沙渚中采捞白蘋，风和日暖正是江南的初春。有远从洞庭湖归来的游客，说曾在湖南遇见我的情人。

"远行的故人为何还不回来？春花易谢流逝的春光易晚。""他没有说和新相好的欢乐，只是讲回来的路途太遥远。"

心赏

清人王夫之评《江南曲》说："含吐曲直，流连辉映，足为千古风流之祖。"（《古诗评选》）此诗为对话体，有人物，有对白，有单纯的情节，在体式上开后来无数法门。唐代崔颢的名作《长干曲》其一说"君家住何处？妾住在横塘。停船暂借问，或恐是同乡"，其二云"家临九江水，来去九江侧。同是长干人，生小不相识"，必正是远承了柳恽的一脉心香。此诗的对话含蓄不尽，留有余地，如戏剧中的"潜台词"，如绘画中的"空白"，刺激读者的想象，激发读者去参与作品的再创造，崔颢之作即是如此。

乐莫乐兮新相知。古今许多男人，都有见异思迁、移情别恋的不良记录或不治之症，今日不少"闪婚""闪离"的婚姻悲剧，从这位古代女子的自怨自艾中即已见端倪。不过，虽说古已有之，却是于今为烈。

自君之出矣

隋　陈叔达

自君之出矣，红颜转憔悴①。

思君如明烛，煎心且衔泪。

自君之出矣，明镜罢红妆②。

思君如夜烛，煎泪几千行。

作者简介

陈叔达（？—635），字子聪，吴兴长城（今浙江省长兴县）人，陈宣帝陈顼第十六子，陈后主弟，由隋入唐，为太宗朝宫廷诗人。

注释

① 红颜：年轻人的红润脸色，也特指女子美艳的容颜。憔悴：脸色困疲萎靡之貌。② 红妆：指女子盛装，也指美女，意与"红颜"同。

今译

自从你出门之后去到远方，我红润的容颜变得枯黄憔悴。思君念君啊如同燃亮的蜡烛，心肠受到煎熬而且满含悲泪。

自从你出门之后去到他乡，我不再对着明镜去打扮梳妆。念君思君似彻夜不息的蜡烛，煎熬的痛苦眼泪滴落几千行。

心赏

"自君之出矣"为乐府旧题，多用以写男女之间的离愁别恨，文人此题之作多有佳篇，陈叔达此诗如此，稍后张九龄的《赋得自君之出矣》更为有名："自君之出矣，不复理残机。思君如满月，夜夜减清辉。"张诗不以蜡烛为喻，而以明月作比，不仅另辟蹊径，而且意境幽远。

中国古代诗人写恋人的别情，常常寄托于烛泪，陈叔达开了这种艺术表现的先河，以后如李商隐《无题》中的"春蚕到死丝方尽，蜡炬成灰泪始干"，杜牧《赠别》中的"蜡烛有心还惜别，替人垂泪到天明"，等等，均是传承了这一脉余绪。当代台湾诗人洛夫的《湖南大雪——赠长沙李元洛》一诗，其中有句为"今夜我们拥有的/只是一支待剪的烛光/蜡烛虽短/而灰烬中的话足以堆成一部历史"，虽然是咏友情，虽然生面别开，虽然具有鲜明强烈的现代诗的风采，但从诗之意象而言，也仍是渊源有自。

赋得自君之出矣

唐 张九龄

自君之出矣，不复理残机[①]。
思君如满月[②]，夜夜减清辉。

作者简介

张九龄（678—740），字子寿，一名博物。韶州曲江（今广东省韶关市）人。诗人、政治家。工诗能文，名重当时。其五言诗如《感遇诗》十二首、《望月怀远》等，在唐诗史上有承前启后之功。

注释

① 不复：不再。残机：留有残丝尚未织完的织布机。② 满月：圆月，每月十五的月亮。

今译

自从郎君啊你出门去到远地，布虽未织完我再也无心操理。思君念君我如同十五的圆月，逐夜逐夜消减它明亮的清辉。

心赏

诗题冠以"赋得"，是因为"自君之出矣"乃古乐府杂曲歌辞之名，自魏晋以来，以此作为诗题的五言古诗层见叠出，张九龄此作沿袭旧题，故名"赋得"。在他之前，汉末的徐干首先说"自君之出矣，明镜暗不治。思君如流水，何有穷已时"（《室思》），由此《自君之出矣》成为乐府旧题，魏晋六朝中拟作者即已众多，如此等等，不一而足。但张九龄之作却后来居上。明代钟惺、谭元春《唐诗归》评论说："此诗古今作者甚多，毕竟此诗第一。"

"自君之出矣"是乐府古题，同一个闺妇思夫的主题，不同的诗人可以作不同的艺术表现，有如同一支乐曲，可以用相异的乐器来演奏。此诗的主人公将自己比为逐夜瘦损容光的圆月，极见作者的灵心慧想，如果没有这样精彩的表现，全诗也就会如同无月的夜空而黯然失色。清人李锳在《诗法易简录》中说得好："题本六朝，而特出巧思，亦得《子夜》诸曲之妙，若直言稍减容光，便平直少味，借满月以写之，新颖绝伦，其思路之巧，全在一'满'字。"

闺 怨

唐 王昌龄

闺中少妇不知愁，春日凝妆上翠楼①。
忽见陌头杨柳色②，悔教夫婿觅封侯③。

作者简介

王昌龄（？—约756），字少伯，京兆（今陕西省西安市）人，一说太原（今山西省太原市）人。盛唐著名诗人，边塞诗、闺怨诗、别情诗为一时之擅，七绝尤佳。"秦时明月汉时关"一首被誉为唐人七绝中"压卷之作"。

注释

① 凝妆：严妆、盛妆，着意打扮梳妆。翠楼：翠色的楼台，也可指楼台春日被花木环绕，望之一片翠色。② 陌：古代指田间东西向之路。也泛指道路。陌头：路边。③ 封侯：建树功勋，博取爵位。

今译

深闺中的少妇不知道什么叫忧伤，春天她着意打扮后登上翠楼眺望。忽然看到路边那杨柳青青的颜色，后悔啊要丈夫去觅取封侯于沙场。

心赏

唐代边塞诗的主将之一岑参，在《送李副使赴碛西官军》中说："功名只向马上取，真是英雄一丈夫。"在马上功名蔚为风气的时代，王昌龄此诗歌唱的却是人生应该珍惜当下的感情与欢乐，否定的是凌乎其上的世俗的功名利禄，这是一种人性的觉醒，也是一种迥乎他人的异类的感情表现与艺术表现。少妇由"不知愁"而"悔教"，心理转换的关键是"忽见陌头杨柳色"，春光不可共赏而丈夫远在生死莫测的沙场，对景怀人，怎不愁生满眼？怎不悔从中来？绝句中的第三句在绝句结构艺术中的重要地位，由此可见。

当代红学家俞平伯之父俞陛云在其《诗境浅说》中说得好："凡闺侣伤春，诗家所习咏，此诗不作直写，而于第三句以'忽见'陡转一笔，全诗皆生动有致。绝句中每有此格。"

春 思

唐 李白

燕草如碧丝^①，秦桑低绿枝^②。

当君怀归日，是妾断肠时。

春风不相识，何事入罗帷^③？

作者简介

李白（701—762），字太白，号青莲居士，自称祖籍陇西成纪（今甘肃省秦安县）飞将军李广之后。其先代于隋末流徙西域，故他生于唐安西都护府所属之碎叶城（今吉尔吉斯共和国境内之托克马克城），五岁时随父李客迁居绵州章明县（今四川省江油市）清廉（青莲）乡。他与屈原、杜甫并列，是唐代乃至中国诗史最伟大的诗人。

注释

① 燕草：燕地的草。燕：今河北省北部、辽宁省西南部。② 秦桑：秦地的桑树。秦：今陕西省。③ 罗帷：丝织的帷帐。

今译

你征戍的燕地苦寒春草细嫩如同青丝，我这里的桑树茂盛得已经低垂下绿枝。当你在外地他乡想到要回家乡的时候，已是我因相思和相望而肝肠寸断之时。春风啊你为何不请自来闯入我的帷帐？我和你素来既不相识更加谈不上相知。

心赏

此诗写征妇春日怀远，前四句从君我两地的景物与君我两人的心情两两对照，层次分明，对比强烈；最后两句移情于物，以拟人化的手法写春风，笔触空灵且富象征意义。清代文元辅辑评《唐诗三百首》，引吴昌祺的评论说："以风之来反衬夫之不来，与'只恐月多情，旋来照妾床'同义。"可谓知音。

天纵奇才的李白，手中所握的是一支五彩之笔，征服的是多种多样的题材，闺情闺怨就是其中的一端。与此诗题材和主题相近的，有《关山月》："明月出天山，苍茫云海间。长风几万里，吹度玉门关。汉下白登道，胡窥青海湾。由来征战地，不见有人还。戍客望边色，思归多苦颜。高楼当此夜，叹息未应闲。"主题与题材虽然相似，但切入角度与艺术表现却各有不同，有如一位全能的演奏家，能用许多乐器演奏出不同的美妙乐曲。

长相思

唐 李白

日色欲尽花含烟，月明如素愁不眠[①]。

赵瑟初停凤凰柱[②]，蜀琴欲奏鸳鸯弦[③]。

此曲有意无人传，愿随春风寄燕然[④]。

忆君迢迢隔青天。

昔时横波目[⑤]，今作流泪泉。

不信妾肠断，归来看取明镜前。

注释

① 素：白色；白色的生绢。② 赵瑟：赵地之瑟。据云赵地女子善鼓瑟，而赵瑟闻名天下。凤凰柱：刻柱为凤凰形。凤凰是古代著名的神鸟，凤为雄，凰为雌。③ 蜀琴：见前司马相如《琴歌》注。④ 燕然：杭爱山，今之蒙古人民共和国境内。此处指边塞。⑤ 横波：女子的眼神。《文选》傅毅《舞赋》："目流睇而横波。"

今译

夕阳西下时薄暮中的花蕊含烟，月光明如白绢我忧愁不能成眠。刚停柱上刻有凤凰形状的赵瑟，又想在蜀琴上啊鸣奏鸳鸯之弦。此曲有情却无人可以传送远方，但愿春风将它吹寄到边塞燕然。思念郎君啊路途远又隔着高天。过去我的秋水盈盈之目，今天变成泪泪涌泪之泉。如若不信我的肝肠寸断，你快快回来验看吧在明镜之前。

心赏

"长相思"是汉代诗歌中的习用之语，到六朝时诗人多用以为篇名，李白此诗也是如此。李白的《长相思》本有两篇，其一是："长相思，在长安。络纬秋啼金井阑，微霜凄凄簟色寒。孤灯不明思欲绝，卷帷望月空长叹。美人如花隔云端！上有青冥之长天，下有渌水之波澜。天长路远魂飞苦，梦魂不到关山难。长相思，摧心肝！"花开两朵，均为国色天香，可以两诗并读。

此诗写少妇春夜怀念远戍的征夫，层层深入，最后向对方殷殷呼告，可谓曲尽其情。大致相似的题材，超一流高手可以作层出不穷的新的艺术表现。清人沈德潜《唐诗别裁》评论此诗说："开口有神。"但李白可以说下笔如有神，如同十八世纪与十九世纪之交的英国名诗人济慈所说，诗人是神派到人间来刺探情报的间谍。

菩萨蛮

唐 李白

平林漠漠烟如织，寒山一带伤心碧①。暝色入高楼，有人楼上愁。　玉阶空伫立②，宿鸟归飞急。何处是归程？长亭更短亭③。

注释

① 一带：远山连绵如带。伤心碧：极言寒山之青绿，同时也指寒山染上离人的伤感之情。② 伫立：久久地站立。③ 长亭更短亭：更，有层出不穷之意。亭，古代设立于路旁供行人休息的亭舍。庾信《哀江南赋》："十里五里，长亭短亭。"

今译

平野的林木雾锁烟笼广漠迷蒙，寒凉的青山如带绿得令人伤情。暮色渐渐地融入高楼，楼上有人因怀人而忧愁。她在玉阶之前久久站立，回巢之鸟飞得多么迅疾。哪里是游子回家的路程？绵绵长亭连接绵绵短亭。

心赏

此词为"百代词曲之祖"，从宋代黄昇《花庵词选》到近代国学大师王国维都是如此论断。此词抒发游子思妇之情，全篇运用"从对面写来"的艺术手法，而以"归程"二字一线贯穿，只觉情景相融，含蓄深远，给予读者的是无尽的"审美期待"。

有学力有才华的诗人，总是既继承前人的诗学资源，又作出自己的新的创造。李白就是如此。例如上述之《长相思》，宋人宋长白《柳亭诗话》就记载说："李白尝作《长相思》乐府一章，末云：'不信妾肠断，归来看取明镜前。'其妻从旁观之曰：'君不闻武后诗乎？不信比来常下泪，开窗验取石榴裙。'李白爽然自失。"（武则天《如意娘》诗前两句为："看朱成碧思纷纷，憔悴支离为忆君。"）"长亭""短亭"本为古代词语，今天似已无生命力，但台湾诗人余光中《欢呼哈雷》开篇却说："星际的远客，太空的浪子/一回头人间已经是七十六年后/半壁青穹是怎样的风景？/光年是长亭或是短亭？"可谓是"复活"式的化腐朽为神奇。

月 夜

唐 杜甫

今夜鄜州月①，闺中只独看②。

遥怜小儿女，未解忆长安③。

香雾云鬟湿④，清辉玉臂寒。

何时倚虚幌⑤，双照泪痕干？

作者简介

杜甫（712—770），字子美，自称少陵野老，祖籍湖北襄阳，后迁居河南省巩县。是中国诗史上与屈原、李白并高的最伟大的诗人。

注释

① 鄜（fū）州：今陕西省富县。② 看（kān）：此处读平声。③ 解：理解，懂得。④ 香雾：雾本无香，从鬟发中的膏沐生出。⑤ 虚幌（huǎng）：薄帷在月光中有空明之感。

今译

今天晚上鄜州的一轮夜月，只有妻子一个人闺中独看。我遥怜不解人事的小儿女，还不懂惦念父亲流落长安。染香的雾濡湿妻子的鬟发，月光久照她的玉臂而凉寒。何时才能团聚而靠着帷帐，让明月把我们俩的泪痕照干？

心赏

天宝十五年（756）七月，杜甫将家眷送至鄜州的羌村安顿，赶赴宁夏灵武去投奔唐肃宗李亨，途中被安禄山叛军抓获。《月夜》一诗，是杜甫安史之乱中被叛军俘至长安后的作品。清人浦起龙《读杜心解》评论此诗说："心已神驰到彼，诗从对面飞来。悲婉微至，精妙绝伦，又妙在无一字不从月色照出也。"读此诗可与李白《菩萨蛮》合参，并可领略杜甫"沈郁顿挫"的艺术风格。此诗这种"专从对面着想"的构思，固然远承了《诗经·魏风》中的《陟岵》篇的影响，但他也泽及了后人，如李商隐的名篇《夜雨寄北》，开篇即是

"君问归期未有期"，也是从所忆念的对方着想着笔，不唯感情深至，而且婉曲回环。

杜甫老夫子生活态度严肃，绝不花心，亦无绯闻，远不及他心仪的李白风流浪漫，善于享受生活与生命。他一生所写的爱情诗绝无仅有，此诗正是其中难得的珍珠，所以弥足珍贵。

捣 衣

唐 杜甫

亦知戍不返，秋至拭清砧①。

已近苦寒月，况经长别心。

宁辞捣衣倦②，一寄塞垣深③。

用尽闺中力，君听空外音④。

注释

① 拭清砧（zhēn）：砧，捣衣石。将石擦拭干净准备捣衣。② 宁：怎能，不能。③ 塞垣（yuán）深：遥远的边城、边防。④ 空外：云外。

今译

我也知道戍边的你还不能回来，秋风初起我就擦拭捣衣的石砧。冰雪寒苦的寒冬腊月即将来到，何况久别的我一直忆念着远人。我怎么能辞去避却捣衣的辛苦，不急着将寒衣寄往遥远的边城。我在家乡用尽全力捣衣啊捣衣，你定会听到从云外传来的声音。

心赏

杜甫与李白，是唐代诗国天空两颗最辉煌的星座。杜甫的作品被誉为"诗史"，他的《捣衣》篇表现了留守在家的女子对从军在外的丈夫的一往深情，也从一个侧面表现了他所处的社会和时代。此诗前四句写夫妻远别并久别，时令又已是秋来而冬将至，五六句"捣衣"点明题目，"塞垣深"补足所"戍"路途的遥远，最后两句一写闺中的自己，一写远戍的夫君，人我合写远近互照而情深意长。

《捣衣篇》为古乐府之旧题，皆是写从军者之妇。《子夜吴歌》是六朝乐府中的吴声歌曲，多抒写男女之情，相传为晋时女子子夜所创。李白以旧题作新诗四首，分咏春夏秋冬，其《子夜吴歌》（之三）写道："长安一片月，万户捣衣声。秋风吹不尽，总是玉关情。何日平胡虏，良人罢远征？"也是以"捣衣"为题材而表现广阔的时代生活，抒写女子对戍边的丈夫的思念，以及希望他们胜利归来之情。两颗星斗相映生辉，两首佳作可以对读，均星光灿灿，光照万载千秋！

春 梦

唐 岑参

洞房昨夜春风起①，遥忆美人湘江水②。

枕上片时春梦中，行尽江南数千里。

作者简介

岑参（715—770），先世居南阳棘阳（今河南省新野县东北），后徙居江陵（今湖北省江陵县）。其诗形式多样，尤擅长七言歌行，为唐代著名边塞诗人，诗与高适齐名，号"高岑"。

注释

① 洞房：深幽的卧室，常指妇女所居闺房。② 湘江：水名，在湖南省境内。

今译

昨夜里春风吹进深幽的洞房，我梦见他还远在南方的湘江。在枕上一时片刻的春梦里，追寻他我走遍几千里的南方。

心赏

岑参是盛唐著名边塞派诗人，诗风雄浑高昂，超拔奇峭，同时也是仅次于李白和王昌龄的七绝高手。杰出的诗人能刚能柔，风格并不单调，此诗即是一证。全诗从"春梦"着笔，空间阔大，妙想联翩，巧写相思之情。宋代词人晏几道《蝶恋花》之"梦入江南烟水路，行尽江南，不与离人遇"，正是由此诗脱胎而来，他借用了岑参的诗想，化用了岑参的诗句，然而却连借条也没有开具一张。

此诗的第二句，尚有版本作"故人尚隔湘江水"，但盛唐殷璠所编之《河岳英灵集》、宋人李昉等人所编之《文苑英华》，以及《四部丛刊》影印明正德本，均作"美人遥忆湘江水"。"美人"在古典诗词中义有多解，可指女子或男子，可指理想中的君王，亦可指品德高尚之人，此诗中的抒情主人公若定为男性，他所忆念的"美人"即是女性了，反之亦然。岑参有知，大约也会同意千年后我的理解吧？

写 情

唐 李益

水纹珍簟思悠悠①，千里佳期一夕休②。

从此无心爱良夜，任他明月下西楼。

作者简介

李益（748—829），字君虞，陇西姑臧（今甘肃省武威市）人。长于五律，尤擅七绝。其边塞诗多有传诵之名篇。

注释

① 水纹：竹席上之花纹像水上微波。珍簟（diàn）：形容竹席之珍贵。
② 佳期：美好的约会。休：停止，罢休。

今译

躺在珍贵的花纹如微波的竹席上思绪悠悠，千里美好的约会却在一夜间说罢休便罢休。从那以后啊我再也没有心思爱惜佳辰良夜，随它轮轮明月从东方升起又回回落下西楼。

心赏

据唐代蒋防《霍小玉传》，李益早岁应试长安时与霍小玉相爱，其母为之订婚表妹卢氏，小玉饮恨而死，此诗当为霍而作。好诗或有本事，但好诗之所以传唱人口，能创造出为许多人所共鸣的具有普遍意义的艺术情境，则是必要条件，此诗也可以作如是观。你不一定也不必知道它本来的故事，那种失恋失意失望失落的真挚而深长的咏叹，不是同样也可以叩响你的心弦吗？

中唐的李益也是边塞诗的高手，"回乐峰前沙似雪，受降城外月如霜。不知何处吹芦管，一夜征人尽望乡"，其《受降城闻笛》传唱千载，不知烫痛了多少咏者的嘴唇。他的爱情诗也一枝秀出，"嫁得瞿塘贾，朝朝误妾期。早知潮有信，嫁与弄潮儿"，其《江南词》如花之开，不知照花了多少观者的眼睛。《江南词》是他写，《写情》却是自写，它令我想起当代智利名诗人巴勃罗·聂鲁达《一首绝望的歌》，令人思之不尽的歌中的名句是："爱是这么短，遗忘是这么长。"

杨柳枝

唐 刘禹锡

清江一曲柳千条①，二十年前旧板桥。

曾与情人桥上别，更无消息到今朝②。

注释

① 清江：清澈的江水。或可解为"清江引"，"清江引"是曲牌之名。
② 更：再。更无：即再没有或至今没有。

今译

江水弯弯春风吹绿杨柳千条，江上有座二十年前的旧板桥。我曾和情人在这座桥上话别，直到今天再无消息鱼沉雁杳。

心赏

空间是"旧板桥"，时间是"二十年"，人物是身份未点明的抒情主人公，和未正式出场的他或她的"情人"，全诗构思婉曲，设置了空白与悬念，刺激读者的审美联想和想象。古典诗歌中写"桥"而表现爱情的作品甚多，而"板桥"据说在中牟县（今河南省中牟县）东十五里，白居易《板桥路》、李商隐《板桥晓别》均写此地。白诗云："梁苑城西二十里，一渠春水绿千条。若为此地今重过，十五年前旧板桥。曾共玉颜桥上别，不知消息到今朝。"李诗则云："回望高城落晓河，长亭窗户压微波。水仙欲上鲤鱼去，一夜芙蓉红泪多。"他们的诗均与爱情有关。刘禹锡与白居易同年而兼好友，刘诗似是对白诗的檃括，虽然精减了两句，韵味更觉深长。

世上的芸芸众生，年轻时大都有初恋或再恋的经历，有的恋人一别就无缘再见，留下的是久远的回想与惆怅。刘禹锡此诗意境幽远，不就是对人生这一普遍情境的艺术概括吗？

长相思

唐 陈羽

相思长相思，相思无限极①。相思苦相思，相思损容色。容色真可惜，相思不可彻②。日日长相思，相思肠断绝。肠断绝，泪还续，闲人莫作相思曲！

作者简介

陈羽（约733—？），吴县（在今江苏省苏州市）人，与韩愈、戴叔伦等交往酬唱，工诗，善写景，多警句。

注释

① 无限极：没有终极，没有尽头。② 不可彻：没完没了，没有完结。

今译

相思啊长长的相思，相思之情没有尽头。相思啊苦苦地相思，瘦损容颜因为忧愁。青春容颜可珍可爱，相思却无完结时候。每天每日久久相思，肝肠断绝啊心伤透。肝肠断绝，热泪还流，没有相思之情的人莫写相思之曲！

心赏

六朝旧题的《长相思》，本是专写男女相思之情。本诗共十一句，集中表现相思之"长"与"苦"，"相思"二字复沓十次之多，在两句中还重复叠用，这不仅增强了语言的音乐性，也增强了抒情的激动性，重叠过多本来难免直露单调，但因感情真挚，同时语式反之复之，之中又有变化，故自有一股摇人心旌的力量，如同绵绵苦雨，淅淅沥沥，如怨如诉，听者当然也就心中如捣不胜哀愁了。

新诗中写相思之情的作品，最早者恐怕应推冰心的《相思》："躲开相思，披上裘儿，走出灯明人静的屋子。/小径里明月相窥，枯枝——在雪地上 又纵横的写遍了相思。"全诗轻灵婉约，是所谓的"冰心体"，这种在新诗发轫之初的作品，比之有关古典诗歌的丰美隽永，虽不免稚嫩青涩，但因于新诗导夫先路，也算是难能可贵了。

啰唝曲^①

唐　刘采春

不喜秦淮水^②，生憎江上船^③。

载儿夫婿去，经岁又经年。

莫作商人妇，金钗当卜钱^④。

朝朝江口望^⑤，错认几人船。

作者简介

　　刘采春（生卒年不详），淮甸（今江苏省淮安市一带）人，一作越州（今浙江省绍兴市）人，歌妓，伶工周季崇之妻。能诗，妙歌舞。为诗人元稹所赏识。

注释

　　① 啰唝（gòng）曲：一说即"望夫歌"，一说即"来啰""来呀""回来呀"之意。② 秦淮水：秦淮河，发源于江苏省溧水市东北，流经南京城内而入长江。③ 生憎：最恨，特别恨。④ 卜钱：占卜吉凶用的铜钱。⑤ 朝朝（zhāo）：日日，天天。

今译

　　不喜欢秦淮河的流水，最恨是长江上的帆船。它载着我的丈夫远去，久别不归一年又一年。

　　嫁人莫做商人的妻室，金钗当成卜卦的铜钱。天天伫立楼头望江口，次次错认别人的归船。

心赏

　　《啰唝曲》表现商人妇的离愁别恨。第一首移情于物，不是爱屋及乌而是恨及河水与江船。第二首写主人公的错觉，一错在将金钗当卜钱使用，二错在将别人的船当成丈夫的归舟，一室内一室外，表现急切心情与恍惚神思，颇具心理描写的深度。

　　唐代商业相当发达，全国已有许多贸易繁荣的江岸及城市，商业题材与商人妇的形象在唐诗中也得到了表现。最著名的如李益的"嫁得瞿塘贾，朝朝误妾期。早知潮有信，嫁与弄潮儿"（《江南词》），白居易的"商人重利轻别离，前月浮梁买茶去。去来江口守空船，绕船月明江水寒"（《琵琶行》），即是这一方面的代表之作。如果说当今的商人妇仍不时有悲剧上演，那么，古代男女更不平等，而交通又颇不发达，资讯又十分落后，在人生的舞台上，许多商人妇扮演的当然就更只能是怨妇或弃妇的角色了。

有所思

唐 卢仝

当时我醉美人家，美人颜色娇如花。今日美人弃我去，青楼珠箔天之涯。天涯娟娟姮娥月，三五二八盈又缺①。翠眉蝉鬓生别离，一望不见心断绝。心断绝，几千里，梦中醉卧巫山云，觉来泪滴湘江水。湘江两岸花木深，美人不见愁人心。含愁更见绿绮琴②，调高弦绝无知音。美人兮美人！不知为暮雨兮为朝云③？相思一夜梅花发，忽到窗前疑是君！

作者简介

卢仝（tóng）（？—835），自号玉川子，范阳（今河北省涿州市）人。工诗，以苦吟著称，其诗趋险尚怪，生新拔俗，宋代严羽《沧浪诗话》称为"卢仝体"。

注释

① "三五"句：月亮十五日团圆，十六日开始亏损。此句语带双关，既指彼此合而离，又指美人不得见。② 绿绮：古代名琴，此借指精美之琴。③ 暮雨朝云：用宋玉《高唐赋》中巫山神女之典，象征男女之情。

今译

当年我醉酒在美人之家，美人容颜娇艳如同鲜花。今天美人已经弃我而去，珠帘的华美楼房隔天涯。天涯有那美好的嫦娥月，十五团圆十六开始亏缺。翠眉和蝉鬓生生地别离，眼望穿不见伊人心肠断绝。忧愁得心肠欲断绝啊，相隔几千里路云和月，梦中和神女般的她幽会，醒来忍不住泪滴进湘江水。湘江两岸花又繁树又密，看不见美人啊使我忧心。我悲愁看着室内绿绮琴，曲高雅弦已断再无知音。美人啊美人，不知是化为了暮雨还是朝云？一夜相思梅花已经开放，窗前的梅花疑是你身影。

心赏

卢仝的名作是写饮茶的《走笔谢孟谏议寄新茶》，向来被看作是与陆羽《茶经》齐名的饮茶之歌。其中的"一碗"至"七碗"的"对七碗茶"的吟咏，更是名篇中的名句。然而，卢仝也有饶具风致的冶艳之作，如《小妇吟》和《有所思》，尤其是后者，在唐人的爱情诗中可谓别具一格。

想象飞腾，诗情激荡，对"美人"的六次呼告如怨如诉，结尾将情、景、人融为一体，将内心的真实与视界的幻觉熔于一炉，疑幻疑真，与开篇首尾环合，令人遐想而神思飞越。卢仝是中唐时韩愈门下怪涩诗派的诗人，他与马异齐名，时称"卢奇马怪"。所谓"奇"，就是远避流俗，独辟蹊径，力求新创，从这首《有所思》，也可见此中消息。据云诗可治病，今日的相思病患者如果诵读此诗，不知是会病症加深呢还是会霍然而愈？

赠 别

唐 杜牧

多情却似总无情，唯觉樽前笑不成[①]。

蜡烛有心还惜别，替君垂泪到天明[②]。

作者简介

杜牧（803—853），字牧之，京兆万年（在今陕西省西安市）人。区别于杜甫，后世称为"小杜"，颇多名作，七绝尤为出色，是晚唐诗坛重镇。

注释

① 樽：酒杯。此处指告别的酒宴。② "蜡烛"二句：以烛泪象征别情。晏几道《蝶恋花》之"红烛自怜无好计，夜寒空替人垂泪"，即以此为蓝本化出。

今译

内心柔情千种但外表却像是无义无情，只觉得宴上离愁别绪使人笑不出声。请看那无知的蜡烛还有心依依惜别，替我们落泪点点滴滴直到天明时分。

心赏

杜牧题为"赠别"的诗，最有名的除了这首"多情却似总无情"之外，就是"娉娉袅袅十三馀，豆蔻梢头二月初。春风十里扬州路，卷上珠帘总不如"（《赠别》）了。六朝齐梁时代的江淹，其名作《别赋》的开篇曾说："黯然销魂者，唯别而已矣！"一般的好友或亲人的离别都令人伤感，何况是情人尤其是热恋中的情人的离别！此诗之"却似"与"唯觉"的虚词转折，"蜡烛有心"之拟人与象征，均令人玩味不尽，也启发了苏轼《江城子》的"相顾无言，惟有泪千行"，柳永《雨霖铃》的"执手相看泪眼，竟无语凝咽"。

在此诗中，"多情"与"无情"组合在同一诗句中两相激荡，表现深层的复杂的心理状态，即是现代诗学中所谓"矛盾语"。如臧克家纪念鲁迅的名作《有的人》，其中有名句曰："有的人活着，他已经死了；有的人死了，他还活着。""死"与"活"之矛盾语相摩相荡，发人深省，具体情境虽然不同，但由此也可见诗心之古今相通。

春 怨

唐 金昌绪

打起黄莺儿①，莫教枝上啼②。

啼时惊妾梦，不得到辽西③。

作者简介

金昌绪（生卒年不详），临安（今浙江省杭州市临安区）人。《全唐诗》仅存其《春怨》（一作《伊州歌》）一首。

注释

① 儿：语助词。② 莫教：不让。③ 辽西：辽河以西，此处泛指边地。

今译

用竹竿打飞那在树上鸣啭的黄莺，为的是不让它在枝头欢快地啼鸣。它的啼声会惊醒我万里寻夫的梦，使我在梦里不能到达遥远的边城。

心赏

好诗一定要有巧妙的构思，陆游就曾说过"诗无杰思知才尽"（《遣兴》）。此诗在众多的怀念征夫的作品中一枝秀出，就是因为它有婉曲高明的构思，侧面着笔，一句一转，愈转其情愈深，在闺怨诗中别具一格。金昌绪仅以此"孤诗"而名传后世，可见诗人要力求创造，出类拔萃，要以一当十甚至以一当千，而非"韩信点兵，多多益善"。

金昌绪的生卒岁和生平行状，都已交给了历史的烟云，再也无法稽考，只知道他大约是开元时的诗人，大中年间以前在世。他存世之作仅此一首，宋人计敏夫《唐诗纪事》说："顾陶取此诗为《唐诗类选》。"原来，金昌绪同时代的同乡顾陶，曾编辑收录一千余首作品的《唐诗类选》，金昌绪此作就在其中。该选本已经失传，但金昌绪这一金贵之作却有幸传于今日，使得天下的有情人得以同观共咏，口舌生香。

望江南

唐 温庭筠

梳洗罢，独倚望江楼。过尽千帆皆不是①，斜晖脉脉水悠悠②，肠断白蘋洲③。

注释

① 皆不是：都不是所盼之人回来的船。② 脉脉：含情而视之貌。此处形容夕晖将尽未尽而似乎有情。③ 白蘋洲：蘋，水草，叶浮水面，夏秋开小白花。白蘋洲即开满白色蘋花的水边小洲。古诗词中常指男女离别之地。

今译

早晨起来梳洗之后，我孤独地倚靠在望江的楼头。千百叶风帆过去都不是他回来的船只，夕阳的余晖仍含情凝视江水悠悠奔流，望穿秋水柔肠寸断白蘋之洲。

心赏

这首写闺情的词是温庭筠的代表作品之一。温词风格秾艳，是花间派词的先声，但此词摒弃丝竹，一洗铅华，设色淡雅，先用白描，后用拟人之法，把从晨至暮望情人归来的真挚感情表现得深婉动人，说明一位优秀的诗人可以有多种笔墨。南朝的《西洲曲》说："鸿飞满西洲，望郎上青楼。楼高望不见，尽日栏杆头。"唐诗人赵徵明《思妇》诗说："犹疑望可见，日日上高楼。惟见分手处，白蘋满芳洲。"温庭筠此词可能受到前人的影响，但却另开新境。

此词写等候情人的期盼心理，你如果有相类似的经历或经验，读来定当深有会心。不过，你如果生活在城市，黄昏时于马路边等候相约的朋友，久候而不至，你搔首踟蹰，那就并非"过尽千帆皆不是"，而是"过尽千车皆不是，斜晖脉脉心悠悠"了。

更漏子

唐 温庭筠

玉炉香，红蜡泪，偏照画堂秋思①。翠眉薄②，鬓云残，夜长衾枕寒。　　梧桐叶，三更雨，不道离情正苦③。一叶叶，一声声，空阶滴到明。

注释

① 秋思：秋天的愁思。此处指怀人念远之情。② 翠眉薄：古代妇女用"黛"这种青黑色的颜料画眉。此句说无心描眉，致使颜色浅淡。③ 不道：不懂得，不管，不顾。

今译

静美的香炉青烟袅袅，燃烧的红烛蜡泪斑斑，华美居室的烛光斜照秋夜思妇凄苦的容颜。眉毛上的翠色已暗淡，鬓发因辗转蓬松散乱，夜深沉人不寐啊被枕也凉寒。窗外摇曳着几株梧桐，雨点不断正滴打三更，它们怎么懂得令人悲苦的离情别意，那打在梧桐叶上的雨声，那滴在空阶上的雨声，一直滴滴答答敲敲打打到天明。

心赏

此词的内容与题目密切相关，正是借"更漏"而抒写长夜不眠的女子的相思之情，上阕写室内，下阕写室外，情景交融，人景也交融。中国古典诗词擅写雨和雨声，此词结尾之写梧桐雨，更是有名，启发了后来许多诗人的诗思，如李清照《声声慢》的"梧桐更兼细雨，到黄昏点点滴滴。这次第、怎一个愁字了得"，如宋代女作者聂胜琼《鹧鸪天》的"枕前泪共阶前雨，隔个窗儿滴到明"，如南宋词人蒋捷《虞美人》的"悲欢离合总无情，一任阶前点滴到天明"，均借鉴了此词的艺术手法而又各呈其妙。

台湾名诗人洛夫返乡后所写的《与衡阳宾馆的蟋蟀对话》，其中有"窗外偶尔传来/从欧阳修残卷中逃出来的秋声/小雨说两句/梧桐跟着说两句"，其中的"梧桐雨"，正是包括温庭筠之作在内的中国古典诗文中的原型意象。

代赠（二首）①

唐 李商隐

楼上黄昏欲望休，玉梯横绝月中钩②。
芭蕉不展丁香结③，同向春风各自愁。

东南日出照高楼，楼上离人唱《石洲》④。
总把春山扫眉黛⑤，不知供得几多愁？

注释

① 代赠：代拟赠人作品。② 玉梯横绝：华美的楼梯断绝，无由得上。暗喻情人受阻而无由一会。③ 芭蕉不展：蕉心紧裹未展。丁香结：丁香开花后其子缄结于厚壳之中。二者是实景也是隐喻。④ 石洲：见《乐府诗集》，商调曲名，为戍妇思夫之作。⑤ 总：唐人诗中用同"纵"，作"纵然""即使"解。扫眉黛：以黛色颜料画眉。

今译

黄昏时我独上高楼欲望还休，楼梯横断情郎不至新月如钩。蕉心未展啊丁香也郁结未解，它们同时向着春风各自忧愁。

日出东南方阳光照耀着高楼，楼上的人唱着歌曲名叫《石洲》。纵然眉黛像春山春山如眉黛，也不知道承受得起多少忧愁？

心赏

写景与隐喻融为一体，抽象的感情（愁）具象化，是《代赠》艺术上的高明之处。"芭蕉不展丁香结，同向春风各自愁""总把青山扫眉黛，不知供得几多愁"，是传唱不衰的名句，南唐中主李璟《浣溪沙》的"青鸟不传云外信，丁香空结雨中愁"，金元之时诗人元遗山《鹧鸪天·妾薄命》之"天地老，水空流，春山供得几多愁"，都是从此诗的"总把春山眉黛扫，不知供得几多愁"变化而出，可见其影响之绵绵不绝。

此诗题为"代赠",其意为代人赠所思之作,然则,此诗之"本事"如何?它是为谁代赠?被赠的对象是谁?答案历来众说纷纭,莫衷一是,我以为当代学者黄世中之说有理而最具诗意,他认为商隐此诗作于开成三年(838)暮春,太原节度使马茂元已许婚而未娶,他代马茂元之小女作此诗赠自己(见《类纂李商隐诗笺注疏解》,黄山书社2009年版)。果然如此的话,当代的恋者有几人能有此想?能具此才?

夜雨寄北①

唐 李商隐

君问归期未有期，巴山夜雨涨秋池②。

何当共剪西窗烛③？ 却话巴山夜雨时④。

注释

① 寄北：寄给北方的亲人和友人。旧说唐宣宗大中二年（848），李商隐在巴蜀（今四川省东部一带）得妻子王氏从长安家中来信询问归期，作此诗以答。又据学者考证，大中二年商隐未至巴蜀，大中五年赴东川时，王氏已殁。② 巴山：有大巴山与小巴山，泛指蜀地之山。③ 何当：何时能够。④ 却：转折词，表继续或重复，意为再、返。

今译

你问我何时归来我还不能确定归期，今天晚上巴山秋雨已经落满了池塘。何时才能相聚而共剪西窗下的烛花？ 那时再说巴山夜雨苦忆远人的时光。

心赏

诗题一作"寄内"。有人考证李商隐于大中二年五月离开桂州桂管节度使郑畋幕府，经湖湘至荆、巴，上溯巫峡，于秋天接王氏信笺而以诗代柬。但有人说此诗非寄妻子而是寄给朋友，或是"私昵之人"，这正说明了好诗的多义性与多解性，即并非"单解"而有"多解"，让读者有更大的想象空间和更多的艺术再创造的可能性。总之，此诗是李商隐的第一流的作品，它以"巴山夜雨"为意象中心，多维时空交错组合，构思婉曲回环，诗语重言复沓，创造了具有普遍人生意义的极为成功的艺术意境，成为代代传诵之名篇。

台湾诗人洛夫于二十世纪八十年代中期作有抒情长诗《湖南大雪——致长沙李元洛》，开篇的"君问归期/归期早已写在晚唐的雨中/巴山的雨中"，发唱不凡，想落天外，正是远承了李商隐的心香一瓣。

无 题

唐 李商隐

相见时难别亦难①，东风无力百花残。

春蚕到死丝方尽②，蜡炬成灰泪始干。

晓镜但愁云鬓改③，夜吟应觉月光寒。

蓬山此去无多路④，青鸟殷勤为探看⑤。

注释

　①"相见"句：前"难"指机会难得，后"难"指别情难堪，二者有所不同。② 丝：蚕丝，与"思"谐音。③ 云鬓改：云鬓本指青年女子的鬓发，此处借指青春年华。④ 蓬山：蓬莱山，神话传说中的渤海中的仙山，此指所怀女子遥远的居住之所。源出《山海经·海内北经》。⑤ 青鸟：神话中传递消息的仙鸟，此借为书信、信使。源出《山海经·西山经》。探看：探寻，看望，"探"读去声，"看"读平声。

今译

　见面时多么困难离别也使人难堪，暮春时节东风渐歇百花也已凋残。我的思念如春蚕吐丝到死才了结，又如蜡烛变成灰烬泪水才会流干。我想象她晨起对镜只愁年华易老，凉夜吟诗也该会觉得那月色凄寒。从这里去海上仙山路途并不遥远，我请那青鸟殷勤致意先代为探看。

心赏

　此诗解说纷纭，有人说是写恋情，有人说是向宰相令狐绚陈情，有人说是望当道者援引，有人说是作者外调宏农尉盼望回京，说法之多，如同索解李义山的其他无题诗一样。虽然义有多解而非单解常能增强诗的欣赏价值，但我还是认为此诗解为抒写恋情为好，历来持此解者也属多数派。何必去考索那些毫无诗情诗意的也许是子虚乌有的创作背景呢，这首爱情诗的领联为千古传诵的名句，是全篇的锦上之花，它表达的是一种至死不渝的恋情，千百年来广为传诵，广为引用，不知烫痛过多少有情男女的嘴唇，当然，这些男女都应是看重感情而且有相当文化修养的，否则就不知此诗为何物了。

时至今天，社会日趋商业化与世俗化，权位与金钱几乎成了许多人唯一的价值标准，外界的非精神的物质与功利的诱惑太多，纯真的海沽石烂的恋情，不说几近绝版，也应该说是十分珍稀因而也弥足珍贵的了。

寄 夫

唐 陈玉兰

夫戍边关妾在吴①，西风吹妾妾忧夫。
一行书寄千行泪②，寒到君边衣到无？

作者简介

陈玉兰（生卒年不详），晚唐诗人王驾（851—？）之妻。

注释

① 戍：戍守，保卫。妾：女子或妻子的谦称。吴：今之江苏省苏南一带。
② 寄：一作"信"。

今译

夫君远远地戍守边关我在吴地苦候，西风吹我身上我怕夫君寒冷而忧愁。一行书信里浸透的是千百行眼泪啊，严寒已临你身边我寄的寒衣收到否？

心赏

此诗作者又署名王驾，题为《古意》。诗所描绘的空间是距离遥远的"边关"与"吴"地，时间是"西风"吹"寒"的秋冬，人物是"夫"与"妾"，物件是"信"和"衣"。"寒"已到而"衣"如何，"一行"信中竟有"千行"之泪，寥寥二十八字，有空间的转换、季候的对映、多少的反差、同字的叠用，寒到君边而担心御寒之衣未到的矛盾，主人公情深一往，言短意长。

我读此诗，独有一番体会。犹记二十世纪六十年代伊始，我大学毕业后远去君不见之青海头，其时艰苦，其地苦寒，终日饥肠辘辘，饥饿填饱的是每一个度日如年的日子。人在南方的内子缇萦节衣缩食先为我寄来十斤粮票，不幸尚未启动救灾就被小偷扒去；岳父后又为我从邮局寄来十斤炒面，岂知千里迢迢，不知在哪个环节就宣告失联，渺无音讯，亦无可查问。这两件事当时令我感念并痛心不已，也成了我刻骨铭心的记忆，此后每读到陈玉兰此诗，总是别有一番滋味在心头。多年后我在其为五首的题为《青海之忆》的组诗里，以近于白话的一诗追怀这一往事："恋人寄票十斤粮，岳父邮来炒面香。粮票被偷邮被截，空将痛泪对冥苍！"

杂　诗

唐　无名氏

不洗残妆凭绣床^①，也同女伴绣鸳鸯^②。

回针刺到双飞处，忆着征夫泪数行。

注释

① 凭：依靠，靠着。绣床：供刺绣工作用的几案。② 鸳鸯：鸟名。雌雄偶居不离，古称"匹鸟"，后用以比喻夫妇。此处指刺绣图案。

今译

　　残妆未洗凭靠着绣床，也同女伴们刺绣鸳鸯。针儿刺到双宿双飞处，忆念征人不禁泪成行。

心赏

　　《杂诗》大约是晚唐时的作品，因作者姓氏无考或题目缺失，故被称为"杂诗"。《全唐诗》共存录十九首，此为其中之一，写女主人公由刺绣而忆念出征在外的丈夫。我国有传统的"四大名绣"，即湘绣、苏绣、蜀绣、粤绣。蜀绣以四川成都为中心，始于汉朝，发展最早。中国古典诗歌中咏绣品之诗词不多，中唐诗人胡令能有《咏绣幛》一诗："日暮堂前花蕊娇，争拈小笔上床描。绣成安向春园里，引得黄莺下柳条。"他咏的该是蜀绣吧？

　　此诗写闺妇对征夫的思念，主题已经屡见不鲜，许多作品也作过各不相同的艺术表现，如果想不落前人窠臼，就必须另辟蹊径，独出机杼。无名的作者集中描绘闺妇刺绣的动作与神态，从这一独特的视角切入，深刻地展示了她的内心世界，并让读者获得新颖的审美感受。全诗没有陷入大同小异的窠臼，迎来的是诗的清新的晨光。

杂　诗

唐　无名氏

一去辽阳系梦魂①，忽传征骑到中门。

纱窗不肯施红粉，徒遣萧郎问泪痕②。

注释

① 辽阳：地名。契丹天显十三年（938）置府，治所在辽阳，辖境相当于今辽阳市附近地区。以后屡经变迁，此处泛指北方地区。② 萧郎：本为王俭对萧衍的称谓。见《梁书·武帝纪上》，后泛指女子所爱恋的男子。唐人崔郊《赠去婢诗》："侯门一入深如海，从此萧郎是路人。"

今译

自从他去到辽阳我就魂系梦萦，没料想忽然传报良人已到中门。痴坐绿纱窗下我不愿施红扑粉，为的是让他问我缘何斑斑泪痕。

心赏

晋代的陆机在《文赋》中说："观古今于须臾，抚四海于一瞬。"这种"须臾"和"一瞬"，可以称为"典型瞬间"，即以不全求全，从有限中见无限。这首诗既未写男女主人公以前的分别，也未写重逢之后的情形，而只是着笔于久别而即将重逢的瞬间，留给读者以思之不尽的余地。

良人远去北地征战，在家的妻子日夜思念，常常以泪洗面，现在突然听说良人已到中门，更是喜极而泣，此诗选取提炼的正是这一特定的顷刻，避开两人相见的那一高潮和顶点，展示女主人公惊喜交集而又不无怨艾的复杂心理。德国十八世纪著名文艺批评家莱辛，在《拉奥孔》中提出"不宜选取情节发展的顶点"，而要让读者有所期待，他的见解与陆机之论相通，而这首诗的艺术表现与此均不谋而合。

闺　情

唐　敦煌唐诗

千回万转梦难成①，万遍千回梦里惊。

总为相思愁不寐②，纵然愁寐忽天明。

注释

　　① 千回万转：形容道路或流水的曲折，此处指辗转反侧，夜不能眠。
② 寐（mèi）：睡眠，入睡。《诗经·邶风·柏舟》："耿耿不寐，如有隐忧。"

今译

　　千万次翻来覆去好梦总难成，千万回覆去翻来远梦令人惊。为只为两地相思心忧难入睡，纵然是愁中入睡忽忽已天明。

心赏

　　此诗选自《全唐诗外编》（上）的"敦煌唐人诗集残卷"。这一残卷于1900年发现于甘肃敦煌石窟，大多是唐代无名氏的作品，也未及收录于清代编纂的《全唐诗》之中，是沉埋在千年漠漠风沙中的稀世名珠。此处所引之《闺情》，作者已无可查考，只知是汉族人，可能是一位战士，也可能是一名派往边地的使者。吐蕃攻占敦煌，他被俘后押送青海，写了近六十首诗，这首诗便是其中之一。此诗写愁人不寐，两地相思，语言多用重字，句式多所反复，在回环往复的咏唱中，不仅动人地抒发了他那愁肠百结的感情，也加强了诗的令人断肠的音韵之美。

　　二十世纪六十年代伊始，我在青海度过了数载饥寒交迫的岁月。恋人在南方，风雪在塞外，可惜我当时无法得知敦煌唐诗抄卷，直到数十年后旧地重游，才将那复活的诗句与逝去的时光一并温习。

闺　情

唐　敦煌唐诗

百度看星月^①，千迴望五更^②。
自知无夜分^③，乞愿早天明^④。

注释

① 度：次，回。王勃《滕王阁序》："物换星移几度秋。" ② 迴："回"的繁体字，次、遍之意。③ 无夜分（fèn）：意为没有享受夜色而沉酣睡眠的福分。"分"读去声。④ 乞愿：乞求盼望。

今译

上百次察看星月的位置，上千回盼望五更的黎明。我没有享受夜色的福分，只祈求那曙光早些来临。

心赏

这首作品，也是上述陷蕃诗人之作，既可理解为写自己，也可理解为传统诗法的"从对面写来"，写远方的闺中思妇对自己的系念。两解均可通。首二句是现代修辞学中所说的"互文"，即"百度千回望星月，百度千回望五更"，长夜不寐，于此可见。第三句转折之后，结句别开一境。全诗没有一字言愁说恨，读来只觉得愁恨满纸，含蓄蕴藉，言短意长。

我的弟子何琼华作有一首《闺聚》，咏闺蜜之间的烹茶夜话，同为闺中情事，但时隔千年，而且内涵有别，所以情调与韵味也自是不同，不过有"闺"字相牵，写来温馨可喜，也不妨对读："暖室佳人把盏，红灯素袖煎茶。一颦一笑忆年华，娓娓绵绵难罢。　　休道青春易老，还歌岁月如花。明朝散后各天涯，不散今朝夜话。"

晚 秋

唐 敦煌唐诗

日月千回数①，君名万遍呼！
睡时应入梦，知我断肠无②？

注释

① 数：点数，计算。《后汉书·祢衡传》："余子碌碌，莫足数。" ② 断肠：此处是形容悲痛到极点。汉蔡琰（文姬）《胡笳十八拍》："空断肠兮思愔愔（yīn）。"

今译

日升月落我千回点算，你的名字我万遍呼喊！夜深时你应入我梦中，知不知道我肝肠寸断？

心赏

这仍然是那位被吐蕃所俘虏的无名氏的作品，穿过一千二百年的时间的风沙，我们仍然可以如在耳边地听到他悲怆的呼声！"君名万遍呼"，这是真实的情境写照，也是动人的艺术表现，可以引起今日许多热恋中人的痛感共鸣。台湾诗人纪弦有名篇为《你的名字》，"用了世界上最轻最轻的声音，轻轻地唤你的名字每夜每夜"，全诗围绕"名字"结撰成章。当代大陆诗人星汉《塔什萨伊沙漠书楣卿姓名》一诗，他的奇想是"黄沙滩上满芳名，风起却教天上行。一路不须多苦忆，抬头即可见卿卿"。法国现代诗人艾吕雅的《自由》，"我写你的名字"一语重复二十一次之多。以上中外三诗，均可与上述敦煌唐诗互参。

犹记一九九四年中秋节在美国旧金山公园，在北美华人作家协会庆贺中秋节并欢迎我的集会上，在年登上寿的老诗人纪弦面前，我背诵了他的上述名篇。犹记一诵既罢，我笑问老诗人：这首诗当年是送给谁的呢？是情人还是现在的夫人？童心未泯的老诗人笑答道："你可别告诉我的太太哟！"于今斯人已去，音容宛在，归时场景也宛在，令人不胜追怀。

思佳人率然成咏

唐 敦煌唐诗

临封尺素黯销魂①，泪流盈纸可悲吞。

白书莫怪有斑污，总是潸然为染痕②！

注释

① 尺素：古代用绢帛书写，通常长一尺，故谓为文所咏短笺为"尺素"，亦用以称书信。古乐府《饮马长城窟行》："客从远方来，遗我双鲤鱼。呼童烹鲤鱼，中有尺素书。" ② 潸（shān）然：流泪之貌。《诗经·小雅·大东》："潸焉出涕。"

今译

临到将书信封口更加黯然销魂，热泪横流倾满信纸我饮泣吞声。莫怪洁白的纸笺上怎会有污迹，都是我潸然泪下所沾染的泪痕。

心赏

南朝梁代的江淹有名篇《别赋》，开篇就说："黯然销魂者，唯别而已矣！"离别已令人黯然销魂，何况是相见无期的久别？何况是天长路远的远别？《思佳人率然成咏》共有七首，围绕书信落笔写相思之情是此诗的特点。无古不成今，当代台湾诗人向明在两岸开放前也写到"家书"："好耐读的一封家书呀/不着一字/摺起来不过盈尺/一接就把一颗浮起的心沉了下去 / 一接就把四十年暌违的岁月捧住。"（《湘绣被面》）可以古今互参。

《思佳人率然成咏》的作者，大约是流放边地远州的被贬谪者，他还有一首同题诗是："叹嗟玉貌谪孤州，思想红颜意不休。著人遥忆情多少？泪滴封书纸上流。"此诗和上一首相同之处就是落笔于"信"与"泪"，然而角度却略有不同，前一首写临封，这一首写封后。古代交通不便，没有电话、网络等现代手段，只有托旷时费日的书信传情。如果一时连纸笔皆无，那就只有如岑参《逢入京使》所唱了："故园东望路漫漫，双袖龙钟泪不干。马上相逢无纸笔，凭君传语报平安。"

奉　答

唐　敦煌唐诗

纵使千金与万金^①，不如人意与人心。

欲知贱妾相思处^②，碧海清江解没深^③！

注释

①　纵使：纵然有，即使是。②　妾：古代女子的自称。③　解（jiě）：明白，知道。如谓通达言语或文词的意趣的人为"解人"。

今译

纵然有价值连城的千万两黄金，它的贵重哪里比得上人意心。想知道我的相思深到什么程度，阔如碧海长如清江没有它深沉！

心赏

在总题为"思佳人率然成咏"的七首诗作之后，接着就是以女子身份写的《奉答》二首。另一首是："红妆夜夜不曾干，衣带朝朝渐觉宽。形容只今消瘦尽，君来莫作去时看！"以男女唱和的方式成诗，在中国古典诗史上并不多见，而且这种奉答诗应是当事人女性主人公所写，而非古典诗词中习见的"男子作闺音"式的代笔，故更可珍重。此诗先以千金万金与人意人心作比，后以碧海清江与贱妾相思对照，前以见贵重，后以见深沉。这对于远谪边荒归期难卜而处于后方的家庭存在诸多变数的男子来说，也算是莫大的精神安慰了。

法国作家左拉在《娜娜》中说："金钱算什么？如果我对一个男人一见钟情的话，我情愿为他而死。"不过，这种抗拒权力与金钱的压力和诱惑，对纯真爱情忠诚不渝的古风，在今日已不可多见与多得了。

菩萨蛮

五代 韦庄

红楼别夜堪惆怅①，香灯半卷流苏帐②。残月出门时，美人和泪辞。　琵琶金翠羽③，弦上黄莺语。劝我早归家，绿窗人似花。

注释

① 红楼：彩绘艳丽的楼阁，代指大家闺秀的住所。② 流苏：用五彩羽毛或丝绸做成的须带或垂饰。③ 金翠羽：羽毛美丽的鸟，琵琶上的装饰。

今译

红楼中的离别之夜真是令人心伤，照耀着半卷彩帐是温馨的灯光。残月在天天色将明出门之时，美人流泪依依不舍与我告辞。她的琵琶上饰有美丽的鸟儿，她弹奏时弦上鸣啭黄莺歌语。琵琶声声都是劝我早早归家，声声诉说绿窗之下人儿如花。

心赏

温庭筠是"花间词派"的鼻祖，韦庄是"花间词派"的代表作家，世人并称"温韦"。此词上片写别离情境，下片抒相思之情。学者郑振铎说韦庄词"明白如话，而蕴藉至深"，由此词可见一斑。"弦上黄莺语"，一语双关，既实指美人弹奏琵琶之声，也兼喻美人临别叮咛之语，尤为词中秀句。结尾写游子在他乡回想意中人送行时盼归之言语，不胜惆怅之情，洋溢于字里行间。

韦庄的《菩萨蛮》共五首，是精心结撰的组词。他曾多年流寓江南，而这一组词则是他晚年寓居蜀地回忆华年的旧游昔爱之作。此处选录的是五首中的第一首，有如青春奏鸣曲的序曲，随之而来的"垆边人似月，皓腕凝霜雪""骑马倚斜桥，满楼红袖招""凝恨对残晖，忆君君不知"等，就是这一阕奏鸣曲的华彩乐段。

女冠子

五代 韦庄

　　四月十七，正是去年今日。别君时：忍泪佯低面①，含羞半敛眉②。　　不知魂已断，空有梦相随。除却天边月，没人知。

注释

　　① 佯：假装。② 敛眉：皱眉。

今译

　　今天是四月十七日，和他离别一年时光如水东流。记得当时和他分手，我强忍热泪怕他看到只好故意低头，眉毛半皱想叮咛珍重却又欲语还羞。你是否知道我因思念你而心碎魂断，只有在梦中啊我才能和你相随相邀。这满怀伤心情事除了那天边的夜月，没有人能明白知晓。

心赏

　　词中的抒情女主人公先叙去年离别之状，后抒今日相思之情。以数字成句并领起全篇，诗中尚偶有所见，如杜甫《北征》开篇之"皇帝二载秋，闰八月初吉"，如晚唐诗人曹松《霍山》开端之"七千七百七十丈，丈丈藤萝势入天"，但在词中却颇为罕见，应是韦庄的独创。全词叙事、写景、抒情一炉而冶，前人说韦庄词如"初日芙蓉春月柳"，于此可见。不仅如此，此词还打破了怀人念远之词上阕写景下阕抒怀的模式俗套，在小词中融入叙事与戏剧独白的因素，令这位吐气如兰的少妇声容并作，令读者如闻纸上有人。

　　几首词同咏一事同一人物，是所谓"联章体"。韦庄咏男女之情的《女冠子》共两首，一题两作，所谓花开两朵，各表一枝是也。此处所选之作是出自女方的口吻，连贯而下的另一首则从男性一方结撰成章："昨夜夜半，枕上分明梦见。语多时，依旧桃花面，频低柳叶眉。　　半羞还半喜，欲去又依依。觉来知是梦，不胜悲。"今日的读者，许多人恐怕都有类似的日有所思夜有所梦的体验，读词到此，当别有会心而主动参与作品的艺术再创造吧？

寄 人

五代 张泌

别梦依稀到谢家①，小廊回合曲阑斜。

多情只有春庭月②，犹为离人照落花。

注释

① 谢家：唐诗常以萧郎、谢娘指所爱之人。东晋谢安的侄女谢道韫是有名之才女，此处借喻。② 春庭：春天的庭院。

今译

别后的梦魂依依不舍又飞到了她的家，小廊环绕曲阑回护我们曾说绵绵情话。现在多情的只有那春庭上空的明月啊，还在为离别相思的人照耀地上的落花。

心赏

唐代孟棨《本事诗》说张泌曾和邻女相善，该女因父母之命另嫁他人，后来不复相见，张泌结想成梦而作此诗，该女读到后也不禁暗弹珠泪，惆怅不已。此作以景寄情，去直陈而求曲达，所抒写的全是想象或者说怀想中的景象，有相当的"审美距离"，颇具朦胧之美。从诗的本身来看，此诗寄给何人？寄达了没有？迷离惝恍，一如笼罩在诗中朦胧的月光，令读者不胜低回遐想。

明代周敬、周珽《唐诗选脉汇通评林》说："张泌《寄人》二诗，俱情痴之语。"另一首如下："酷怜风月为多情，还到春时别恨生。倚柱寻思倍惆怅，一场春梦不分明。"读者可以二诗合参，可见中国梦文学之丰富多彩，而有怀人忆旧的感情经历的读者，读如此抒写梦境的情诗，也许更可通古今之邮而心心相印？

生查子

五代　牛希济

春山烟欲收^①，天淡星稀小。残月脸边明，别泪临清晓。　　语已多，情未了，回首犹重道^②："记得绿罗裙，处处怜芳草^③。"

注释

① 烟欲收：烟，指山上的雾气。欲收：烟雾将散。② 重道：反复地说。③ 怜：爱，惜。

今译

室外的春山烟雾将要消散，天色微明稀疏的晨星小小。将落的月光照耀离人脸庞，泪珠晶莹在这春日的拂晓。叮咛已万语千言，离情却没完没了。回过头来还反复叮咛说道："记得我那绿色的罗裙啊，要处处爱惜青青的芳草。"

心赏

"记得绿罗裙，处处怜芳草"是千古传唱的名句，它是眼前实景，也是美学上所谓的"移情"，"怜芳草"即"怜罗裙"，也就是"怜人"。"重道"者为谁？是女主人公对男方的殷殷叮嘱，还是男主人公向女方的连连表态呢？此词中"重道"的所有权似乎应该属于女方，但是，中国古典诗词中的主语常常省略，增加了解释的多样性，也扩展了读者想象的空间，读来更饶多情味。

"记得绿罗裙，处处怜芳草"，不仅结句在全词中后来居上，留下了袅袅的余音，而且也是宋词特别是宋词中的爱情词的名句。它表现了离别的情人间共有的感情，而且是一种合于真与善的，因而是美的感情，同时，在诗的意象美方面它既有传承也有创造。"青青河畔草，绵绵思远道"（《古诗十九首》），"雨过草芊芊，连云锁南陌。门前君试看，是妾罗裙色"（南朝陈代江总之妻《赋庭草》），"蔓草见罗裙"（杜甫《琴台》），"草绿裙腰一道斜"（白居易《杭州春望》），古典诗歌以芳草写离情所在多有，牛希济之作显然有出蓝之美，非前人之作的翻印，乃推陈出新的新版。

我咏湘西的名山有组诗《八大公山诗草》，其中一首为《芭第溪》："芭第溪远未知名，藏在深山一美人。流盼波光抛媚眼，清歌舞醉绿罗裙。"诗中的"绿罗裙"的意象，潜意识中恐怕也是源自牛希济此词吧？

江楼望乡寄内

五代 刘兼

独上江楼望故乡，泪襟霜笛共凄凉。

云生陇首秋虽早①，月在天心夜已长。

魂梦只能随蛱蝶②，烟波无计学鸳鸯。

蜀笺都有三千幅③，总写离情寄孟光④。

作者简介

刘兼（生卒年不详，公元960年前后在世），长安（今陕西省西安市）人。后周末年官荣州刺史。

注释

① 陇首：又名陇坻（chí）、陇坂、陇山，在今陕西省陇县，西北入甘肃省境。② 蛱蝶：《庄子·齐物论》："昔者庄周梦为蝴蝶，栩栩然蝴蝶也。"此处暗喻夫妻成双。③ 蜀笺：四川制造之彩色纸笺。都：总共。④ 孟光：东汉梁鸿之妻，梁进食时孟必举案齐眉，后世以孟为贤妻的代称。

今译

我独上江边的高楼眺望故乡，泪染衣襟霜中笛韵一样凄凉。陇上白云飘飞秋天来得很早，明月高悬天顶寒夜已经深长。只有梦魂中才能如蝴蝶双舞，烟波浩渺无法学成对的鸳鸯。川地所制彩色纸笺共有三千，张张抒写离愁别绪寄给远方。

心赏

此诗作者写于荣州（今四川省荣县）刺史任上。开篇点题，结尾照应，中间两联情景分写而彼此交融，结构谨严而情意深挚。如果作者的自白情况属实，他还是勤于写信赋诗而频频向家中的妻子汇报情况的，假设当时有电话和手机，一通电话一条短信即可暂时治疗离愁，那今天我们也许就读不到这种动人的诗句了。

在当代词人中，我的学生蔡世平之《贺新郎·梅魄兰魂》也写到双飞之蝶，蝶翅传情："别也何曾别？乱心头，丝丝缕缕，你牵他拽。缘浅缘深分得么？一样梅魄兰魂。只伤心，碧桃凝血。是处烟波残照里，又霜天晓雾朦胧色。　　谁能解，愁肠结？梦中昨夜双飞蝶。舞春风，繁花点点，枝枝摇曳。总念西山云雨散，湖上一弯新月。又明艳，相思红叶。我问兰天双喜燕，你南来北往风流客，这情字，如何写？"

长相思

宋 林逋

　　吴山青①，越山青②。两岸青山相送迎，谁知离别情？　　君泪盈，妾泪盈。罗带同心结未成③，江头潮已平。

作者简介

　　林逋（bū）（967—1029），字君复，死后谥"和靖先生"，钱塘（今浙江省杭州市）人。酷爱植梅养鹤，时人称其"以梅为妻，以鹤为子"。"疏影横斜水清浅，暗香浮动月黄昏"（《山园小梅》）是其千古传唱的名句。

注释

　　① 吴山：钱塘江北岸之山，古代属吴国，故称吴山。② 越山：钱塘江南岸之山，古代属越国。③ 同心结：象征定情或爱情的心形之结。

今译

　　吴山郁郁青青，越山郁郁青青。夹岸的青山而对离人相送相迎，它们谁知别绪离情？你的热泪盈盈，我的别泪盈盈。丝织衣带同心之结还没有打成，江潮已涨啊船将远行。

心赏

　　林逋少孤好学，诗词书画均登堂入室。在故里只喜读书养鹤，曾在屋之前后植梅三百六十余株。他后来隐居西湖孤山二十年，终生未曾婚娶，唯植梅养鹤，人称"梅妻鹤子"，死后宋仁宗赠以"和靖先生"之号。此词是他隐居之前所作，是他唯一的爱情诗。这首词写得柔情如水，绮思无穷，不知他后来为何成了独身主义者？而这位古代的单身贵族，今日所云钻石王老五者，这首情意绵绵的《长相思》，写的到底是他自己还是别人的罗曼史呢？现在已无法确指了，除非他自己出来说明。除了感情真挚，此词的民歌反复手法的运用，连句韵的声义相谐，更平添了它的动人风致。

　　白居易在林逋之前，也有一首与林逋词题相同的《长相思》，可谓诗心相通，先后媲美，我们不妨对读而品评："汴水流，泗水流，流到瓜洲古渡头，吴山点点愁。　　思悠悠，恨悠悠，恨到归时方始休。月明人倚楼。"

一丛花令

宋 张先

伤高怀远几时穷？无物似情浓。离愁正引千丝乱，更东陌、飞絮濛濛。嘶骑渐遥，征尘不断，何处认郎踪？　双鸳池沼水溶溶，南北小桡通①。梯横画阁黄昏后②，又还是斜月帘栊。沉恨细思，不如桃杏，犹解嫁东风③。

注释

① 桡（ráo）：船桨，此处代指船。② 梯横：放倒梯子。③ 嫁东风：桃杏在东风中盛开。东风：代指春天。

今译

伤心地登高怀远这日子何时穷尽？世间无物可比蜜意浓情。满怀离愁正引动风中的游丝乱飞，更何况东边田间小路上柳絮迷蒙。嘶鸣的马渐渐远去，飞扬的尘土也不断，哪里去辨认郎君的踪影？一双双鸳鸯嬉游于池塘春水溶溶，小船南来北往一水相通。梯子横斜从楼阁下来已是黄昏后，又还是斜斜的月光照进我的窗棂。深深怅恨细细回想，人还不如那桃杏啊，桃杏还知及时嫁给春风。

心赏

张先长于写"心中事""眼中泪""意中人"，故前人称之为"张三中"。而他则自认为是"张三影"，因为他自鸣得意之句是"云破月来花弄影""帘压卷花影"和"堕风絮无影"。此词结句尤佳，乃从李贺《南国》诗"可怜日暮嫣香落，嫁与东风不用媒"点化而来，但构思更为巧妙，意蕴更为深厚。张先因有此名句又被称为"桃杏嫁东风郎中"，这样一来就只好委屈李贺了。

欧阳修位高权重，又兼文坛盟主，十分爱才，但他一时无缘结识张先。后来张先主动拜访，欧阳修听到通报，高兴得匆忙中倒穿着鞋子前去迎接，边走边笑说："'桃杏嫁东风郎中'到了，快请进，快请进。"从此，成语中多了"倒履相迎"一词，张先也获得了"桃杏嫁东风郎中"的光荣称号，而后世的我们对于前贤的文采风流和爱重人才的胸襟怀抱，也不禁久久地抚时伤逝而临风怀想。

蝶恋花

宋 晏殊

槛菊愁烟兰泣露①，罗幕轻寒，燕子双飞去。明月不谙离恨苦②，斜光到晓穿朱户。　　昨夜西风凋碧树，独上高楼，望尽天涯路。欲寄彩笺兼尺素③，山长水阔知何处？

注释

① 槛（jiàn）：窗下或长廊旁的栏杆，此词中指花圃的围栏。② 谙：熟悉，了解。③ 彩笺：古人用以题诗的精美的纸，此处即指诗笺。尺素：古人书写所用的长约尺许的生绢，代指书信。

今译

围栏中的菊花在烟雾里忧愁兰草带露像在哭泣，早寒透过丝绸帘幕，燕子早已双双远飞而去。高天的明月不知道人间离别的痛苦，欲落时它的斜晖到天明还穿窗入户。昨天晚上一夜秋风劲吹凋零了碧树，我一人独上高楼啊，望尽那通向天边的道路。想寄诗笺和书信给远行天涯的他啊，山也长水也阔他在何方啊寄向何处？

心赏

晏殊是北宋名词人，此词又是他的名作。上片写室内和庭院，取境小而风格柔婉，下片写登临所见所感，境界大而格调悲壮。"昨夜"句是名作中的名句，此句纯用白描，意境高远，极具艺术概括力量。结句写希望与失望交织的矛盾心理，表现有情人的那种期待与惆怅之情，具有古今相通的普遍意义，我认为不让"昨夜"之句专美于前，且有后来居上之胜。

王国维在他的《人间词话》中，两次提到此词中的名句。在第二十五则中，他说"昨夜西风凋碧树"一语乃"诗人之忧生也"，在第二十六则中他又评论说："古今之成大事业、大学问者，必经过三种之境界：'昨夜西风凋碧树，独上高楼，望尽天涯路'，此第一境也。"本来是抒写爱情的词句，王国维就有两种引申的解读，可见好诗能为读者提供艺术再创造的广阔天地，当然，读者也要具备能欣赏好诗的慧眼灵心，方能知其妙处而有所点赞。

玉楼春

宋 欧阳修

别后不知君远近，触目凄凉多少闷。渐行渐远渐无书，水阔鱼沉何处问①？ 夜深风竹敲秋韵②，万叶千声皆是恨。故欹单枕梦中寻③，梦又不成灯又烬④。

注释

① 鱼沉：喻音信断绝。② 秋韵：韵为有节奏的声音，此指秋声。③ 欹（qī）：通"攲"，斜倚之意。④ 烬：灰烬，烛燃化为灰烬。

今译

分别后不知道你行踪的远近，触目伤怀啊多少凄凉和愁闷。你越行越遥远逐渐没有来音，山长水阔音信断绝何处追问？寒夜深沉西风敲竹奏响秋声，万叶千声都是我的深愁苦恨。我斜倚单枕想去梦魂中追寻，长夜不眠蜡烛渐短化成灰烬。

心赏

这是欧阳修离别生身之地洛阳之后，于途中所写的一首怀人之词，此人当然应是意中之人。上片写"闷"，下片抒"恨"，全词以"别"字领起。"夜深风竹敲秋韵"，诗有"诗眼"，词中的"敲"字则是"词眼"，是其后来的名篇《秋声赋》的先声。此词抒发欧阳修从对面写来的怀想之情，更是表现秋闺思妇的孤苦之情与悲恨之意，正如清人刘熙载在《艺概》中所说："冯延巳词，晏同叔得其俊，欧阳修得其深。"

欧阳修曾任枢密副使，参知政事之职，是宋朝中叶的重要政治人物，相当于今日正国级高官；同时，他又是一代文宗，文章领袖天下。但是，他并非时时处处正襟危坐，冠冕岸然，他抒写爱情虽不见于强调言志之诗，却屡见于更为主情的少有禁锢之词。这真如美国名诗人爱默生所说："是否懂得爱情，是检验诗人的标准。"从欧词中许多风光旖旎之作看来，作为诗人他是早已达标而有过之的了。

寄贺方回^①

宋　贺铸姬

　　独倚危楼泪满襟，小园春色懒追寻。
　　深思总似丁香结，难展芭蕉一片心^②。

作者简介

　　贺铸姬（生卒年不详），北宋著名词人贺铸之姜或恋人。人以诗传，此作见于《宋诗纪事》。

注释

　　① 贺方回：即北宋词人贺铸。贺答以《石州引》词，中有"欲知方寸，共有几许清愁，芭蕉不展丁香结"之句。② "深思"二句：见前代李商隐《代赠》诗注。

今译

　　我独自倚立在高楼泪满衣襟，小园美好春光也懒得去赏寻。愁思不解如同丁香含蕾郁结，愁怀难舒好似芭蕉紧裹蕉心。

心赏

　　此诗情采清华，意境幽美，出自一位弱女子的纤纤素手，在"女子无才便是德"的封建时代，真是难能可贵，所以本书予以选录，给这位名姓不传的有才作者一席之地。贺方回的作品本来善用李商隐、温庭筠诗的成句，他曾说："吾笔端驱使李商隐、温庭筠，常奔命不暇。"而此作妙用李诗《代赠》中"芭蕉不展丁香结，同向春风各自愁"以自喻，贺铸读之当为之莞尔，而假若李商隐有知，也该会欣然首肯的吧？

　　"丁香"与"芭蕉"是中国古典诗歌的两个植物意象，也是传统性的意象，不知有多少诗人曾经吟咏过它们，在诗词中留下它们的身影。古今相通，在现代的民歌中，也曾经将其与爱情联系起来咏唱："阿哥阿妹情意深，好像那芭蕉一条根。阿哥就是那芭蕉叶，阿妹就是那芭蕉心。"走笔至此，这一民歌的动人意韵，仿佛仍从二十世纪中叶的著名电影《五朵金花》中隐隐传来。

玉楼春

宋 周邦彦

桃溪不作从容住①，秋藕绝来无续处②。当时相候赤栏桥，今日独寻黄叶路。　　烟中列岫青无数③，雁背夕阳红欲暮④。人如风后入江云，情似雨余黏地絮。

注释

① 桃溪：刘义庆《幽明录》说，东汉刘晨、阮肇入天台山，见山有桃树，下临大溪，遇二仙女，邀住七年，回家时已历子孙七代。② 秋藕：温庭筠《达摩支曲》："拗莲作寸丝难绝。"③ 岫（xiù）：山，峰峦。④ 雁背：温庭筠《春日野行》："鸦背夕阳多。"

今译

当年在春日的桃溪旁没有从容地长住，现在却如同秋藕中断而没有接续之处。忆往昔我等候她在红色栏杆的小桥边，今天却独自追寻陈迹在落满黄叶道路。蔼蔼烟云中排列的是无数青绿的山峦，西下的夕阳照红雁背时光啊已近薄暮。她如同投影在江心的流云风来吹散，我绵绵之情却像雨后黏在地上的柳絮。

心赏

此词的结语人我对举，妙用比喻，是传唱众口的名句。此外，此词八句全为七言，且两两相对，但情景、今昔、人我的对比饶多变化，在句式的整饬中又颇具艺术表现上的错综之美，也就是整齐中有变化，凝重中见流丽，排偶中寓摇曳，读者于此可以领略并证以英国十七世纪著名艺术理论家荷迦兹的教言："变化，在产生美上是具有多么重要的意义。"

周邦彦此词，抒写旧地重游而恋人踪迹已杳，这也是世间的常态，人间的常情。古典诗歌对这一普遍情境已经作了许多精彩的表现，在新诗中，徐志摩的名作《偶然》一诗庶几近之，不妨一读："我是天空里的一片云，偶尔投影在你的波心——你不必讶异，更无须欢喜——在转瞬间消灭了踪影。/你我相逢在黑夜的海上，你有你的，我有我的方向；你记得也好，最好你忘掉，在这交会时互放的光亮！"

临江仙

宋 朱敦儒

直自凤凰城破后[1]，擘钗破镜分飞。天涯海角信音稀。梦回辽海北，魂断玉关西。　　月解重圆星解聚，如何不见人归？今春还听杜鹃啼[2]。年年看塞雁，一十四番回[3]。

作者简介

朱敦儒（1081—1159），字希真，号岩壑，洛阳（今河南省洛阳市）人。北宋与南宋之交的优秀词人，其词清新俊逸，旷达豪放。

注释

① 凤凰城：帝城，此指北宋京城汴梁。② 杜鹃：即子规，啼时泣血，鸣声好像"不如归去"。③ 一十四番回：春天雁自南而北，深秋雁自北而南，翘首望雁时达七年则共一十四回也。

今译

自从京城汴梁被入侵的金人攻破之后，我们如剖开之钗破碎之镜两地分散。你在天之涯我在海之角彼此音信杳然。我的梦从东北的辽海飞回，魂儿又飞向西北的玉门关。月亮都知道重圆啊星辰也都知道再聚，年年月月望断云山为何不见你回还？今春我又听到杜鹃鸟"不如归去"的啼啭。年年仰望春去秋来的鸿雁，它们已经十四回往往返返。

心赏

在伤离念远的宋词之林中，此作别具一格。它是写流亡江南的女子怀念流落北国的良人，还是写流落江南的男子怀念流亡北国的伊人？似乎不可确指也不必确指，如此可让读者有更多的联想空间。可贵的是，它突破了个人内心情感的藩篱，超越了一般性的怀人念远，而从一个人的遭遇反映了那一国破家亡的时代，具有较深厚的社会生活内容，让人从一勺水想到广阔的海洋。

无论古代或是现代，战争给百姓带来的都是苦难，恋人或夫妇的生离死别更是频繁上演的悲剧节目。台湾作家张拓芜与表妹沈莲子自小订婚，张于二十世纪四十年末去台，表妹则留在大陆，人生不相见已数十年。八十年代末，张忽收到表妹寄来的亲手缝制布鞋一双，感怆无已。诗人洛夫为此赋《寄鞋》一诗，开篇即是："间关千里/寄给你一双布鞋/一封/无字的信/积了四十多年的话/想说无从说/只好一句句/密密缝在鞋底/这些话我偷偷藏了很久/有几句藏在井边/有几句藏在厨房/有几句藏在枕头下/有几句藏在明灭不定的灯火里……"口语而诗，个人而时代，现实而超现实，读来令人不胜感怆。

一剪梅

宋 李清照

红藕香残玉簟秋①。轻解罗裳，独上兰舟②。云中谁寄锦书来③？雁字回时④，月满西楼。　　花自飘零水自流。一种相思，两处闲愁。此情无计可消除，才下眉头，却上心头。

注释

① 玉簟：光洁似玉的席子。② 兰舟：刻木兰树为舟，船的美称。③ 锦书：锦是有彩色花纹的丝织品，锦书即华美的文书。④ 雁字：雁群飞时排成"一"字或"人"字，故名。雁为候鸟，回时正值秋季。

今译

红荷凋谢室内的竹席报道凉秋，轻轻解开丝织衣裳，独自登上木兰之舟。望断茫茫云空有谁寄书信来呢？等到鸿雁回来之时，月光当会照满西楼。花儿自管飘零啊逝水自管东流。我思念他他思念我，相思一样两地生愁。满怀思念之情无法可以消除啊，刚从愁眉中解开，却又立即袭上心头。

心赏

"一剪梅"在宋人的口语中为一枝梅之意。此词乃李清照早期作品，抒写的是青春时代的别绪离愁。元人伊世珍《琅嬛记》早有追记："易安结缡未久，明诚即负笈远游。易安殊不忍别，觅锦帕书《一剪梅》词以寄之。"李清照满怀思念，幸亏她有才人手笔，写下了这首伤离念远的名词为证。李清照词的一个特色，就是"用浅俗之语，发清新之思"（清人邹祗谟《远志斋词衷》），此作即可证明。语言朴素洗练，感情真挚清纯，抒写对丈夫的怀想，如花之开，如泉之涌，如月之明，也如风之清。

此词结句甚妙，今人仍多引用，"云中谁寄锦书来"更是如此。当代诗人、散文家赵丽宏于人民文学出版社所出的一本读诗随笔集，就以此语为书名，虽然他写的主要内容并非爱情，而多是诗情与文情。可见古典诗歌不仅是当代中国人的精神之根，也是当代中国作家的文化之源。

醉花阴

宋 李清照

薄雾浓云愁永昼，瑞脑消金兽①。佳节又重阳，玉枕纱厨②，半夜凉初透。 东篱把酒黄昏后③，有暗香盈袖。莫道不销魂，帘卷西风④，人比黄花瘦⑤！

注释

① 瑞脑：一种香料，又称龙脑。金兽：兽形铜香炉。② 纱厨：又名碧纱厨。木架，外蒙轻纱，中放床位，夏日可避蚊蝇。③ 东篱：陶渊明《饮酒》："采菊东篱下。"把：持，拿。④ 帘卷西风：秋风吹卷门帘的倒装句。⑤ 黄花：菊花。

今译

薄雾浓云的阴晦天气令人整天生愁，瑞脑香燃完在金兽形的香炉。又逢亲人团聚的重阳佳节啊，我却独寝在碧纱厨里，长夜不眠半夜秋寒初透。在东篱下把酒独酌在黄昏袭来之后，菊花的幽香沾满了我的衣袖。不要说这不会令人黯然魂销，料峭西风吹卷起门帘，多情的人比菊花啊还要消瘦！

心赏

元人伊世珍《琅環记》记载：李清照以此词函致丈夫赵明诚，赵明诚忘食废寝三天三晚，写了五十首词，和李清照之作混在一起，隐名请友人陆德夫评议。陆玩之再三，却独独赞赏李作的后三句，曰"只三句最佳"，令赵明诚喜不自胜而又怅然若失久之。

此词是李清照早期的名篇，特别是"莫道"三句，意象清超，声情双绝，数百年来脍炙人口。宋词中以花喻人之瘦的诗句所在多有，如程垓《摊破江城子》之"人瘦也，比梅花，瘦几分"，而秦观一则说"人与绿杨俱瘦"（《如梦令》），再则甚至说"天还知道，和天也瘦"（《水龙吟》），写得都算水准以上，但均不及李清照之锦心绣口。至少在这个特定意象上，巾帼压倒须眉。台湾诗人洛夫在《与李贺共饮》中写李贺，"哦！好瘦好瘦的一位书生/瘦得/犹如一支精致的狼毫"，那则是有所传承的以形写神的变奏矣。

鹧鸪天 代人赋

宋 辛弃疾

晚日寒鸦一片愁，柳塘新绿却温柔①。若教眼底无离恨，不信人间有白头。　　肠已断，泪难收，相思重上小红楼。情知已被山遮断，频倚阑干不自由②。

注释

① 却：正，正好。② 不自由：不由自主，情不自禁。

今译

黄昏时归巢的寒鸦撩人忧愁，水漫春塘柳丝初绿景色温柔。若是心头眼底没有离愁别恨，不信人间的黑发会变成白头。柔肠啊已断，苦泪啊难收，思念远人我重新登上小红楼。明知青山早已遮断他的身影，我仍不禁再三倚栏望远凝眸。

心赏

在大自然中，暴风雨之后也有清明的晴霁，群山万壑之中也有潺潺流泻的清溪，大海上不仅有奔腾的九级浪，也有波平如镜的风光。大诗人和他的创作也是如此。辛弃疾是英雄而兼词人，或者说词人而兼英雄，他既有许多慨当以慷的壮词，也有不少柔情如水的绮语，其作品如多棱形的钻石，面面生辉。《鹧鸪天·代人赋》一词就是这样，而"若教"二句更是词中警语。

辛弃疾存词六百余首，所用词牌在一百以上，而以《鹧鸪天》所作之词有六十三阕，可见他对这一词牌的偏爱。此词是"代人赋"，辛词中还有多首也是如此，可能是实以"代人"，也可能是虚以自托，如李商隐之《代赠》，如苏轼之《少年游润州作代人寄远》之类。南宋词坛若无辛弃疾，则如大合唱缺少领唱者矣！

祝英台近 晚春

宋 辛弃疾

宝钗分①，桃叶渡②，烟柳暗南浦③。怕上层楼，十日九风雨。肠断片片飞红，都无人管，更谁劝、啼莺声住？　　鬓边觑④，试把花卜归期，才簪又重数⑤。罗帐灯昏，哽咽梦中语："是他春带愁来，春归何处？却不解、带将愁去。"

注释

① 宝钗分：古人以分钗作为离别的纪念，南宋时此风犹存。② 桃叶渡：见前王献之《桃叶歌》注。此处泛指送别的渡口。③ 南浦：江淹《别赋》："春草碧色，春水渌波。送君南浦，伤如之何？"此泛指送别之地。④ 觑（qù）：看。⑤ "试把"二句：古人以所簪（zān）花瓣之数，卜离人之归期。

今译

分钗以留别，渡口来相送，晚春时送别之地已绿柳成荫。怕上高楼望远，十天中九日朝来寒雨晚来风。没有人去理会，令人伤怀肠断的是那片片落红，更有谁来劝，黄莺儿莫再啼鸣？看鬓边花朵，刚刚戴上又忍不住重新细数，就是想试用它占卜离人的归程。罗帐外灯光暗，睡梦里还哽哽咽咽语不成声："是他啊和春天一起将忧愁带来，现在春去哪里？反倒不懂得，将忧愁带走随行。"

心赏

辛弃疾，这位驰骋沙场与词场的健将，写出过许多龙腾虎掷的壮词，也写过一些缠绵悱恻的情语。他的词多作金钲之声，但也有如同此词的洞箫之曲，可见杰出的大作家其创作是多样与多变的，好似万山磅礴，千水逶迤，绝不单调，也绝不守成不变，而是多样中见统一，统一中见多样，构成的是一个多姿多彩的艺术世界。如同同是南宋的刘克庄在《后村诗话》中所说："公所作，大声镗鞳，小声铿鍧，横绝六合，扫空万古。其秾丽绵密处，亦不在小晏、秦郎之下。"

《祝英台近·晚春》一词，极写闺中女子对离人的"怨"与"盼"，从中可见英雄的软语，志士的柔肠。清人沈谦在《填词杂说》中说得好："稼轩词以激扬奋厉为工。至'宝钗分，桃叶渡'一曲，昵狎温柔，魂销意尽，才人伎俩，真不可测。"

满江红

宋 辛弃疾

敲碎离愁①，纱窗外，风摇翠竹。人去后，吹箫声断，倚楼人独。满眼不堪三月暮②，举头已觉千山绿。但试将，一纸寄来书，从头读。　　相思字，空盈幅；相思意，何时足？滴罗襟点点，泪珠盈掬③。芳草不迷行客路，垂杨只碍离人目。最苦是，立尽月黄昏，栏干曲④。

注释

① 敲碎：指风摇翠竹之声。余光中《碧潭》有云："十六柄桂桨敲碎青琉璃，几则罗曼史躲在阳伞下。"② 不堪：不能忍受，难以忍受。③ 盈掬：满把，满手。④ 曲：角落。

今译

纱窗外风吹翠竹的响声，声声敲碎了我的心我的离愁。伊人去后风箫不再吹奏，剩下我凄凉地独倚高楼。满眼是令人伤怀难以忍受的暮春景色，抬头望去只见流光飞逝千山已经碧绿。只好试着把你寄来的书信，一字一字又从头诵读。信上相思的话徒然盈篇满纸，相思之情何时可了结和满足？满把的眼泪啊，点点滴湿了衣襟袖口。远去天涯遍地芳草不会迷失你的道路，然而阻碍我登高远望的是依依的杨柳。最令人悲苦的是，整天伫望在栏杆的一角，直到夜色深深明月当头。

心赏

法国大作家雨果说："诗人是唯一既赋有雷鸣也赋有细雨的人，就像大自然既有雷电轰隆，也有树叶颤动。"在他所说的"诗人"之前，似乎还应添加一个"大"字，因为"大诗人"才具有多样性与丰富性，亦即所谓大家气象；小诗人往往只具有单一性，或有佳作，但整体比较单调，缺少变化，所谓小家子气是也。

辛弃疾当然是词坛少有的大家。如果要在宋代乃至包括元明清三代词坛评选三位"大"字号的词人,辛弃疾绝不会落选,而且会在三席中也名列前茅。他的词大都风发雷奋,读之令壮士起舞,但他同时也有缠绵悱恻之章,无情未必真豪杰,读之也令壮士低眉。我心仪辛弃疾的壮词,在物欲横流的滚滚红尘之中,让我领略亲炙那久违的英雄之气,我也爱读他的情词,在人欲也横流的红尘滚滚之中,如同欣赏品饮万山磅礴中超脱凡俗的清溪。现代学者、散文家朱自清先生,被赞为表现了"我们民族的英雄气概"的"民主战士",但他1937年也有《南岳方广道中寄内》之作:"勒住群山一径分,乍行幽谷忽干云。刚肠也学青峰样,百折千回却忆君!"这真是:英雄气盛并不排斥儿女情长。

品　令

宋　石孝友

　　困无力①，几度偎人，翠颦红湿②。低低问："几时么？"道："不远，三五日。"　"你也自家宁耐③，我也自家将息④。蓦然地、烦恼一个病，教一个、怎知得？"

作者简介

　　石孝友（生卒年不详），字次仲，南昌（今江西省南昌市）人。乾道二年（1166）进士。以词知名。

注释

　　① 困：本为劳累、疲乏，此处指精神困苦。② 翠颦：皱起青绿色的眉黛。红湿：泪水沾湿脸上的脂粉。③ 宁耐：安宁，忍耐。④ 将息：保重，保养，调养。

今译

　　精神困倦心绪愁烦，几度偎依在郎君怀中，翠眉轻皱啊红泪难干，低声悄语相问郎君："你要几时才能回还？"他回答说："时间不久，只有短短三天五天。""你自己要多多忍耐保重，我自己也会注意调养休憩，要是忽然我们有一个因忧烦而生病，教另一个怎么知道消息？"

心赏

　　此词的特色有三：一是运用浅俗的口语入词，今日新诗中的所谓"口水诗"，原来其来有自；二是写人物的对白，构成词中少见的问答体的艺术结构，前承敦煌曲子词中的《鹊踏枝》（叵耐灵鹊多漫语），李清照的《如梦令》（昨夜雨疏风骤）；三是作者是宋人，但此词有元人散曲的韵味，已有变调之声。

　　"教一个、怎知得？"古代的交通与通讯太不发达，杜甫早说过"烽火连三月，家书抵万金"了，早叹过"明日隔山岳，世事两茫茫"了，体味词中这位女主人公的忧虑与悬想，我们要分外感念现代文明的恩赐。时至全球信息化的今日，现代的通信工具如电脑、智能手机之类，已经无远弗届，不论是国内国外，四洋五洲，心有灵犀即可一点而通，加上"视频"，则更是可以"相对"而非"梦寐"了。

九张机（之七）

宋　无名氏

　　七张机，鸳鸯织就又迟疑①。只恐被人轻裁剪②，分飞两处，一场离恨，何计再相随③？

注释

　　① 鸳鸯织就：织成鸳鸯戏水的图案。② 轻剪裁：轻易地裁剪分开，寓情侣被无端地拆开之意。③ 何计：什么办法。

今译

　　七张机，织成鸳鸯图案又迟疑。只担心被他人轻忽裁剪，鸳鸯啊两地分飞，彼此啊一场别恨，有何办法再双宿双栖？

心赏

　　《九张机》，按现代诗的说法可以称为"组诗"，它由九首具有浓郁民歌风味的抒情小词组成，以独白的方式，叙述了一个有关别离的爱情故事，刻画了一位咏唱爱情的劳动少女的形象。这里选赏的是第七首。以鸳鸯比喻情爱并不新鲜，但此词通篇全用比体，而不仅仅是局部或个别意象以比喻出之，同时，它主要是写"织就"后的担心，更觉深入一层，情意深婉。

　　《九张机》的开篇是："一张机，采桑陌上试春衣。风晴日暖慵无力，桃花枝上，啼莺言语，不肯放人归。"其终篇是："九张机，双花双叶又双枝。薄情自古多离别，从头到底，将心萦系，穿过一条丝。"清人陈廷焯《白雨斋词话》对这一组词评价极高，称它"高处不减《风》《骚》，次亦《子夜》怨歌之匹，千年绝调也"，赞它"才子之新调，凭戛玉之清歌，写掷梭之春怨，章章寄恨，句句言情"。读了这一组诗的"之七"，有意的读者何妨一窥全璧。

浣溪沙 瓜陂铺题壁

宋 无名氏

剪碎香罗浥泪痕①，鹧鸪声断不堪闻②，马嘶人去近黄昏。　　整整斜斜杨柳陌③，疏疏密密杏花村，一番风月更消魂。

注释

① 香罗：香罗帕，常是男女定情时馈赠的信物。浥（yì）：湿润，沾湿。此处意为揩拭。② 鹧鸪：鸟名，其鸣声如"行不得也哥哥"。③ 陌：田间的小路。

今译

剪碎那香罗帕且揩拭泪痕，鹧鸪声断断续续不堪听闻，马鸣萧萧人去远时近黄昏。杨柳整整斜斜的田间小路，杏花疏疏密密的乡间小村，一番清风明月更使人销魂。

心赏

古代印刷术不发达，更没有当今的网络可供发表而成为时髦的网络文学，庙宇、旅舍与驿站的墙壁便成了诗词作者用文而非用武之地。同在宋代，无名氏《题关中驿壁》是："鼙鼓轰轰声彻天，中原庐井半萧然。莺花不管兴亡事，妆点春光似昔年。"这是写战乱。唐代无名氏的《江右旅邸题壁》是："有约未归蚕结局，小轩空度牡丹春。夜来拣尽鸳鸯茧，留织春衫寄远人。"这是写爱情，而且是爱情中的离情，如同这首《浣溪沙》。

这首词原用篦刀刻于蔡州（今河南省汝南县）瓜陂铺的青泥壁上，被宋人吴曾收在他的《能改斋漫录》之中。上片写别离，下片写忆念。清人王夫之在《姜斋诗话》中说"以乐景写哀，以哀景写乐"，可以"一倍增其哀乐"，此词下片就是以乐景写哀，自成叠字好句。宋人黄庭坚《咏雪》诗有句云："夜听疏疏还密密，晓看整整复斜斜。"他和无名作者之间是谁影响谁呢？恐怕今日已很难稽考而破案了。

眼儿媚

宋 无名氏

萧萧江上荻花秋①，做弄许多愁。半竿落日，两行新雁，一叶扁舟。　惜分长怕君先去②，直待醉时休③。今宵眼底，明朝心上，后日眉头。

注释

① 荻花："荻"为植物，多年生草本。秋季抽生黄色扇形圆锥花序，称荻花。② 惜分长：害怕长久地分别。③ "直待"句：只有一醉才能暂时忘却心中的思念与烦忧。休：休止，停止。

今译

江边萧萧的荻花正摇落金秋，荻花萧萧撩弄许多忧愁。分别时落日只余半竿，天空中两行南飞新雁，水湄边泊一待发孤舟。担心久别怕你先行离我而去，离愁别恨只能一醉方休。今晚奔来眼前，明天压在心上，后日聚集眉头。

心赏

这首表现离愁别绪的词，空间是萧萧江上，时间是落日时分，场景是有情人的长别离。"半竿""两行""一叶"的数量词的运用，可以和苏轼《水龙吟》的"春色三分，二分尘土，一分流水"比美，而"今宵眼底，明朝心上，后日眉头"三句，表时间之词与表方位之词搭配交融，别有一种跌宕之美，空灵之趣，它们是从范仲淹《御街行》的"都来此事，眉间心上，无计相回避"以及李清照《一剪梅》的"才下眉头，却上心头"脱胎，但却有出蓝之美，神态宛然而情味别具。

宋代无名氏还有一首《眉峰碧》，也是写有情人的离别与别后的相思："蹙破眉峰碧，纤手还重执。镇日相看未足时，忍便使鸳鸯只！　薄暮投村驿，风雨愁通夕。窗外芭蕉窗里人，分明叶上心头滴。"相传北宋词人柳永少年时，将此词书于壁上反复吟味，他以后的《雨霖铃》词中之"执手相看泪眼，竟无

311

语凝咽",即源出于此。芭蕉夜雨的情境,可以和温庭筠《更漏子》的"一叶叶,一声声,空阶滴到明"以及李清照《声声慢》的"梧桐更兼细雨,到黄昏点点滴滴"互参。此外,这首词结句之构图,可能还受到过司空曙"雨中黄叶树,灯下白头人"(《喜外弟卢纶见宿》)的影响吧?

一剪梅

宋 无名氏

漠漠春阴酒半酣。风透春衫，雨透春衫。人家蚕事欲眠三①。桑满筐篮，柘满筐篮②。　　先自离怀百不堪。檐燕呢喃，梁燕呢喃。篝灯强把锦书看③。人在江南，心在江南。

注释

① 欲眠三：指春蚕已快三眠。② 柘（zhè）：植物名，亦名黄桑，灌木至小乔木，叶可喂蚕。③ 篝灯：用竹笼罩着灯光，即点燃灯笼。此处意为点灯。锦书：用前秦苏蕙织锦为"回文旋玑图"诗寄丈夫的典故，指妻子寄夫的书信。李白《久别离》："况有锦书字，开缄使人嗟。"

今译

春天轻阴漠漠酒至半酣。风儿吹透春衫，雨儿湿透春衫。农家的蚕眠次数快到三。桑叶摘满筐篮，柘叶摘满筐篮。先是离愁处处使人不堪。桅杆燕子呢喃，屋梁燕子呢喃。抑愁情挑灯来把家书看。人儿在江南，心儿在江南。

心赏

此词写漂泊他乡的作者对妻子的怀念。上片写江南春日风光，这是大的时空背景，也是回忆中的虚景与乐景，和下片所写的离情构成鲜明的对照。下阕写人在北方，对景怀人，挑灯夜读家书，故乡和亲人更是使人魂牵梦萦。词中三次使用复唱的句式，加强了全词的音乐美，突出了主题，也使得感情的抒发更显得一唱三叹，荡气回肠。读者反复吟诵，当神驰而心醉。

二十世纪九十年代之初，我曾应《名作欣赏》主编解正德兄之邀，远游曾被称为"并州"的山西太原，回到南方后作《客舍并州》一文，收入我的《唐诗之旅》一书，该文的结尾就化用了此词的结句："贾岛或刘皂离开作客 10 年的并州，对并州不免油然而兴乡关之思，我作客只有 7 日，还来不及把他乡认作故乡。但我也曾北上五台，高攀人与神交接的殿堂，南下晋祠，流连人与史交通的驿站。如今人在江南，人在江南，且让我匆匆走笔挽留我永远的回想。"
近三十年后追怀往事，复作组诗《赠解正德兄》，最后两首是"黛螺顶上庙庄
严，古柏长松岁几千？袅袅炉烟前合影，年轮录记此良缘。""人生何处不相
逢？秋夜山头月满盅。地北天南分袂后，相思长在桂香中。"

[双调]沉醉东风 别情

元 关汉卿

咫尺的天南地北①，霎时间月缺花飞②。手执著饯行杯，眼搁着别离泪。刚道得声"保重将息"，痛煞煞教人舍不得③。"好去者望前程万里!"④

作者简介

关汉卿（约1220—1300），号已斋，大都（今北京市）人，又作运城（今山西省运城市）人，我国戏剧史上最伟大的戏剧家，著有杂剧六十三种，散曲百余首，有"中国的莎士比亚"之称。

注释

① 咫尺：咫为古之八寸，咫尺形容距离很近。② 月缺花飞："花好月圆"比喻团聚，此指离别。③ 煞煞：语助词。表示达于极点。④ 者：语助词。

今译

本来近在咫尺忽然天之南地之北，眨眼之间啊圆月又缺好花又飘飞。手里拿着饯行送远的酒杯，眼里噙着分离伤别的眼泪，注意"保重调养"的叮咛话儿刚刚出口，心里已痛苦万分叫人好生难分难舍。"好好走啊祝愿你前程万里展翅高飞。"

心赏

此曲写女子送别情人。首二句破空而来，"咫尺"与"天南地北"，"霎时"与"月缺花飞"，未成曲调先有情，其矛盾修辞颇具艺术表现力量。接下来的欲行不行各尽觞的两句，令人想起柳永《雨霖铃》的"执手相看泪眼，竟无语凝噎"的名句，但曲与词的韵味毕竟各不相同。最后两句的嘱咐叮咛之辞，表现女主人公愁苦伤心与难舍难分的心理，今日的情人爱侣分离之时，想必也会感同身受。

情人言别，这是古今中外上演不衰的传统保留节目，只有时间、地点、人物、国度的不同，古今异代，东西异国，内涵或有差异而情节与感情大体相似。英国大诗人拜伦有一首题为《当初我们俩分别》，开篇第一段即是："当初我们俩分别，只有沉默和眼泪，心儿几乎要碎裂，得分隔多少年岁！你的脸发白发冷，你的吻更是冰凉。确实啊，那个时辰，预兆了今日的悲伤！"

[双调]沉醉东风

元 关汉卿

忧则忧鸾孤凤单①，愁则愁月缺花残。为则为俏冤家②，害则害谁曾惯？瘦则瘦不似今番③。恨则恨孤帏绣衾寒，怕则怕黄昏到晚。

注释

① 则：词有多义，此处意犹"只"。元代郑庭玉《后庭花》第一折："你这厮！则吃酒，不干事。"鸾孤凤单：形容夫妻或情人之离别。② 冤家：原为仇人，此为情人间的昵称。③ 今番：今天这样，现在这样。

今译

忧只忧有情人如鸾凤般分散，愁只愁情人分散如月缺花残，为只为那个可爱可恨的冤家，害只害但有谁能对孤寂习惯？瘦只瘦但从来不像现在这般，恨只恨帷帐孤单绣被又清寒，怕只怕黄昏寂寂长夜又漫漫。

心赏

此曲写情人去后女子内心的相思之苦，与上述那一曲是姐妹之篇。作者以散曲的重叠句法，层层递进地表现了女主人公的"忧""愁""恨""怕"之情，直抒胸臆，文辞俗而雅，雅而俗，堪称雅俗相宜而雅俗共赏。而"×则×"的表肯定与强调的复沓句式，如波翻浪涌，如苦雨凄风，摇撼激荡于全篇，更增强了诗的冲击力量。李清照的《声声慢》的结句是："梧桐更兼细雨，到黄昏点点滴滴。这次第，怎一个愁字了得！"关汉卿此曲的尾句正是从此化出。

莎士比亚说过："爱情如并蒂的樱桃，是结在同一茎上的两颗可爱的果实。身体虽然分开，心却只有一个。"关汉卿此曲中的女主人公就是如此。她的意中人又当如何呢？有女钟情与专情如此，想必也不会辜负她吧？

[双调]沉醉东风

元 关汉卿

伴夜月银筝凤闲①，暖东风绣被常悭②。信沉了鱼，书绝了雁③，盼雕鞍万水千山④。本对利相思若不还⑤，则告与那能索债愁眉泪眼。

注释

① 银筝凤闲：饰有凤头的银筝闲置一旁。② 悭（qiān）：本为吝啬、欠缺之意，此处意为冷落孤清。③ 鱼、雁：代指书信，古时传说鱼雁能传书。④ 雕鞍：华丽的马鞍，此处代指远行情人。⑤ 本对利：本钱与利息相等。

今译

月夜本当双双弹唱但凤头银筝却闲置一旁，东风送暖本来是良辰美景绣被却冷落凄凉。鱼又沉雁又绝书信啊不传，远行人奔波在万水千山之外使我久劳盼望。这本利相等的相思高利债假若总不能够清偿，我就去告诉那能够索债的愁眉蹙蹙啊与泪眼汪汪。

心赏

此曲也是写独守空闺的女子的相思之情，前几句虽也不俗，但并非不凡，不必关汉卿，别的作者写来也可达到这种水准。然而，在前面的层层铺垫之后，结句竟然以超常去俗的"本利"与"债"形容相思，这已经是能给人以新奇之感的"远距离比喻"了，而"索债"的竟然是"愁眉泪眼"，比喻本来已很巧妙，"索债"的转折更是出人意表，而索债者竟然是"愁眉泪眼"这种新颖之至的联想和妙句，就非诗国的顶尖高手莫办了。

在爱情生活方面，古代的女子一往情深的坚贞者多，男子见异思迁者不少。时至现代，不知情况如何？英国的哲人培根曾说："所谓永恒的爱，是从红颜爱到白发，从花开爱到花残。"既形象又高贵，说得真好，做到则更好！

[中吕]十二月过尧民歌 别情①

元 王实甫

　　[十二月]自别后遥山隐隐，更那堪远水粼粼。见杨柳飞绵滚滚，对桃花醉脸醺醺，透内阁香风阵阵②，掩重门暮雨纷纷。　　　[尧民歌]怕黄昏不觉又黄昏，不销魂怎地不销魂③？新啼痕压旧啼痕，断肠人忆断肠人。今春，香肌瘦几分，裙带宽三寸！

作者简介

　　王实甫（生卒年不详），名德信，大都（今北京市）人。约与关汉卿同时或稍后，元代著名的戏剧家。著有杂剧十四种，最著名的是《西厢记》。

注释

　　① 过：带过。用"十二月"这支曲子带过其后之"尧民歌"曲。② 内阁：深闺，内室。③ 销魂：形容失魂落魄、神思茫然之状。

今译

　　自从离别之后便望断远山约约隐隐，更受不了照眼伤情的远水波光粼粼。眼见陌头的杨絮不断地在风中飞扬，面对着如喝醉了酒的桃花脸色绯红。从外而内香风阵阵吹进了我的深闺，掩上庭院的门户暮雨潇潇落个不停。虽然害怕黄昏的寂寞不觉又是黄昏，心想不黯然伤神又怎么能不伤神？今日新的啼痕叠印着昨天的啼痕，柔肠寸断的人忆念那肝肠寸断的人。今年春天啊，香润的肌肤消瘦了几分，腰上的裙带也宽了三寸！

心赏

　　王实甫以《西厢记》等杂剧名世，小令仅存此《十二月过尧民歌》一首。然而，宁尝鲜桃一口，不吃烂杏一筐，这是民间的俗语；说它如绝世之珠，那就是文人的赞美之辞了。明代朱权《太和正音谱》评论王实甫的创作，说"其词如花间美人"，这正是文人的评说方式，应该包括这首爱情之曲在内。
　　"十二月"每句之尾均为叠字句，"尧民歌"除结尾两句之外均为复字句，即叠字字法与连环句法，诵唱时珠圆玉润，回环宛转，声情并茂，益增其打动人心的艺术力量。散曲原来就是被之管弦以供歌唱的，一代人才王实甫的如斯佳词妙句，诵读时已口颊生香，由妙龄歌伎演唱起来，想必更是"此曲只应天上有，人间能得几回闻"了。

竹枝词

元 丁鹤年

竹鸡啼处一声声①，山雨来时郎欲行。
蜀天恰似离人眼②，十日都无一日晴③。

作者简介

丁鹤年（1335—1424），元末明初诗人，字永庚，回族，一作色目人。有《丁鹤年集》。

注释

① 竹鸡：山禽，鸟纲雉科。② 蜀：四川有古国名蜀，故后为四川省简称。③ 晴：谐音"情"，民歌中常见的谐音手法，为文人习用。见前刘禹锡《竹枝词》注。

今译

山丘丛林间竹鸡一声声啼鸣，山雨来临时你却要离我远行。四川的天空就像离人的泪眼，就是十天里也没有一天放晴。

心赏

"竹枝词"这种源于蜀地民间的诗体，自唐代刘禹锡和白居易取法和移植以来，历代许多诗人都竞试身手，后来者要有精彩的表现颇为不易。丁鹤年之作虽然仍是以"竹枝词"写爱情这一传统的母题，而且是前人已多有表现的男女离别这一题材，但它不仅有民歌原味，而且力求创新，别开生面。全诗由"山雨"而生发出"蜀天恰似离人眼"的比喻，可称妙想天成，慧心独造。可见包括诗歌在内的文学创作，最可贵的就是独创性，或称原创性。创造，是奔腾的河流；重复，是没有生命的一潭死水。

蜀地地灵人杰，民歌中不乏佳篇胜构。如"高高山上一树槐，手攀槐杈望郎来。娘问女儿望什么，我望槐花几时开"。如"哥是天上一条龙，妹是地下花一蓬。龙不翻身不下雨，雨不洒花花不红"。丁鹤年此诗写的是"蜀天"，不知他当年读到了哪些四川的民歌谣曲？上述民歌产生于明清时期，地点一说蜀地，一说云南，生活在元朝的丁诗人当然会叹息"予生也早"的了。

塞鸿秋

元 无名氏

爱他时似爱初生月，喜他时似喜梅梢月，想他时道几首西江月①，盼他时似盼辰钩月②。当初意儿别③，今日相抛撇④，要相逢似水底捞明月。

注释

① 西江月：词牌之名。② 辰钩：很难见到的星星之名。元曲中常以之表示盼望佳期。《西厢记》第三本第二折："似这等辰钩，常把佳期盼。" ③ 意儿别：感情特别好。④ 抛撇：抛弃，丢开。

今译

爱他啊像爱那初生的月亮，喜他啊像喜爱那梅梢月上，想他啊把几首西江月来唱，盼他啊像盼难见的辰钩月光。想当初山盟海誓，看今日丢弃一旁，要再见到他啊却如同水底捞月亮。

心赏

文学是语言的艺术，诗不仅是语言的艺术，而且是意象的艺术。意象，是诗的基本元素，意象的构成，是诗的基本表现方式。这首小曲的意象组合方式可以称为"辐辏式"，如车轮上的辐条都向着车毂集中。它以"月"为中心意象结撰成章，"初生月""梅梢月""西江月""辰钩月""明月"等，都是朝向"月"这一主意象的分意象，而"爱""喜""想""盼""要相逢"则加强了多样性的抒情色彩。汉乐府中的《江南》以"莲叶"作为意象构思的中心，鱼戏于莲叶的东西南北四个方位，也是"辐辏式"意象组合的绝妙范例。

这首曲子的抒情主人公是一位被始乱终弃的女子，她情之所钟的，竟然是一个薄情而薄幸的男人。她的先扬后抑乃至绝望的自叙自诉，在旧时代具有普遍的意义，令人想起清代戏曲家洪昇《长生殿》所云："从来薄幸男儿命，多负了佳人意。"也使人不免想起异域而隔代的莎士比亚《哈姆雷特》一剧中的名言："弱者，你的名字是女人！"

临江仙 戍云南江陵别内

明 杨慎

楚塞巴山横渡口①，行人莫上江楼。征骖去棹两悠悠②，相看临远水，独自上孤舟。　　却羡多情沙上鸟，双飞双宿河洲③。今宵明月为谁留？团团清影好，偏照别离愁！

作者简介

杨慎（1488—1559），字用修，号升庵，新都（今四川省成都市新都区）人。文、词、散曲自成一家。著述之富达一百余种，明代推为第一。

注释

①"楚塞"句：江陵是春秋时楚国郢都，其西之南津关，是巴东三峡之一的西陵峡的出口处，其东为古之楚地。② 骖（cān）：一车驾三马，亦指一车三马或四马中的两旁之两匹。此处指马。③"双飞"句：暗用《诗经·周南·关雎》篇之"关关雎鸠，在河之洲"诗意。

今译

东之楚塞西之巴山横亘在江陵渡口，远去他乡的行人不要登上江楼。我骑马你乘舟两人相隔啊愈来愈远，面对浩浩长江彼此执手相看，我只得目送你独自登上孤舟。我反倒羡慕那多情多福的江上鸥鸟，它们可以双飞双宿啊在河之洲。今天晚上明月高悬在天是为谁而留？团圆的清光照人本来很美好，今宵却偏照我们的别恨离愁！

心赏

明武宗朱厚照正德六年（1511），时年23岁的杨慎高中状元，后在明世宗朱厚熜嘉靖三年（1524），因故受两次廷杖，削籍谪戍云南永昌卫，开始他长达三十余年的流放生涯。直至死于贬所。出京时，其夫人黄峨送他南下，至湖北江陵话别。这首词，就是杨慎贬戍云南时在江陵告别妻子黄峨的作品。作者以彼此分离之"独"，与沙上鸟之"双飞双宿"作强烈的对照，全用白描，情深意永，缠绵悱恻。他们夫妻两地分居三十多年，杨慎在云南还写了许多怀人念远的作品，此词不过是悲怆奏鸣曲的序曲而已。

杨慎另一首《临江仙》则为咏史之作（"滚滚长江东逝水，浪花淘尽英雄"），同样全是白描，却笔力豪壮，感慨苍凉。罗贯中的小说《三国演义》引用此词作开场白，许多读者以为即是罗贯中之作，故特此说明去脉来龙，以正视听。

寄 外

明 黄峨

雁飞曾不度衡阳①，锦字何由寄永昌②？

三春花柳妾薄命，六诏风烟君断肠③。

曰归曰归愁岁暮④，其雨其雨怨朝阳⑤。

相闻空有刀环约⑥，何日金鸡下夜郎⑦？

作者简介

黄峨（1498—1569），字秀眉，遂宁（今四川省遂宁市）人，杨慎之妻。博通经史，能诗文，散曲尤擅，善书札，与杨慎夫唱妇随，伉俪情深。近人将两人之作合编为《杨升庵夫妇散曲》。

注释

①"雁飞"句：南飞之雁至衡阳回雁峰而止。王勃《滕王阁序》："雁阵惊寒，声断衡阳之浦。"② 锦字：书信。永昌：今云南省保山地区。③ 六诏（zhào）：唐代西南夷中乌蛮六个部分的总称。"诏"为王之意。此处代指永昌。④"曰归"句：曰，语助词。《诗经·小雅·采薇》："曰归曰归，岁亦暮止。"⑤"其雨"句：其，表祈求之语气副词。《诗经·卫风·伯兮》："其雨其雨，杲杲日出。"⑥ 刀环：刀头之环，"环"为"还"谐音，暗喻"回还"。⑦ 金鸡：古代大赦时，竖长杆，顶立金鸡，击鼓以宣赦令。

今译

鸿雁飞到回雁峰就折返不曾越过衡阳，书信有什么办法寄到更南更南的永昌？面对花红柳绿的三春美景我自叹薄命，云南的蛮烟瘴雨中你因怀念我而断肠。归来啊归来又是愁人的一年将尽之日，盼雨啊盼雨又是令人心怨的炎炎朝阳。听说朝廷空有赦免而允许回家的消息，什么时候啊赦书才能颁到遥远的夜郎？

心赏

杨慎贬戍云南永昌三十余载，最后以七十二岁之年卒于戍所。此诗是其妻黄峨寄他的作品中的一篇。全诗句句用典而且恰到好处，可以加深扩展作品的内在容量，也可获得一种暗示与隐喻的效果，引发读者丰富的联想。高尔基说过："婚姻是两个人精神的结合，目的是要共同克服人世的一切的艰难困苦。"我读这首诗，这位苏俄文学家的名言不禁飞上心头。不过，他们的"艰难困苦"也太过沉重而长久了。

滞留四川家园与丈夫长期两地分居的黄峨，不仅是杨慎的忠贞不渝的贤妻，也是杨慎心心相印的文友。她的作品虽多佚失，但除了《寄外》之外，其《黄莺儿·离思》我们今日读来也仍会黯然神伤，了解有关历史与类似世事的读者也许还会洒一掬同情之泪："积雨酿轻寒，看繁花处处残，泥途满眼登临倦，云山几盘，江流几湾，天涯极目空肠断。寄书难，无情征雁，飞不到云南！"

蟾宫曲

明 冯惟敏

　　正青春人在天涯，添一度年华，少一度年华。近黄昏数尽归鸦，开一扇窗纱，掩一扇窗纱。雨纷纷风翦翦①，聚一堆落花，散一堆落花。闷无聊愁无奈，唱一曲琵琶，拨一曲琵琶。业身躯无处安插②，叫一句冤家，骂一句冤家。

作者简介

　　冯惟敏（约1511—约1590），字汝行，号海浮山人。青州临朐（qú）（今山东省临朐县）人。诗作雅丽，尤擅散曲，有"曲坛辛弃疾"之称。

注释

　　① 翦翦："翦"同"剪"，形容风轻微而带有寒意。② 业身：即"身业"，"业"为佛家语，佛家认为六道中生死轮回，由"业"决定，业有善恶之分，但一般都俗云"罪业"，此处谓所作所为，暗示女主人公和情人发生的关系。

今译

　　我正当青春年少他却远在天涯，平添了一岁年龄，却少了一载年华。时近黄昏我数尽那暮天的归鸦，我开启一扇窗纱，又关闭一扇窗纱。细雨纷纷加上寒风拂拂，地上聚一堆落花，又吹散一堆落花。烦闷得无聊悲愁得无奈，伴唱过一曲琵琶，又弹拨一曲琵琶。啊，我已以身相许身子往何处安置，只得叫一声冤家，又恨骂一声冤家。

心赏

　　冯惟敏所作"蟾宫曲"为组曲，原题《四景闺词》，共四首，均系描写少妇思念不归之夫的怨情。此处所选为抒春日怨情的第一首。写人物又愁又闷又恨又爱的复杂的内心活动，出之以十分高明的叠字句法与动词运用，语言通俗而经提炼，风格俊爽而多含蓄，是同类题材中的上选之作。"添""少""开""掩""聚""散""唱""拨""叫""骂""一度""一扇""一堆""一曲""一句"，不同的动词与数量词之重叠与统一中有变化的句式，如同现代一首歌曲中所唱的"泉水叮咚，泉水叮咚，泉水叮咚响"，好似弹奏一阕心灵的乐曲。

一年易逝，丈夫仍未归来。在春秋夏之后，请看这位少妇的冬景闺词："雪花飞密洒琼窗，添一派凄凉，助一派凄凉。更那堪檐铁悠扬，紧一阵叮当，慢一阵叮当。瘦伶仃愁辗转，温一边象床，冷一边象床。被儿闲枕儿剩，东一个鸳鸯，西一个鸳鸯。尽头来虚度韶光，牵一股柔肠，断一股柔肠！"遇到这种情况，如果双方无法沟通与改善，今日的女子绝大多数已没有写词的闲情与才情，不是在手机里大兴问罪之师，就是会去法院起诉而对簿公堂了。

吴 歌

明 民歌

送郎八月到扬州^①，长夜孤眠在画楼。
女子拆开不成好^②，秋心合着却成愁^③。

注释

① 扬州：今江苏省扬州市。明代为繁华的商业都会。②"女子"句："好"字由"女"字和"子"字构成，拆开即不成"好"，寓男女分离不好之意。③"秋心"句："愁"由"秋"字和"心"字合成，句意谓清秋撩人愁思。

今译

桂子飘香的八月送郎去扬州，剩下我一人长夜独眠在画楼。女子两字拆开去就不成为好，秋心两个字合起来就成了愁。

心赏

汉字，是世界上最美丽最奇妙的文字。从字形而言，汉字有独体字和合体字之分。独体字不可分解，它由基本笔画构成，如日、月、山、水之类；合体字可以二合为一，或一分为二，它由两个或两个以上的字或者偏旁构成，将其拆开仍独立成字。如明、灯、歌、唱之类。诗歌创作中的"析字"，就是离合字形，将数字合为一字，或将一字析成数字。此处所引的咏唱爱情的《吴歌》，就是这种汉字的魔方的精彩表现。

宋代词人柳永《雨霖铃》中说："多情自古伤离别，更那堪冷落清秋节。"清秋送别情人，自然倍加伤感，这首民歌的新颖之处，就是运用"析字"的修辞手法，表现抒情女主人公与情人别后的离情别绪。第三句戛戛独造，妙不可言；第四句源于南宋词人吴文英《唐多令》中的名句"何处合成愁，离人心上秋"，但仍然是有创造性地化用，至少是为我所用，恰到好处。吴文英有知，当会抚髯而笑吧？

挂枝儿

明 民歌

送情人直送到丹阳路①，你也哭，我也哭，赶脚的也来哭②。赶脚的，你哭的因何故？道是："去的不肯去，哭的只管哭，你两下里调情也③，我的驴儿受了苦！"

注释

① 丹阳：今江苏省西南部之丹阳市。此处形容路远，不必拘泥。② 赶脚的：指管理运送行李或供人骑行的牲口的脚夫。③ 调情：原指男女间之挑逗、戏谑，此处指难分难舍之状。

今译

送情郎一程一程一直送到丹阳路，情郎在哭，我也在哭，连赶驴的脚夫也在旁边哭。赶脚的哎，不相干的你哭是什么缘故？他答说道："走的又不肯走，哭的又只管哭，你们俩只管调笑戏谑也，直害得我负重的驴儿受了苦！"

心赏

这首曲子的最大特色就是幽默。幽默是智慧的闪光，是笑料的酿造，同时也是一种美学现象。由于封建礼教的束缚，非礼勿视，非礼勿言，非礼勿动，中国人对幽默的感受力与创造力都受到很大的禁锢。然而，在高压与锁肩之下，中华民族的生命活力仍然充盈滂沛，中华民族文化中的幽默仍然源远流长，此曲就是一例。它通过"赶脚的"对一对情人的调侃，表现了他们依依不舍的恋情，写哭而令人笑，令人读来真不禁为之莞尔。

此曲表现情人分离时的难舍难分，这是古今情人都曾有过的感情体验，也是古今中外的情诗表现过不知多少回的题材，但此曲不仅全用口语，活色生香，风格亦庄亦谐，而且构思极富创造性，如闻纸上有人。如要参加最优秀最有特色的情诗选拔，它应该高票当选。

挂枝儿

明 民歌

青天上月儿恰似将奴笑①，高不高，低不低，正挂在柳树梢；明不明，暗不暗，故把奴来照。清光你休笑我②，且把自己瞧：缺的日子多来也，团圆的日子少！

注释

① 奴：古代妇女自称。② 清光：月光，此处指月亮。

今译

青天上的月亮好像在把我笑，它高不高，低也不低，正挂在那青青柳树梢；它明不明，暗也不暗，却故意把我来照。月亮月亮你先莫笑我，且请把你自己瞧：你自己就残缺的日子多啊，团圆的日子少！

心赏

诙谐、幽默、俏皮、娇嗔，是这首爱情民歌的四原色。在中国古代的爱情民歌中，我们听到了太多的相思、叹息、怨恨与抗争之声，像这首格调轻松谐趣的作品并不多见，所以它能使我们产生耳目一新之感。这首民歌将月亮拟人化，月亮笑人，人笑月亮。全诗想象新颖，特别是结句对月亮的调侃，更是物我两融，妙趣横生。

月上柳梢头，人约黄昏后。月亮，尤其是中国人心目中的月亮，是古今不知多少爱情故事的优美背景与甜蜜见证。但在这首民歌中，它却蒙受了被责怪被讽刺的不白之冤。不过，月亮也无须抱屈，因为莎士比亚在他的剧本《仲夏夜之梦》中早就说过："疯人、情人和诗人，全是由想象构成的。"

梦江南

清 柳如是

怀人二十首（其二）

人去也，人去鹭鹚洲①。菡萏结为翡翠恨②，柳丝飞上钿筝愁③。罗幕早惊秋④！

作者简介

柳如是（1618—1664），本姓杨，名爱，后改柳姓，名隐，字如是，自号河东君。吴江（今江苏省苏州市吴江区）人。明末歌妓，后为钱谦益妾，参加复明运动。工诗词，善书画。

注释

① 鹭鹚：即鹭。鹭鹚洲当在陈子龙故里松江（今上海市松江区）。② 菡萏（hàn dàn）：夏日荷花。翡翠：绿色的玉，此处形容荷叶。③ 钿（diàn）筝：镶嵌着金银饰件的筝。④ 罗幕：用丝织品织成的帷幔。

今译

情人已离去了，我的情人去了那遥远的鹭鹚洲。红荷绿叶相连相结引起我两地分离的怨恨，飞上钿筝是春天柳丝勾起我不得团聚的忧愁。风吹帷幔心惊的又早是凉秋！

心赏

文史学家陈寅恪说柳如是乃"女侠、名姝、文宗、国士"，可见评价之高。（见《柳如是别传》）此词情致深婉而意象清远，语言清丽而内涵丰厚，三、四两句联想曲折而语言方式新创，颇有现代诗的韵味。柳如是不仅是一代美人，而且是颇具民族意识和爱国情怀的女中豪杰，巾帼压倒须眉，令膝盖发软一度降清的钱谦益也为之惭愧。

柳如是的《梦江南·怀人》一共二十首，是怀念陈子龙而作。陈子龙是明末的著名诗人与学者，又是极有民族气节英年牺牲的抗清烈士。他们由相爱而同居，时近一年，彼此情投意合，唱和颇多。后因陈家坚决反对，陈子龙无力回天，柳如是只得主动退出。分手后双方均未能忘情，柳如是之《梦江南·怀人》之作多达二十首，就是明证与诗证。陈子龙后来读到自是无限伤感，也曾赋双调《望江南·感旧》，中有"何限恨，消息更悠悠。弱柳三眠春梦杳，远山一角晓眉愁。无计问东流"之语。

莲丝曲

清 屈大均

莲丝长与柳丝长^①，歧路缠绵恨未央^②。

柳丝与郎系玉臂，莲丝与侬续断肠^③！

注释

① 莲丝、柳丝："丝"均谐音"思"，"莲"谐音"怜（爱）"，一语双关。
② 未央：未尽，未已。③ 侬：我，吴地方言。

今译

莲藕的丝长啊春柳的丝也长，三岔路口难分难舍愁恨难量。柳丝长啊好给郎君系住手臂，莲丝长啊接续我断绝的衷肠！

心赏

起自汉代，轻飏的杨柳就担负起主管别离的重任。六朝无名氏所著《三辅黄图》一书曾说："灞桥在长安东，跨水筑桥，汉人送客至，折柳送别。"折柳赠别是古代的习俗，古典诗词中写这一类题材的作品很多，较早的如隋代女诗人张碧兰的《寄阮郎诗》："郎如洛阳花，妾似武昌柳。两地惜春风，何时一携手。"后起的如李白的"天下伤心处，劳劳送客亭。春风知别苦，不遣柳条青"（《劳劳亭》）。而以"莲丝""藕节"来暗喻男女之情，也是汉魏六朝乐府中的民歌常用的故技。此诗借此"柳丝"与"藕丝"来表现爱情而非友情，语意双关，比喻巧妙，人、物夹写，题材虽然陈旧，但艺术表现上却有新意，并非是对前人毫无价值的重复。俄国文豪托尔斯泰曾说："愈是诗的，愈是创造的。"衡之古今中外优秀的杰出的诗作，这是一条铁律。

屈大均是由明入清的诗人，也是易代之际的志士，其诗与陈恭尹、梁佩兰并称"岭南三大家"，不料他也有如斯儿女情长、风光旖旎之作。不过，这毕竟是代人立言，所谓"男子作闺音"。唐代刑部郎中元沛，其夫人杨氏能诗，倒是有一首以柳丝写爱情的《赠人》："扬子江边送玉郎，柳丝牵挽柳条长。柳丝挽得吾郎住，再向江头种两行。"此诗出自女性作者之手，真可谓别有慧心而"原汁原味"了。

广州竹枝曲

清 彭孙遹

木棉花上鹧鸪啼^①，木棉花下牵郎衣。

欲行未行不忍别，落红没尽郎马蹄^②。

作者简介

彭孙遹（yù）（1631—1700），字骏孙，号羡门，海盐（今浙江省海宁市）人。工诗，擅词，与王士祯齐名，时称"彭王"。

注释

① 木棉花：又称攀枝花，高达三四米之落叶乔木，花色红艳，生长于我国南方。鹧鸪（zhè gū）：生于我国南部的一种鸟，鸣时常立于山巅树上，鸣声犹如"行不得也哥哥"。② 落红：落花。

今译

红花烧眼木棉树上鹧鸪不住地鸣啼，木棉花下依依不舍地牵着郎君的衣。要走但迟迟未走是因为不忍心分别，绸缪久落红成阵遮盖了郎君的马蹄。

心赏

首句描绘富于象征意义的景色，"鹧鸪啼"是所谓"原型意象"，前人运用已多，但与"木棉花"组合在一起，便生新意。次句写送别的女主人公的典型动作，情态如见。第三句直陈其意并作转折，句式从李白"金陵弟子来相送，欲行不行各尽觞"（《金陵酒肆留别》）化出，结句意象鲜明而意在象外，含蓄不尽而颇为新创，耸动读者的耳目，如音乐中重锤，如绘画中的异彩。当代的有情人多有"欲行未行不忍别"的经历与体验，读此诗的结句当别有会心。

南方多木棉树，因其花红艳如火，故又别名"英雄树"。此词写的不是叱咤风云的英雄，而是柔情蜜意的儿女。全诗以木棉花为背景，以热烈的景色反衬凄婉的哀情，也就是清人王夫之在《姜斋诗话》中所说的"以乐景写哀，以哀景写乐，一倍增其哀乐"。因为相反而相成，可以加强作品的艺术感染力量。如果一味单调地咸上加咸，辣上加辣，效果则适得其反。

灞桥寄内①

清 王士禛

太华终南万里遥②，西来无处不魂消。
闺中若问金钱卜③，秋雨秋风过灞桥。

作者简介

王士禛（1634—1711），字贻上，初名士禛，号阮亭，又号渔洋山人，山东新城（今山东省桓台县）人。创"神韵"之说，尤工七绝，是清初继吴伟业、钱谦益之后的诗坛盟主。

注释

① 灞（bà）桥：古来送别之地，在长安灞水上。② 太华：即西岳华山，在陕西省渭南市东南。终南：即终南山，在陕西长安之南。③ 金钱卜：旧时用金钱卜问凶吉祸福以及归期。

今译

太华山终南山离家乡有万里之遥，独自西游到处都令人黯然魂销。你在闺房中如若用金钱为我占卜，我此刻正在秋雨秋风中经过灞桥。

心赏

王渔洋论诗提倡"神韵"，追求"得意忘言"，注重语言的含蓄精炼和意境的创造。此诗整体可观，首两句写自己离家远游，山东与陕西相隔万里之远，每念及家中的妻子便不免分外思念，黯然魂销；第二句是所谓"从对面写来"，不再写自己而写妻子对自己的思念，如此便不直板而曲折生情，别开新境；最后又回到自己现时的情状，有以回应闺中之问，更觉一往情深。

此诗结句尤为出色，颇有唐人风韵，远承陆游之"衣上征尘杂酒痕，远游无处不消魂。此身合是诗人未？细雨骑驴入剑门"（《剑门道中遇微雨》），近启秋瑾之"秋风秋雨愁煞人"。一代女杰秋瑾1907年7月15日凌晨在绍兴临刑就义之前，口占传诵至今的如上断句，此句虽是清人陶澹人（宗亮）《沧江红雨楼诗集》中《秋暮遣怀》一诗之成句，但王士禛诗中的"秋雨秋风"那时也曾蓦然飞上她的心头吗？

江城子 忆别

清 何龙文

别时犹自怯春残。剪刀寒，坐更阑①。小语叮咛："珍重记加餐②。"却爱子规沿路叫③，归去也，早回鞍。　　而今不觉已秋还。路漫漫，恨漫漫。暗约当归，何事隔关山？只有相思千里月，清露下，好同看。

作者简介

何龙文（生卒年不详），字信周，德化（今江西省九江市）人。康熙八年（1669）举人。

注释

① 更阑："阑"此处作"晚"解。"更阑"即夜深人静。② 加餐：典出汉乐府《饮马行》："上言加餐饭，下言长相忆。"表夫妻间叮嘱保重。③ 子规：鸟名，又称杜鹃鸟。相传为古蜀王杜宇之魂所化，春末夏初昼夜啼鸣，其声如"不如归去"。

今译

分离时正是令人心怯的残春。裁缝衣裳剪刀寒凉，喁喁私语更阑夜深。你再三细语叮嘱："在外好好保重啊多加餐饭。"分手后我喜爱路上子规轻声啼叫，不如归家去啊，早早打马回鞍。时光如电不觉秋天已到人间。归路也迢迢，离恨也漫漫。当时私下相约届时归，又为何人各一方地隔关山？寄托相思给流照千里的明月，秋宵清凉的露水下，我们彼此仰首同看。

心赏

中国人写友情或爱情，都与月亮结下了不解之缘。此词中的"却爱"固然是反常之笔，而结尾却仍然归结到"只有相思千里月"，虽也师承前人却有所创新，是两地"同看"而非杜甫的"今夜鄜州月，闺中只独看"（《月夜》），因而不是一味地蹈陈袭故地炒现饭。文学创作最贵创新，最忌重复，重复他人和重复自己，其文学价值都等于零。只有创新，哪怕是局部的或一个意象的创新，才能于时间中保鲜，才令后代的读者有"收藏价值"。

此词题为"忆别"，着重写的是对治疗别后相思的设想，角度新颖，而且其含蓄蕴藉与西方许多诗作惯于直抒胸臆不同。如英国诗人彭斯《一个令人心醉的吻》："如果我俩从未那么热烈相爱，如果我俩从未那么痴心互恋，从未相逢，也从未分离，我们也就绝不会如此心痛欲绝。"真则真矣，读来似嫌了无余味。

浣溪沙

清 纳兰性德

谁道飘零不可怜①，旧游时节好花天，断肠人去自今年。　　一片晕红才著雨②，几丝柔绿乍和烟。倩魂销尽夕阳前③。

作者简介

纳兰性德（1654—1685），字容若，号楞伽山人，满洲正黄旗人。工诗词，词风近似李煜，小令为有清一代冠冕，为清代极富盛名的大词人。

注释

① 谁道：谁说，哪个说。② 晕红：本指妇女以胭脂妆面，浓者为酒晕妆，浅者为桃花妆。此处指雨中之红花。③ 倩魂：典出唐人传奇《离魂记》，写张倩娘因思念王宙而魂魄离身。此处写对正值青春而夭亡的妻子的追怀。

今译

有谁能说人与花的飘零不可怜？过去携手同游正是开花的好春天，令人肠断伊人一去无回正是今年。眼前又见雨中的春花分外红艳，丝丝绿柳在风中摇曳如雾如烟。有情人魂销梦断啊在夕阳之前。

心赏

纳兰性德是婉约派的殿后名家，清代词坛的绝顶高手，清新婉丽之中有浓重的感伤情调，擅长白描手法，语言纯美自然如白莲花，香远益清的清香挹之不尽，此词正是如此。可惜才人命薄，如李商隐所说的"古来才命两相妨"（《有感》），年方而立即英年早逝，如同王勃，如同李贺，设若假以天年，他还会为我们留下多少诗的久远的馨香？

此词在艺术上还有一点应该特为拈出，即艺术表现上的以反写正，也就是以美景写悲情，以丽语写愁绪，相反而更相成。清人王夫之《姜斋诗话》对此已有论说，希腊哲人赫拉克利特也早就说过："互相排斥的东西结合在一起，不同的音调造成最美的和谐。"此词正是写美景良辰，伊人已去，如此才使抒情主人公也使读者倍感黯然神伤。

浣溪沙

清 纳兰性德

消息谁传到拒霜①? 两行斜雁碧天长。晚秋风景倍凄凉。 银蒜②押帘人寂寂, 玉钗敲竹信茫茫③。黄花开也近重阳。

注释

① 拒霜: 又名木莲, 木芙蓉之别称。仲秋开花, 以性极耐寒而得名。② 银蒜: 银制帘坠, 其形如蒜, 用以"押帘"。"押"通"压"。"银蒜"二句: 五代孙光宪《浣溪沙》词: "春梦未成愁寂寂, 佳期难会信茫茫。"性德此句或有所本。③ 敲竹: 高适《听张立本女吟诗》: "自把玉钗敲砌竹, 清歌一曲月如霜。"欧阳修《蝶恋花》: "夜深风竹敲秋韵, 万叶千声皆是恨。"此处从欧词化来。

今译

是谁捎信木莲花开离人就会回乡? 风吹拂两行斜斜的雁字云淡天长。深秋时节风景萧索加倍令人凄凉。吊坠压着垂帘闺房更显清寒冷寂, 鬓上玉钗频频敲竹叹息音信渺茫。秋菊已经到花开节候啊时近重阳。

心赏

行吟泽畔的屈原曾经歌吟: "欸秋冬之绪风""悲秋风之动容兮""悲回风之摇蕙兮, 心冤结而内伤"(《九章》), "嫋嫋兮秋风, 洞庭波兮木叶下"(《九歌·湘夫人》), 他的学生宋玉在自伤并伤屈原的《九辩》中也曾低吟"悲哉, 秋之为气也, 萧瑟兮草木摇落而变衰", 自从屈原和宋玉悲秋之后, "悲秋"便成了中国古典诗歌的传统母题, 不知产生了多少动人的作品。纳兰性德此作将"悲秋"与"悲情"合而为一, 上片写室外秋景, 下片写室内秋士, 以秋日之"拒霜"起, 以秋日之"黄花"结, 非但情景交融, 深情绵邈, 而且意象结构十分圆融完整, 天球不琢, 信是才人手笔。

纳兰性德此词乃怀人之作, 但所怀者谁, 却不可确考, 如此便使全词平添了一番朦胧之美——新诗中的所谓"朦胧诗", 其实早已其来有自, 可以远溯到诗经中的《蒹葭》与《月出》之篇。此词所怀之人恍兮惚夕。有人猜测词中所写女子其名应有"菊"字, 但除了作者, 有谁能够证明所猜是实呢?

感旧（之一）

清 黄景仁

大道青楼望不遮①，年时系马醉流霞②。

风前带是同心结，杯底人如解语花③。

下杜城边南北路④，上阑门外去来车⑤。

匆匆觉得扬州梦⑥，检点闲愁在鬓华。

注释

① 青楼：此指豪华富丽的楼房。② 年时：当年，那时。流霞：神话传说中的仙酒，后泛指美酒（见《抱朴子·祛惑》）。③ 解语花：原为唐玄宗李隆基赞美杨贵妃之词，后以之喻美人（见唐代王仁裕《开元天宝遗事》）。④ 下杜：地名，在陕西省西安市长安区南。⑤ 上阑：即"上兰"，在长安城西，与下杜均为长安繁华之地。此处代指女子居所附近。⑥ 扬州梦：杜牧《遣怀》："十年一觉扬州梦，赢得青楼薄幸名。"作者借指自己过去的情缘绮事。

今译

远望无遮的大道旁那高楼就是她的家，当年楼前系马我和她曾一起共醉流霞。衣带打成回文样式的同心结风中飘动，高举的酒杯她娇艳的容颜像解语之花。她的居所靠近那下杜城边和上兰门外，贯通南北的道路上常常驰过我的车马。岁月匆匆啊醒来原是一场成空的绮梦，查点无限的愁思都在我那鬓边的白发。

心赏

黄景仁是清代才华横溢的诗人，其作品的深情至性、隐喻象征乃至他最擅长的七绝七律的形式，都颇得李商隐的流风余韵。其爱情诗与李商隐的爱情诗一起，可说是中国古典爱情诗前后辉映的两大瑰宝。只可惜他贫病交迫，有志不酬有才不展而华年早逝。组诗《感旧》写作者年轻时的一次恋情，具体情事已不可详考，也不必深考。诗的情境朦胧而非坐实，反倒可以刺激读者的想象的积极参与。现代名作家郁达夫，即据此诗敷演为小说名篇《采石矶》。

黄景仁的爱情诗，诗情纯美，多表现对往昔恋情的追怀与珍重，而非用情不专者的轻薄与轻狂。读其诗，令我们想起俄国大诗人普希金的《我曾经爱过你》。此诗有多种中译，下引为老一辈翻译家戈宝权二十世纪五十年代之初的译文，我年轻时一读难忘："我曾经爱过你，爱情也许在我心里还没有完全消亡。但愿它不会再打扰你，我也不想再使你难过悲伤。我曾经默默无语地、毫无指望地爱过你，我既忍受着羞怯，又忍受着嫉妒的折磨；我曾经那样忠诚、那样温柔地爱过你，但愿上帝保佑你，另一个人爱你也会像我一样。"

感旧（之二）

清 黄景仁

唤起窗前尚宿醒[1]，啼鹃催去又声声。

丹青旧誓相如札[2]，禅榻经时杜牧情[3]。

别后相思空一水，重来回首已三生[4]。

云阶月地依然在，细逐空香百遍行。

注释

① 宿醒：醉酒而过夜后仍神志不清之貌。② 丹青：即丹砂和青䃥（huò），两种不易褪色可制颜料的矿物，故常以之喻坚贞的爱情。相如札：汉代司马相如的书信与诗作。见前司马相如《琴歌》注。③ 禅榻：僧人坐禅的床。杜牧情：杜牧《题禅院》："今日鬓丝禅榻畔，茶烟轻飏落花风。"谓情爱已矣，心事成空。④ 三生：佛家语，即"三世"，指前生、今生、来生。

今译

窗前唤醒还带着昨夜的酒意神思朦胧，杜鹃鸟那"不如归去"的啼啭一声又一声。丹青写下的坚贞不渝的誓言宛然犹在，但经时历日人已参悟禅机心事已成空。别离后两地相思空然如同不绝的流水，重游旧地前尘如梦似已过了漫漫三生。从前晴云丽月照临的幽会之地仍如故，我寻觅她的余香一遍一遍地徘徊独行。

心赏

在中国诗史上，黄景仁是继李商隐之后最优秀的爱情诗人，他的作品为中国古典爱情诗增添了新的光谱与光彩：感情深沉高洁而多东方式的悲剧情调，用典恰到好处而语言不失洗练清华，对难以为继的律诗艺术作了新的创造。读此诗如品佳茗，如饮醇醪，令人余味绵长、余香满口而醺然欲醉。

黄景仁年轻时遭遇过两次爱情，但有情人都未能终成眷属。《感旧》（四首）就是写其中的一次，大约作于乾隆三十年（1768），诗人年方弱冠。名作家郁达夫的小说《采石矶》写的就是黄景仁的爱情故事，他将此诗系于乾隆三十年，则诗人更年轻，不知郁达夫何所据而云？总之，人生最难忘怀的是初恋，如同少年时品饮第一杯美酒，香远益清，味久益醇，不论后事如何，总之能引起当事人温馨而不免惆怅的长长怀想。

感旧（之三）

清 黄景仁

遮莫临行念我频①，竹枝留浣泪痕新②。

多缘刺史无坚约③，岂视萧郎作路人④。

望里彩云疑冉冉，愁边春水故粼粼。

珊瑚百尺珠千斛⑤，难换罗敷未嫁身⑥！

注释

① 遮莫：请勿，莫要，切莫。② 竹枝留浣：暗用舜妃娥皇女英哭舜而泣竹成斑的典故，表别离之伤心。浣（wò）：玷污，弄脏。③ 刺史：此指杜牧游湖州时，爱悦一位十岁少女，与其母约定"等我十年，不来然后嫁"。十四年后杜为湖州刺史，此女已嫁三年而生三子，杜因作《叹花》一诗。④ 萧郎：唐代崔郊《赠去婢》："侯门一入深如海，从此萧郎是路人。"萧郎，即萧史，秦穆公女婿，后泛指女子所爱恋的男子。⑤ 斛（hú）：量器名。古代十斗为一斛，南宋末年改为五斗一斛。⑥ 罗敷：古代传说中之已嫁美女，见汉乐府《陌上桑》诗。

今译

临别时劝她莫要频频呼唤我而伤神，竹枝上还沾满了她新洒的斑斑泪痕。自恨像杜牧没有坚定如磐石的后约，她却不会视我为不相识的陌路之人。缓缓飘动的云彩疑是她倩美的身影，粼粼漾起的春波有如我不绝的愁情。纵然有名贵的珊瑚百尺和明珠千斛，今生也再难以换回啊她的未嫁之身！

心赏

作者写旧时的情人已嫁，自己追悔莫及，结句尤能使天下有情人而未能成眷属者为之一恸。俄国大诗人普希金《我曾经爱过你》另一种译文结句却是："我曾经那样忠诚、那样温柔地爱过你，但愿上帝保佑你，另一个人也会像我一样爱你。"诗心虽中外不同，一者祝福他人，一者悔之已晚，但却有相通之处，两诗感情真挚而缠绵，极具感人之魅力，读者可以互参互照。

对于青年时代的这一次开花而不结果的爱情，作者不仅有《感旧》四首，而且有《杂诗》四首以感怀旧事，追忆前尘，如后者中的第一首："风亭月榭记绸缪，梦里听歌醉里愁。牵袂几曾终絮语，掩关从此入离忧。明灯锦幄珊珊骨，细马春山剪剪眸。最忆濒行尚回首，此心如水只东流！"吟咏情侣间悲剧性的别离苦痛，正是古典爱情诗动人的审美创造。

感旧（之四）

清 黄景仁

从此音尘各悄然，春山如黛草如烟。

泪添吴苑三更雨^①，恨惹邮亭一夜眠^②。

讵有青乌缄别句^③，聊将锦瑟记流年^④。

他时脱便微之过^⑤，百转千回只自怜。

注释

① 吴苑：吴地的园林，代指女子的新居。② 邮亭：古代设于路途以供歇宿的馆舍。③ 讵（jù）：岂有，哪里有。青乌：应为传说中西王母使者的"青鸟"，借指爱情的信使。本诗中因就平仄而改为"乌"。别句：表达伤别相思之情的诗句或书信。④ 锦瑟：李商隐《锦瑟》诗："锦瑟无端五十弦，一弦一柱思华年。"作者借以指自己的《感旧》。⑤ 脱：倘或，也许。微之：唐诗人元稹，字微之，曾作《会真记》写张生和崔莺莺恋爱，崔被张遗弃后嫁给他人，后来张生过其居求见，莺莺不出，潜寄一诗云："自从消瘦减容光，万转千回懒下床。不为旁人羞不起，为郎憔悴却羞郎。"

今译

自从分别之后人各两地音信杳然，远处的青山如她的眉黛草色如烟。她的泪增添吴地园林三更的雨水，我抱恨奔波道途在邮亭一夜难眠。哪里有青乌为我传送书信和诗句？聊且将感旧之作记录那逝水流年。将来倘使能像张生经过她的居所，她也会暗自伤情而不能再续前缘。

心赏

没有幸福就没有爱情，没有痛苦也就没有爱情，爱情的痛苦是最个人的痛苦。此诗是《感旧》四首的最后一首，有如音乐中的《悲怆奏鸣曲》的尾声，弥漫的是浓重的悲剧氛围，令人想起金人元好问《摸鱼儿》的直指人心的起句"问世间、情是何物，直教生死相许"，也令人想起莎士比亚在《仲夏夜之梦》中所说的箴言："爱神真不好，惯惹人烦恼！"

十八世纪苏格兰的杰出诗人彭斯，其名作之一为《一朵红红的玫瑰》，诗分四节，下引者为中间两节："我的好姑娘，多么美丽的人儿！我呀，多么深的爱情！亲爱的，我永远爱你，纵使大海干枯水流尽//纵使大海干枯水流尽，太阳将岩石烧作灰尘，亲爱的，我永远爱你，只要我生命犹存！"其诗与黄景仁诗情感近似，但韵味迥然有别，以乐器为喻，一者为西方的圆号，一者为东方的洞箫。

绮 怀

清 黄景仁

几回花下坐吹箫，银汉红墙入望遥①。

似此星辰非昨夜，为谁风露立中宵②？

缠绵思尽抽残茧③，宛转心伤剥后蕉④。

三五年时三五月⑤，可怜杯酒不曾消⑥！

注释

① 银汉：银河。红墙：指女子所居之处。李商隐《代应》："本来银汉是红墙，隔得卢家白玉堂。"② "似此"句：李商隐《无题》："昨夜星辰昨夜风，画楼西畔桂堂东。"意谓星辰已非昨日而情意难通。③ 思尽：谐音"丝尽"，表绝望之情。李商隐《无题》："春蚕到死丝方尽。"④ 剥后蕉：芭蕉主干外包叶多层，可剥落。焦心似人心，故此语喻心伤。⑤ 三五：十五。年时：年华。意谓人与月俱为十五华年。⑥ 可怜：可惜，可伤。消：消受，消除。

今译

多少回因忆念她而坐在花下吹箫，天上银河地上红墙都一样迢遥。今夜的星辰啊已不是昨夜的星斗，我在风露下为谁久久伫立到中宵？缠绵情思已经竭尽如抽残的蚕茧，宛转心灵遭到创伤似剥剩的芭蕉。看十五的明月就想她十五的年华，可怜我借酒浇愁绵绵此恨怎能消？

心赏

《绮怀》（十六首）是黄仲则回忆年轻时恋情的组诗。据清人林昌彝《射鹰楼诗话》说，诗中的女主人公是黄仲则家在宜兴的姑母家的婢女。这一组诗作者给他的好友、诗人洪亮吉看过，洪提到它时称诗题为《绮忆》。无论是"怀"是"忆"，"绮"均为艳美之意。黄仲则这一组诗多的是名篇隽语，如"玉钩初放钗初堕，第一销魂是此声""记得酒阑人散后，共搴珠箔数春星""何须更说蓬山远，一角屏山便不逢""结束铅华归少作，屏除丝竹入中年"，等等，都是叮叮当当落玉盘的大珠小珠，值得读者一一收藏与珍藏。

此诗为组诗的第十五首，情致深长，佳句迭出，读之余香满颊而不免百结愁肠。虽然"似此星辰非昨夜"一语是从李商隐作的"昨夜星辰昨夜风"脱胎而来，但各擅胜场。洪亮吉《北江诗话》称"似此星辰"一联为"隽语"，作者的友人杨荔裳也最爱诵此二句，而电视歌曲《昨夜星辰》亦由此而得名，可见李、黄之作的脍炙人口。

集义山句怀金凤①

清 苏曼殊

收将凤纸写相思，莫道人间总不知②。
尽日伤心人不见③，莫愁还有自愁时④。

注释

① 集义山句：集录前人成句另成一诗称为"集句诗"。此诗集李商隐诗句成篇。金凤：与作者相善的秦淮河上的歌伎。②"收将""莫道"句：集自《碧城》（其三）："七夕来时先有期，洞房帘箔至今垂。玉轮顾兔初生魄，铁网珊瑚未有枝。检与神方教驻景，收将凤纸写相思。武皇内传分明在，莫道人间总不知。"凤纸：帝王用纸，泛指珍贵之纸，因绘有金凤而得名。③"尽日"句：集自《游灵伽寺》："碧烟秋寺泛湖来，水打城根古堞摧。尽日伤心人不见，石榴花满旧琴台。"④"莫愁"句：集自《莫愁》："雪中梅下与谁期，梅雪相兼一万枝。若是石城无艇子，莫愁还自有愁时。"莫愁：古代传说中的美女，此指金凤。

今译

拿取珍贵的纸张书写我的相思，不要说人世间总是没有人晓知。整天伤心啊所怀想的伊人不见，虽名莫愁却自有愁情满怀之时。

心赏

"集句诗"，即选录前人诗中的单句，熔铸成新的诗篇，一首诗中既可集一人之句，也可集多人之句，是古典诗词中一个特异的品种，亦可谓中国诗独有的"魔方"，要求作者博学而具慧心。它起于西晋的傅咸，至北宋的石延年与王安石而大盛，以后各代之集句诗包括"集句词"与"集句曲"乃至"集句联"仍然络绎不绝。苏曼殊以集句的方式表现自己的恋情，随手拈来，如同己出，由此也可见才人的灵根慧悟和不凡身手。

新文学作家郁达夫有多首以《无题》为题的集句联，如"莫对青山谈世事（元好问），休将文字占时名（柳宗元）"，"岂有文章惊海内（杜甫），断无富贵逼人来（龚自珍）"。他另有《集龚定庵句题〈城东诗章〉》："秀出南天笔一枝，少年哀艳杂雄奇。六朝文体闲征遍，欲定源流愧未知。"一九三五年六月十八日瞿秋白英勇就义前，于福建长汀狱中记梦而作有绝笔集句诗《偶成》："夕阳明灭乱山中（韦应物），落叶寒泉听不同（郎士元）。已忍伶俜十年事（杜甫），心持半偈万缘空（郎士元）。"集句之道，事关社会风气与人文素养，古调虽自爱，今人已多不弹且无能弹矣！

马头调

清 民歌

无楼梯儿难上下①，天上的星斗，难抓难拿。画儿上的马，有鞍有辔难骑跨②。冰凌里的鱼，纵有金钩无处下。竹篮子打水，镜里采花。梦中人，千留万留留不下。醒来后，空有明月在纱窗挂。

注释

① 儿：语尾助词，无实义。② 辔（pèi）：驾驭牲口的缰绳。《诗经·郑风·大叔于田》："执辔如组，两骖（cān）如舞。"

今译

没有楼梯谁也难以上下，天上的星星闪耀，难抓啊也难拿。画中的骏马奔腾，有鞍有绳啊难骑也难跨。江河冰凌里的鱼，即使有金钩也无处可下。竹篮子打不了水，镜里采不了花。梦中的人儿，即使千留万留也留不下。好梦醒来后，只有一轮明月纱窗上挂。

心赏

这也是写离情而且离情中有哀怨的民歌，但却是从梦醒后着笔。按照时间顺序，最后一句应是首句，其他都是"醒来后"的所思所感，然而那样处理就没有波澜，不如现在这样先后颠倒曲折有致，而且以景结情，留下的是悠悠不尽的尾声。至于前面六个比喻，都是用以比"梦中人，千留万留留不下"，中国的修辞学称为"博喻"，西方称为"莎士比亚比喻"，因为莎士比亚之诗与戏剧最擅以许多比喻比况同一个事物，名称有异，其理则一。

宋代陈骙在《文则》中提出十种取喻之法，其中之一就是"博喻"，即以多个喻体比喻同一个本体。如曹植《洛神赋》："翩若惊鸿，婉若游龙，荣耀秋菊，华茂春松。仿佛兮若轻云之蔽月，飘摇兮若流风之回雪。远而望之，皎若太阳升朝霞；迫而察之，灼若芙蓉出绿波。"以接二连三的一串比喻比况洛神之美。文人的作品如此，无名氏的民歌何莫不然？上述民歌中之比喻，就如春日群花之络绎而开。

马头调

清 民歌

离了我来你可闷不闷①？见了我来你可亲不亲？我走了，不知你可恨不恨？在人心，不知你可问不问？想我的心肠②，不知你可真不真？我想你，不知你可信不信？我想你，不知你可信不信？

注释

① 来：语助词，无实义。无名氏《隔江斗志》第三折："这几日离多来会少。" ② 心肠：心思，心绪。张籍《学仙》诗："勤劳不能成，疑虑积心肠。"

今译

离开了我你可烦闷不烦闷？见了我面你可相亲不相亲？我走了，不知你可怨恨不怨恨？爱在心，不知你可相问不相问？想念我的心思，不知你可真诚不真诚？我想你啊，不知你可相信不相信？我念你啊，不知你可相信不相信？

心赏

这首民歌完全以问句结撰成章。前面数句直询对方，总而言之是问对方对自己感情如何，结尾两句反复其言，是说自己想念对方，不知对方相信与否，一致中有变化，变化中见一致。这种通篇以问句出之的写法，首见于屈原的一连提了一百七十二个问题的《天问》，以后作者不多，初唐诗人王绩《在京思故园见乡人问》二十四行诗中提了十二个问题，叠床架屋，韵味全无，不及此首民歌远甚。

无独有偶，另一首清代"马头调"的民歌也是以女子的口吻，表现对男子又恨又爱的复杂感情，围绕"想"与"恨"二字结撰成章："又是想来又是恨，想你恨你一样的心。我想你，想你不来反成恨。我恨你，恨你不该失奴的信。想你的从前，恨你的如今。你若是想我，我不想你，你恨不恨？我想你，你不想我，岂不恨？"

马头调

清 民歌

心字乱来情字儿堪散①，思字儿伤悲，想字儿更难。身字儿由不的我，梦字儿不能与你长陪伴。痛字儿凄凉苦，泪字儿牵连流②。他字你字儿成双，俺字儿我字儿孤单。离字别字儿容易，逢字儿见字儿更难。烦字儿愁字儿锁上眉间。要得病字儿好，还得人字儿常陪伴。

注释

① 堪：正好，正可。孟浩然《问舟子》："向夕问舟子，前程复几多？湾头正堪泊，淮里足风波。" ② 牵连流：此处形容泪流不断之貌。

今译

心字令人烦乱情字正离散，思字悲伤想字更艰难。身字由不得我自己，梦字却不能与你梦里相逢常陪伴。痛字只有寂寞和哀苦，泪字泪珠成串流不断。他字你字都成双，俺字我字都孤单。离字别字别时容易，逢字见字见时艰难。烦字愁字烦愁深锁两眉间，如果要得病字儿好，还得情人常常陪伴在身边。

心赏

析字或者说拆字，是古诗文中的一种修辞手法。唐代李白《司马将军歌》中说"狂风吹古月，窃弄章华台"，其中的"古月"合则为"胡"。北宋诗人黄庭坚《同月心》说"你共人女边着子，争知我门里挑心"，前者"女边着子"为"好"字，后者"门里挑心"为"闷"，此乃借形体拆字以表苦恋之情。南宋词人吴文英《唐多令》说："何处合成愁？离人心上秋。"这更是诗中析字的名例。而以"释字"即以言自解构成全篇，在文人的作品中似乎得未曾见，在民歌中却自成一体。

这首"马头调"的民歌以二十个表情的字入诗，或者说释二十个字成诗，即"心""情""思""想""身""梦""痛""泪""他""你""俺""我""离""别""逢""见""烦""愁""病""人"，自是诗中创格。而以"人字儿"收来，点明相思之由，治相思病之方，更是篇末见意，妙不可言。总之，这首民歌虽为人工，却如天籁，录此一篇，读者也可别开眼界，如同在园林中观赏不多见的奇花异草。

怨情

负妾一双偷泪眼

狡 童

诗经 郑风

彼狡童兮①，不与我言兮。
维子之故②，使我不能餐兮！

彼狡童兮，不与我食兮③。
维子之故，使我不能息兮！

注释

① 彼：那个。狡童：狡猾的年轻人。② 维：因为。陈焕《传疏》："为也。" ③ 食：饮食，吃饭之意。兮：同"啊"，语气词。

今译

那个狡猾小坏蛋啊，不再和我来说话啊。因为他的这一缘故，使得我饭也吃不下啊！那个狡猾小坏蛋啊，不再和我同进餐啊。因为他的这一缘故，使得我睡觉也难安啊！

心赏

这首《狡童》，是中国古典爱情诗中最早的怨情诗，即表现女子失恋的痛苦的作品。如果说，《诗经·卫风·氓》是写一位妇女被丈夫遗弃的怨情，篇幅也较长，那么，这首诗则是表现一对青年儿女之间的感情风波，篇幅精炼。风波的起因、过程和结果读者均不得而知，但从"不与我言"至"不与我食"，以及由此而产生的对女子生理和心理的刺激后果，可见他们的关系遇到了很大的危机，似乎不可收拾，而主要的责任是在男方。这就是诗的省略与含蓄。芸芸众生都同情弱者，时隔两千年之后，读者仍愿倾听这位少女的倾诉而不胜同情，但可惜已无法成立后援团而"拔刀相助"了。

在中国古代的情诗尤其是民间的情诗中，多写女子的忧愁痛苦，而西方诗人则往往相反，多写男子对女方求之不得的感伤。如西班牙诗人古·阿·贝克尔的《叹出的是气》："叹出的是气，归到大气里。眼泪是水，归到大海里。告诉我，女郎！你可知道忘却的爱情归向哪里？"堂堂须眉发出的，竟是哀哀告白。

白头吟

汉 卓文君

皑如山上雪，皎若云间月。

闻君有两意，故来相决绝。

今日斗酒会①，明旦沟水头。

蹀躞御沟上②，沟水东西流。

凄凄复凄凄，嫁娶不须啼。

愿得一心人，白头不相离。

竹竿何袅袅③，鱼尾何簁簁④。

男儿重意气，何用钱刀为⑤？

作者简介

　　卓文君（生卒年不详），西蜀郡汉临邛（今四川省邛崃市）人，貌美，喜音乐，十七而寡。寡居时听司马相如弹《琴歌》以挑，与之私奔。晋葛洪《西京杂记》卷三说："司马相如将聘茂陵人女为妾，文君作《白头吟》以自绝，相如乃止。"

注释

　　① 斗：盛酒的器皿。② 蹀躞（xiè dié）：徘徊。御沟：流经御苑或环流宫墙的水沟。③ 竹竿：此处指鱼竿。古典诗词中常以竹竿钓鱼隐喻男女爱情。④ 簁簁（shāi）：鱼尾很长之貌。⑤ 钱刀：即刀钱，汉代的一种货币。

今译

　　我的心地晶莹像山上的雪，也光明得像云间皎洁的月。听说你已经有了三心二意，所以我断然前来和你决绝。今天还算是和你杯酒相聚，明天你我分手就各自东西。女儿出嫁离家伤心又伤心，但女大当婚也不必要哭啼。只望得到忠诚不二的夫君，俩人白头到老啊也不分离。细细的钓鱼竿在水上摇曳，那长长的鱼尾巴摆动不息。讲财论富者那算得了什么？男儿看重至死不渝的情义。

心赏

司马相如是汉代大文学家，贫寒时以琴歌挑逗四川临邛富商卓王孙之寡女卓文君，富二代卓文君不嫌其贫，双双跑到成都，后来复回临邛开一小酒店为生，留下了"文君夜奔""当垆卖酒"两个典故。后来司马相如一朝飞升，武帝召其为郎，转迁孝文园令，既贵且富，司马相如准备纳妾，卓文君遂作此诗。

作者并非"怨而不伤，哀而不怒"，而是表现了强烈的人性尊严和独立自主的意识，这在中国古代妇女中实属难能可贵。司马相如和卓文君本是"自由恋爱"，文君私奔也表现了惊世骇俗的追求自由的个性，她的这一作品颇为动人，有自白，有自誓，既多比喻，复有警句，清代大思想家王夫之在《古诗评选》中，称其"亦雅亦宕，乐府绝唱"。幸亏司马相如也还忆念旧情，才使悲剧最终以喜剧结束。如果卓文君生当今日，碰上的又是一阔脸就变的白眼狼，那就不知后事如何了。

四愁诗（选二）

汉 张衡

我所思兮在桂林^①，欲往从之湘水深，侧身南望涕沾襟。美人赠我琴琅玕^②，何以报之双玉盘。路远莫致倚惆怅，何为怀忧心烦伤！

我所思兮在雁门^③，欲往从之雪雾雾，侧身北望涕沾巾。美人赠我锦绣段，何以报之青玉案^④。路远莫致倚增叹，何为怀忧心烦惋！

作者简介

张衡（78—139），字平子，南阳西鄂（今河南省南阳市）人。东汉杰出的科学家、著名的文学家。

注释

① 桂林：桂林郡，在今之广西境内。② 琴琅玕（láng gān）："琅玕"为美石，意为美玉镶制的琴。③ 雁门：汉之北疆，今山西省北部之雁门关。④ 青玉案：古时贵重的食器。案：承杯箸之盘。

今译

我所思念的美人啊远在桂林，想到那里去寻找她湘水深深，侧身遥望南方涕泪打湿衣襟。美人赠我美玉镶制的瑶琴，用什么报答只有一双白玉盘。路途遥远不能送达独自伤感，不要问我为何满怀愁思忧烦。

我所思念的美人啊远在雁门，想到那里去寻找她雨雪纷纷，侧身遥望北方涕泪打湿衣巾。美人赠我以精美华丽的锦缎，用什么报答只有青玉的餐盘。路途遥远不能送达独自长叹，不要问我为何满怀愁思忧烦。

心赏

东汉的张衡，是科学家兼文学家之全才，不仅擅于逻辑思维，而且长于形象思维，二者并行不悖，均大获成功。在科学领域，他曾发明世界上最早的用水力推动的浑天仪和测定地震的候风地动仪；在文学的国土，他不仅写有大赋《两京赋》与小赋《归田赋》，对后世的抒情小赋影响深远，同时，他也有如《四愁诗》这样缠绵悱恻的华章，形式整齐，音调铿锵，反之复之，一唱三叹。这一组诗在政治上也许别有寄托，然而我们更可以视之为美妙的情诗。现代的恋人尤其是人分两地的恋人，在相互授受以表情意之时，何妨书写张衡的丽句佳辞一并赠送？

　　一九二四年，鲁迅先生针对社会上流行的"阿呀阿唷，我要死了"之类的无聊的失恋诗，曾仿此而戏作《我的失恋——拟古的新打油诗》，全诗也是分为四节，第一节是："我的所爱在山腰，想去寻她山太高。低头无法泪沾袍。爱人赠我百蝶巾，回她什么：猫头鹰。从此翻脸不理我，不知何故兮使我心惊。"此诗后来收入散文诗集《野草》之内，可见他对此诗也别有妙造，情有独钟。

昔思君

晋 傅玄

　　昔君与我兮形影潜结[1]，今君与我兮云飞雨绝[2]。昔君与我兮音响相和[3]，今君与我兮落叶去柯[4]。昔君与我兮金石无亏[5]，今君与我兮星灭光离[6]。

注释

　　① 潜结：暗中联结。② 云飞雨绝：云雨喻男女私情，此处暗用宋玉《高唐赋》巫山神女的典故。③ 响：声音的回应，如响应。④ 去：离开。柯：树枝。⑤ 金石无亏："金石"喻坚固、坚贞，"无亏"喻无隙、无损。⑥ 星灭光离：流星陨落，光亮消失。

今译

　　过去你与我啊像那形与影暗中连结，今天你与我啊像流云飞散骤雨停歇。过去你与我啊像声音回响相应和鸣，今天你与我啊像分离了的树枝和落叶。过去你与我啊像金石坚贞没有隙缝，今天你与我啊像星星陨落光芒逝灭。

心赏

　　"比喻之作用大哉！"两千多年前，希腊哲人亚里士多德在他的《修辞学》中曾经如此赞叹。此诗之妙，妙在全用比体，比喻成了全诗的美学结构的同义语。此诗用许多比喻，来形容君与我的"今"与"昔"的感情的不同，是比喻中的一种特殊的比喻，也就是用许多比喻比同一事物，即所谓"博喻"，西方称之为"莎士比亚比喻"。同时，作者又运用了强烈的艺术对比，故也可以称之为"对比式博喻"。比喻，本来是诗之骄子，而对比，也是诗的宠儿，驱遣之妙，在乎一心，由此篇可见它们的艺术魅力。

　　世上的有情人许多都成了眷属，但也有不少最终又变成了怨偶。最可悲悯者如著名的文学家郁达夫，当年写了不少书信与情诗给王映霞，后来因种种原因又写了最终导致家庭破裂的《毁家诗纪》共二十首，最后远走南洋，在抗日战争胜利之后几日，被日军秘密杀害于印度尼西亚之苏门答腊岛荒野，遗骸无存，真是令人扼腕，不胜唏嘘！

有所思

汉 乐府

有所思，乃在大海南。何用问遗君①？双珠玳瑁簪②，用玉绍缭之③。闻君有他心，拉杂摧烧之④。摧烧之，当风扬其灰。从今以往，勿复相思。相思与君绝！鸡鸣狗吠，兄嫂当知之。妃呼豨⑤！秋风肃肃晨风飔⑥，东方须臾高知之⑦。

注释

① 问遗：赠与，赠送。② 玳瑁：龟类，甲带花纹，可作装饰品。簪：古人用来横穿髻上的连接冠和发髻的长针。③ 绍缭：缠绕。④ 拉杂：折断。摧烧：毁坏焚烧。⑤ 妃呼豨（xī）：象声词。一说为"悲歔欷"的借字，表女子的叹息声。⑥ 晨风：鸟名，即雉。飔（sī）：疾速之貌。⑦ 高（hào）：白貌。东方高：即东方白。

今译

我思念的人啊，远在遥远的大海之南。拿什么东西送给他呢？饰有双珠的那玳瑁簪，还用玉片来把簪身缠。听说他的心思变了卦，折断簪儿焚烧毁掉它。折断焚烧它，在风中把残灰都扬弃，从此而今后，再不把他想念！回想以往我要和他断交。当初幽会时鸡鸣狗叫，只怕惊动哥哥嫂嫂会知晓。悲歔欷！秋风飒飒晨风鸟儿飞得高，一会儿东方明我的心思太阳可鉴照。

心赏

这首诗属于汉《鼓吹曲辞·铙歌十八曲》之一，是一首抒写爱情的变故的民歌。它以女主人公自述的口吻，写出了她复杂曲折的心理活动。她先是"思"，继之以"怨"，最后是"思"与"怨"、"爱"与"恨"交集。感情热烈深沉，表情曲折有致。其中"玳瑁簪"通贯全篇，既是精彩的细节描写，也是绾合全文的抒情线索。《有所思》与《上邪》堪称汉乐府情诗中的双璧，至今仍然光华照人。

说《有所思》与《上邪》为双璧，此为一解；一解认为它们是一首诗或是一首诗的上下篇。《有所思》的结尾写诗中女子怀念旧情而未作决断，《上邪》则是打定主意后的誓词。闻一多力主此说，他说："细玩两篇，以为皆女子之辞，弥觉曲折反复，声情顽艳。"

上山采蘼芜

汉 古诗

上山采蘼芜①，下山逢故夫。

长跪问故夫②："新人复何如？"

"新人虽言好，未若故人姝③。

颜色类相似，手爪不相如④。"

"新人从门入，故人从阁去⑤。"

"新人工织缣⑥，故人工织素⑦。

织缣日一匹⑧，织素五丈馀。

将缣来比素，新人不如故。"

注释

① 蘼芜：亦称江蓠，香草之一种，可作香料。古人相信它可使妇人得子。
② 长跪：古人席地而坐，两膝着地，臀部压于脚后跟。"长跪"即伸长腰身而跪。③ 姝：好，美好，美丽。④ 手爪：此处指剪裁、纺织等功夫。⑤ 阁：旁门，小门。上句所说之"门"为正门。⑥ 缣：绢类，带黄色，价比素贱。⑦ 素：绢类，色洁白，价比缣贵。⑧ 一匹：长四丈。

今译

上山采香草蘼芜，下山碰到原丈夫。伸直腰身跪着问："你的新人竟如何？""新人虽然说是好，仍然没有故人妙。你们容貌还相似，她的手工却不如。""新人大门迎进来，故人旁门送出去。""新人善于织黄绢，故人善于织白绸。一日织绢只四丈，织绸一天五丈余。织绢织绸两相比，新人不如你旧妇。"

心赏

这是一首别具一格的弃妇诗，最早见于南朝徐陵所编的《玉台新咏》。夫妻的离异有诸多原因，如男子的喜新厌旧，如双方的性格不投，如第三者的插足，等等。在古代，父母之命是造成婚姻悲剧的重要原因，陆游与唐婉的悲剧就是如此。此诗中的"弃妇"与"故夫"双方似乎仍旧情难忘，而非恶语相向，女子虽有怨情，但却温婉善良，其间种种，令人想象。

从内容而言这是一首弃妇诗，从体裁而论则是一首叙事诗。在中国古典诗歌史上，叙事诗是不很发达的，而此诗则是中国古典叙事诗中的精品之一，在艺术裁剪上尤见功夫。作者未涉及弃妇被弃之前和被弃时的生活情景，对弃妇故夫相遇之后的情节也没有落笔，而是选取山下相遇的典型场景，通过人物对话，揭示人物的性格与命运，并刺激读者参与艺术的再创造。这种高明的艺术，对后代的叙事诗创作颇多启迪，你如去问写出"三吏""三别"的杜甫，他当会欣然同意。犹记二十世纪五十年代中后期我就读于北京师范大学中文系，在大三时撰《叙事诗的剪裁》一文投寄《诗刊》，其中也曾以此诗为证。该文刊于《诗刊》1959年11月号，匆匆已过一甲子矣。回首华年，恍如昨日。逝者如斯夫，不舍昼夜！

青青河畔草

汉 古诗

青青河畔草，郁郁园中柳。

盈盈楼上女，皎皎当窗牖①。

娥娥红粉妆，纤纤出素手。

昔为倡家女②，今为荡子妇③。

荡子行不归，空床难独守。

注释

① 窗牖（yǒu）：窗户。牖：窗也。② 倡家女：汉代倡家女是指以歌舞为职业的艺人，即歌妓，不同于后世的娼妓。③ 荡子：游子，在外漫游浪迹的人，和后世的荡子含义不同。

今译

青绿的是河边的春草密，茂盛的是园中的柳丝长。轻盈的是那楼上的少妇，照眼的是那当窗的面庞。倩丽的是那浓艳的打扮，皎白的是那玉手的修长。过去是能歌善舞的少女，今日为游子妇浪迹四方。浪迹四方的游子久不归，形单影只难以独守空房。

心赏

思妇怀人是《诗经》以来古典诗歌的传统题材，有关诗作多如繁华照眼，但以第三人称写的思妇诗，在《古诗十九首》中却唯此一首。此诗在艺术上最大的特色，除了以春日的美景反衬思妇闺房独守的哀伤，表现的是相反相成的艺术辩证法，此外就是叠词的巧妙运用。前六句每句均用叠词，一句一转，既描摹出人物的绰约风姿，动人情态，又平仄相间，大珠小珠落玉盘，从而加强了全诗珠走泉流的音乐美感。顾炎武在《日知录》中说"诗用叠字最难"，又称许《诗经·卫风·硕人》"河水洋洋，北流活活"等六句之连用六叠词，是"复而不厌，赜而不乱"，又赞美《古诗十九首》中的"青青河畔草，郁郁园中柳"等六句"连用六叠词，亦极自然，下此无人可继"，可见赞扬备至。

顾炎武说"下此无人可继",则未免有些绝对。此诗和《迢迢牵牛星》中的叠词运用相映生辉,也遥启了李清照《声声慢》连用十四个叠词的先河:"寻寻觅觅,冷冷清清,凄凄惨惨戚戚,乍暖还寒时候,最难将息。"李清照就是最出色的既守成而又勇于创新的继承人。

子夜歌

南朝 乐府

侬作北辰星^①，千年无转移。

欢行白日心^②，朝东暮西还^③。

注释

① 侬：吴地方言，自称之词，意为"我"。北辰星：北斗星，亦称北极星。② 行：作。白日：太阳。③ 还：旋转，回还。

今译

我是夜空北斗星，千年万载永不移。你是白天那太阳，早上在东暮转西。

心赏

诗贵想象，而新颖性则是诗的想象的第一个美学特征。诗的比喻正是诗的想象的结果与呈示，当然要求新颖独创。这首民歌以永恒不动的北辰星自喻，以朝东暮西的白日他喻，均是喻前人之所未喻，而只有这种给人以新鲜美感享受的比喻，才能艺术地表现诗的主旨，也才能在读者的欣赏这一艺术再创造的审美活动中，获得永久的艺术生命。

"诗可以怨"的古老诗教，在这首短小的民歌中也得到了充分地表现。在女子没有完全独立的社会中，她们常常担心男子用情不专而自己遭到遗弃，何况是男尊女卑的封建社会？此诗表现的就是一位女子对负心男人的指责与怨恨，时至今日，似乎仍然有它的现实意义。不过，今日已不单单是女怨男，男怨女之滥情多变者也不为少见。此所谓世风不古矣！

地驱乐歌

北朝 乐府

驱羊入谷^①，白羊在前^②。

老女不嫁，蹋地唤天^③！

注释

① 入谷：进入谷口。② "白羊"句：白色的头羊走在前面。③ 蹋：即"踏"。蹋地唤天：顿足悲号之貌。

今译

驱赶那羊群进入谷口，白色头羊总走在前面。姑娘老大了还不出嫁，只有顿足悲哭喊老天。

心赏

《地驱乐歌》是南北朝时期的北方民歌，郭茂倩《乐府诗集》收入《梁鼓角横吹曲》之中，此为四首中之第二首。北朝史称"五胡十六国"，即从公元316年匈奴族刘渊灭亡西晋，到公元581年隋文帝杨坚取代北周，历时二百六十余年。其间战乱频仍，男少女多，女子又多为家庭的劳动力，出嫁不易。这首短歌从一个特殊的角度反映了当时的社会现实，也传达了人性的呼声。全诗以北方游牧地区生活情景起兴，感情强烈，奔迸喷吐，绝不婉转含蓄，但仍然以其真情直率摇撼人心。梁启超曾称此类作品的抒情方式为"奔迸式"，信然！

北朝乐府中还有一首《折杨柳枝歌》："门前一株枣，岁岁不知老。阿婆不嫁女，那得儿孙抱？"它和上述民歌的背景与主旨大体相同，也是出自一位大龄未嫁女的口吻，同是人性的诉求，却表现得风趣幽默，机智慧黠，读来令人莞尔。

春宫曲

唐 王昌龄

昨夜风开露井桃[①]，未央前殿月轮高[②]。
平阳歌舞新承宠[③]，帘外春寒赐锦袍。

注释

① 露井：没有井亭覆盖之井。② 未央：未央宫，汉宫殿名。③ 平阳歌舞：《汉书·外戚传》记载，孝武卫皇后字子夫，原是平阳公主的歌女，武帝见之悦，因入宫。后来武帝抛弃其表妹陈皇后（即陈阿娇），子夫被立为后。此处借指新承宠者。

今译

昨晚东风吹开了露井边的春桃，未央宫殿前的明月高高地照耀。平阳公主家的歌女新近得宠爱，珠帘外尚有春寒就赐给她锦袍。

心赏

与六朝的宫体诗不同，唐代出现了一种新的诗歌门类，可以称之为"宫词"，它专门描写宫中生活，表现对宫人悲剧命运的同情，有的甚至具有相当的批判色彩。盛唐边塞诗的掌门人王昌龄，在抒写歌唱风尘大漠秋月长城之余，也不时到这一领域客串，一试他矫健的身手，《春宫曲》等诗就是如此。

在此诗中，他人为"新"，自己为"旧"，他人得宠，自己的失宠可想而知。清人沈德潜《说诗晬语》谈到此诗时说："王龙标绝句，深情幽怨，音旨微茫。"这也正是中国古典诗歌的美学特色：含蓄蕴藉，充分刺激读者的想象以参与作品的艺术再创造。此诗没有一字正面直陈，纯系形象与场景的展现，但其中所蕴含的作者的褒贬，以及帝王的荒淫与宫女的怨望，均令人于言外可想。

西宫秋怨

唐 王昌龄

芙蓉不及美人妆，水殿风来珠翠香。

却恨含情掩秋扇①，空悬明月待君王②。

注释

①"却恨"句：却恨含情，一作"谁分含啼"。秋扇，即团扇。自汉代班婕妤《怨歌行》写团扇在秋天"弃捐箧笥中，恩情中道绝"之后，它就成为一个象征性的原型意象。②"空悬"句：用司马相如《长门赋》中"悬明月以自照兮，徂清夜于洞房"句意。

今译

夏日的出水荷花都赶不上美人的艳妆，碧水环护宫殿清风吹来一身珠翠生香。最令人怅恨的是收拾秋天见弃的团扇，秋夜里空悬一轮明月等待薄情的君王。

心赏

在漫长的封建社会中，穷奢极欲的帝王都少不了后宫佳丽，那深宫别殿不知禁锢和埋葬了多少少女的青春。唐代宫女之多尤为突出，杜甫说"先帝侍女八千人"（《观公孙大娘舞剑器行并序》），白居易说"后宫佳丽三千人"（《长恨歌》），这些都绝非是文学的夸张，而是历史的实录。

七绝圣手王昌龄笔下的重要题材之一，就是宫怨。他现存宫怨诗虽然只有八首，但均为精品，如组诗《长信秋词》（五首），如前引之《春宫曲》。本诗前两句极写女主人公之美艳，后两句则是反跌之笔，相当直接地抒发怨望之情，从此诗可见封建时代妇女的悲剧命运，也可见王昌龄作品对妇女悲剧命运的深刻同情。这首诗与前引之《春宫曲》，以及"奉帚平明金殿开，且将团扇共徘徊。玉颜不及寒鸦色，犹带昭阳日影来"（《长信秋词（其三）》），都是同一题材和主题，但写来毫不雷同，各呈异彩。杰出的作家绝不甘心自我重复，从中也可见有"诗家天子"之称的王昌龄的不凡身手。

北风行

唐 李白

烛龙栖寒门，光耀犹旦开①。

日月照之何不及此？惟有北风号怒天上来。

燕山雪花大如席②，片片吹落轩辕台③。

幽州思妇十二月，停歌罢笑双蛾摧。

倚门望行人，念君长城苦寒良可哀。

别时提剑救边去，遗此虎文金鞞靫④。

中有一双白羽箭，蜘蛛结网生尘埃。

箭空在，人今战死不复回！

不忍见此物，焚之已成灰。

黄河捧土尚可塞，北风雨雪恨难裁！

注释

① "烛龙"二句：烛龙见于《淮南子·墜（dì，"地"之古体字）形训》，是人面龙身而无足的神。寒门：极北严寒之地。烛龙睁眼为昼，闭眼为夜。② 燕山：今河北北部、北京市北境燕山山脉。此处泛指我国北方。③ 轩辕台：遗址在今河北省涿鹿县西南。④ 鞞靫（bǐng chá）：刀鞘与箭鞘，此处偏指装箭的袋子。

今译

烛龙栖息极北苦寒之地，它睁眼时才是白天到来。太阳和月亮为何照不到那里？只有北风呼号如怒从天上扑来。燕山的雪花啊大得像席片，片片如席飘飞吹在轩辕台。幽州的思妇在风雪的寒冬，停歌止笑娥眉紧锁着悲哀。她倚着门闾遥望征人，忆念他在苦寒的长城令人悲哀。别时他提剑去救边界急难，留下装饰着虎纹的箭袋。箭袋中空留有一双白羽箭，蜘蛛在其中结网遍生尘埃。箭徒然留在这里，人已战死沙场再不会回来。我不忍心再见到遗物，只好狠心把它烧成灰埃。滔滔黄河手捧泥土还可塞，漫天风雪心中恨无法量裁。

心赏

李白留有近一百五十首乐府诗，此为其中之一。六朝鲍照的《北风行》是"伤北风雨雪，行人不归"，李白此诗受鲍照《北风行》影响，但却有出蓝之美。它控诉开边启衅的战争的罪恶，同情百姓的痛苦，抒写思妇的苦恨深怨，不仅有曲尽其情的细腻描绘，而且有超拔的想象和大胆的幻想与夸张，闪耀着浪漫主义的奇光异彩。全诗有如一匹锦缎，已经是美不胜收了，而"燕山雪花大如席""黄河捧土尚可塞，北风雨雪恨难裁"等警言妙句，更是从诗人笔下喷涌出，前来锦上添花。

战争有正义之战与非正义之战，虽然它们都会给人民特别是妇女带来灾难。在苏联的卫国战争开始之时，作家西蒙诺夫创作了《等着我吧》一诗，这是一曲热烈而深情的爱的颂歌，传唱一时，至今仍有感人的力量，有心的读者不妨找来一诵。如果你热血未冷，当会为之沸腾；如果你正年轻，何妨纸上重温。

佳 人

唐 杜甫

绝代有佳人，幽居在空谷。

自云良家子，零落依草木。

关中昔丧乱①，兄弟遭杀戮。

高官何足论，不得收骨肉。

世情恶衰歇②，万事随转烛③。

夫婿轻薄儿，新人美如玉。

合昏尚知时④，鸳鸯不独宿。

但见新人笑，哪闻旧人哭？

在山泉水清，出山泉水浊。

侍婢卖珠回，牵萝补茅屋。

摘花不插发，采柏动盈掬⑤。

天寒翠袖薄，日暮依修竹。

注释

① "关中"句：关中指今陕西省潼关以西一带。丧乱：指安史之乱。
② 恶（wù）：憎恨，讨厌。③ 转烛：以风摇烛影喻世事无常。④ 合昏：亦
名合欢，其花朝开夜合。⑤ 柏：木名，常以之喻坚贞的操守。此处指柏树籽。
喻意相同。盈掬：满把，满手。

今译

有一位美貌绝世的佳人，幽独地住在空寂的山谷。她说她本是好人家女
儿，流落飘零来依附于草木。关中过去遭到连年战乱，兄弟和姐妹都惨遭杀
戮。官高位显有什么可说的，尸首无着不得埋葬骨肉。世上人情都嫌失势的
人，万事像随风而转的蜡烛。丈夫是无情寡义的小人，他另有新欢而美如璧
玉。合欢花朝开夜合而有信，鸳鸯雌雄成双而不独宿。他只喜欢看新人的欢

笑，哪会去听啊旧人的啼哭？她如在山泉水清澈自守，他如同出山的泉水污浊。变卖首饰的侍女刚刚回来，牵拉萝藤修补着破茅屋。摘下花朵不去插戴头发，采集柏子经常满满一掬。天气已凉风中翠袖单薄，夕阳中她伫倚长长绿竹。

心赏

此诗作于乾元二年（759）秋天，历时八年之"安史之乱"的第五年。在广阔的时代背景下写个人的悲剧命运，大中取小，小中见大，这是后人美称"诗圣""诗史"的杜甫所擅长的大手笔。此诗叙事与抒情兼而有之，全篇运用倒叙手法，有故事，有人物，有波澜，有人物的主体自白，也有作者的客观叙述，是抒情诗的上选，也可视为"微型"叙事诗。全诗已经有如一座美轮美奂的诗的殿堂，还有"但见新人笑，哪闻旧人哭？在山泉水清，出山泉水浊"的美中之美的警句熠熠生辉。

诗中的主人公是战乱时代被遗弃的孤苦而高洁的女子，她的悲剧命运是时代使然，也是轻薄的夫婿所造成的。男人之喜新厌旧以至于遗弃糟糠之妻，这是古今共有的普遍社会现象。英国著名侦探小说家被誉为"推理之王"的阿加莎·克里斯蒂（1890—1976）说："对于任何女人来说，考古学家是最好的丈夫。因为，妻子越老他就越爱。"机智幽默，妙趣横生，可惜今日世间的许多女子也许知道她的《尼罗河上的惨案》等作品，却不知道这位智者提供的上述侦破信息。

谢赐珍珠①

唐 江采蘋

桂叶双眉久不描②，残妆和泪污红绡。

长门尽日无梳洗③，何必珍珠慰寂寥④！

作者简介

　　江采蘋（生卒年不详），莆田（今福建省莆田市）人。善诗文，自比东晋时的才女谢道韫。开元元年（713）初入宫，为玄宗宠幸，称江妃。杨贵妃得宠后，她被贬居上阳宫。

注释

　　①谢赐珍珠：唐玄宗在花萼楼封一斛（十斗）珍珠密赐江妃，江不受而作此诗。②桂叶双眉：眉毛细长如桂叶。③长门：长门宫。汉武帝陈皇后失宠后贬居于此，江妃借以自况。④寂寥：寂寞，冷清。

今译

　　桂叶般细长的双眉长期久不画描，眼泪和着残留脂粉污染红色绸衣。在清冷长门宫一天到晚无心梳洗，何必用珍珠来安慰我的落寞孤寂！

心赏

　　江妃曾受宠于唐玄宗李隆基，因江喜好梅花的雅洁，所住的院子里全都种上了梅花，故玄宗戏称之为"梅妃"，后来又在《题梅妃画真》一诗中称江为"娇妃"。梅妃留存至今的仅此一诗，从此诗可见帝王之用情难专，也可见被损害的弱女子的痛苦和怨恨。令人深为同情与凛然起敬的是，她竟然敢于拒绝，敢于无视无上的皇权而维护自己的人性尊严，可谓冒天下之大不韪。弱女子，也做了一回拒绝帝王之赐并抒写幽怨之诗的"女强人"。

　　玄宗读此诗后怅然不乐，命乐府将诗谱曲，名《一斛珠》。《一斛珠》词牌名即起于此。安史乱中，唐玄宗仓皇奔蜀，梅妃据云为叛军所杀，反正下落不明。玄宗自四川返回长安后，已进入往事只堪哀的老境，也许是良心发现吧，他作有一首《题梅妃画真》:"忆昔娇妃在紫宸,铅华不御得天真。霞绡虽是当时态,争奈娇波不顾人。"抚今而忆旧,对像而怀人,但一切都成过去式而为时已晚悔之亦晚矣!

相思怨

唐 李冶

人道海水深，不抵相思半①。

海水尚有涯②，相思渺无畔③。

携琴上高楼，楼虚月华满。

弹着相思曲，弦肠时一断④。

作者简介

李冶（？—784），字季兰，乌程（今浙江省湖州市）人。善琴书，年六岁能诗，后为女道士，时人对之有"女中诗豪"之称。

注释

① 抵：抵得，相当。② 涯：水边，边际。③ 畔：田界，边侧。④ "弦肠"句：用六朝北周庾信《怨歌行》"为君能歌此曲，不觉心随弦断"诗意。

今译

人家都说海水无比渊深，我说它抵不上相思一半。那海水尚且有际复有边，相思之情渺远而无涯岸。手持瑶琴登上高楼望远，高楼空寂只有月光盈满。我弹奏着那相思之曲啊，琴弦与柔肠啊同时崩断！

心赏

古人常以海水比况忧愁，颇多名句可摘，在李冶之前，李颀《杂诗》就有"请量东海水，看取浅深愁"之句，所以李冶以海水比相思，算不上独创或者说首创，但她仍有属于自己的发现，她不重复海水之深浅与愁情之深浅，而径直说深深的海水抵不上愁情的一半。后来的白居易有《浪淘沙》词："借问江潮与海水，何似君情与妾心？相恨不如潮有信，相思始觉海非深。"李冶较白居易年长，我总怀疑，白居易这位须眉曾效法李冶这位蛾眉。李冶之诗前四句海水与相思分写，唱叹有情，但更精彩的却是结句。相思如此，夫复何言？

李冶的感情生活肯定不如意。另有诗为证，一是她的《明月夜留别》："离人无语月无声，明月有光人有情。别后相思人似月，云间水上到层城。"另一首则是奇特的《八至》："至近至远东西，至深至浅清溪。至高至明日月，至亲至疏夫妻。"尤其是后一首，十分独异与独妙，是诗中的异品兼妙品。

江南曲

唐 李益

嫁得瞿塘贾①，朝朝误妾期。
早知潮有信②，嫁与弄潮儿③。

注释

① 瞿塘贾：瞿塘，瞿塘峡，在重庆奉节一带，代指为当时商业中心之一的夔州。贾（gǔ）：商人。② 潮有信：潮水涨落有时，故称"潮信"。③ 弄潮儿：弄潮者。弄潮为古代的一种水上游戏。"儿"古读如"倪（ní）"以押韵。古文中"倪"与"儿"通，指弱小、初始。

今译

嫁给远去瞿塘峡做生意的商人，回回延误约定的归期使我失望。早知道潮水来去涨落有信，不如嫁给那依时去弄潮的儿郎。

心赏

前两句写"误"是实，是现实的描绘，后两句写"不误"是虚，是想象的飞腾，由"朝"而"潮"，妙在谐音之一线相牵，正因为有这种不知从何处飞来的痴想，此诗才成为千古绝唱。明代钟惺与谭元春合编之《唐诗归》说："荒唐之想，写怨情却极真切。"清人贺裳《载酒园诗话》说得更好："诗又有无理而妙者，如李益'早知潮有信，嫁与弄潮儿'，此可以理求乎？然自是妙语。"如果诗中处处讲"理"，那就只能放逐或扼杀"诗味"。

好诗不仅有所谓"无理而妙"，而且有所谓"愈无理而愈妙"。宋代张先《一丛花令》中说"沉思细恨，不如桃杏，犹解嫁东风"，沉思熟虑之后，得出的竟然是如此不可理喻的结论，真是诗意盎然。当代诗人叶文福的爱情诗《墓碑》的起句是："我是你坟前的一块墓碑，把你芬芳的名字刻在我的心间。"真是铭心刻骨之情，化为匪夷所思之想！二十世纪八十年代之初，在北京西苑宾馆举行全国新诗颁奖盛典，叶文福以《祖国啊，我要燃烧》一诗获奖，会议期间他曾对我提及《墓碑》之上述两句，自云"可以和普希金的诗比美"。

竹枝词

唐 刘禹锡

山桃红花满上头①，蜀江春水拍山流②。

花红易衰似郎意，水流无限似侬愁。

注释

① 上头：山上头，山上。② 蜀江：长江流经四川之一段称蜀江。

今译

山桃树的红花灼灼开满了山头，长江碧绿的春水洋洋拍山而流。花红匆匆易衰像郎易衰的心意，江水悠悠不尽如我不尽的哀愁！

心赏

刘禹锡被贬为夔州刺史时，学习当地民歌而写了十多首《竹枝词》。此诗以第一人称即诗的抒情女主人公的角度写就，全诗比兴兼具，两两相对，清新自然，第三句承第一句，第四句承第二句，隔句相承相对，可见章法之谨严，结构之完美。经过刘禹锡加工提炼过的《竹枝词》，具有"俚而雅"的特色，即既有民歌的朴素率真，也兼有文人的精致典雅，它是文人书写《竹枝词》最早的典范之作，后代不少诗人都曾对它观摩效法。

诗中也表现了少女对爱情的担忧和对男方的怨望。至于男子之易于见异思迁，中外皆然，古今一概，可引莎士比亚之《无事生非》为证："不要叹气，姑娘，不要叹气，男人们都是些骗子。一脚在岸上，一脚在海里，他们天性里朝三暮四。"时至今日，"朝三暮四"的女子也为数不少，无论男女，都不妨读读莎士比亚的上述警语箴言，如前人所云"有则改之，无则加勉"。

长相思

唐 白居易

汴水流①，泗水流②，流到瓜洲古渡头③。吴山点点愁④。　思悠悠，恨悠悠，恨到归时方始休。月明人倚楼。

注释

① 汴水：发源于河南省荥阳市，至江苏徐州与泗水汇合后流入淮河。② 泗水：发源于山东省泗水县。③ 瓜洲：长江北岸古渡口，今江苏省扬州市邗（hán）江区，大运河流入长江处。本为江中沙碛，其形如瓜。④ 吴山：长江下游南岸群山，古为吴国属地，故名。

今译

汴水往东流，泗水往东流，流经千里流到那瓜洲古渡口，江南群山点点使人忧愁。思念也悠悠，怨恨也悠悠，恨到他回来之后恨才会止休，月夜伊人怀远久倚高楼。

心赏

这首词是写"闺怨"的名词。上片写景，也是写思妇追溯丈夫江上航程的意识流，景中有情；下片写情，也是写思妇月夜倚楼怀人的现实象，情中有景。重字"流"与"恨"，叠词"点点"与"悠悠"，不仅突出了题旨，也使全词平添了一番"大珠小珠落玉盘"的音乐之美。上下片的结句前者拟人，后者点明长相思的主人公。前者写"吴山"，其实是写人物的千愁万恨，"吴山点点"，不过是"愁"的客观对应物而已；后者直接写人物，高楼长倚，真是"多少恨，昨夜月明中"了。全词如洞箫一曲，余音袅袅。

白居易另有一首《长相思》，也是写闺怨之作。主题相似，人物相似，但写法不同，有如阳光，在三棱镜下可以透出七彩，同是钻石，无妨面面生辉："深画眉，浅画眉。蝉鬓鬅鬙云满衣。阳台行雨回。　巫山高，巫山低。暮雨潇潇郎不归。空房独守时。"

破　镜①

唐　杜牧

佳人失手镜初分，何日团圆再会君？

今朝万里秋风起，山北山南一片云。

注释

① 破镜：唐孟棨《本事诗》记载，南朝陈亡时，徐德言与其妻乐昌公主破一铜镜，各执其半，相约正月十五日卖于都市。陈亡后公主为杨素所得，德言如期至京，见一人叫卖铜镜，出所藏破镜合之，题《破镜诗》一绝："镜与人俱去，镜归人不归。无复嫦娥影，空留明月辉。"公主得诗，悲泣不食，杨素知之，让他们同回江南终老。后以"破镜重圆"喻夫妻失散或离婚后重又团聚。

今译

美人失手一面圆镜裂为两半，什么时候破镜重圆见到郎君？千里万里肃杀秋风今朝吹起，山北山南只见一片云雾迷蒙。

心赏

这首诗前两句叙事，后两句写景。诗中女主人公怨情的缘由是什么？她和"君"也即原来的意中人为什么会分离？今后能否破镜重圆？"秋风"与"云"有何象征意义？如此等等，诗人没有明白道出，而是若隐若现，留下了大量的供读者联想和想象的空白。尤其是以景结情的后两句，更可以说是言有尽而意无穷。这正是其诗艺高明之处，杜牧当时没有现代西方的"接受美学"之说，也无"期待视野""召唤结构"这些现代西方美学名词，但他却深得中国古典诗学的"意在言外""有余不尽"的其中三昧。

新月派女诗人林徽因据说曾有一段未能圆满的恋情，她作有一首一节四行全诗共四节的《情愿》，开篇一节是："我情愿化成一片落叶，让风吹雨打到处飘零；或流云一朵，在澄蓝天，和大地再没有些牵连。"其中和杜牧诗相似的是，也有"风"与"云"的意象，但杜诗意在言外，林诗虽好，却仍不免意在言中。

无 题

唐 李商隐

来是空言去绝踪，月斜楼上五更钟。

梦为远别啼难唤，书被催成墨未浓。

蜡照半笼金翡翠①，麝熏微度绣芙蓉②。

刘郎已恨蓬山远③，更隔蓬山一万重④！

注释

① 金翡翠：以金线绣成翡翠鸟图样的帷帐。② 麝熏：古代富家常以名贵香料熏衣服被帐。绣芙蓉：绣有荷花图案的被褥。③ 刘郎：据东晋葛洪《神仙传》记载，东汉时刘晨与阮肇入天台山采药，遇仙女留居半年，还家后已历七世，复寻仙境则不可至。④ 蓬山：传说中的海上神山蓬莱山，泛指仙境，本诗指女子所居之地。

今译

她空说来相会其实别后就再不见影踪，我久候楼头直到残月西斜敲响五更钟。因远别而结想成梦暗中哭泣无法自止，一梦醒来匆匆提笔写信墨汁尚未磨浓。朦胧烛光半罩着绣有金翡翠鸟的帷帐，芬芳的麝香微微透过被褥上绣着的芙蓉。我像古代的刘郎本来已恨蓬山遥远啊，何况她现在更远隔着那蓬山千重万重。

心赏

无题诗，是李商隐所独创的一种诗歌体式，影响深远。他以"无题"为题之诗，前后写有多首，写作时间不一，但大多是表现男女的爱情特别是相思之情，当然也许另有他在政治上仕途上希望与失望的寓意寄托。本书所引之无题诗乃是组诗，一共四首，此为第一首。他的《无题》诗诗旨朦胧，手法新颖，常用象征与暗示，刺激读者参与想象，虽为古典，却颇具现代诗特别是现代象征诗派的韵味。

本诗也是如此，有佳篇更有佳句，如"梦为远别啼难唤，书被催成墨未浓",如"刘郎已恨蓬山远,更隔蓬山一万重",读之神魂飞越,诵之口颊生香。犹忆二十世纪五十年代中期负笈京门,初上北京师范大学中文系,亲炙先师李长之教授讲授"中国古代文学史",如沐春风。复见他在《光明日报》发表应约而急撰的论李商隐的大文,题目即为顺手牵来之"书被催成墨未浓",虽为另行化用,却妙不可言,捧读时的惊喜之情,虽六十年流光杳杳却仍恍如昨日也。

龙 池

唐 李商隐

龙池赐酒敞云屏①，羯鼓声高众乐停②。

夜半宴归宫漏永③，薛王沉醉寿王醒④。

注释

① 龙池：唐玄宗李隆基在长安城东南角隆庆坊之旧邸建兴庆宫，宫内有池名龙池。云屏：云母屏风。敞：隔开内外的屏风敞开，贵妃在家宴就座不言自明。② 羯（jié）鼓：起源于印度，后由古代少数民族羯族传至中原的乐器，其声高亢急促，玄宗最爱纵击为乐。③ 宫漏：宫中用水计时的滴漏。永：长，久。④ 薛王：玄宗弟李业封薛王，此指承袭王位的其子李琄。寿王：玄宗子李瑁，娶杨玉环为妃。玄宗夺媳，另将韦昭训之女封为寿王妃。先度杨玉环为女道士，后纳入宫中，天宝初年册立为贵妃。

今译

在龙池举行家宴赐酒作乐张开云母之屏，羯鼓的声音高亢激越而众乐则悄然声停。半夜宴罢归来宫中的铜壶滴漏滴声悠永，薛王已醺然沉醉而长夜难眠的寿王清醒。

心赏

这是一首另类的怨情诗，写的是寿王李瑁心中的痛苦、羞惭和又不敢表露的怨恨。白居易的《长恨歌》，对唐玄宗夺媳的丑行不无遮掩，李商隐则不仅在《骊山有感》中讽刺说"平明每幸长生殿，不从金舆惟寿王"，而且在本诗中选取了帝王家宴的场面，作了更大胆更具艺术力量的批判，结句之"醉"与"醒"即现代诗学中所谓"矛盾语"的对照，无声之泣，过于恸哭。

宋人洪迈《容斋续笔》卷二："唐人歌诗，其于先世及当时事，直辞咏寄，略无避隐，至宫禁嬖昵，非外间所应知者，皆反复极言，而上之人亦不以为罪。……今之诗人，不敢尔也。"可见文学创作应该并兼"美""刺"，歌颂值得歌颂的，批判应该批判的。唐代，是中国历史开明开放、言论自由的时代，李商隐这首直"刺"最高当局的可称"反腐败"的诗就是证明，以后特别是明代，尤其是清代，就文网森严，每况愈下了。

题玉泉溪

唐 湘驿女子

红树醉秋色^①，碧溪弹夜弦^②。

佳期不可再^③，风雨杳如年^④。

注释

① 醉：此处为使动用法，"使秋色醉"之意。② 碧溪：指玉泉溪，地在湖北省当阳市西北。此处亦可泛指碧绿的溪水。③ 再：又一次，两次或第二次。④ 杳（yǎo）：幽暗深远。亦指一去不回。杳如年：指风雨如晦的长夜如年。

今译

　　枫林的红叶醉了秋天，碧绿的溪水如奏夜弦。那欢会之期不可再得，风雨幽暗啊长夜如年。

心赏

　　楚地本来是幽奇惝恍的楚辞的故里，光怪陆离的神话传说的家乡。"湘驿女子"不知名姓，身世不传，这首诗的来历也就笼罩在一片恍兮惚兮的迷雾里。据元末明初陶宗仪《说郛》引唐人刘焘《树萱录》之记载，说晚唐咸通年间，广东番禺人、岭南节度使郑愚曾游湘中，宿于驿楼，夜遇一女子诵此诗，顷刻之间即杳然不见。后来此诗被收入《全唐诗》中。

　　秋天是怀人的季节，何况溪水如弦，如奏相思之曲？何况风雨如晦，再会杳然无期？此诗"红树""碧溪"的浓艳色彩，更反衬出女抒情主人公内心的落寞凄凉。俞陛云《诗境浅说续编》说："首二句词采清丽，音节入古；后二句回首佳期，但觉沉沉风雨，绵渺如年。……如闻'阳阿''激楚'之洞箫也。"此诗神秘幽奇，如今，到哪里还能听到玉泉溪声？到哪里还能见到湘驿女子倚楼的红袖？只是诗的悲剧内蕴若明若暗，若隐若现，多愁多感特别是有相同或相似经历的读者，读来当别有会心。

南歌子

唐 敦煌曲子词

　　悔嫁风流婿，风流无准凭①。攀花折柳得人憎②。夜夜归来沉醉，千声唤不应。　　回觑帘前月③，鸳鸯帐里灯。分明照见负心人。问道些须心事④，摇头道不曾⑤。

注释

　　① 无准凭：没有一定，靠不住。② 憎：本为厌恶之意，词曲中常颠倒其意，作"爱"解。《董西厢》："你道是可憎么？直羞落庭前无数花。"此处却仍应作"憎恶"解。③ 觑（qù）：窥伺，细看。④ 些须：一点儿，少许。⑤ 不曾：没有。

今译

　　后悔嫁给那个风流夫婿，他风流放浪全没有准凭。到处去寻花问柳使得人憎恨。夜夜回家之后都是醉醺醺，千声万声呼唤也不答应。回头望那窗前一轮皓月，低头细看鸳鸯帐里灯明。月色灯光都照见那负心的人。我只盘问他少许心中事，他总是连连摇头说不曾。

心赏

　　这是民间词中颇为别致的一首。上片概述浪子丈夫的行径，而以一个"悔"字领起与笼罩全篇。下片则写这位妻子对丈夫寻根究底，企图使他酒后吐真言，但其夫虽然"沉醉"，但对自己的寻花问柳之事则讳莫如深，可见其狡猾的"清醒"。全词于幽默中见严肃，于风趣里见凄怆，于单纯的情节中见人物怨恨的情态与心理。

　　同情弃妇，谴责负心汉，是我国古典爱情诗中常见的题材与主题。最早的是《诗经·卫风》中的《氓》，随后汉乐府中的《有所思》，南朝民歌中的《读曲歌》，唐诗人顾况的《弃妇词》，等等，都是同情之歌与谴责之曲的二重唱。

浣溪沙

五代 李璟

菡萏香销翠叶残[①]，西风愁起绿波间。还与韶光共憔悴，不堪看。　　细雨梦回鸡塞远[②]，小楼吹彻玉笙寒[③]。多少泪珠何限恨[④]，倚阑干。

作者简介

李璟（916—961），初名景通，字伯玉，徐州（今江苏省徐州市）人。史称南唐中主。政治上无所作为，在词坛却别开一帜。其词仅存四首，均有较高艺术水准。后人将他及其子李煜的作品，合刻为《南唐二主词》。

注释

① 菡萏（dàn）：荷花。② 鸡塞：即鸡鹿塞，又名鸡禄山，今之陕西省榆林市横山区西。又说指今内蒙古自治区杭锦后旗西北部。在汉代是匈奴与中原接触之地，此处泛指边关。③ 吹彻：吹遍。"彻"，本为大曲最后一遍，此处可释为曲终或长时间的吹奏。玉笙：美好的笙。④ 何限：无可限量，意为无限。

今译

荷花的芬芳消歇碧绿的荷叶凋残，令人忧愁的西风吹皱清碧的波澜。荷花荷叶与美好的时光一同憔悴，景物凄凉不能赏看。细雨中千里梦回倍觉征人路遥远，小楼上一遍一遍吹奏玉笙声凄寒。不知抛洒多少泪珠啊无限的愁恨，怀人眺远独倚栏杆。

心赏

此词写思妇怀人念远时的怨恨之情，也许还包括了身为帝王的作者向后周被迫称臣的悲恨。全词风格清超，感情沉郁，结构细密，语言婉丽，确为词史中的上品之作。李煜虽然后来居上，但仍可谓有其父必有其子。他们虽然是无能的帝王，但在词的竞技场上，却是接力而奔的超一流选手。

李璟此词是名篇，其中也有名句，如锦上之花。《南唐·冯延巳传》记载，因冯词中有"风乍起，吹皱一池春水"之句，李璟戏言"吹皱一池春水，干卿何事"，冯则对曰"安得如陛下小楼玉笙寒之句"。可见此句在当时就已经叫响。时至宋代，王安石曾问黄山谷是否看过李后主的词，何处最好。黄山谷答以"一江春水向东流"，王安石则说不如"细雨梦回鸡塞远，小楼吹彻玉笙寒"一联。博闻强识的王荆公虽然记错了版权所有者，但可见此句之影响。到了清代，王国维在《人间词话》中又发表不同看法，他认为首二句"大有众芳芜秽、美人迟暮之感"，而"乃古今独赏"其下阕之首二句，"故知解人正不易得"。按他之见，才学俱属顶尖级的拗相公王安石都算不得解人了。

诉衷情

五代 顾夐

永夜抛人何处去①？绝来音。香阁掩②，眉敛③，月将沉。 争忍不相寻④？怨孤衾。换我心，为你心，始知相忆深！

作者简介

顾夐（xiòng）（生卒年不详），五代前蜀与后蜀词人，也是花间派词人之一。多作艳词，人谓之神艳骨清，艺术成就较高。

注释

① 永夜：长夜。② 香阁：闺中小门。③ 眉敛："敛"为收敛、收缩。"眉敛"即皱眉。④ 争忍：怎忍。

今译

在漫漫长夜你抛开我到哪里去了？断绝了来临的音讯。我失望地掩上闺门，眉头紧蹙，眼见一轮明月将沉。你怎么会忍心啊不来寻问？我只得怨拥孤衾。换我的相思的心，为你的相思的心，才知我忆念你感情有多深！

心赏

花间派的词风本来以柔婉绮媚著称，但此词不仅有文人词特别是花间词的华美细腻，而且有民歌的质朴真切，全用口语白描，直抒女主人公胸臆，是词人琴弦上的另一种变奏。它写的虽是少妇空闺独守的怨艾之情，题材并不新鲜，但艺术上却有新意，尤其是结句更为脍炙人口。明代戏剧家汤显祖说："若到换心田地，换与他未必好。"（汤评《花间集》）清诗人王士祯则认为："自是透骨情语。"（《花草蒙拾》）时至现代，这种痴情之女子或女子之痴情，似已逐渐失传。如果由怨艾而怨恨，而无法调和与调解，那就只能或好合好散地私下协议分手，或不可开交地闹上法庭了。有谁，还会来写这种情致缠绵的词呢？

顾夐写思妇之怨，颇多佳篇好句，真是有劳他为人代言与直言。如"玉郎还是不还家，教人魂梦逐杨花，绕天涯"（《虞美人》），如"正忆玉郎游荡去，无寻处。更闻帘外雨潇潇，滴芭蕉"（《杨柳枝》）。今日的读者如果油然而兴同情之心，也许会为她们书写"寻人启事"了。

寓　意

宋　晏殊

油壁香车不再逢①，峡云无迹任西东②。

梨花院落溶溶月，柳絮池塘淡淡风。

几日寂寥伤酒后，一番萧索禁烟中③。

鱼书欲寄何由达④，水远山长处处同！

注释

①　油壁香车：油漆涂壁、香料装饰之车。②　峡云：巫峡之云。暗用楚襄王和巫山神女相会的传说。③　禁烟：清明前一日为寒食节，不举火，俗名禁烟或禁火。④　鱼书：书信。古人有鱼雁传书之说。

今译

油漆与香料涂饰的车子走后就不再相逢，如同峡云飘忽不知踪迹是往西还是往东。开满梨花的院落里月光泻落啊融融如水，青青柳丝摇曳的池塘边荡漾着淡淡清风。借酒浇愁好多天来在伤酒之后更感寂寞，寒食节中的景象更加平添一番萧瑟凄清。书信写好后想寄给她怎么才能够送到呢？到处都是山又高水又远音讯啊阻隔难通！

心赏

优秀的诗作既抒写了个人独特的经历和感受，绝不大而化之，缺乏个性；又创造了具有普遍意义的情境让读者投入，绝不自我封闭，与世隔绝。此诗又作"无题"，故隐其题也，"寓意"，寄托其意也。此诗之意，乃在"怨别"，而且是一去不回之别，但全诗却始终没有一个"怨"字，这就是唐人司空图在其《二十四诗品》中所说的"不着一字，尽得风流"。词人写人间，写天上，写眼前之景，写心中之情，写一别之难逢，写重逢之无望，以"不再逢"领起全篇，空灵而不泥实，颔联以"互文"修辞写景固然清新俊逸，尾联更是作了高度的艺术概括，令人想起晏殊的另一名作《鹊踏枝》的结句："欲寄彩笺兼尺素，山长水阔知何处？"

对于此词，不同时代的读者都可以各有会心。当然，今日的读者有福了，因为现代的"鱼书"，如电话早就即拨即通，而"伊妹儿"也即发即至，而昔日笨拙而令人艳羡的"大哥大"，也发展为今天人人得而携之即点即达的袖珍智能手机了。

玉楼春

宋 晏殊

绿杨芳草长亭路①，年少抛人容易去②。楼头残梦五更钟，花底离情三月雨③。　　无情不似多情苦，一寸还成千万缕。天涯地角有穷时，只有相思无尽处。

注释

① 长亭：古代旅途所设饯别或休憩之亭。李白《菩萨蛮》："何处是归程？长亭更短亭。"② 年少：词中女子对所爱的人的称呼。③ 三月雨：即梅雨，雨丝不绝而撩人愁思。

今译

绿色的柳枝萋萋芳草长长的旅途，那个人啊轻易地抛撇下我而远去。楼头别梦初回五更钟声令人伤怀，平添我的离情是淅沥的花间梅雨。人若无情不会像多情者那么悲苦，一寸的相思竟可以化成千丝万缕。天之涯地之角虽然远还有个尽头，只有绵绵的相思情没有穷尽之处。

心赏

上片以景写情颇为成功，如"绿杨"即暗寓从汉代以来即有的折柳赠别之意，"芳草"即寓久客不归之情。(《楚辞·招隐》："王孙游兮不归，春草生兮萋萋。")"五更钟"以时间以声音衬托梦回之后的孤独，"三月雨"以季候以声响表现怀人之凄清。下片得力于多样中有统一的艺术对比，即"无情"与"多情"，"一寸"与"千万"，"有穷"与"无尽"，统一则紧扣题旨，多样则富于变化。正是因为如此，传统的题材就得到了新的表现，如同一株老树上就开出了应时而发的新花。

俄国名诗人莱蒙托夫有一首《我俩分离了》："我俩分离了，但你的姿容仍旧在我的心坎里保存：有如韶光留下的依稀幻影，它仍愉悦着我惆怅的心灵。我虽然委身于新的恋情，却总是无法从你的倩影上收心。正像一座冷落的教堂总归是庙，一尊推倒了的圣像依旧是神。"可见意旨相近且同为好诗，也仍然中外有别，从感情，从想象，从表现，均是如此。

蝶恋花

宋 欧阳修

庭院深深深几许①？杨柳堆烟，帘幕无重数。玉勒雕鞍游冶处②，楼高不见章台路③。　　雨横风狂三月暮④，门掩黄昏，无计留春住。泪眼问花花不语，乱红飞过秋千去。

注释

① 几许：多少，若干。② 玉勒雕鞍："勒"为马笼头，此是说玉琢的马衔和雕绘的马鞍，代指车马华丽。③ 章台路：汉代长安章台之下的街名，多妓居，后指游冶之地。④ 横：猛烈，凶暴。

今译

深深的庭院深深啊到底有多深？烟雾笼罩着杨柳，数不清多少帘幕重重。他坐着华丽的车马出外寻欢作乐，我伫立高楼歌台妓馆也看不分明。时令啊已是雨暴风狂的暮春三月，闺门黄昏时关上，没有办法挽留住残春。泪眼问花春何在花也默然不语，只看到那飞过秋千的是片片落红。

心赏

此词作者一作冯延巳，但李清照断为欧阳修，激赏其首句并多有仿作。她说："欧阳公作'蝶恋花'，有'庭院深深深几许'之句，吾酷爱之，用其语作'庭院深深深'数阕。"李清照去欧阳修不远，当以其言为是，许多词选本也将此词之版权归于欧阳修名下。

词中之"春"的表层意蕴既指春色，也指青春年华，同时还隐喻爱情，隐喻游冶之子，一语多义。结句最为传诵，虽从温庭筠《惜春词》之"百舌问花花不语"和严恽《落花》之"尽日问花花不语，为谁零落为谁开"脱胎而来，但却有青出于蓝，原因在于其意象更色彩鲜明也更富于动态之美，同时还在于语简而意丰，包孕了更丰厚的令读者思而得之的深层意蕴。清人沈雄《古今词话》引毛先舒的评论说："因花而有泪，此一层意思也；因泪而问花，此一层意思也；花竟不语，此一层意思也；不但不语，且又乱落，飞过秋千，此一层意思也。人愈伤心，花愈恼人，语愈浅而意愈深入，又绝无刻画费力之迹，谓非层深而浑成耶?"这一近乎英美曾经风行的现代"新批评"的文本细读，欧公有知，不知是否会欣然首肯?

君难托

宋 王安石

槿花朝开暮还坠①，妾身与花宁独异。

忆昔相逢俱少年，两情未许谁最先？

感君绸缪逐君去②，成君家计良辛苦③。

人事反覆那能知？谗言入耳须臾离④。

嫁时罗衣羞更著⑤，如今始悟君难托。

君难托，妾亦不忘旧时约！

作者简介

王安石（1021—1086），字介甫，晚年号半山，抚州临川（今江西省抚州市）人。杰出的政治家，诗词与散文均为一代高手，系"唐宋八大家"之一。

注释

① 槿花：即六月开花而易凋谢之木槿花。孟郊《审交》："小人槿花心，朝在夕不存。"② 绸缪：情意缠绵深厚。③ 良：实在，确实。④ 须臾：一会儿，不多久。⑤ 更着：再穿。

今译

槿花早晨开放黄昏时就已凋谢，我的命运与花难道有什么差异。回忆过去相逢时都在青春年华，两情没有确定时是谁最先提及？因你的情意缠绵我就随你而去，替你操持家计真正是辛苦不息。人事的翻覆变化哪能预先想到？你听人坏话不多久就将我离弃。出嫁那时的罗衣啊我羞于再穿，如今觉悟你不可依托悔之莫及。你虽然不可信托啊，当初的山盟海誓我却不能忘记！

心赏

这是一首通篇作弃妇口吻的自述诗，也称"弃妇诗"。它远承《诗经·卫风·氓》中之"士也罔极，二三其德"之余绪，而有自己的发展与创造。作者通过开篇的比喻、情事的铺叙和人物内心抒情独白，表现了封建时代被遗弃的妇女的悲惨命运，辞藻平实而诗风朴素。有人说此诗另有政治寄托，是王安石的晚年之作，"妾"即是臣，"君"乃为帝，作者厉行改革最后被罢相退居金陵，以诗暗喻自己一本初衷而君王难托。诗旨究竟如何？王安石已无法发表声明或出面说明了。苏联文豪高尔基曾说："形象大于思想。"中国古代文论也早有"作者未必然，读者未必不然"的观点，好诗可为"单义"也可有"多义"，读者也可视此作为爱情诗，故后人也不一定非请作者现身说法具体交代不可。

此诗中的女主人公虽遭遗弃，但她还是温柔敦厚的，甚至还不忘旧情，可谓"怨而不怒"。置诸今日，合则留不合则去，或诉诸法律，或私下好说好散，坚持的是人身的自由，独立的立场，她可能也会更新观念而改变态度了。

菩萨蛮 回文，夏闺怨

宋 苏轼

柳庭风静人眠昼，昼眠人静风庭柳。香汗薄衫凉，凉衫薄汗香。手红冰碗藕^①，藕碗冰红手^②，郎笑藕丝长^③，长丝藕笑郎。

作者简介

苏轼（1037—1101），字子瞻，号东坡居士，眉州眉山（今四川省眉山市）人。散文为"唐宋八大家"之一，与欧阳修并称"欧苏"；诗独树一帜，词开创了"豪放词派"，与辛弃疾并称"苏辛"。书法与绘画自成一家，书法与黄庭坚并称"苏黄"。

注释

① 冰：此处为名词，即冰块。② 冰：此处为动词，即"冰了、寒了"之意。③ 藕丝长："藕"谐音"偶"，"丝"谐音"思"，此语象征情意绵长。

今译

微风不起亭柳低垂人眠在午昼，昼眠时人声已静清风吹动亭柳。风吹香汗薄薄的罗衫生凉，凉凉的罗衫透出稀微的汗香。红润的手拿碗装有冰和藕，藕和冰的碗冰凉了红润的手。郎君莫讥笑藕丝象征情意绵长，情意绵长的藕丝也嘲笑薄情郎。

心赏

在中国古代文坛，苏东坡是才华横溢的多面手。即是如回文词，他以《菩萨蛮》词牌所作的也有七首之多。上面所引的这一首，就是他所写的"四时闺怨"四首之一。这位四川眉山才子性情豪放豁达，在流放黄州时创作了多首回文词与集句词，以逸致闲情笑傲苦难岁月。

回文诗是中国诗歌特有的一体，或称"另类"。最早可追溯到秦时女诗人苏蕙的织锦回文《璇玑图》，其词句回旋往返均可成文，或可倒读成文。回文虽近于文字游戏，但不妨聊备一格，何况也还有可诵之篇，如苏轼此词，即堪称妙构。他还写过《记梦回文》二首,《次韵回文》三首。例如他的《题金山寺》虽与爱情无关,也不妨备记于此,以飨读者:"潮随暗浪雪山倾,远浦渔舟钓月明。桥对寺门松径小,槛当泉眼石波清。迢迢绿树江天晓,霭霭红霞晓日晴。遥望四边云接水,碧峰千点数鸥轻。"顺读倒影,均为好诗,真是运用之妙,在乎一心,从中可见文字的魔方,汉语的魅力,作者的慧心。

采桑子

宋 吕本中

恨君不似江楼月①，南北东西。南北东西，只有相随无别离。 恨君却似江楼月，暂满还亏②。暂满还亏，待得团圆是几时？

作者简介

吕本中（1084—1145），字居仁，号紫微，史称东莱先生，寿州（今安徽省寿县）人。作《江西诗社宗派图》，是以黄庭坚、陈师道为掌门人的"江西诗派"重要作家之一。

注释

① 江楼：江边的楼阁。② 亏：亏缺，不圆满。

今译

怨恨你不像我在江楼仰望的明月，照耀在我的南北东西。照耀在我的南北东西，明月啊只有相随相伴而没有分离。怨恨你却像我在江楼仰望的明月，暂时圆满而却又欠缺。暂时圆满而却又欠缺，等到我们团圆时谁知是何年何月？

心赏

此词比喻新鲜别致，"君"与"月"合二为一本已是想象力中的所谓远距离联想了，作者又分别取其"不似"和"却似"来喻比。同是一个比喻，分为两面，一以为褒，一以为贬，称为"二柄"，学者钱锺书在《管锥编》中对此论之甚详。此词中用以比喻之"月"，正是如此。此比不仅对比鲜明，又十分耐人寻味，而反复咏唱的民歌句法，更使此词如月光一样清纯，像夜空一样幽远，似回旋曲一样荡气回肠。不过，其过在"君"，而不在"江楼月"，江楼之月左右为难，只好在词中代君受过，不免冤哉枉也！

词中这位怨妇所怨之"君"，因何总是有"外事活动"而很少回归本单位呢？详情不得而知，大约不是为名忙为利忙，就是心有他属吧？一时恋爱易，长久相爱难，婚前热烈，婚后逐渐冷淡，现代人谓之"七年之痒"，古人不知如何？莎士比亚曾经说过："男人们在未婚的时候是四月天，结婚之后是十二月天。"虽不能一概而论，但揆之世道人情，也可谓言之有理。

钗头凤

宋 陆游

红酥手，黄縢酒①，满城春色宫墙柳。东风恶②，欢情薄③。一怀愁绪，几年离索④。错！错！错！　春如旧，人空瘦，泪痕红浥鲛绡透⑤。桃花落，闲池阁。山盟虽在，锦书难托。莫、莫、莫！⑥

作者简介

陆游（1125—1210），字务观，号放翁，山阴（今浙江省绍兴市）人。他是南宋杰出的爱国诗人，影响深远。在南宋"中兴四大诗人"中，较之杨万里、范成大与尤袤，他的成就最高，词也自成一家。

注释

① 黄縢（téng）酒：即黄封酒，"縢"为缠束、封缄之意。其时官酿之酒以黄罗绢封缠瓶口。② 东风：象征破坏了作者美满婚姻的人。恶（è）：不好，凶恶，相当于表示程度的"太""甚""很""极"。周邦彦《瑞鹤仙》："叹西园，已是花深天气，东风何事又恶？"③ 薄：少，不厚。④ 离索：《礼记·檀弓》中"吾离群而索居"的省语，指离散而独居。⑤ 浥（yì）：湿润，沾湿。鲛绡：神话中的人鱼（鲛人）所织的纱绢，见梁代任昉《述异记》。此处指手帕。⑥ 莫：不、无之意。联系上阕句尾之"错"，亦可理解为"错莫"这一叠韵连绵词之分拆使用，表无可奈何之悲叹。

今译

她红润而白嫩的纤手，捧着黄绢封口的美酒。满城春光宫墙边袅动青青的杨柳。恼人的无情东风劲吹，相聚的欢爱时光不多。只剩下满怀的愁思怨绪啊，和分别好几年的独居索寞。错！错！错！过去的春光依然如旧，只是人徒然憔悴消瘦。胭脂染红潸潸的泪水将手绢湿透。风中的桃花纷纷凋零，旧日的园林处处冷落。那如山的盟誓啊虽然还在，传情的书信啊却难以付托。莫！莫！莫！

心赏

据南宋周密《齐东野语》记载，诗的本事是：陆游初娶表妹唐婉，伉俪情深，陆母不满唐婉，逼之离婚，唐被迫改嫁同邑赵士程。十年后二人春游时偶遇于禹迹寺南之沈园，陆游时年三十岁，也已另娶。与唐婉一起同游的赵士程遣人送酒肴致意，陆不胜伤感，题此词于园壁。悲剧原本动人情肠，《钗头凤》此词又为双调，上下两阙皆为七仄韵，三叠词，繁音促节，声义相谐，感情真挚深沉，情景水乳交融，语言句短字急而内涵深厚（三"错"二"莫"既是同字重复，内蕴又各有不同），故而千百年来，不知烫痛了天下多少有情人的共情之心。

沈园原为沈姓者私园，陆游生时即已三度易主，园在今绍兴市东南角之洋河弄口，已成游览胜地。园内孤鹤轩前一堵粉墙上，镌刻有陆游此词与唐婉的和作。我曾两度远道往游，每游均有"诗文化散文"为记，前一篇为《钗头凤》，收入拙著《宋词之旅》一书，后一文题为《沈园悲歌》，收入拙著《绝句之旅》一书，权当我时隔千载燃点的两炷清香和心香。

钗头凤

宋 唐婉

世情薄①，人情恶②。雨送黄昏花易落。晓风干，泪痕残。欲笺心事，独语斜栏。难！难！难！　人成各，今非昨，病魂常似秋千索③。角声寒，夜阑珊④。怕人寻问，咽泪装欢。瞒！瞒！瞒！

作者简介

唐婉（生卒年不详），字蕙仙，越州山阴（今浙江省绍兴市）人。据宋代周密的《葵辛杂识》，唐本陆游舅父唐闳之女，游之前妻，被迫离散改嫁，抑郁而终。

注释

① 薄：凉薄，淡薄。② 恶：冷酷。③ "病魂"句："病魂"指痛苦的心灵，受重创的精神。"秋千索"为荡秋千的绳索，比喻心神恍惚难安。④ 阑珊：衰残，将尽。

今译

世情啊是多么凉薄，人情啊是多么险恶。风雨送走黄昏啊花朵也容易摧落。晨风虽吹干了眼泪，脸上仍有迹痕留残。想以书信表白自己的心事，却只能自言自语独倚栏杆。难！难！难！离异以后人成单各，今天已非恩爱如昨，痛苦的心啊如飘曳动荡的秋千索。报时号角声音凄寒，长夜难眠夜色阑珊。怕人怀疑我的心事而追问，只得暗吞眼泪而强颜为欢。瞒！瞒！瞒！

心赏

宋高宗绍兴十四年（1144），陆游与才貌双美的表妹唐婉成婚，乃情投意合之姑表舅亲。不久却因母亲的反对而离异。绍兴二十五年（1155），他们相遇于沈园。相传此词是唐婉和陆游的《钗头凤》而作，不久后唐婉即郁郁而逝。唐作与陆作，彼呼此应，心心相印，各从不同的一方来写属于自己的同一个爱情悲剧，他们虽然为诗国留下了不可多得的艺术双璧，照亮了无数双珍惜宝璧之光的眼睛，也让国人真正懂得尊重与珍惜海枯石烂的爱情和那种高贵的人性与人情之美。但有情人毕竟未能终成眷属，却也使人世间异代不同时的读者扼腕而长叹息！

陆游终其一生，对唐婉旧情难忘，此情不渝。除了人所熟知的写于七十五岁时的《沈园二首》和逝世之前两年（1208）他八十四岁时所写的《春游》之外，他前后还写了许多追怀唐婉的作品，仅关于沈园之诗就多达十首，在拙文《沈园悲歌》中，我都曾一一钩沉以记。如同远居新疆的当代诗人星汉《沈园》一诗所咏叹的："燕语呢喃柳带长，沈园依旧满春光。游人慎唱钗头凤，莫使芳魂再断肠！"

鹧鸪天 元夕有所梦①

宋 姜夔

肥水东流无尽期②，当初不合种相思③。梦中未比丹青见④，暗里忽惊山鸟啼。 春未绿，鬓先丝。人间别久不成悲。谁教岁岁红莲夜⑤，两处沈吟各自知。

作者简介

姜夔（kuí）（约1155—约1221），字尧章，号白石道人，鄱阳（今江西省鄱阳县）人。早岁孤贫，终生未仕。他精通音律，词作注重"神味"与"音韵"，风格以"清空"见长，在词史上和苏（轼）辛（弃疾）、柳（永）周（邦彦）两派鼎足而三。

注释

① 元夕：指宋宁宗庆元三年（1197）元宵节。② 肥水：一支东流经合肥入巢湖，一支西北流至寿州入淮河。③ 不合：不该。种相思：相思又名红豆，古人以之象征爱情，此处指萌发恋情。④ 丹青：指绘画，此处指恋人的画像。⑤ 红莲：指元夕张灯。欧阳修《蓦山溪·元夕》："翦红莲满城开遍。"

今译

肥水滔滔东流没有穷尽之期，当初不该一见钟情两情依依。梦中见到她还不如画像真切，惊破好梦的是窗外山鸟鸣啼。春草春树还没有绽绿，白发就早已爬上鬓边。人间离别日久不会感到悲凄。是谁使得年年元宵灯节之夜，我和她两地相思啊心有灵犀。

心赏

作者年轻时浪迹于江淮之间，流寓合肥，他本人精通音乐，和一对善弹琵琶的姊妹更是十分相得，所谓"为大乔能拨春风，小乔妙移筝"（《解连环》），但后来因种种原因终于分离。有情人不得成为眷属，情天恨海，他历久不忘，屡见于词，此词即其中之一。词作感情深挚，笔致清幽，转换巧妙。"黯然销魂者，惟别而已矣"，六朝的江淹在《别赋》中开篇就为此而悲吟，以后不知多少诗人抒写过别离的悲苦。但姜夔却反其道而行之，"人间别久不成悲"一语以反说正，貌似解脱，后文陡作反转，其实令人更觉悲情之刻骨铭心。而他的不为陈言的新颖表达，更使此语成了词中警句。

爱美之心，人皆有之，难得的是对美的怀恋的持久甚至永远。《鹧鸪天》是感梦而作，此时诗人已经四十多岁了，早在十年前的元旦，他就有一首"江上感梦而作"的《踏莎行》，开篇便提到昔日的恋人姐妹："燕燕轻盈，莺莺娇软。"而该词的结句"淮南皓月冷千山，冥冥归去无人管"，后来更是得到王国维的赞赏，而十年后再作《鹧鸪天》，更证明姜夔是心中藏之、何日忘之了！

唐多令

宋 吴文英

何处合成愁？离人心上秋①。纵芭蕉不雨也飕飕。都道晚凉天气好，有明月、怕登楼。　　年事梦中休，花空烟水流。燕辞归②，客尚淹留③。垂柳不萦裙带住④。漫长是⑤，系行舟。

注释

① 心上秋：把"愁"字拆为"心秋"两字，也暗寓悲秋，秋使人愁，愁更悲秋。② 燕：梦窗有姬名"燕"，此时已逝，此处可能一语双关。③ 淹留：留滞，久留。④ 裙带：借指所怀女子。⑤ 漫：空然，徒然。

今译

什么东西能拼成一个"愁"字？原来是别离的人心上之秋。纵然没有落雨芭蕉叶在风中也凄凉地飕飕。众生都说道秋晚天凉是好气候，虽有明月当空照耀，我却更怕远眺登楼。年华岁月如同梦一般消逝，繁华已落尽烟水也自空流。燕子都知辞别南归，我作客他乡却久久滞留。杨柳不去缠绕住她的衣裙袖带，却反而徒然久久地系住我的行舟。

心赏

吴梦窗之作，可说是宋词中的"现代派"，颇多新创。在辛弃疾的"豪放"与姜夔的"清空"之外，在南宋词坛以"幽密"自成一家，与辛、姜鼎足而三。《唐多令》是他的小令名作，清空疏快而不像他某些作品之深曲晦涩。开篇两句拆字而兼句法倒装，暗合现代语意学之拆字合字，是名作中的名句。秦观《南歌子》中有"天外一钩残月带三星"之句，寓一"心"字，虽不无巧思，但却迹近雕镂，不如吴句之妙手天成。

《唐多令》是词情幽怨的怀人忆往之作，时令是文士多感的秋天，一语双关有"燕"的意象。无独有偶的是，吴文英另有一首《浣溪沙》，也是记梦怀人，也有"燕"之意象，可能都是怀念芳名曰"燕"的亡姬之作，同样也是吴文英词中含蓄而兼明朗的耐读的作品，可以与《唐多令》对读合参："门隔花深梦旧游，夕阳无语燕归愁。玉纤香动小帘钩。　　落絮无声春堕泪，行云有影月含羞。东风临夜冷于秋。"

鹧鸪天

宋 无名氏

枝上流莺和泪闻，新啼痕间旧啼痕。一春鱼鸟无消息①，千里关山劳梦魂。　　无一语，对芳尊②，安排肠断到黄昏。甫能炙得灯儿了③，雨打梨花深闭门。

注释

① 鱼鸟：即指鱼和雁。古人相传鸿雁、鲤鱼可以传递书信。② 尊：此处指酒樽。杜牧《赠别》："多情却似总无情，惟觉樽前笑不成。"③ 甫能：宋时方言，刚才之意。炙：原意为烤或受到熏陶，此处意为燃、烧。

今译

热泪双流听枝上的莺声，新啼痕迹叠印着旧啼痕。整个春季没有他的消息，山遥水远只好辛劳梦魂。黯然神伤无语，独对美酒芳樽，无奈何肝肠寸断到黄昏。长夜漫漫刚燃得油灯尽，晨雨打落梨花深闭院门。

心赏

宋代边患频仍，先是辽与西夏，后是金与蒙古，烽火燃烧在边境，马蹄敲击于中原，许多男人变成了征人，许多少妇变成了思妇甚至怨妇。这首《鹧鸪天》，写的就是一位闺中少妇对远戍千里的丈夫的刻骨相思，以及她内心的郁闷和对命运的怨恨。题材虽不新鲜，艺术表现却有独创之处。

此词表现思妇怀人，结构上细针密线，首尾环合，构成了一个完美的艺术整体。首二句写晨起而泣，次二句表致泣之由，过片三句点明女子白日的思念，结尾二句概括长夜不眠而至天明。唐诗人刘方平《春怨》说："纱窗日落渐黄昏，金屋无人见泪痕。寂寞空庭春又晚，梨花满地不开门。"此词结尾之"雨打梨花深闭门"一语，化用唐人成句而恰到好处。不过，南宋词人李重元有《忆王孙》一词："萋萋芳草忆王孙，柳外楼高空断魂。杜宇声声不忍闻，欲黄昏，雨打梨花深闭门。"一为文人，一为民间，其化用孰先孰后？曹雪芹第二十八回中，将"雨打梨花深闭门"作为贾宝玉"女儿"令的"酒底"，那就是引用自宋人化用的名句了。

[正宫] 塞鸿秋

元 无名氏

一对紫燕儿雕梁上肩相并①，一对粉蝶儿花丛上偏相趁②，一对鸳鸯儿水面上相交颈③，一对虎猫儿绣凳上相偎定。觑了动人情④，不由人心儿硬，冷清清偏俺合孤零！

注释

① "一对紫燕" 句：以紫燕成双与己之孤零对照。沈佺期《古意呈补阙乔知之》："卢家少妇郁金堂，紫燕双栖玳瑁梁。"下文之粉蝶、鸳鸯、虎猫之意与此相同。② 相趁：互相追逐。杜甫《题郑县亭子》："花底山蜂远趁人。"③ 交颈：颈儿相交，喻情人之亲昵。④ 觑：细看。辛弃疾《祝英台近·晚春》："鬓边觑，试把花卜归期，才簪又重数。"

今译

一双紫燕在彩画的屋梁两肩相并，一对粉蝶趁春风互相追逐在花丛，一双鸳鸯嬉游在水面啊彼此交颈，一双虎猫啊亲昵相依相偎在绣凳。细看它们撩动愁情，不由得人心儿僵冷，冷冷清清啊偏偏我合该孤零？

心赏

在民间的爱情诗词曲中，表现怨妇的愁情悲绪的作品如满天星斗。星斗丽天，是因为它们闪耀不灭的光芒，佳作传世，是因为它们具有永恒的艺术魅力。这首小曲抒写的虽然是古老的主题，但却有新颖的艺术表现，这正是它令读者一读难忘之处。

这是一位闺中思妇的自怨自艾之辞。整首小令以物之成双与人之孤单构成强烈的对照，而且连用排比的句式，层层递进，紧锣密鼓，最后由物及人而且及己，逼出了"冷清清偏俺合孤零"的一声幽怨的叹息，有如音乐中的一记重锤，绘画中的一道重彩，醒人耳目。总之，因为诗所具有的感情性质与内涵并不新鲜，如果仍希望打动人心并使作品在同类之作中占有一席之地，就必须力求艺术之美，而美与"新"和"异"密不可分，这一民间小令在艺术表现上可谓正是避开车水马龙的大路，另辟风光殊异的蹊径。

[中吕]红绣鞋

元 无名氏

一两句别人闲话，三四日不把门踏，五六日不来啊在谁家？七八遍买龟儿卦^①，久以后见他么^②，十分的憔悴煞^③！

注释

① 龟儿卦：用龟甲预测吉凶，为当时卜卦之俗称。② 久以后：久为"九"之谐音，即很久以后。③ 憔悴：困顿无神之貌。煞：极、甚、太之意。柳永《迎春乐》："近来憔悴人惊怪，为别后，相思煞。"

今译

听到一两句别人的闲话，三四天就不把我的门踏。五六天不见影啊那时会在谁家？七次八次买龟儿来卜卦，久别以后见到他么，我会十分形容瘦煞！

心赏

以数字入诗，是民歌和民间说唱最常见的艺术手法，有关作品不胜枚举，在元曲中的出场频率尤高，因为曲本就来自民间，体裁与格调原偏于俗，数字入曲的概率就愈大。例如徐再思的[双调·水仙子]《春情》："九分恩爱九分忧，两处相思两处愁，十年迤逗十年受。几遍成几遍休，半点事半点惭羞。三秋恨三秋感旧，三春怨三春病酒，一世害一世风流。"几乎每一句都用数字，本来似乎是枯燥无味的数字，一经妙用，在诗中便纷纷扬扬如照眼动心的缤纷的落花。

这首小曲表现一位女子对她的情人的思念与埋怨，用的正是"嵌字体"，即将从"一"到"十"的数字嵌入全篇，而且将这些数字安排在每句之首，"九"则以谐音"久"来代替，全曲巧运匠心而又活泼自然。这种语言表现方式，可以远溯到中国诗歌史的第一章《诗经》之中，《诗经·豳风·七月》篇从正月历数到十二月，就是这种方式的最早的示范性的歌唱。

[北双调]沉醉东风 风情嘲戏

明 金銮

　　人面前瞒神吓鬼，我跟前口是心非。只将那冷语儿劖^①，常把个心血来昧^②。闪的人寸步难移。便要撑开船头待怎的^③？谁和你一篙子到底！

作者简介

　　金銮（1494—1587），字在衡，号白屿，陇西（今甘肃省陇西县）人，侨居建康（今江苏省南京市），约明武宗正德年间前后在世。工诗，善填词，好作嘲谑小曲。

注释

　　① 劖（chán）：凿，刺，此处为挑剔、讽刺之意。② 昧（mèi）：昏暗；欺瞒。③ 撑开船头：分开，分离。

今译

　　在别人面前装神弄鬼，在我的面前口是心非，只把冷言冷语来讽刺，总是把自己的良心昧。折磨得人啊进退不得。你就是想要撑开船头还待如何？谁和你一篙子到底相伴相随？

心赏

　　语言犀利，口吻辛辣，结尾的比喻富于生活情味，抒发的感情怨而兼怒，一个倔强刚烈的女子形象声口毕现，跃然纸上，一个负心的狡狯多端的男子形象也如见其人，如闻其声。虽是明代作家的作品，却仍继承了元人散曲直白辛辣的作风。如果不是受尽无良的男方之欺骗而怒火中烧，这位女子绝不会作如此决绝之语。生当今日，她早就告上法庭而与之一刀两断了。

　　金銮抒写怨妇题材的散曲作品不少，如《南吕红衲袄·别怨》《正宫玉芙蓉·四时闺怨》《黄莺儿·春怨二首》等。如《四时闺怨》的第一首："春风岁岁来，春病年年害。惜花心终朝牵惹愁怀，乔才负我的心肠歹，薄幸撩人情性乖。人何在，把行程漫猜，这些时粉香消常是泪盈腮。"同样是被损害的弱女子的直抒胸臆，表现了旧时代妇女普遍的悲剧命运。西班牙名作家塞万提斯说过："情欲只求取乐，欢乐之后，欲念消退，所谓爱情也就完了。"虽然无法详考，但上述散曲中的男主人公大约正是这一流人物。

挂枝儿

明 民歌

露水荷叶珠儿现，是奴家痴心肠把线来穿①。谁知你水性儿多更变：这边分散了，又向那边圆②。没真性的冤家啊③，随着风儿转。

注释

① 痴：入迷，着迷。苏轼《薄命佳人》："无限闲情总未知，吴音娇软带儿痴。" ② 圆：与上句之"散"，借露珠的分合比情人的离散和团圆。③ 没真性：没有定见，没有真感情。

今译

荷叶上露水珠儿眼前见，是我的痴心呆想用线把它们穿。谁知你似水的脾性多更变：这边分散开了，又流向那边圆。没有真情挚感的冤家啊，总是随风滴溜溜转！

心赏

露珠的离散团圆与情人间的悲欢离合，似乎并没有什么必然的关联，但慧心的作者却巧妙地把它们绾合在一起，构成了新颖而引人想象的诗的比喻。这种比喻，是类似联想和遥远联想联姻的结果，类似，是由于二者的"散"与"圆"有某些相似之处，遥远，是由于二者毕竟相距太远而很难组合在一起。然而，正因为遥远而巧为联系，诗作才获得了令人惊喜的美学效应。

长江后浪推前浪，文人的诗创作对前代和前人有所承传，民间的诗歌创作，何尝不是如此？清代有一首"马头调"民歌，也是将水珠与爱情合二为一地抒写："露珠儿在荷叶转，颗颗滚圆。姐儿一见，忙用线穿，喜上眉尖，恨不能一颗一颗穿成串，排成连环。要成串，谁知水珠也会变，不似从前。这边散了，那边去团圆改变心田。闪杀奴偏偏又被风吹散，落在河中间。当初错把宝贝看，叫人心寒！"同中有异，异中有同，二诗可以合参。

挂枝儿

明 民歌

鬼门关告一纸相思状，不告亲，不告邻，只告我的薄幸郎①。把他亏心负义开在单儿上②，欠了我恩债千千万，一些儿也不曾偿。勾摄他的魂灵也，在阎王门前去讲。

注释

① 薄幸：薄情，负心。洪升《长生殿》："从来薄幸男儿辈，多负了佳人意。"② 单儿：单据，账单。此处指状纸。

今译

鬼门关前申告一张相思纸状，不告亲友，不告邻居，只告我那负心的薄幸郎。把他丧良心缺仁义的事开列在状纸上。他负了我的恩情债有千千万，至今一点儿都没有还偿。勾取追捉他的丑灵魂啊，到阎罗王的门前去评讲。

心赏

明代民歌有一首《挂枝儿》："俏冤家，我别你三冬后，拥衾寒，挨漏永，数尽更筹。叫着你小名低低咒：咒你那薄幸贼，咒你那负心囚。疼在我心间也，舍不得咒出口。"诗中的女主人公虽然也咒骂男人为"薄幸贼"，但似乎仍存念想，不像上面这首虽称"薄幸郎"，但问题已经由量变到质变，必须要采取非常手段来解决了。

古代的弱女子在爱情上遭逢不幸、走投无路之时，往往只能求告鬼神相助。这首民歌就是如此，它没有写主人公如何呼天抢地，也没有具体描摹她怎样痛心疾首，而是以丰富的想象力，表现她向阎罗王告状的种种情状。字字血，声声泪，展示了主人公与命运抗争的精神以及她对薄情郎的强烈憎恨。读者不免也油然生感：弱者，你的名字不都是女人！如果生逢当世，则一纸诉状就可以由律师代写向法院而非鬼门关递交了。

锁南枝

明 民歌

提起你的势，笑掉我的牙。你就是刘瑾、江彬^①，也要柳叶儿刮，柳叶儿刮^②。你又不曾金子开花、银子发芽^③。我的哥啰！你休当玩当耍。如今的时年，是个人也有三句话^④。你便会行船，我便会走马。就是孔夫子，也用不着你文章；弥勒佛，也当下领袈裟^⑤。

注释

① 刘瑾：明武宗朱厚照初年掌权的太监。江彬：朱厚照宠幸的武人。两人为非作歹，后均被处剐刑。② 柳叶儿刮：处剐刑用的小刀。③ "你又不曾"句：喻权势总有穷尽。④ "如今"句：意为这年头各有各的能耐，不会甘受欺侮。⑤ 当下：押下。领：一件。此句意为不会轻易放过对方。

今译

提起你的权势，笑掉我的大牙。你就是权倾一时的刘瑾和江彬，也要被小刀子凌迟碎剐，小刀子凌迟碎剐。你又不能使金子开花、银子发芽。我的哥啰，你不要对我当玩耍。现如今的年头，是个人也总有几句话。你便会驾船，我也会骑马。你就是孔夫子，我也不看你那假仁假义文章；你就是弥勒佛，我也要扣下你那件袈裟。

心赏

对权势与金钱的极度轻蔑，对薄幸男子的严词谴责，是这首民歌的感情基调。蔑视以荣华富贵为择婚的标准，反抗以权力与金钱压人凌人的婚姻，这种价值观念与独立人格出现于数百年前，实属空谷足音，难能可贵。而这一女主人公的无所畏惧的形象，在中国古典诗歌妇女形象的画廊中可称大放异彩。与此有些类似的，是十七世纪英国诗人坎宾的《樱桃熟了》，如其中一节："有两排明亮的珍珠/被樱桃完全遮住/巧笑时颗颗出现/像玫瑰花蕾上面霜雪盖满/可是王公卿相也休想买到/除非她自己叫'樱桃熟了！'"同是歌唱蔑视权贵、追求自由的爱情，但风格迥异。我在此文之前也曾引用坎宾此诗，实在是因为此诗构思上佳，与我国有关古典情诗有异曲同工之妙。

琴河感旧①

清 吴伟业

休将消息恨层城②，犹有罗敷未嫁情③。

车过卷帘劳怅望④，梦来携袖费逢迎。

青山憔悴卿怜我⑤，红粉飘零我忆卿。

记得横塘秋夜好⑥，玉钗恩重是前生。

作者简介

吴伟业（1609—1671），字骏公，号梅村，太仓（今江苏省太仓市）人。其诗效法盛唐，尤擅七律与七言歌行体，为明末清初的重要诗人。写明末清初历史之《圆圆曲》是其代表作。

注释

① 琴河感旧：琴河，即琴川，在今江苏省常熟市内。感旧：吴曾与秦淮八艳之一卞赛（名玉京）相爱，未能结合。后吴游琴河，吴之长辈兼友人钱谦益闻卞亦来此，欲邀之会吴，卞至而不见，吴作组诗《琴河感旧》四首，以抒旧恨新愁，本诗是其中之三。② 层城：古代神话说昆仑山有层城九重，此处喻女方住处高远，无缘得见。③ 罗敷：古乐府《陌上桑》中的美而贞的妇女形象。④ 车过卷帘：唐诗人韩翃与柳氏相爱，柳被将军沙咤唎所劫，后韩于城边邂逅柳氏，柳卷帘相约再见之期（见唐代孟棨《本事诗》）。⑤ 青山：疑为"青衫"之误。唐制，文官八品九品服以青，指官职卑微。⑥ 横塘：一在南京秦淮河南岸，一在今江苏省苏州市吴中区西南。

今译

不要怨恨伊人不见以至相聚无因，她还是怀有罗敷未嫁之眷眷之情。路上相逢卷起车帘有劳惆怅凝望，我梦中牵袖相随费心她情意殷勤。我如同青山般憔悴她十分怜惜我，我长久地怀念她是因为红粉飘零。还记得秦淮河边的秋夜多么美好，我们互赠信物恩情深重缘结前生！

心赏

卞赛是明末清初著名的"秦淮八艳"之一，因为吴伟业的软弱与拘于名教，不像他的前辈钱谦益娶柳如是、龚鼎孳娶顾媚那样勇敢，因此他们最终无法成为眷属。但吴伟业也始终念念未能忘情，后来出家并自称"玉京道人"的卞赛死后，吴伟业虽已届暮年，还曾去墓地凭吊，作诗怀念。

在此诗中，诗人运用了许多典故，抒写了自己的恋情和悔恨，也表现了对女方深切的忆念，读这首诗，使人想起俄国大诗人普希金的名作《我曾经爱过你》。真正的至死不渝的爱情，并不一定要以占有对方或结为婚姻作标志。吴伟业《过锦树林玉京道人墓》的开篇说："龙山山下茱萸节，泉响琤淙流不竭。但洗铅华不洗愁，形影空潭照离别。离别沉吟几回顾，游丝梦断花枝悟。翻笑行人怨落花，从前总被春风误。"巨痛沉哀，苍老的琴弦上流泻的是一阕令人低回的悲怆奏鸣曲。

折杨柳

清 钱琦

折杨柳，挽郎手，问郎几时归，不言但回首①。折杨柳，怨杨柳：如何短长条②，只系妾心头③，不系郎马首？

作者简介

钱琦（1704—?），字相人，号屿沙，仁和（今浙江省杭州市）人。清乾隆二年（1737）进士。雅好吟咏，与袁枚交好垂五十年。

注释

① 但：只，仅，徒然。② 短长条：杨柳短短长长的枝条。③ 系（jì）：打结，系上。

今译

别时折下青青的杨柳，我紧紧地挽住郎的手。频频询问郎君几时回来，郎君不答只是徒然回首。别时折下青青的杨柳，心却怨恨青青的杨柳：为何那短短长长的枝条，只是牢牢系在我的心坎，而却不去系郎君的马头？

心赏

杨柳轻飏，因为"柳"与"留"谐音，柳丝细长又可象征情思悠永，加之柳丝坚韧，亦可寓情意坚贞，于是它便很早就担负起了主管别离的重任。折柳送别的习俗，据说源自汉代。六朝无名氏所作《三辅黄图》一书曾说："灞桥在长安东，跨水筑桥，汉人送客至，折柳送别。"在中国古典诗歌中，送别时杨柳出场的情景不胜枚举，所以唐诗人刘禹锡要概乎言之："长安陌上无穷树，唯有杨柳管别离。"（《杨柳枝词》）

古代有折柳赠别的风俗，此作以乐府旧题《折杨柳》写男女分别之情，移情于物，杨柳仿佛也有了生命。而怨"柳"实为怨"人"，不言怨人而其怨自见。西方诗人笔下与爱情有关的植物，大都是红玫瑰与紫罗兰之类，杨柳被冷落一旁，而在中国，杨柳则是爱情或友情的忠于职守的见证者，"玉女窗前日未曛，笼烟带雨渐氤氲。柔黄愿借为金缕，绣出相思寄与君"（厉鹗《杨柳枝词》），时至清代，诗人之作出示的还是这种诗的证明书。

马 嵬①

清 袁枚

莫唱当年长恨歌②，人间亦自有银河。

石壕村里夫妻别③，泪比长生殿上多④。

作者简介

袁枚（1716—1797），字子才，号简斋，晚号随园老人，又号小仓山居士，钱塘（今浙江省杭州市）人。论诗主"性灵说"，与赵翼、蒋士铨并称"乾隆三大家"，有《随园诗话》《小仓山房诗文集》。

注释

① 马嵬（wéi）：即马嵬坡，其地驿站名马嵬驿，地在今陕西省兴平市西。唐明皇于安史之乱中奔蜀，杨贵妃被赐死于此。② 长恨歌：唐诗人白居易所作著名叙事诗《长恨歌》，写唐明皇与杨贵妃的故事。③ 石壕村：杜甫名作《石壕吏》中所写的村庄，官府强征村民，百姓家破人亡。④ 长生殿：唐代天宝元年（742）在华清宫所建宫殿，《长恨歌》云七夕时唐明皇与杨贵妃于此共誓生死，实际应为寝殿"飞霜殿"。

今译

不要唱当年帝妃此恨绵绵无绝期的长恨歌，人世的平民夫妻间同样有迢迢难渡的银河。兵荒马乱中石壕村里夫妻之间的生离死别，那痛苦的泪水比长生殿上帝妃的泪珠还多。

心赏

历代诗人写安史之乱中马嵬兵变贵妃死难的诗不少，尤其自白居易的《长恨歌》后。在咏马嵬的诗作中，不少人或美化李隆基与杨贵妃的爱情，或以传统的观念责备杨贵妃女色祸国，即使有所讽喻与批评，也不可能十分尖锐，如李商隐的名篇《马嵬》："海外徒闻更九州，他生未卜此生休。空闻虎旅传宵柝，无复鸡人报晓筹。此日六军同驻马，当时七夕笑牵牛。如何四纪为天子，不及卢家有莫愁?"总之,不论观点与写法如何,大都是直接表现李隆基与杨贵妃的爱情悲剧,如李商隐之作对当朝有所讽刺者,并不多见。

袁枚此诗另辟蹊径,可谓立意新奇高远:在强烈的对比中同情平民的爱情悲剧。全诗未用比兴,以"赋"法结撰成章,议论与形象相结合,自有其动人之处,令人耳目一新。尤其是诗人所持的平民立场或云草根立场,所表现的民贵君轻的民主与民生之意识,更是值得我们刮目相看而向他致以迟到的敬意。

但是,我必须指出,早于袁枚五六百年,金代高有邻早就写有一首题为《马嵬》之诗:"事去君王不奈何,荒坟三尺马嵬坡。归来枉为香囊泣,不道生灵泪更多!"殊不知袁枚虽大名鼎鼎,其诗则借鉴自诗名不显之高有邻,想必袁才子对此会含笑承认。

唐多令 柳絮

清 曹雪芹

粉坠百花洲①，香残燕子楼②，一团团逐队成毬③。飘泊亦如人命薄，空缱绻④，说风流。　草木也知愁⑤，韶华竟白头⑥。叹今生谁舍谁收？嫁与东风春不管。凭尔去，忍淹留！

作者简介

曹雪芹（1715—1763），名霑，字芹，一字芹圃，号雪芹、芹溪、梦阮。汉军正白旗人，祖寅、父頫曾为江宁织造，后家道败落，著《红楼梦》，乃中国古典小说的顶峰。

注释

① 百花洲：在今苏州，小说中林黛玉的家乡，传说吴王夫差曾携西施游乐于此。② 燕子楼：唐代张建封为其爱妾关盼盼所建住所，在今之徐州市西北。张死后，关独守楼中十余载不嫁，郁郁而终。白居易《燕子楼》诗："燕子楼中霜月夜，秋来只为一人长。"③ 毬：同"球"。④ 缱绻：难分难舍之意。⑤ 草木：指自然界的草木，也隐指"林"字，林黛玉曾自称"草木人儿"。⑥ 韶华：美好的春光，也指青春时日。

今译

花朵飘落在百花洲，花香消逝在燕子楼。一团团柳絮纷纷扬扬如同绒球。它们飘飞四散也好像人的薄命，徒有美好缠绵的情感，空说才华出众人风流。草木也知道人世的忧愁，青春消逝青丝变成白头。可叹短暂生命何所寄托与归宿？嫁给东风吧但是春天不予理会，任凭它四处飘荡，忍看它久久滞留！

心赏

曹雪芹旷世奇才，半生沦落，他的诗作只由友人敦诚在其笔记中留下了"白傅诗灵应喜甚，定教蛮素鬼排场"两句。但在《红楼梦》这部诗化小说中，他却为读者留下了许多诗的奇珍异宝。虽然那些诗篇署以诗中人物之名，均非实写而是假托，我们却完全应该而且可以视为曹雪芹本人的诗作。

　　署名林黛玉的这首诗，就是其中之一。曹雪芹为林黛玉代言，既是林黛玉咏柳絮，也是林的身世与爱情悲剧以及悲剧性格的自咏，才人手笔，在诗的天空点亮的是永恒的星斗。《红楼梦》第七十回中的"柳絮词"分别有五首之多，各归于史湘云、贾探春、贾宝玉、林黛玉、薛宝琴、薛宝钗名下。薛宝钗的《临江仙·柳絮》是："白玉堂前春解舞，东风卷得均匀。蜂团蝶阵乱纷纷。几曾随逝水，岂必委芳尘？　　万缕千丝终不改，任他随聚随分。韶华休笑本无根，好风凭借力，送我上青云！"同为咏柳絮，旨趣不同，境界迥异。

林黛玉题帕诗

清 曹雪芹

一

眼空蓄泪泪空垂，暗洒闲抛更向谁？
尺幅鲛绡劳惠赠①，为君哪得不伤悲！

二

抛珠滚玉只偷潸②，镇日无心镇日闲③。
枕上袖边难拂拭，任它点点与斑斑。

三

彩线难收面上珠，湘江旧迹已模糊④。
窗前亦有千竿竹，不识香痕渍也无⑤？

注释

① 鲛绡：南朝梁·任昉《述异记》说南海鲛人所织的极薄之冰绡。后泛指薄纱，此处指手帕。② 潸（shān）：泪流不止之貌。③ 镇日：整天，整日。④ 湘江旧迹：指舜妃娥皇、女英泪竹成斑的传说，此处林黛玉引来，比喻自己为宝玉而哭。⑤ 香痕：指泪水。渍：浸渍，浸染。

今译

徒然热泪盈眶又白白地流垂，暗暗洒常常抛啊却是为了谁？小小的手帕谢谢你好意相赠，为了你怎么能够不伤感心悲？

偷偷地抛珠滚玉泪水啊潸潸，整天百无聊赖整天心绪黯然。枕头上袖口边泪痕难以擦拭，随它去偷弹暗滴点点复斑斑。

彩线也难以收拾脸上的泪珠，竹上娥皇女英的泪迹已模糊。我卧室的窗前也有千竿翠竹，不知道血泪浸染后迹痕有无？

心赏

这是林黛玉题写在贾宝玉所赠绢帕上的定情诗，见《红楼梦》第三十四回。封建家长兼卫道士贾政因故责打贾宝玉之后，对于宝玉，袭人是婉言规劝，薛宝钗是正言开导，只有林黛玉同情宝玉的为人行事，对其挨打痛彻心脾。在黛玉前来探望后，宝玉嘱其心腹晴雯为黛玉送去两方自己用过的手帕，黛玉心有灵犀激动无已，连夜在手帕上书写了这三首七言绝句。他们私相授受，互诉衷曲，是对封建礼教的抗议与叛逆，也是他们志同道合、心心相印的见证。这一组诗虽然不是《红楼梦》中最好的作品，但仍堪称诗中上选。在《红楼梦》此回之前，戚序本与蒙府本有"回前骈文"，开始即是"两条素帕，一片真心。三首新诗，万行珠泪"，曹雪芹扣紧人物的性格与命运，将题帕诗写得如此晶光莹莹，血泪和流，确实也足以动人情肠了。

莎士比亚说过："眼泪是人类最宝贵的液体，不能轻易流出。"男儿有泪不轻弹，只因未到伤心处。女人呢？古往今来的女人呢？

秋 夕

清 黄景仁

桂堂寂寂漏声迟^①，一种秋怀两地知。

羡尔女牛逢隔岁^②，为谁风露立多时？

心如莲子常含苦，愁似春蚕未断丝。

判逐幽兰共颓化^③，此生无分了相思^④。

注释

① 桂堂：华美的厅堂。李商隐《无题》："画楼西畔桂堂东。" ② 女牛：织女星和牛郎星，隔银河相对。③ 判：同"拚（pàn）"，舍弃，不顾惜。颓化：衰败，变化。④ 无分（fèn）："分"同"份"，无分即没有希望。了：了结，完结。

今译

桂木结构的厅堂里滴漏声缓夜迟迟，秋夜怀人虽各处一地但都神会心知。羡慕织女牛郎一年一次能渡桥相会，我为了谁啊在寒风冷露中伫立多时？我相思的心如同莲子常常饱含苦涩，忧愁无穷无尽好像春蚕不断地吐丝。舍弃生命让它和幽兰一起萎谢衰败，今生今世已没有希望能够了却相思。

心赏

此诗可能写于乾隆三十三年（1768），作者时年十九岁。怀恋的对象无法确定，也许是他曾经钟情的姑母之婢女。黄景仁的爱情诗，不像李商隐那样因用典过多而有时晦涩难解，也不像韩偓的"香奁诗"那样多以华词丽句写艳情，而是真挚清纯，意境超远，多抒悲情，如同夕阳中的百合花。此诗中的"羡尔女牛逢隔岁，为谁风露立多时"的伫望，"心如莲子常含苦，愁似春蚕未断丝"的伤悲，凡有悲剧爱情体验的人，当更能咀嚼此中滋味。

法国大文豪雨果说过："最难于承受的事，往往是爱情的痛苦。"俄国的名作家屠格涅夫也有类似的说法："我的强烈的爱情是从那天开始的，我的痛苦也是从那天开始的。"古今一律，中外也相通，胡琴琵琶与羌笛，弹奏与吹奏的是同一支乐曲。

绮　怀

清　黄景仁

露槛星房各悄然①，江湖秋枕当游仙②。

有情皓月怜孤影，无赖闲花照独眠③。

结束铅华归少作④，屏除丝竹入中年。

茫茫来日愁如海，寄语羲和快着鞭⑤。

注释

① 露槛：露水打湿的栏杆。星房：明星照耀之房。指所爱的女子之居所。
② 游仙：王仁裕《开元天宝遗事·游仙枕》记载，龟（qiū）兹国进奉枕一枚，
若枕之，则十洲三岛、四海五湖尽入梦境，唐明皇命名"游仙枕"。唐诗多以
游仙写爱情。③ 无赖：可爱。徐凝《忆扬州》："天下三分明月夜，二分无赖
是扬州。"④ 铅华：化妆用的粉，此处指绮怀之诗。⑤ 羲和：传说中驾日车
之神。

今译

　　清露沾湿的栏杆星光照耀的闺房都各自悄然，我在浪迹江湖的秋夜里
倚着枕头权且当游仙。天上有情的明月流照像在怜悯我孤单的身影，令
人情何以堪的是娴静秋花照看我独自成眠。收拾好从前的爱情诗将它归入
年少时的作品，排除弦乐与管乐的丝竹之美进入恬淡的中年。未来的时日
前途渺茫难料而忧愁啊如同大海，百无聊赖中我传语羲和让时间飞逝快马
加鞭。

心赏

　　这是组诗《绮怀》十六首的最后一首。《绮怀》组诗作于乾隆四十年
（1775）秋天，作者时年二十六岁，所怀之人大约仍是宜兴他姑母家的那位婢
女。组诗共有十六首之多，可见作者情之所钟，多年来念念不能忘情。第十六
首本应是曲终奏雅，黄景仁却是曲终奏悲，无望爱情的悲苦与坎坷命运的悲苦
兼而有之。颈联是传唱不衰的名句，作者此时尚只有二十六岁，而"中年"一

般是指四十岁左右，可见作者心绪之颓唐，未老而已叹老矣。而"愁如海"也是写愁情的名喻，虽是从秦观《千秋岁》之"落红万点愁如海"转化而来，却扣紧题旨而有自己的创造。关于中年，宋代诗人黄庭坚曾手书绝句《花气薰人帖》一首："花气薰人欲破禅，心情其实过中年。春来诗思何所似？八节滩头上水船。"与黄庭坚之作内涵不同，已不再是爱花欲死的少年情怀，但心境却有些类似。

黄景仁命途多舛，三十四岁的英年即客死于山西运城。他之早逝，和他的多愁多病颇有关系。"真古之伤心人也"，前人论此诗时就曾如此说过。天涯何处无芳草？景仁有知，我们就会劝他当时别太过于执着和伤感了。

蝶恋花

清 王国维

昨夜梦中多少恨？细马香车①，两两行相近。对面似怜人瘦损。众中不惜搴帷问②。　　陌上轻雷听渐隐③。梦里难从，觉后哪堪讯？蜡泪窗前堆一寸④。人间只有相思分。

作者简介

王国维（1877—1927），字静安，号观堂，浙江海宁（今浙江省海宁市）人。近代大学者、文学批评家，著述甚丰，有《人间词话》《宋元戏曲考》等著作。

注释

① 细马：良马，小马。② 搴：撩起，揭起。③ 轻雷：以雷声喻车轮滚动之声。李商隐《无题》："车走雷声语未通。"④ 蜡泪：暗用杜牧《赠别》中"蜡烛有心还惜别，替君垂泪到天明"句意。

今译

昨天晚上的梦中有多少新愁旧恨？我骑良马你坐香车，你我对面相逢愈行愈近。你似乎是怜惜我的容颜憔悴消瘦，众目睽睽中也撩起窗帘殷勤相问。郊外道路上如雷的车声渐渐消隐，梦中相会难以跟从，幽梦醒来后更哪堪问讯？长夜难眠啊窗前的烛泪堆积成寸。人间啊你我只有两地相思的缘分。

心赏

王国维以大学者名世，1927年6月2日于北京颐和园昆明湖投水自尽，享年仅51岁。在时人与后人的心目中，他是一个悲观主义者，同时又是一位内向而孤傲的学者，不料在他现存的115首词作中，竟也有多首旖旎温柔的爱情词。他的词集名《观堂长短句》，词风柔美婉约，远承欧阳修之流风余绪。此词哀怨空灵，境界清幽旷远。作者的《浣溪沙》曾说："本事新词定有无，斜行小草字模糊。"读者不明诗中的"本事"，此词如有"本事"，也早已如一个永恒的谜团，和作者一起沉到颐和园的昆明湖底，自尽者可以打捞，而谜团则永远难以打捞了。

此词上阕写"梦中"的相逢情景，下阕写"觉后"的追忆情怀。在王国维的爱情词中，《点绛唇》一词也是梦中梦后分写："屏却相思，近来知道都无益。不成抛掷，梦里终相觅。　　醒后楼台，与梦俱明灭。西窗白，纷纷凉月，一院丁香雪。"读者可以对读而相互发现。

本事诗①

清 苏曼殊

乌舍凌波肌似雪②，亲持红叶索题诗③。

还卿一钵无情泪④，恨不相逢未剃时⑤！

注释

① 本事诗：作者在东京时，与艺伎百助眉史往来有情。《本事诗》十首即写这一段情缘。② 乌舍：印度神话中侍宴诸神的神女。此处指百助眉史。凌波：步态轻盈之貌。曹植《洛神赋》："凌波微步，罗袜生尘。"③ 红叶题诗：唐僖宗时宫女韩采蘋因红叶与书生于祐结为夫妇。此处指百助眉史以红叶索诗表示爱情。④ 钵：僧人用以化缘的器皿。⑤ 剃：佛门戒律，出家前要剃除须发，披上袈裟，故称出家为"披剃"。唐诗人张籍《节妇吟》："还君明珠双泪垂，恨不相逢未嫁时。"

今译

她步履如风行水上肌肤如同白雪，纤纤素手拿着一片红叶要我题诗。我只能回赠你一钵无情的眼泪啊，恨只恨相逢不在我没有剃度之时！

心赏

本诗是苏曼殊的组诗《本事诗》之六。他的这一组诗，是写给于他有情的日本色艺双胜的歌伎百助眉史的，时在1909年春天，地在日本东京。此时作者已经出家，他对"神光离合，不可逼视，璧月琼花，犹不足以方其明治也"（作家周瘦鹃读百助眉史小影之语）的百助眉史也未免有情，但他又严守佛门的清规戒律，人神交战的结果，就诞生了九曲回肠的本事诗，表现了这一僧俗之分构成的爱情悲剧。后两句从唐诗人张籍《节妇吟》之名句"还君明珠双泪垂，恨不相逢未嫁时"化出，运用之妙在乎一心而自成痛语金句。说是"无情"，其实是深情一往，如纳兰性德之言："人到多情情转薄。"苏曼殊生当晚清，才冠一代，奈何情长命短，如划亮长天的一颗流星。

陈独秀是苏曼殊的好友，也颇富诗才，他曾和苏之《本事诗》十首，对此诗的和作是："目断积成一钵泪，魂销赢得十篇诗。相逢不及相思好，万境妍于未到时。"流光容易把人抛，时间已过去了一百多年，鱼龙早已巨变，观念早已更新，现代人如果有此艳遇，既写不出苏曼殊这样才情双胜的诗，也不会以苏曼殊为坐怀不乱的榜样了。

本事诗

清 苏曼殊

春雨楼头尺八箫①，何时归看浙江潮②？
芒鞋破钵无人识③，踏过樱花第几桥④？

注释

① 春雨：日本乐曲名。尺八：日本乐器名。此句写作者听与他过从甚密的日本艺伎百助眉史吹箫。② 浙江潮：即"钱塘潮"，浙江省杭州湾钱塘江口的涌潮。③ 芒鞋：泛指草鞋，古时行脚僧常穿之鞋。④ 樱花：落叶乔木，春季开白色或淡红色的花，乃日本国花。

今译

我在春雨楼头听你吹奏尺八之箫，何时能回归故国去观赏钱塘江潮？脚踏芒鞋手持破钵没有人认识我，樱花烂漫时节我踏过第几座虹桥？

心赏

作者在异国的楼头倾听百助眉史所吹的名为《春雨》的箫曲，他不禁想到昔年在杭州养病的情景，也油然而生乡邦之念。他曾在日本遇到吹箫行乞者而泪不可止，因为联想到自己的身世和难以把握的明天。其友人刘三为此曾以诗相赠："东瀛吹箫乞者，笠子压到眉梢。记得临舷呜咽，匆匆三日魂消。"曼殊此诗既是写给百助眉史，也有答刘三之意。

这是作者写于1909年的组诗《本事诗》十首的第九首。在此诗中，已经出家而作客日本的苏曼殊，将悲苦的身世之感（他疾病缠身，是私生子，母亲为日本人），和悲苦的恋情以及悲凉的故国之思三者融合为一，自出胸臆，纯用白描，格清韵远，令人读来回肠荡气之余，不禁一洒同情之泪。陈独秀当年对此诗的和诗是："空劳秦女为吹箫，辜负天门上下潮。周郎未遇春衫薄，沽酒无颜过二桥。"他唱和之诗是步原韵之作，"二桥"则为大乔、小乔之谐音也。

小　曲

清 民歌

　　既有真心和我好，再不许你耍开交①。再不许你人面前儿胡撕闹②，再不许你嫌这山低来望那山高，再不许你见了好的又把槽来跳③。

注释

　　① 耍开交：断绝关系之意。② 撕闹：打闹，调笑。③ 槽来跳：即现代俗语之"跳槽"，指不安于原来的工作，而另谋他职，此处比喻抛弃旧好，另结新欢。

今译

　　既然你真心要和我相好，我就和你约法规定四条：再不准你和我断绝关系，再不准你在他人面前打闹调笑，再不准你嫌弃这山低来望得那山高，再不准你喜新厌旧见了好的又跳槽。

心赏

　　当年刘邦率大军攻入关中，与父老约法三章，这首民歌中的女主人公却与恋人约法四章，其中心就是要求男方感情专一，这既是封建时代男尊女卑的现实的曲折反映，也表现了这位女主人公反抗封建伦理道德的勇气，以及她维护自己的尊严与爱情的坚定立场，颇为难能可贵，令人耳目一新。全诗在第一句开宗明义之后，以连锁的句式，"再不许"四个排比句一气直下，斩钉截铁，弱女子发强音，令人刮目相看，诗中的那位有些花心的男子会洗耳而听改邪归正吗？

　　《史记·高祖本纪》："与父老约，法三章耳：'杀人者死，伤人及盗抵罪。'"这就是"约法三章"的原典。南宋词人刘克庄晚年也仿此作《沁园春·寄竹溪》与亲友相约："老子衰颓，晚与亲朋，约法三章。有谈除目者，勒回车马，谈时事者，麾出门墙。已挂衣冠，怕言轩冕，犯令先当举罚觞。"即不谈官场（"除目"，即除授官吏的文书。唐诗人姚合《武功县中作》："一日看除目，终年损道心。"），不谈国事，不谈爵禄。不意清代这位民间女子变本加厉，她要和她的情人约法四章，三章之外还要多出一章，有这一首"小曲"为证。

马头调

清 民歌

凄凉两个字儿实难受。恩爱两个字儿，常挂在心头。好歹两个字，管叫旁人猜不透？相思两个字，叫俺害到何时候①？牵连两个字儿，难舍难丢。佳期两个字②，不知成就不成就③？团圆两个字，问你能够不能够？

注释

① 俺：北方方言，意为"我、我们"。《红楼梦》第五回："都道是金玉良缘，俺只念木石前盟。" ② 佳期：好时光。也指男女的约会，亦指结婚的日期。《楚辞·九歌·湘夫人》："与佳期兮夕张。" ③ 成就：此处作成功、实现解。

今译

凄凉两个字实在令人难受。恩爱两个字，常常挂在我心头。好歹两个字，管叫他人都测不透？相思两个字，叫我害到什么时候？牵连两个字，使我难舍又难丢。佳期两个字，不知道可以成就不成就？团圆两个字啊，问你能够做到还是不能够？

心赏

"凄凉""恩爱""好歹""相思""牵连""佳期"以及"团圆"七个词，形成了这首民歌的基本架构与感情线索。它每句均以其中一个词领起，从"凄凉"问到"团圆"，前后呼应，首尾环合，既使全诗构成了一个完美的艺术整体，也层层递进地显示了抒情女主人公的寂寞、猜想、苦闷、怨怼与期盼之情，同时也表现了天下的有情人盼望终成眷属的普遍心理情结。屈原有《天问》，此曲可谓之《情问》，虽然二者的内涵与规模均无法相提并论，但这首民歌多出之以问句，是自问也是他问，正是其抒情与艺术的主要特色。

国学大师钱锺书在他的小说中将婚姻比作"围城"，城外的人想进去，城里的人却想出来。而莎士比亚在他的《亨利六世》一剧中更说："不如意的婚姻好比是一座地狱。"前者未必古今一律，后者肯定中外皆然。因为众生芸芸，城里还有许多不想出来的人，芸芸众生，也还会有不少如意的婚姻。令人悬想的是，不知这首清代民歌中的女主人公后来的结果究竟如何？

哀情

伤心春与花俱尽

绿 衣

诗经 邶风

绿兮衣兮，绿衣黄里①。
心之忧矣，曷维其已②！

绿兮衣兮，绿衣黄裳③。
心之忧矣，曷维其亡④。

绿兮丝兮，女所治兮⑤。
我思古人⑥，俾无讹兮⑦。

绨兮绤兮⑧，凄其以风⑨。
我思古人，实获我心。

注释

① 里：在里面的衣服。② 曷（hé）：代词，意为何时，什么时候。维：语助词。已：止。③ 裳：下衣，形如裙，上古男女均着此。④ 亡：一说通"忘"，一说停止。⑤ 女：代词，第二人称，相当于汝。治：治理，整理。指缝纫制作。⑥ 古人：即故人，指故妻。《古诗·上山采蘼芜》："新人虽言好，未若故人姝。"⑦ 俾（bǐ）：使。讹（yóu）：同"尤"，过失。⑧ 绨（chī）、绤（xì）：细葛布与粗葛布，做衣裳的材料。⑨ 凄其：同"凄凄"，寒凉之貌。

今译

　　绿色衣啊绿色衣，绿衣在外黄在里。我心忧啊我心伤，忧伤无尽何时已？绿色衣啊绿色衣，绿色衣啊黄的裳。我心忧啊我心伤，这份忧伤怎能忘。绿色衣啊绿色丝，绿丝是你亲手治。睹物思人想故妻，帮我使我少过失。葛布有粗也有细，穿着身上风凄凄。睹物伤情念故人，事事都合我的意！

心赏

在中国古典诗歌的长河中，专门悼亡妻子的"悼亡诗"是一条特异的支流，留下了许多令人读来无限低回的永不凋谢的浪花。追波溯源，其源头就是诗经中的《邶风·绿衣》。《绿衣》是中国古典诗歌史上最早的悼亡诗，是后代悼亡诗所参照的最原始的蓝本。

"绿衣黄裳"原为妻子所制，如今人亡物在，物是人非，睹物思人，不胜伤悼。这种见遗物而思故人的心理，是芸芸众生所共有的超越时空的普遍情结，后代诗人对此也多有表现，如晋代潘岳的有名的《悼亡诗》三首，被称为文人悼亡诗之祖，其取材角度与表现手法，就均受到《绿衣》的影响。而元稹的名作《遣悲怀》（三首）之中，也有"针线犹存未忍开"之辞，而后唐牛希济的《生查子》虽是写进行式而非过去式的恋人之情，不也有"语已多，情未了。回首犹重道：记得绿罗裙，处处怜芳草"之句吗？

和《垓下歌》

战国 楚 虞姬

汉兵已略地[1]，四面[2]楚歌声。

大王意气尽[3]，贱妾何聊生[4]！

作者简介

虞姬（？—公元前202），西楚霸王项羽姬妾，常随项羽出征。项羽兵败垓下，她自刎而死。唐初魏王李泰主编之《括地志》载："虞姬墓在濠州定远县东六十里。"

注释

① 略：侵占，占领。② 四面：一作"四方"。③ 意气：意志和气概。④ 聊生：勉强而活，苟且偷生。

今译

刘邦的军队已攻占了楚国的土地，四面八方传来令人凄悲的楚歌声。大王你的英雄气概啊已消磨殆尽，小女子我啊怎么还能够苟且偷生！

心赏

项羽半生作为多不可取，但他的简单豪直却能够赢得后人的许多印象分，尤其是他的悲剧命运，他在穷途末路时显示的非凡人所有的英雄气概，更是博得更多人的同情，两千年前的太史公司马迁就是如此，从《史记·项羽本纪》中就历历可见。项羽在垓下（今安徽省灵璧县东南）被困，英雄末路而作《垓下歌》："力拔山兮气盖世，时不利兮骓不逝。骓不逝兮可奈何！虞兮虞兮奈若何！"这是绝望至极的呼号，这是痛彻心脾的叹问。刚烈而至情的虞姬和答此诗而吻剑自尽，苍凉沉痛而一往情深，不愧为陌路英雄的红颜知己，以热血和生命谱就传唱千载的情歌与悲歌！

当代汉语新诗咏项羽和虞姬之作，最出色的是新加坡女诗人淡莹的《楚霸王》与《虞姬》二诗。《楚霸王》的开篇是："他是黑夜中／陡然迸发起来的／一团天火／从江东熊熊焚烧到阿房宫／最后自火中提炼出／一个霸气磅礴的名字！"
《虞姬》对四面楚歌的描写是："野地里／正缓缓升起千万支／黑色的楚歌。"虞
姬的绝唱，正是在黑色的楚歌声中谱成。

公无渡河

汉 乐府

公无渡河^①，公竟渡河^②。

堕河而死，当奈公何！

注释

① 公：对男子长者的尊称。无：和"毋（wú）"相同，禁止之词，不要之意。② 竟：竟然，终于。

今译

要你不去渡那大河啊，你竟然要去闯那波澜。你沉入河水中死了啊，我拿你该当怎么办！

心赏

这是汉乐府中最短的歌辞，也是写夫妇殉情的歌谣。据晋人崔豹《古今注》，朝鲜津卒霍里子高早起撑船，见一"白发狂夫"冒险渡河，其妻追阻不及，夫堕河而死，其妻也投河自杀，自杀前弹着箜篌唱了这首哀歌。子高之妻丽玉依其声调创作了"箜篌行"曲。此歌仅十六个字，"公"与"河"各重复了三次，悲切苍凉，短音促节而声义相谐，宛如一阕令人断肠的《悲怆奏鸣曲》。

在二十世纪的一九七四年，在香港中文大学任教的台湾名诗人余光中，曾以"公无渡河"为题作诗一首，他取汉乐府此诗之题为题，也继承和发展了诗中的某些意象，同样是抒写人间悲剧，但题材与题旨却迥然有异，读者不妨并参。

悼亡诗

晋 潘岳

荏苒冬春谢①，寒暑忽流易。

之子归穷泉②，重壤永幽隔。

私怀谁克从③，淹留亦何益。

僶俛恭朝命④，回心反初役。

望庐思其人，入室想所历。

帏屏无仿佛⑤，翰墨有馀迹。

流芳未及歇，遗挂犹在壁。

怅恍如或存，回惶忡惊惕。

如彼翰林鸟，双栖一朝只；

如彼游川鱼，比目中路析。

春风缘隙来⑥，晨霤承檐滴。

寝息何时忘，沉忧日盈积。

庶几有时衰，庄缶犹可击⑦。

作者简介

　　潘岳（247—300），字安仁，荥阳中牟（今河南省中牟县东）人。存诗二十余首，多为组诗与联章体，长于哀诔之文，与陆机齐名，钟嵘《诗品》称"陆才如海，潘才如江"。

注释

　　① 荏苒：时间渐进，推移。谢：离，去。② 之子：那个人，指亡妻。③ 私怀：指怀念亡妻不愿出仕之情。克：能够。④ 僶俛（mǐn miǎn）：努力，勤勉。朝命：朝廷的命令。⑤ 仿佛：指亡妻的身影。⑥ 隙（xì）：缝隙，指门缝。⑦ 庄缶：缶，瓦盆。古人以此为乐器。《庄子·至乐》记载，庄子在妻死后鼓盆而歌，示旷达之意。

今译

　　漫长的严冬和春寒渐渐过去，天寒与暑热也匆匆变化不息。妻子啊你回到那深深的黄泉，重重土壤永阻隔于幽冥之地。怀念你而不愿出仕无人顺从，哀伤地久留于家中又有何益？只好去勉力遵从朝廷的命令，到当初的地方任职回转心意。望着同居的屋宇我就思念你，进房就忆起我们的往事历历。帷帐屏风间再没有你的身影，只剩下你的诗文的斑斑遗迹。你流散的芳香啊还没有消歇，你日常的衣物啊还挂在墙壁。恍惚迷离中你像在我身旁，我精神不安忧伤而心惊不已。我们本如同那林中比翼之鸟，双宿双飞而一朝却成了单栖。又好像是那遨游的水中之鱼，本来成对翔行而却中途离析。春风从那门窗的缝隙中吹来，屋上积水顺着屋檐往下流滴。长夜难眠时时不能忘记你啊，越来越深沉的忧伤日益盈积。但愿这哀痛有一天能够衰减，能像庄子旷达地把瓦盆敲击。

心赏

　　潘岳年轻时即才名远播，尤长于哀挽文字。这是他的《悼亡》组诗三首之一。如同清人陈祚明《采菽堂古诗选》所说："安仁情深之子，每一落笔，淋漓倾注，宛转侧折，旁写曲诉，刺刺不能自休。"写悼亡诗他虽不是首创者，但却早而有名，且是组诗，且是以"悼亡"为诗题，自此以后，"悼亡"成了丈夫哀悼亡妻诗作的专有名词，可见潘岳之作影响深远。潘岳之作也并非是悼亡诗中最好的作品，然而功不可没，如同运动场上创纪录者，虽然后来者居上，但却应永铭开创者之功。

　　国学大师陈寅恪的夫人唐篔（yún），字晓莹，台湾巡抚、爱国将领唐景崧之孙女，1928年与陈寅恪结婚，同甘共苦，伉俪情深。1967年前后，双目失明已久而受磨难之日苦长的陈寅恪，因人生多艰，恐体弱多病之夫人先逝，故预作《挽晓莹》一联："涕泣对牛衣，卅载都成断肠史。废残难豹隐，九泉稍待眼枯人。"联语是诗的支流，挽联亦是悼亡之诗，而此联竟然是预为悼亡，其内蕴之深远与感情之沉痛，复远过潘岳矣。

华山畿

华山畿①！

君既为侬死，独生为谁施②？

欢若见怜时③，棺木为侬开！

注释

① 华山：今江苏省句容市北面。畿（jī）：山边，山脚。② 施：用，施行，实施。③ 怜：爱也，白居易《白牡丹》诗："怜此皓然质，无人自芳馨。"

今译

华山之下草木森森！你既然是为我而死，我却为谁而仍独生？你若还是怜爱我时啊，开棺让我跳入其中！

心赏

《华山畿》属南朝"吴声歌曲"，载《乐府诗集·清商曲辞》，共二十五首，均为江南民歌，此为其中之一。南朝宋时，江苏省南徐（即今日镇江市丹徒区）一书生去丹阳县（今丹阳市），于华山脚下客舍中邂逅并爱上一位少女，回家后相思而亡。灵车经少女家门时，拖车的牛鞭之不动，少女歌此诗而棺木为开，她旋即跳入棺中而棺木即合，家人终为之合葬（见南朝陈僧智匠《古今乐录》）。此诗颇具神话色彩，却是现实人生悲剧的曲折反映，它是对自由恋爱的礼赞，也是对婚姻不幸的悲歌。家喻户晓的"梁山伯与祝英台"的传说故事，就深受此诗影响。

遣悲怀（之一）

唐 元稹

谢公最小偏怜女①，自嫁黔娄百事乖②。

顾我无衣搜荩箧③，泥他沽酒拔金钗④。

野蔬充膳甘长藿，落叶添薪仰古槐。

今日俸钱过十万，与君营奠复营斋⑤。

注释

① 谢公：东晋名相谢安，侄女谢道韫颇富文才，甚得其喜爱。此处代指作者妻子韦丛之父韦夏卿。② 黔娄：齐国贫士，元稹代指自己。③ 荩箧（jìn qiè）：竹草编成的箱子。④ 泥：软求，软缠。他，指韦丛。⑤ 营奠：设祭。营斋：举办道场之类宗教仪式，用以超度亡灵。

今译

你虽然年龄最小却最得父亲的钟爱，自从嫁给我这清寒的人就事事违乖。看我缺少衣裳你搜遍竹草编的箱子，我要买酒喝纠缠你拔下头上的金钗。野菜和豆叶充当饭食你也心甘情愿，落叶加添灶中薪火仰仗门前的古槐。今日我的俸禄丰厚已经超过了十万，为报答你安排祭奠还安排超度之斋。

心赏

韦丛是太子少保韦夏卿之幼女，唐德宗贞元十八年（802）二十岁时嫁给元稹，宪宗元和四年（809）去世，与元稹同甘共苦历时七年。元稹在与韦丛成婚前对其中表妹崔莺莺始乱终弃（见元稹所作《会真记》，又名《莺莺传》），在四川任职时又和女诗人薛涛关系暧昧，韦丛死后他又娶妾安氏，但人性是立体的而非平面的，是复杂的而非单一的，他对发妻确有真情，自称"悼亡诗遍旧屏风"，而且写得情真意切，并非虚饰之辞。

元稹有悼亡诗多首，其中尤以《遣悲怀》三首最为脍炙人口，承潘岳于前，启苏轼于后，称为古典诗歌中悼亡诗的又一座里程碑。此诗前面三联写艰苦共尝的贫居生活，虽不免多所夸张，但却是为了赞扬出身豪门而安于贫贱的妻子的美德，尾联陡转，今日否极泰来，但却无以为报，确是沉哀之至！

遣悲怀（之二）

唐 元稹

昔日戏言身后意①，今朝都到眼前来。

衣裳已施行看尽②，针线犹存未忍开③。

尚想旧情怜婢仆，也曾因梦送钱财④。

诚知此恨人人有，贫贱夫妻百事哀。

注释

① 身后意：原先揣想的死后的情和意。② 施：施舍，给予。③ 针线：做衣裳的针线，也可代指衣物。④ "也曾"句：梦见妻子后，去庙宇布施钱财祈求冥福。这是古人的迷信和一种精神安慰。

今译

过去开玩笑时所说的死后情与事，今天真的是——都浮现到眼前来。你的衣裳施舍给人看将要穷尽，亲手用过的针线却封存不忍打开。怀想旧情尚且怜惜你的丫环童仆，也曾因梦境而替你祈祷捐赠钱财。我的确知道死别之愁恨人人难免，但贫贱相依的夫妻却更百事伤怀。

心赏

此首与前一首都重在"悲君"，但落笔却各有侧重。前一首着重写"百事乖"，本篇着重写"百事哀"，睹物思人，情何以堪。"昔日戏言身后意，今朝都到眼前来"，这是对人生普遍情境的一种概括，人生匆匆，流光杳杳，转眼之间青丝变成了白发，许多少年夫妻尤其是中年伉俪都如此"戏言"过，也曾"都到眼前来"地经历过。至于"贫贱夫妻百事哀"呢？许多经历过种种人生困境与磨难的夫妻，恐怕也都会感同身受吧。

韦丛去世后的元和六年（811），元稹在被贬为江陵士曹参军之后，又作悼念亡妻的《六年春遣怀八首》，其中一首写韦丛旧日给他的书信："检得旧书三四纸，高低阔狭初成行。自言并食（并日而食，两天并作一天或两顿并作一顿，生计艰难不以为意。——引者注）寻常事，唯念山深驿路长。"同是睹物生情，也同是运用口语和白描，感情深挚而字字句句敲响读者的心弦，确是情种兼才人的手笔。

遣悲怀（之三）

唐 元稹

闲坐悲君亦自悲，百年都是几多时？

邓攸无子寻知命①，潘岳悼亡犹费词②。

同穴窅冥何所望③，他生缘会更难期。

惟将终夜长开眼，报答平生未展眉④。

注释

① 邓攸：西晋人，字伯道，战乱中为保全其侄而丢弃儿子，终生无后。时人说："天道无知，使邓攸无儿。"韦丛未生而逝，借以为喻。② 费词：犹词费，即浪费语言之意。③ 窅（yǎo）冥：幽深昏暗之貌。④ 未展眉：指韦丛因生计艰难而愁眉不展。

今译

百无聊赖地枯坐悲君也自我伤悲，人生即使活上百年又有几多时日？如同邓攸无儿想来这是由于天命，我像潘岳徒自悼亡只是虚费言词。即使同葬一穴但人死还有何希望，来世姻缘恐怕更难而是一往情痴。只能整夜不眠睁开双眼将你怀想，报答你生前因生计而未展的愁眉。

心赏

前两首"悲君"，这首诗则是"悲君"与"自悲"的二重奏，主导的旋律是"自悲"。人生过客，百年匆匆，一悲也；未能生子，无以传后，二悲也；诗文悼亡，于事无补，三悲也；同生共死，已成空想，四悲也；他生重聚，缥缈虚无，五悲也；长记心头，聊为报答，六悲也。唯其自悲，就更深刻地表现了悲君之意。清人蘅塘退士孙洙在所编《唐诗三百首》中评论说："古今悼亡诗充栋，终无出此三首范围者。"信哉斯言！

在新诗中，悼亡或与此相近的诗作不多，好诗尤少。台湾诗人余光中有《悲来日》《三生石》等篇，虽是想象之词，却也情深一往。组诗《三生石》共有四首，题目依次为《当渡船解缆》《就像仲夏的夜里》《找到那棵树》与《红烛》。小说名家高阳感其"伉俪情深，一至于此"，遂"师其意作七绝四首"，有意的读者不妨找来参看。

别 妻①

唐 崔涯

陇上泉流陇下分②，断肠呜咽不堪闻。

嫦娥一入月中去③，巫峡千秋空白云④。

作者简介

崔涯（生卒年不详），郡望博陵（今河北省安平县），吴楚间（今江浙两湖一带）人。与张祜齐名。游侠江淮，半生落魄。后官至氾水令。

注释

① 别妻：崔涯与妻雍氏情笃，却与岳父不和，岳父怒而"仗剑呼女出，逼令出家为尼"，崔不得不作此诗与妻决。② 陇上：在今陕西省与甘肃省交界之处，六盘山南部。③ 嫦娥：作者代指其妻。月中：此处代指寺院。④ "巫峡"句：典出宋玉《高唐赋》。句中之"巫峡"代指作者之家，"空白云"代指没有妻子。

今译

本来是陇上的流水到陇下就各自离分，令人肠断的水声啊如泣如诉不忍听闻。自从我的爱妻被迫削发为尼而成永别，如同巫峡千秋万载再没有飞翔的白云。

心赏

西方一位作家雷克斯夫人在《警句》中说过："婚姻是一张彩票，男人下的注是自由，女人下的注是幸福。"此诗作者与其妻子既失去了自由，也失去了幸福，虽非天人永隔，却也是再会无期，虽非死别，却是生离。于是他借助比喻和典故，抒写了封建时代这一生离等于死别的悲剧，抒发了发自肺腑的哀情，让读者不胜唏嘘。

古代与现代许多并非死别而是生离的悲剧，往往是专制的父母强行干预包办所造成，当然，有时也与子女处置不当，沟通不够有关，罪错不全在父母。

崔涯的悲剧就是如此。他的《侠士》诗云："太行岭上三尺雪，崔涯袖中三尺铁。一朝若遇有心人，出门便与妻儿别。"失意游侠，他对心爱的妻儿都是如此，对岳父则可想而知。据唐人范摅《云溪友议》和宋人计有功《唐诗纪事》记载，"狂生"崔涯恃才傲物，"不礼其妻父""略无裨敬之颜"，对岳父大人也总是以"雍老"即今日之"老雍"相称，"雍久之而不能容"，遂采取革命行动，由此可见，按今日之套话崔涯"在某种程度上"亦咎由自取矣。

悼亡（二首）

唐 赵嘏

一烛从风到奈何①，二年衾枕逐流波②。

虽知不得公然泪，时泣阑干恨更多③。

明月萧萧海上风，君归泉路我飘蓬④。

门前虽有如花貌，争奈如花心不同⑤。

作者简介

赵嘏（读gǔ，又读jiǎ）（生卒年不详），字承佑，楚州山阳（今江苏省淮阴市）人，曾任渭南尉，世称"赵渭南"。所作《长安秋望》之"残星数点雁横塞，长笛一声人倚楼"为杜牧所激赏，称嘏为"赵倚楼"。

注释

① 一烛从风：比喻妻子亡故如烛被风吹熄。② 衾枕：被子与枕头，代指夫妻共同生活。③ 阑干：即栏杆。或状涕泪之纵横。④ 泉路：黄泉之路。飘蓬：风中飘飞的蓬草。⑤ 争奈：怎奈何，无可奈何。

今译

你匆匆逝去如风吹烛灭我无可奈何，夫唱妇随的两年时光追随流水逝波。虽然知道不能无所顾忌地公然痛苦，然而我时常倚着栏杆饮泣悲恨更多。

明月当头海上吹来摇落草木的北风，你已去深深的黄泉我如风中的飞蓬。大门前来往的女子虽然有如花的容貌，无奈容貌如花心地和你却不相同。

心赏

作者新婚不久，妻子即因病而逝。少年夫妻，深悲剧痛。前一首从封建伦理对人性的压抑的角度写不能公然抒发悼亡之痛，所谓无声之泣，甚于恸哭。后一首从妻子与他人的对比的角度，写自己的一往深情。元稹的悼亡诗《离思》五首之一说："曾经沧海难为水，除却巫山不是云。取次花丛懒回顾，半缘修道半缘君。"此诗结句正是此意。赵碬也许从元稹诗受到启发，但他抒发的毕竟是自己的实感真情。此一组诗语短情长，寥寥五十余字，胜过平庸的万语千言。

杭州西湖边有一座月老祠，祠门的集句联是："愿天下有情人终成了眷属，是前生注定事莫错过姻缘。"前者集自明人高则诚的《琵琶记》，后者集自元人王实甫的《西厢记》。妙集天成，古往今来，世上真正的有情人不是都愿成眷属而且期盼白头偕老不要中道分离吗？

绝 句

唐 无名氏

君生我未生，我生君已老①。
君恨我生迟②，我恨君生早。

注释

① 老：此处指对方年华老去。② 迟：晚，与"早"相对，陆机《燕歌行》："别日何早会何迟。"

今译

你生之时我还没有出生，我出生后你却年华已老。你恨我出生时已经太晚，我恨的却是你生得太早。

心赏

二十世纪八十年代中期，在湖南长沙湘江之畔铜官窑旧址出土了一批唐代瓷器及残片，其上留有唐代诗人以及无名氏的作品，此诗即其中之一。生活中有所谓"忘年之交"，但那多指同性，而异性之间却常有所谓"忘年之恋"。此诗之中男女两方是有情人，但因为年龄关系等原因而未能成为眷属，故彼此均深为怅恨。全诗总共二十个字，但"君"字、"我"字各出现四次，"生"字出现五次，"恨"字出现两次，如此重言叠字，是民歌中习见的重叠复沓，颇具音韵之美，使得这首出土的民歌风韵独标，令人玩味不尽。而"君""我"于句首对举，"生""老""迟""早"于句末对举，乃现代诗法中所谓的"矛盾修辞"，又称"抵触法""矛盾语"，极富西方诗学所称道之"张力"，从中可见中外之诗心相通。

此诗以女子口吻，写忘年之情。有人以为它产自商业与都市的土壤，表现的似乎不是平常百姓家的恋情或爱情，而隐约有茶舍酒家或秦楼楚馆的印记。但我宁愿相信它是一首上品的悲剧性的情诗，或者说情诗中的一匹令人过目难忘的"黑马"。

江城子 乙卯正月二十日夜记梦①

宋 苏轼

　　十年生死两茫茫②，不思量，自难忘③。千里孤坟，无处话凄凉④。纵使相逢应不识，尘满面，鬓如霜⑤。　　夜来幽梦忽还乡，小轩窗⑥，正梳妆。相顾无言，惟有泪千行。料得年年肠断处，明月夜，短松冈⑦。

作者简介

　　苏轼（1037—1101），字子瞻，号东坡居士，眉山（今四川省眉山市）人。中国文学史上的杰出作家和全才。散文为"唐宋八大家"之一，与欧阳修并称"欧苏"，诗与黄庭坚并称"苏黄"，开一代诗风；词为豪放词派的开山，与辛弃疾并称"苏辛"。书法、绘画音乐之早已亦深。

注释

　　① 乙卯：宋神宗赵顼（xū），熙宁八年（1075）。作者时任山东密州太守。② 十年：苏轼妻王弗治平二年（1065）病逝于汴京（今河南省开封市）。时年27岁。③ 量（liáng）、忘（wáng）：二字此处按词律均读平声。"不思量"并非忘记或者不想，而是不思回想。④ 千里：王弗逝后，次年迁葬四川眉山苏轼父母墓旁。⑤ 纵使：即使。白居易《东南行一百韵》："相逢应不识，满颔白髭须。"⑥ 轩窗：小室的窗户。杜甫《夏夜叹》："开轩纳微凉。"此处指王弗的居室。⑦ 短松冈：指墓地，古代墓侧常植松柏。

今译

　　十年生死相隔你我人天茫茫，我不忍回首往事，但心中怎能相忘。你的孤坟远隔千里，何处诉说那满怀的凄凉。即使重逢你恐怕已不认识我，风尘吹满我面颊，鬓发早已生白霜。

　　遥远的梦昨晚忽然回到故乡，在卧室窗棂旁边，只见你正在梳妆。我们对望却未说话，唯有热泪双流洒落两行。料想得我以后年年的断肠处，撩人悲思明月夜，松围墓地小山冈！

心赏

如花美眷，似水流年。苏轼与王弗是少年夫妻，王弗不唯颜值高，而且聪慧亦知书达礼，却不幸华年早逝。幸亏中心藏之，何日忘之的苏轼为她写了这首记梦之作，这是在中国诗歌史上与潘岳《悼亡诗》三首、元稹《遣悲怀》三首鼎足而立的悼亡诗，是献祭在王弗墓前的日日年年世世代代永不凋谢的花环。

潘岳、元稹之作体裁为诗，苏轼所作为词，而且是词中悼亡的开山之篇与高峰之作，后世唯有清词人纳兰性德之悼亡词可以比并，而且数量远越苏轼。诗，是极具个性的艺术，也应是力求创造普遍性情景能引起广大读者共鸣的美的艺术，在"善"的前提下的真挚、强烈、深沉的感情，以及对之作出的完美的艺术表现，是一首诗成为好诗甚至杰出的诗必具条件。苏轼此作就是如此，它是独特的，是苏轼的一己之私情，但又是普遍的，概括了世上芸芸众生共同具有的情感，而且写实与梦境交触，情感与文辞并茂，我认为它整体高度超过潘岳、元稹的有关之作，后人唯有纳兰性德可以挑战并在整体上更胜一筹。至于今人，感情与艺术均恐难超越前贤的这一高标了。当代词学大家唐圭璋在《唐宋词简论》中评论苏轼此作说："真情勃郁，句句沉痛，而音响凄厉。"所言极是，但他自己悼念亡妻的"人声悄，夜读每忘疲。多恐过劳偏息烛，为防寒袭替添衣。催道莫迟眠"（《忆江南》），感情固然真挚，但在艺术上与苏词比较则差之远矣！

悼朝云①

宋 苏轼

苗而不秀亦其天②，不使童乌与我玄③。

驻景恨无千岁药④，赠行惟有小乘禅⑤。

伤心一念偿前债，弹指三生断后缘⑥。

归卧竹根无远近，夜灯勤礼塔中仙⑦。

注释

① 悼朝云：朝云姓王，隶属钱塘乐籍，苏轼任杭州通判时朝云尚小，为之脱籍作家中侍女，后来始纳为妾。1095年苏轼贬惠州（今广东省惠阳市惠州区），家妓均散，朝云独随，次年病逝，诵《金刚经》四句偈而绝，葬惠州西湖栖禅寺东南之大圣塔下。② 苗而不秀：只长苗而无穗，喻天资好但没有成就而夭折者。③ 童乌：汉代扬雄子名乌。扬雄《法言·问神》："育而不苗者，吾家之童乌乎？九岁而与我玄文。"后人借用"童乌"喻幼年聪明或夭折者，此指朝云所生子未满百日即逝之子干儿。与我玄：即"与我玄文"，也即与我深谈文章之妙。④ 驻景：景同"影"，即留住日影，也即不使光阴流逝。⑤ 小乘禅：佛家语，指朝云临逝时诵《金刚经》四句。⑥ 三生：佛家称前生、今生、来生为"三生"。⑦ 塔：指大圣塔。

今译

如同只长了苗而没有抽穗定命在天，孩子早夭不能和我深谈文章的妙玄。留住时光只怅恨没有千岁不老之药，你临行前赠别我的话只有四句禅言。令人伤心你之随我是偿却前生的债，姻缘短暂人天永隔已断了后世之缘。伊人已去葬于竹林之下无所谓远近，我只有夜灯香火勤于祈祷塔中之仙。

心赏

苏轼饱历宦海风波，年过花甲而遽失相顾相随风雨同舟的伴侣，其痛可知。朝云逝时仅三十四岁，临终所念偈语是："一切有为法，如梦幻泡影，如露亦如电，应作如是观。"而苏轼当时也已到了生命的暮年，形只影单，前尘如梦,来日无多,此诗当然沉痛凄苦与空虚衰飒兼而有之。

对于朝云这位幼时的美女长成后的妻子(宋代给侍妾以夫人的名将获严究),东坡宠爱有加,朝云对东坡也始终不离不弃。东坡前后为她或隐或显地写了许多赞美与追怀的诗词,《悼朝云》仅是其中之一。明末清初的诗人何绛的《朝云墓》说:"试上山头奠桂浆,朝云艳骨有余香。宋朝陵墓俱零落,嫁得才人胜帝王!"多年前我和友人黄维梁作惠州西湖之游,曾谒朝云之墓,并作《生死两西湖》以记,收录在拙著《宋词之旅》之中,权当时隔千年的祭奠。

半死桐

宋 贺铸

重过阊门万事非①，同来何事不同归？梧桐半死清霜后②，头白鸳鸯失伴飞③。　原上草，露初晞④，旧栖新垅两依依⑤。空床卧听南窗雨，谁复挑灯夜补衣！

注释

① 阊（chāng）门：苏州城的西门。代指苏州。② "梧桐"句：汉代枚乘《七发》说龙门有桐，其根半死，斫以为琴，声音为"天下之至悲"。③ 头白鸳鸯：鸳鸯头上本有白色。贺作此词年过五十，亦寓自己年衰发白之意。④ 露初晞（xī）：露水初干。汉乐府《薤露》："薤上露，何易晞！露晞明朝更复落，人死一去何时归？"此处化用古辞而寓悲悼。⑤ 旧栖新垅：旧居与新坟。

今译

重新来到苏州后却已经万事俱非，曾一同来这里为什么不同时回归？我像经霜打之后半死的梧桐树啊，又如同那白头的鸳鸯失伴而飞。原野上离离的青草，露珠晒干只需瞬息。身在旧居怀想你的新坟多么悲凄。在空床上卧听南窗外的绵绵秋雨，有谁还能为我挑灯夜坐补缀寒衣？

心赏

贺铸四十九岁时，夫人赵氏去世。俗云少年丧父、中年丧妻和老年丧子是人生三大痛事，贺铸的中年丧妻当然也是痛如之何！他这首《半死桐》，是词中的悼亡名作，与元稹的《遣悲怀》三首、苏轼的《江城子·记梦》鼎足而三。此词上阕写旧地重游，已经形单影只，下阕则直抒哀情，回忆以往。作者善用比喻，巧用典故，结句的细节描写颇为精彩。他二十岁时在磁州（今河北省磁县）曾写过一首《赠内》，其中就写到他的妻子未雨绸缪，在大伏天就忙着为他缝补寒衣，此词的结句正是其来有自，而这种生活化的细节描写，更能激发读者的相似的联想和想象。世上的芸芸男人，有谁的妻子没有为他挑针引线过呢？此词正是化抽象的椎心泣血之情为新鲜独创的意象，故得以成为传世名篇，本名"鹧鸪天"的词调也由此而得名"半死桐"。我曾游苏州，也曾去原来的阊门之地凭吊，但不论如何寻寻觅觅，却再也找不到贺铸的那盏灯光，再也听不到他的那声长叹了。

偶 成

宋 李清照

十五年前花月底，相从曾赋赏花诗①。
今看花月浑相似②，安得情怀似往时③？

注释

① 相从：相随，跟从。② 浑：完全，非常。③ 安得：怎么能够，怎么能得。

今译

遥忆十五年前在月光花影之下，我相随你游赏曾经写赏花之诗。今天花影月光和过去完全一样，情怀已异怎么能像同游的昔时？

心赏

李清照和她的丈夫赵明诚志趣相同，伉俪情深。赵明诚生时宦游在外，李清照就有情真意切的相思之作。赵明诚后来知江宁府（今江苏省南京市）时，李清照从山东青州来会，不久明诚病逝，清照中年丧夫，曾作有怀念之词多首，《偶成》则是出之以诗，作于明诚去世十五年之后。时间相隔十五年，以"花月"为主意象的空间景色却如昔日，时间已换，花月相同，这里不仅是今昔对比，而且有时空的同与不同的反衬，词人"以乐景写哀"，物是而人非，景丽而情悲，将对亡夫深永的怀念表现得恻恻动人。李清照，她从书香四溢的深闺走向兵连祸结的社会，以她的纤纤素手写下许多传之后世的扛鼎之作，娥眉压倒须眉，从这首写个人遭逢命运的诗，也依稀可见时代的侧影，也分明可见她的腕力。

"小风疏雨萧萧地，又催下、千行泪。吹箫人去玉楼空，肠断与谁同倚？一枝折得，人间天上，没个人堪寄"，这是李清照《孤雁儿》之下阕，是写于江南的悼亡忆旧之作。至于她暮年流落浙江金华时所作的极富盛名的《武陵春》，那更是家悲国恨集于一词了。

悼 亡

宋 王十朋

偕老相期未及期①，回头人事已成非②。

逢春尚拟风光转③，过眼忽惊花片飞。

作者简介

王十朋（1112—1171），字龟龄，号梅溪，温州乐清（浙江省乐清市）人。他是南宋著名学者。工诗，存词二十首，均为咏花之作。

注释

① 期：句中前一个"期"为期望、希望之意，后一个"期"为限定的时间或约定的时日之意。② 回头：回首往事。③ 尚拟：还想。转：转换、转变。此处明写春光，实喻人事，希望妻子逢春复生。

今译

希望天长地久却未到预想之年，回首往事月圆花好却已非从前。冬去春来还痴想春光流转长驻，眨眼间令人惊心的是落花飞旋。

心赏

前两句叙事并直言其情，那虽是人生普遍情境的概括，但直陈究竟非诗之所长，如果后两句仍然这样，此诗当"不堪卒读"。然而作者却以意含双关的写景收束，以景截情而含情不尽，而且写景之中仍有"尚拟"与"忽惊"的急转，如电影中变换的蒙太奇镜头，这是高明的诗艺，刺激读者的想象，同时也使得开篇的人生概括之语具有了感性的内涵与感人的力量。

家严李伏波与家慈陶暄少小相识，结缡数十载伉俪情深。慈母病逝，家严追怀往事，顾影自怜，作《浮生梦》以悼："少年乍见浑如梦，咫尺天涯容有恨。蕉窗悄听落梅花，伊人弄笛比邻家。鱼雁多情传尺素，便开红豆相思路。燕子双飞一线牵，三生石上证前缘。花前月下应无语，默默含情暗相许。举案齐眉梁孟风，两情相悦意相通。年年牛女苦相望，都说人间胜天上。六十八年风雨中，疾苦关怀情益浓。千金难把韶华买，镜中弹指朱颜改。霜雪盈头白发生，老来二竖苦相侵。缠绵病榻犹相恋，相约来生再相见。追怀往事意难平，临岐握手更吞声。闻道魂魄天堂去，杳杳天堂在何处？孤灯夜雨漏声残，忍把遗容带泪看。而今怕对窗前月，月下诗成共谁说？老妻一去不回归，失侣哀鸿独自飞。但愿来生缘可再，来生不知谁主宰？浮生如梦可奈何，相思难解泪痕多！"抚今追昔，长歌当哭，真是椎心泣血，情何以堪！

禹迹寺南，有沈氏小园。四十年前，尝题小词一阕壁间。偶复一到，而园已易主。刻小阕于石，读之怅然。

宋 陆游

枫叶初丹槲叶黄①，河阳愁鬓怯新霜②。

林亭感旧空回首，泉路凭谁说断肠？

坏壁醉题尘漠漠③，断云幽梦事茫茫。

年来妄念消除尽，回向蒲龛一炷香④！

注释

① 槲（hú）：落叶乔木，花黄褐色。② 河阳愁鬓：晋代潘岳曾为河阳令，其《秋兴赋》中有"斑鬓发以承弁兮"之句，后人因以"潘鬓"为斑白鬓发之代词。河阳愁鬓即指"潘鬓"。③ 坏壁醉题：指作者1155年偶遇前妻唐婉于沈园时，所作《钗头凤》一词。④ 蒲龛：蒲为蒲团，以之坐禅、跪拜。龛为供奉神像的石室或阁子。

今译

枫叶已经转红槲叶也片片发黄，年衰头白的我愁对初秋的清霜。在沈氏林亭追怀往事徒然回首，幽明永隔我怎诉说寸断的肝肠？颓败墙壁上醉题之词尘灰暗暗，恩爱已断幽梦难寻盟誓已茫茫。多年来我非分之想已消除净尽，蒲团跪拜向神龛长燃一炷心香！

心赏

陆游与表妹唐婉（亦作琬）的悲剧爱情故事，因宋人陈鹄《耆旧续闻》、刘克庄《后村先生大全集》、周密《齐东野语》等的记载，加之陆游自己一些自传性诗词作品的记述，故而一直流传到今天。此诗作于宋光宗绍熙三年（1192），诗人旧地重来，复游沈园，已经六十八岁。他看到坏壁之上四十年前所题之《钗头凤》一词犹在，不禁悲从中来，作此诗以倾积愫。虽然表面上景色空冷，情怀空寂，但诗中燃烧的，却仍是诗人年既老而不衰的青春与爱情的火焰。

感情的深挚、强烈与深刻，是抒情诗是否感人之基本的也是决定性的条件。陆游的爱国之情与对前妻的追怀之情，都可谓愈老而愈炽，且至死而不变，故其撼人也烈，感人也深。金元之交的诗人元好问词说："问世间，情为何物，直教生死相许？"（《摸鱼儿》）鲁迅诗说："无情未必真豪杰。"（《答客诮》）信然！

沈园二首①

宋 陆游

城上斜阳画角哀②，沈园非复旧池台，
伤心桥下春波绿，曾是惊鸿照影来③！

梦断香消四十年④，沈园柳老不吹绵。
此身行作稽山土⑤，犹吊遗踪一泫然⑥！

注释

① 沈园：故址在今浙江省绍兴市禹迹寺南。陆游三十一岁时春游到此，遇前妻唐婉，作《钗头凤》词题于园壁。② 画角：绘有彩饰的用竹木或皮革制成的管乐器，多用于城头报时辰，其声凄凉高亢。③ 惊鸿："鸿"是大雁。曹植《洛神赋》："翩若惊鸿。"形容女子体态轻盈秀丽，此处代指唐婉。④ 梦断香消：唐婉已逝四十四年。陆游旧地重游时年已七十五岁。"四十年"取其整数。⑤ 稽山：会稽山，在绍兴市东南。⑥ 泫（xuàn）然：伤心落泪之貌。

今译

城上斜阳一抹画角之声何其凄哀，沈园已不再是原来的池塘和亭台。令人伤情是桥下之春波依然碧绿，曾经照她惊鸿般的身影翩然而来！

梦已断香已消时光飞逝四十多年，沈园柳树都已老去不再吹絮飞绵。我也即将成为稽山上的一抔黄土，前来凭吊遗踪还是不禁老泪涟涟！

心赏

公元1155年陆游在沈园与前妻唐婉相遇，再作此二诗时已是四十四年后的1199年，即宋宁宗赵扩庆元五年。诗人已经是耄耋之年的七十五岁。这两首诗，是悼亡诗中最为感人的作品，深创沉哀，铭心刻骨，年既老而不衰，其感情的真挚、强烈和深刻，超过元稹的《遣悲怀》三首。优秀的诗人之作，往往肝肠似火而又色貌如花，既有雷奔电掣又有月下花前，诗作雄豪与深婉兼有的陆游就正是如此。

我在游沈园后所作《钗头凤》一文中曾经写道："陆游后来重游沈园，四十年间已经三易其主，何况是数百年近千年呢？陆游题词之壁早已化为尘灰，沈园当年的柳树也早已不知去向。啊，那园内的伤心桥呢？伤心桥下碧绿的春波呢？春波上照影的丽人呢？英雄有嶙峋的铁骨，也有温软的柔肠，如此锥心泣血地久天长的爱情，怎不令普天下的有情种子也泫然一哭？"

十二月十二日夜梦游沈氏园亭二首

宋 陆游

路近城南已怕行，沈家园里更伤情。

香穿客袖梅花在，绿蘸寺桥春水生①。

城南小陌又逢春，只见梅花不见人。

玉骨久成泉下土②，墨痕犹锁壁间尘③！

注释

① 蘸：把物体浸入水中。此指寺桥在水中的倒影。② 玉骨：指唐婉。
③ 墨痕：指作者五十一年前书于沈园墙壁上的《钗头凤》。锁：封住，封闭。

今译

靠近城南的道路我已怕行走，沈家的园亭更使我伤感哀愁。寺桥仍然倒影
于桥下的春波，那芬芳的梅香依然穿过衣袖。

城南的小路上又迎来了春风，只见梅花却不见那当年的人。她虽早已成了
九泉下的黄土，壁上犹在的是我当年的墨痕。

心赏

陆游一生酷爱梅花，有赋梅诗一百多首。在他的《剑南诗稿》中，直接以
《梅花》及《梅花绝句》为题者，各凡四见。这两首诗中两次提到梅花，也许
他当年在沈园与唐婉邂逅时，正是梅开时节，或者他是以梅花的坚贞与芬芳来
象征他们之间的爱情吧？

艺术地表现人类最美好的情感，创造出他人可以互通共感的普遍性的艺术
情境，是文学作品尤其是诗歌获得永恒魅力的最重要的条件。陆游这两首诗均
以自然的美景反衬内心的哀情，此所谓"以乐景写哀，以哀景写乐，一倍增其
哀乐"。八十岁的诗人，抒写的虽是东方式的海枯石烂、至死不渝的爱情，但

却也如同十九世纪英国名诗人丁尼生所说:"不爱则已,要爱就得有始有终。"陆游八十六岁逝世,之前两年,他最后一次再游沈园,又作《春游》诗以怀故人:"沈家园里花如锦,半是当年识放翁。也信美人终作土,不堪幽梦太匆匆!"时至今天,这种生死以之的爱情在生活中虽然仍如名花之开,但却已不可多见,我们大都只能从《梁祝》的旋律和古典诗歌的余韵里去追寻了。

过故妻墓

元 傅若金

湘皋烟草绿纷纷①，洒泪东风忆细君②。

每恨嫦娥工入月，虚疑神女解为云。

花阴午坐闲金剪，竹里春愁冷翠裙。

留得旧时残绣在，伤心不忍读回文③。

作者简介

傅若金（1304—1343），字与砺，新喻（今江西省新余市）人。工诗文，创"神韵"诗说之清诗大家王士禛称其歌行得老杜一鳞片甲，其悼亡诸诗，深情而凄恻。

注释

① 皋（gāo）：岸，近水处的高地。② 细君：古代诸侯之妻的称谓，后以"细君"代称妻子。③ 回文：回文诗，晋代苏蕙有《回文璇玑图》诗。

今译

湘水岸边的离离青草笼罩在愁烟之中，对着东风泪水长流忆念我逝去的夫人。任意随心恨人说什么嫦娥能奔入月殿，凭空虚撰巫山神女可以化为暮雨朝云。我白天枯坐花阴再听不到你金剪声响，春日游于竹林也再不见你飘荡的翠裙。你留下没有织完的锦帛陪伴孤单的我，令人伤怀不忍心去读你昔日写的诗文。

心赏

古代习俗，人死后百日必设祭以为悼念。傅若金在妻子殁后曾作《百日》一诗，可以参读："人生悲死别，矧在心相知。新婚未及久，杳杳遽何之。昔为连理木，今为断肠枝。相去时几何？百日奄在兹。亏月有圆夕，逝水无还期。弃置非人情，何以为我思？"西方作家克雷克曾说："生命佩戴着爱情的十字架，死亡护送着爱情的皇冠。"傅若金的悼亡之诗，不正是如此吗？

傅若金的妻子孙淑，字蕙兰，秀慧能诗，二十三岁嫁给作者，新婚五月即病逝，诗人感伤之至而写了许多悼亡诗章。除上引之《百日》外，又名《忆内》的《过故妻墓》是痛定思痛之作。本诗其中对神话传说的怀疑，正是对现实情境的强调和肯定。全诗的水准当然远在及格线以上，不过，有元稹、苏轼、贺铸与陆游的悼亡诗于前，即使是多情复多才的后人，也难免只能遥望前人的背影了。

内子亡十年，其家以甥在，稍还母所服。潞州红衫，颈汗尚沘^①，余为泣数行下，时夜天大雨雪^②。

明 徐渭

黄金小纽茜衫温^③，袖折犹存举案痕^④。

开匣不知双泪下^⑤，满庭积雪一灯昏。

作者简介

徐渭（1521—1593），字文长，晚号青藤道士，山阴（今浙江省绍兴市）人。终生潦倒。与李贽为晚明进步思想的先驱，蔑视权贵。诗文、戏曲、书画俱精，自称"吾书第一、诗二、文三、画四"。

注释

① 沘（cǐ）：浸染，鲜明。② 雨（yù）：作动词，落下，降落。《诗·邶风·北风》："雨雪其雾。"《诗·小雅·大田》："雨我公田。"汉乐府《上邪》："天雨雪。"此处之"大雨雪"为落大雪之意。③ 茜：草名，根可做大红染料，因借指大红色。④ 举案："案"是盛食品的托盘。《后汉书·梁鸿传》记载，梁鸿每次回家，"妻为具食，不敢于鸿前仰视，举案齐眉"。后以此称夫妻相敬如宾。⑤ 匣：此指装衣服的小箱。

今译

缀有金色小纽扣的红衫似乎尚有余温，袖口折纹上还留存有举案齐眉的迹痕。打开衣箱睹物思人不觉自己泪如雨下，窗外满院雪光闪耀窗内一灯如豆昏濛。

心赏

徐渭穷愁潦倒，有潘公者素重其才，妻之以女，赘徐渭于家，今日称之为"倒插门"之女婿。不久潘氏病逝，十年后小儿长大，母家送还潘氏一些衣物以作纪念，徐渭睹物思人而作此诗。全诗围绕"茜衫"落笔，不枝不蔓，写内心极细极深。结句以写景收束全诗,是中国古典诗歌尤其是绝句的"以景载情"的绝技,又称为"实下虚成",积雪灯昏,不直接言情而愁恨之情味深永。

斯人已逝十年,而"茜衫"仍有亡者的体温,这是情深一往的幻觉,也是"无理而妙"的想象。籍贯湖南衡阳的当代台湾诗人洛夫《河畔墓园——为亡母上坟小记》中说:"一株狗尾草绕过坟地/跑了一大圈/又回到我搁置额头的土堆/我一把连根拔起/须须上还留有/你微温的鼻息。"同用"温"字,其来有自而可称后来居上。

悼亡诗（二首）

明 薄少君

英雄七尺岂烟消，骨作山陵气作潮。

不朽君心一寸铁^①，何年出世剪天骄^②？

北邙幽恨结寒云^③，千载同悲岂独君？

焉得长江俱化酒，将来浇尽古今坟^④！

作者简介

薄少君（生卒年不详），1596年前后在世。字西真，江苏长洲人。明代女诗人。

注释

① 铁：此处指兵器。汉李陵《答苏武书》："兵尽矢穷，人无尺铁。" ② 剪天骄："剪"为斩断、扫除之意。天骄：汉代称北方匈奴为"天之骄子"，此处泛指强悍的边地民族和入侵者。③ 北邙（máng）：北邙山之东段，在河南省洛阳市东北。古代王侯公卿多葬于此，本诗中泛指墓地。④ 将来：持来，拿来。

今译

英雄的七尺身躯岂会火灭烟消，铮铮铁骨化作凛凛山陵与怒潮。你不朽之心坚强锋锐有如兵器，什么时候转世再来去剪灭天骄？

无穷幽恨凝成北邙山上的寒云，悲思接千载我岂止是痛悼夫君？怎能使得长江之水都化为祭酒，拿来浇尽古往今来志士的坟茔！

心赏

作者为沈承之妻，抗击北方外侮而投身军旅的沈承英年早逝，作者赋悼亡诗百首，此为其中之二。妻悼夫之作本来不多，有的还是"男子作闺音"，是男性作者的虚拟与代笔，何况此作悲中见壮，哀中见豪，将个人的伤逝之意与爱国之情交融在一起，痛深而笔健之篇出自纤纤素手，可称悼亡诗中的异品与奇品，实不可多见与多得。古代女诗人中之最杰出者，我以为是唐代的薛涛、宋代的李清照与清代的秋瑾，而薄少君此作，似可与上述三位巾帼的某些篇章一较高低。

说到女作者的悼亡之诗，应该提到民族英烈谭嗣同妻子李闰的悼亡诗。在谭嗣同于戊戌政变中壮烈牺牲之后，李闰每年都于忌日祭奠时作悼亡之诗，直至她1924年60岁去世之时。可叹可悲的是，她遗存的悼亡之诗稿只剩下她初惊噩耗写的七律诗《悼亡》，口碑相传至于今日："盱衡禹贡尽荆榛，国难家仇鬼哭新。饮恨长号哀贱妾，高歌短叹谱忠臣。已无壮志酬明主，剩有奥生泣后尘。惨淡深闺悲夜永，灯前愁煞未亡人！"

断肠诗哭亡姬乔氏①

清 李渔

各事纷纷一笔销，安心蓬户伴渔樵。

赠予宛转情千缕，偿汝零星泪一瓢。

偕老愿终来世约②，独栖甘度可怜宵。

休言再觅同心侣，岂复人间有二乔③！

作者简介

李渔（1610—1680），字笠鸿，号笠翁、新亭樵客，兰溪（今浙江省兰溪市）人，生于雉皋（今江苏省如皋市）。明末清初戏曲家、戏剧理论家、小说家、诗人。主要著作为《闲情偶寄》。

注释

① 乔氏：名复生，山西人。李渔家庭戏班中最重要的旦角，十九岁因产后失调去世。李渔作《断肠诗》二十首悼之。② "偕老"句：乔氏临终时令人焚香而自己祝告说："死无可憾，但惜未能偕老，愿以来生续之。" ③ 二乔：借用三国时"二乔"之姓，关合亡姬姓氏。

今译

你去世后俗事纷纷我都一笔勾销，心如止水住在陋室残生陪伴渔樵。体贴温柔你曾经赠我以千缕情意，零星稀少我偿还你只有眼泪一瓢。未能白头偕老你愿意续来生之约，我情愿一人长夜独宿度可怜之宵。不要说再去寻觅那同心的伴侣罢，除了你啊茫茫人世岂能再有二乔。

心赏

李渔是多情种子，又是性情中人，他的才华与作为，在封建时代原就是一个异数。亡姬乔氏本来就和他情好甚笃，乔氏死前焚香祷告，并且叫同辈不要将她的话告知李渔，以免他更为伤心，李渔听后当然更为悲痛。此诗为其组诗《断肠诗》二十首之第五首。诗的颔联与颈联也没有泥于具体而微的情事描写，创造了具有普遍意义的可以引起更多读者共鸣的艺术情境。

此诗结句极佳，一语双关。大小"二乔"是三国时代有名的美人，乔玄之女，大乔嫁孙策，小乔嫁周瑜，苏轼《念奴娇》中有"遥想公谨当年，小乔初嫁了"之句。此处之"二乔"之"乔"，谐音亡姬乔氏，"二乔"之"二"又可谓天造地设，表现了诗人不作他想的巨痛沉哀，又富于文化的意蕴与历史的联想。

清末诗人文廷式《蝶恋花》词中有句说："世间只有情难死。"读李渔的断肠词，这一警句忽然又飞上我的心头。

悼　亡

清　王夫之

十年前此晓霜天，惊破晨钟梦亦仙。

一断藕丝无续处^①，寒风落叶洒新阡^②。

作者简介

　　王夫之（1619—1692），字而农，号姜斋，衡阳（今湖南省衡阳市）人。明亡后隐居湘西石船山，自署船山病叟，人称船山先生。他是明末清初著名学者和思想家，亦擅诗文词曲。

注释

　　① 藕丝：以物喻情，比喻伉俪之情难绝。② 阡：田间小路，此处指墓道。

今译

　　十年之前就像今朝一样的拂晓霜天，晨钟惊破鸳梦我们梦境中如同神仙。后来你一去不返好像藕丝无法接续，寒风吹落叶我洒泪新开的墓道之前。

心赏

　　此诗前两句有双解。一解为回忆十年前的温柔美好的时日，"仙"为神仙眷侣之意；另一种解释是"仙"为死的婉辞，其意为"仙逝"，句意为十年前的今日霜晨妻子亡故。我取前一种解释，同是霜天，昔乐而今悲，景同情异，如此对比反衬，更觉悲之不胜。诗常有多义，而前人也有"诗无达诂"之说，欣赏诗歌，除了基本的文化素养之外，还要驰骋想象，作合理的再创造。如同王夫之自己在他的《姜斋诗话》中所说，"作者用一致之思，读者各以其情而自得"，"人情之游也无涯，而各以其情遇，斯所贵于有诗"。

　　王夫之的故居在衡阳之船形山，地在湘水之西，故名"湘西草堂"。他和夫人的墓地在不远处之大罗山。前些年的一个夏日，在衡阳友人的引导下，我曾偕妻子段缇萦去湘西草堂瞻仰，并瞻拜墓地。故居门前大片荷田的荷叶绿如碧玉，荷花红若火焰，而在松柏的守护之中，墓地为并列之合墓。南风吹来，王夫之的诵诗之声恍然仍在荷花荷叶间传扬，而不老的翠柏苍松，也似乎仍在叙说他令人低回的往事。

梦江南（二首）

清 屈大均

悲落叶①，叶落落当春②。岁岁叶飞还有叶，年年人去更无人。红带泪痕新③。

悲落叶，叶落绝归期。纵使归来花满树，新枝不是旧时枝。且逐水流迟④。

注释

① 落叶：由物及人，隐喻妻子亡故。② 落当春：叶落于春，喻妻子早亡。③ 红：此处指泣血，或泪尽继之以血。④"且逐"句：希望载着落叶的流水慢慢流，以便追逐流水再看落叶。喻对故妻之留恋追怀。

今译

悲落叶啊，叶子凋落的时候竟是三月阳春。年年叶子飘落年年还再会生发新叶，自从伊人一去啊年年却再没有归人。令我永哀长哭泪痕之中带血痕。

悲落叶啊，叶子凋落后就不会再回到树枝。纵然明春归来绿叶满枝繁华仍满树，但那些新枝啊却已经不是旧时之枝。流水落叶慢慢走让我多看片时。

心赏

法国的大作家雨果曾说："人生是花，而爱便是花蜜。"而刻骨铭心的爱情呢，可以说花朵虽已凋谢，而花蜜犹存。那些真挚动人的悼亡诗就是如此。屈大均的《梦江南》全词以由物及人的比喻结撰成章。叶落还可再生，人亡不能复活，物是而人非，句句写落叶，处处喻亡妻，是悼亡诗中构思新颖的别出心裁之作。其中的重字、叠词和句式的反复，有如悲怆的不能自已的自白与自诉，更是一唱三叹，增强了全诗的以情动人的力量。清人况周颐《蕙风词话》

说此词"无限凄婉，令人不忍寻味"，信然。

　　同是一张五弦琴，不同的身手弹出的是高下有别的乐曲，同是以诗的形式抒情寄慨，结果却有优劣不同。好诗除了感情的真挚与深广度，还有赖于构思、意象、语言等方面的才华。在众多的爱情的悲歌与挽歌中，屈大均的《梦江南》是令读者记忆深刻的一曲。

悼亡诗（二首）

清 王士禛

遗挂空存冷旧薰①，重阳阁闭雨纷纷。
方诸万点鲛人泪②，洒向穷泉竟不闻！

陌上莺啼细草薰，鱼鳞风皱水成纹。
江南红豆相思苦③，岁岁花开一忆君！

注释

① 遗挂：妻子遗留的衣物。薰：香气。② 方诸：比之于。鲛人泪：晋张华《博物志》载：南海外有鲛人，水居如鱼，泣泪出珠。③ 红豆：王维《相思》："红豆生南国，春来发几枝？愿君多采撷，此物最相思。"

今译

你遗下的衣物空然犹在旧香已冷，重阳时阁门紧闭愁人的秋雨纷纷。如同鲛人泪出成珠我也泪流不尽，洒向深深的黄泉你已然无法听闻！

田间陌上黄莺鸣珠啭玉细草香春，和风吹皱一池春水漾起碧波粼粼。江南红豆引起人刻骨的相思之苦，年年花开时节更使我年年思君忆君！

心赏

清初名诗人王士禛元配夫人张氏，出身于书香世家，十四岁即嫁给士禛，两人伉俪情深，但四十岁时即病逝。王士禛中年丧妻，不胜悲痛，在妻子病故后一年内写有《悼亡诗》三十五首，可见情真意挚。这种绝句组诗，远承唐代元稹《六年春遣怀》八首，在数量上则远远过之。王士禛以绝句见长，并倡"神韵"之说，上述二首均可谓神韵悠远。"神韵"，说的是诗歌的空灵与韵味，前一首重在写旧物与悲景，以哀景正写悲情，后一首重在写乐景与悲情，以丽景反衬悲情，而结句更是有余不尽。

王士禛游宦在外，与妻子聚少离多，他在外时必有诗作寄怀妻子，如有名的《灞桥寄内》二首，读者不妨对读："长乐坡前雨似尘，少陵原上泪沾巾。灞桥两岸千条柳，送尽东西渡水人。""太华终南万里遥，西来无处不魂销。闺中若问金钱卜，秋雨秋风过灞桥！"全诗均好，结句更可谓后来居上。

菩萨蛮 悼亡

清 梁清标

玳梁当日栖双燕①，碧桃花下看人面②。往事耐思量，银灯照晚妆。　　宝钿空瑟瑟③，愁煞西堂客④。肠断只三声，长更与短更。

作者简介

梁清标（1620—1691），字玉立，号棠村，直隶正定（今河北省正定县）人。明末进士，入清，官至保和殿大学士。工诗词古文，与吴伟业、龚鼎孳齐名。

注释

① 玳梁：即玳瑁梁，雕饰玳瑁（海龟）的画梁。② 碧桃：即千叶桃，重瓣的桃花。③ 宝钿（tián，又读 diàn）：用金珠翠玉等制成花朵形的首饰。瑟瑟：此处为清冷而失去光彩之貌。④ 西堂客："客"为作者自指，"西堂"即西厢，正房之西的厢房。

今译

玳瑁梁上当日栖宿着双飞之燕，千瓣桃花下我喜见你如花之面。温馨的往事多么令人回想，银亮灯光照耀着你的晚妆。冷清的金玉钿钗失去光泽，愁思煎熬我这个西厢之客。长夜漫漫使人断肠只三声，不眠的我从长更听到短更。

心赏

此词的题目是"悼亡"，也是通过今昔情景的对比来写伤逝，但通篇却没有任何悼亡的字样直接出现，而只是让读者于言外可想，此即是古典诗学中所谓"不着一字，尽得风流"，现代诗学所云之"空筐结构"与"审美期待"。结句为诗歌创作的重要一环，因为它是诗作的终点，也是读者欣赏这一艺术再创造的起点，此诗的结句妙想联翩，有余不尽，能刺激读者参与作品的艺术再创造。

新文学名家郁达夫与其妻王映霞历经悲欢离合，最后以临歧分手而郁达夫在印尼苏门答腊岛被日寇杀害告终。此前郁达夫曾作《毁家诗纪》二十首，虽非悼亡，实际上也是爱情的悲歌与挽歌。其十有云"犹记当年礼聘勤，十千沽酒圣湖濆（fèn）。频烧绛蜡迟宵柝，细煮龙涎浣宿熏。佳话颇传王逸少，豪情不减李香君。而今劳燕临歧路，肠断江东日暮云！"后来复作《自叹》一首："相看无复旧家庭，剩有残书拥画屏。异国飘零妻又去，十年恨事数番经！"苦雨凄风，是他生命的绝唱，也是爱情成灰的挽歌。

悼 内

清 蒲松龄

浮世原同鬼作邻^①，况当岁过七余旬。

宁知杯酒倾谈夕^②，便是闺房决绝辰。

魂若有灵当入梦，涕如不下亦伤神。

迩来倍觉无生趣^③，死者方为快活人。

作者简介

蒲松龄（1640—1715），字留仙，号柳泉居士，世称"聊斋先生"。淄川（今山东省淄博市）人。久困科场，一生失意。工诗文，其《聊斋志异》为清代文言短篇小说之冠，传名后世。

注释

① 浮世：犹言浮生。世事无定，人生短促，故旧时称人生为"浮生"。② 宁：怎么，哪里。③ 迩来：近来。

今译

人生匆匆在世原来是与死神为邻，何况我已是年过七十的白发老翁。怎么能料想到那杯酒谈心的晚上，便是你和我于闺房中永别的时辰。如果真有魂灵你应来到我的梦境，眼泪即使干涸不流也当自感伤神。近来更加倍觉忧伤凄苦了无生趣，反而相信死去的人才是快活的人。

心赏

蒲松龄十八岁时与比他小三岁的刘氏成婚，五十六年中艰苦共尝，老来一旦永诀，自是有深悲剧痛。此诗作于他去世之前，开篇的"浮世原同鬼作邻"，写生与死之关系令人触目惊心。尾联"死者方为快活人"的以生为苦、以死为乐的写法，看似违反常理常情，却将他哀挽之情与自挽之意表现得分外沉重而深刻，也道前人之所未道。

蒲松龄以其短篇小说《聊斋志异》鸣世并名世，他的诗作为其小说之盛名所掩，其实也颇有才情，值得一读。《悼内》是悲歌，是哀曲，《采莲曲》是欢歌，是喜曲，同是写爱情，前者咏自己，后者咏他人，虽为南北两极，何妨对读以赏："返棹孤舟漾碧丛，少年逼趁半塘中。若非邻女来相唤，渐入深荷路欲穷。""两船相望隔菱茭，一笑低头眼暗抛。他日人知与郎遇，片言谁信不曾交？"

南乡子 为亡妇题照

清 纳兰性德

泪咽却无声，只向从前悔薄情，凭仗丹青重省识①，盈盈，一片伤心画不成。　　别语忒分明②，午夜鹣鹣梦早醒③。卿自早醒侬自梦，更更，泣尽风檐夜雨铃④。

注释

① 省（xǐng）识：记忆、忆起、认识。② 忒（tè）：太。③ 鹣鹣（jiān）：传说中的比翼鸟，喻恩爱夫妻。④ 夜雨铃：南宋王灼《碧鸡漫志》说，唐明皇奔蜀时，霖雨兼旬，栈道闻铃，明皇采其声为《雨霖铃》曲以悼贵妃。此处用典兼写实。

今译

热泪暗流却又饮泣无声，只是痛悔从前未珍视你的一往情深。现在只想凭借丹青来重新和你聚会，泪眼模糊啊，心碎肠断怎么能够把你的容貌画成。离别时的话还分明在耳，比翼齐飞的好梦半夜里被无端惊醒。你早早醒来成仙而去我却还在梦中，哭尽深更啊，只听那风铃苦雨中声声敲响到天明。

心赏

纳兰性德的妻子卢氏，为两广总督兵部尚书卢兴祖之女。少年夫妻两情相悦，伉俪情深，但他们只相处了短短三四年卢氏即因病逝世，纳兰性德其时尚只有二十四五岁。他写了许多悼亡的诗词，不但是清明、七夕、生辰、忌日，而且是花晨、月夕、春夜、秋朝，他总是悲从中来，填词赋诗，一直到他短短的三十岁的终年，才曲终收拨当心划，四弦一声如裂帛。

词中以梦境喻人生，是"人生如梦"一语的诗化，深挚地表现了亡妻之痛。作者与其妻卢氏鹣鹣鲽鲽，此词如泣如诉，正是所谓"以天下之至语写天下之至情"。"只向从前悔薄情"，这是诗人的深刻反省，也是爱深痛切之辞。"泣尽风檐夜雨铃"，从白居易《长恨歌》之"夜雨闻铃肠断声"化出，但更觉痛巨哀沉。法国文豪巴尔扎克说过："爱情是回忆的宝库。"纳兰性德写了那么多动人的悼亡诗，就是他曾经拥有并且珍惜那刻骨铭心的爱情，即使后来都成了回忆。年轻伉俪主要是灵与欲的爱情，老来夫妻主要是灵之友情。人生有限，相聚即缘，愿爱情与友情天长地久，愿姻缘均为善缘与良缘。

蝶恋花

清 纳兰性德

辛苦最怜天上月，一昔如环①，昔昔都成玦②。若以月轮终皎洁，不辞冰雪为卿热③。　　无那尘缘容易绝④，燕子依然，软踏帘钩说。唱罢秋坟愁未歇⑤，春丛认取双栖蝶⑥。

注释

① 昔：同"夕"，即一夜之意。环：圆形玉器，此喻圆月。② 玦（jué）：半环形玉器，此喻不圆之月。③ "不辞"句：表层之意谓月中寒冷，自己可暖冰热雪，深层之意谓自己可为爱妻奉献出一切，生死以之。④ 无那（nuó）："奈何"的合音，无奈之意。李白《长干行》："那作商人妇，愁水复愁风。"⑤ "唱罢"句：化用李贺《秋来》句意："秋坟鬼唱鲍家诗，恨血千年土中碧。"鲍家诗：南朝鲍照所作的挽诗。⑥ 双栖蝶：用梁山伯、祝英台同葬而化为双飞蝶的传说。

今译

最可怜惜的是天上辛苦的明月，只有一个夜晚团圆，其他天天晚上都是残缺。你如果像月轮始终光辉长在啊，我甘愿为你去暖热那层冰积雪。无奈尘世间的缘分啊容易断绝，燕子不解人间悲伤，它们轻踏着帘钩软语呢喃相悦。唱罢曲曲悲歌哀愁却未能消歇，春天花丛中认取那双飞的蝴蝶。

心赏

作者在《沁园春》一词的小序中记梦见亡妻："丁巳重阳前三日，梦亡妇淡妆素服，执手哽咽，语多不能复记。但临别有云：'衔恨愿为天上月，年年犹得向郎圆。'妇素未工诗，不知何以得此也？觉后感赋。"梦中临别时妻子赠他以诗，这是诗人自己结想成梦，也是另一种形式的梦中寄意，从中可见其伉俪情深。"梦好难留，诗残莫续，赢得深更哭一场"，除了梦后感赋的《沁园春》之外，此词取梦中妻子赠诗之意而以月喻人，圆少缺多，短圆长缺，如此妙为别裁，真不愧多情种子，一代才人。

法国的巴尔扎克说："人类终于发明了爱情，使它成为人类最完美的宗教。"英国的培根说："所谓永恒的爱，是从红颜爱到白发，从花开爱到花残。"以他们的标准衡量，纳兰性德是达标而有余的了。他的词题材多样，但以爱情词为最佳，而其爱情词则以悼亡词为最胜，八年中，达五十余首，占现存348首纳兰词的六分之一，数量之多，质量之高，古代诗人无出其右。

摊破浣溪沙

清 纳兰性德

欲话心情梦已阑①，镜中依约见春山②。方悔从前真草草，等闲看。　环佩只应归月下③，钿钗何意寄人间④。多少滴残红蜡泪，几时干？

注释

① 阑：残，尽。② 依约：隐约。春山：春山如黛，喻女子的双眉。③ 环佩：古代妇女佩带之玉器，亦作"珮"。本指王昭君，此处代指亡魂，如杜甫《咏怀古迹》："画图省识春风面，环佩空归月夜魂。"④ 钿钗：女子饰物。白居易《长恨歌》中唐玄宗与杨贵妃以钿钗寄情。

今译

刚想对你倾诉衷肠时好梦已残，在妆镜中隐约看到你眉如春山。这才深悔以前太过于大意随便，将美好岁月轻易相看。在月夜归来的只能是你的魂魄，你的殷殷情意怎么能寄到人间。我和红烛一起滴残多少眼泪啊，烛泪与眼泪几时能干？

心赏

悠悠生死经年别，魂魄频频入梦来。多情重情的纳兰性德不知多少回梦见死去的爱妻，也不知多少回午夜梦回而独自饮泣。此词就是抒写梦醒之后自己独自咀嚼的失落与悲伤。本来要对爱妻诉说死别后的相思之情、忆念之苦，却不料尚未启齿而梦已惊破，万语千言，就只好也只能寄之以词了。

才学兼胜的纳兰性德词的特色，就是感情极为真挚，自肺腑涌出，语浅情深，言近意远，多用白描而自有荡气回肠的艺术力量，如同他的朋友、词人顾贞观所说："容若词一种凄婉处，令人不能卒读。"后来的梁启超也说："使其永年，恐清儒皆须让此君出一头地也。"优秀的诗人至少一半是与生俱来，天地所赐，一半是后天的经历与学养。普天下古往今来如恒河沙数的诗作者，有多少人真正能得到诗神的青眼呢？

内子段缇萦是我的少年同学，风雨相携六十年。她生前我曾作组诗《少年游》相赠，并曾向她吟诵《赠内》一诗："青丝倏忽白盈颠，剪水秋波已黯然。我心自有回春术：长忆红颜丽昔年!"她去世后，我作诗数十首以悼，其中《清明祭》云："春花秋月两相摧，只恨韶光去不回。半世欢声兼笑语，那堪竟化半坛灰!"人天永隔，此痛何极!

浣溪沙

清 纳兰性德

谁念西风独自凉，萧萧黄叶闭疏窗①。沉思往事立残阳。　　被酒莫惊春睡重②，赌书消得泼茶香③。当时只道是寻常。

注释

① 疏窗：窗户。② 被酒：醉酒，被酒所醉。③ "赌书"句：用李清照与赵明诚夫妇的故事。李清照《金石录·后序》云："余性偶强记，每饭罢，坐归来堂烹茶，指堆积书史，言某事在某书、某卷、第几页、第几行，以中否角胜负，为饮茶先后。中即举杯大笑，至茶倾覆怀中，反不得饮而起，甘心老是乡矣。"消得：值得，抵得。泼：洒。

今译

有谁怜念西风吹我独自凄凉？黄叶纷纷飘落之时关闭疏窗。我久久地回想往事伫立斜阳。春日醉酒照顾我不惊醒酣梦，查诵诗书以赌胜负茶洒清香。难忘往事当时只当平平常常。

心赏

作为人，纳兰性德多情而重情；作为诗人，纳兰性德是写情圣手。这其中当然包括了爱情。纳兰性德于康熙十一年（1672）前后与卢氏成婚，其时年未弱冠，卢氏于康熙十六年（1677）病逝，年少的恩爱夫妻霎时便流水落花春去也，天上人间。纳兰性德前后写了五十余首悼亡诗词，字字血而声声泪。创深痛巨，这大约也是他英年早逝的主要原因之一吧，悲夫！

此词上阕对景抒怀，起句说"谁念"即是已无人念我，故而沉思往事，独对残阳。不说"斜阳"而云"残阳"，以西方现代诗学言之，即"感情的对应物"，中国古典诗学谓之"情景交融"。下阕忆往事，词人没有作巨细不遗的描写，而只拈出一二雅事，即平日生活中的"被酒"与"赌书"，足见琴瑟和谐，雅人深致。芸芸众生，常常是珍宝在握时不以为贵，不知珍惜当下，一旦失去，方知可贵而追悔莫及。结句所写正是这种具有普遍性即普世意义的人生经验，以平浅之语，抒沉痛之思，发无穷之恨，引世世代代的读者之想。

悼亡姬

清 厉鹗

旧隐南湖渌水旁①，稳双栖处转思量。

收灯门巷忺微雨②，汲井帘栊泥早凉③。

故扇也应尘漠漠，遗钿何在月苍苍。

当时见惯惊鸿影，才隔重泉便渺茫！

作者简介

厉鹗（1692—1752），字太鸿，号樊榭，钱塘（今浙江省杭州市）人。工诗词，其诗为清代名家，其词为浙派词人中重要作家。

注释

① 南湖：在今浙江省嘉兴市区，又名鸳鸯湖。渌（lù）水：碧绿清澈的水。② 忺（xiān）：高兴，适意。③ 泥（nǐ）：露水多而濡湿之意。《诗·小雅·蓼萧》："零露泥泥。"

今译

还记得隐居在碧水清澈的南湖之旁，双飞双宿的旧居多么使人反复回想。微雨中你高兴地收拾门前的红灯笼，帘栊凝露你便去井边汲水不畏早凉。你用过的那香扇啊应已是尘灰漠漠，你留下的钗钿何在唯见啊月色苍苍。当年见惯了你翩若惊鸿的窈窕身影，而现在才隔着黄泉啊便一去音容渺茫。

心赏

厉鹗时有佳篇好句，如《春寒》："漫脱春衣浣酒红，江南三月最多风。梨花雪后酴醾雪，人在重帘浅梦中。"他的爱情诗也清隽可诵，如以乐府旧题作的《杨柳枝词》："玉女窗前日未曛，笼烟带雨渐氤氲。柔黄愿借为金缕，绣出相思寄与君。"读此类作品，如佳茗一盏，其味绵长。而他的悼亡诗呢？那就有如苦酒了。

厉鹗之姬朱氏二十四岁病亡，此为《悼亡姬》十二首中的最后一首。诗人以今与昔、乐与哀、时在目前与幽明永隔的鲜明艺术对照，以"收灯""汲井""故扇""遗钿"的典型细节描写，动人地表现了他的哀思苦想。音容宛在而人天一方的收束抒写，将人生的悲剧放大成为一个大特写镜头，催人下泪，更如哀钟一记，敲断愁肠。读此类诗作，今人更应该懂得珍惜情感，珍惜当下，与其死别生离后嚎天哭地，肝肠寸断，还不如把握现在，怜取眼前之人。

悼亡（二首）

清 陈祖范

我辈钟情故自长，别于垂老更难忘。
不如晨牝兼狮吼^①，少下今朝泪几行。

悲思三月损容肌，霜益粘须鬓益丝^②。
恐负平生怜我意，从今不忍复相思。

作者简介

陈祖范（1676—1754），字亦韩，号见复，江苏常熟（今江苏省常熟市）人。能文工诗。其诗卷帙虽少，而皆可传。

注释

① 晨牝（pìn）：雌鸡司晨，指独裁专权的女子。狮吼：即"河东狮吼"，借指悍妇。宋代洪迈《容斋三笔》记载："宋人陈慥之妻柳氏骄悍嫉妒。苏轼作《寄吴德仁兼简陈季常》戏慥：'忽闻河东狮子吼，拄杖落手心茫然。'" ② 丝：此处指鬓发稀疏而白。

今译

我对妻子本来十分钟爱情深意长，垂老之年一朝永别更加令人难忘。她当年还不如骄横凶悍而善嫉妒，那样就会使我今天少落热泪几行。

三个月中的哀思就使我肌容瘦损，白霜已染上胡须鬓发也更加稀疏。只恐辜负她平生怜爱我的情意啊，而今以后不忍再将怀念萦绕心头。

心赏

这两首悼亡诗除情深一往外，其诗构思颇具匠心，以反说正，正话反说，如此更觉哀思不尽。作者深知绝句写作的第三句的转折妙用，在前二句的平平铺叙之后，忽作陡转而别开新境，诉说的是如果亡妻不贤，今日可少垂痛泪，正因为生时对我身心分外怜惜，悉心照拂，故今日不忍再辜负她而日思夜想，损害健康。在悼亡诗被写得山穷水尽之后，此作可谓柳暗花明。

诗有别才，这"别才"即是与众不同的别样的才能。雍正元年（1723）的陈祖范本为举人而中进士；但他却不参加殿试而托病回归故里，从此不出，自断古今绝大多数读书人都热衷的仕途。他以经学名家，但却务求有自己的心得，尤其耻于剿袭陈言旧说据为己有。正因为有如此特立独行，所以他写诗虽无意求工却多具创意，即俗语所云：鲜桃一口，远胜烂杏一筐。

梦亡内作

清 赵翼

生前心事有余悲，入梦依然泪暗垂。

从我正当贫贱日，与君多半别离时。

纸钱岂解营环佩①，絮酒难偿啖粥糜②。

一穗寒灯重怅忆，帘前新月似愁眉。

作者简介

赵翼（1729—1814），字云松，号瓯北，江苏阳湖（今江苏省常州市武进区）人，其诗与袁枚、蒋士铨并称"江右三大家"。其论史与钱大昕、王鸣盛并称三大史学家。有《瓯北诗话》等著作。

注释

① 岂解：怎懂得，怎能够。营：经营，购取。② 絮酒：菲薄的祭酒。啖（dàn）：吃。粥糜：碎烂之粥。

今译

生前你满怀心事死后尚有余悲，来到我的梦中啊依然珠泪暗垂。你跟随我时正当我的贫贱之日，大半韶光不能团聚而两地分飞。烧的纸钱怎么能为你营求环佩，奠酒难偿你饱尝薄粥的滋味。我面对寒灯悲伤地回想往事啊，帘外一弯新月像你不展的愁眉。

心赏

赵翼与妻子刘氏成婚十一年，长期一个在江南，一个在燕北，爱妻遽然长逝，他当痛何如之。此诗集中笔力写梦境和梦醒后的悲怀，一字一泪，结句移情于景，更觉含不尽之意于言外。元稹悼亡诗《遣悲怀》说"今日俸钱过十万，与君营奠复营斋"，赵翼之作的颈联做的是翻案文章。白居易《长恨歌》写唐明皇怀念杨贵妃："芙蓉如面柳如眉，对此如何不泪垂。"赵翼说："帘前新月似愁眉"，意象极为新颖而哀情似乎更为沉痛。

赵翼与同时代的袁枚俱为诗论大家，他们提倡"性灵"，力主创新。赵翼说"意未经人说过，则新；书未经人用过，则新；诗家之心，正以此耳。若反以新为嫌，是必拾人牙慧，人云亦云。"（《瓯北诗话》）他的《诗论》绝句有云："李杜诗篇众口传，至今已觉不新鲜。江山代有才人出，各领风骚数百年。"他的《梦亡内作》尤其是颈、尾两联，不正是现身说法吗？

悼 亡

清 洪亮吉

一种伤心谱不成①，画眉窗外穗帷横②。

何堪枕冷衾寒夜③，重听儿啼女哭声。

只影更谁怜后死？遗言先已订他生。

无眠转羡长眠者④，数尽疏钟到五更。

作者简介

洪亮吉（1746—1809），字稚存，号北江，阳湖（今江苏省常州市武进区）人。少负诗名，与同里黄景仁相唱和，时称"洪黄"。长于经学，工诗词。为乾嘉年间有数的文学家兼学问家。有《北江诗话》。

注释

① 谱：按照事物类别或系统编号的表册，此处作写出、表达解。② 穗帷（suì wéi）：灯花、烛花。围幕、帐幔。③ 衾：被褥。④ 转：反而，反转。

今译

无法表达我刻骨铭心的伤痛之情，曾为你画眉的窗外烛光灵帐凄清。枕冷衾寒的夜晚本来就难以忍受，更何况又听到儿女们的啼哭之声。形单影只谁怜我这后死者的孤苦，临终前你哀哀祝告先已缘订来生。长夜不眠之人反而羡慕那长眠者，我数着稀疏的钟声直到五更时分。

心赏

洪亮吉此作感情深挚，眼前景，心中情，伤心人别有怀抱。颔联与颈联的"重听""谁怜"，已经唱叹有情另出新意了，尾联尤为出色，生者转而羡慕死者，即所谓生不如死，而"无眠"与"长眠"的矛盾语的妙用，长夜不眠数尽疏钟的描写，更使深悲剧痛表现得富于力度和深度，也具有艺术最可宝贵的独创性与新颖性。置之众多的悼亡诗中，此诗没有重复之感而拔出一帜。

洪亮吉重情重义，好友黄仲则因贫病逝于山西解州（今运城市），他从西安急驰七百里去为其营葬。他一生作诗五千余首，大都饱蕴真情，直抒胸臆。如《读史》六十四首之一："鲁阳戈已嫌多事，第一犹憎后羿弓。正要不分晨与旦，悬他十日照寰中。"颠覆原典，斥黑暗而颂光明，发人之所未发与不敢发。他的上述悼亡诗，也正是感情真挚而构思新异之作。

己亥杂诗（第一八七首）

清 龚自珍

云英未嫁损华年①，心绪曾凭阿母传。
偿得三生幽怨否②？许侬亲对玉棺眠③。

注释

① 云英：唐代裴铏（xíng）所著传奇《裴航》中的美女，后成仙人。此处指作者所爱之表妹。② 偿：偿还，补偿。三生：前生、今生、来生，佛家认为人有三生。③ 许：语助词，表设想的语气。侬：我，作者自指。玉棺：指所爱女子的棺木。

今译

云英尚未出嫁就夭折在如花之年，她的心事曾经通过她的母亲代传。还能够偿还你生前失望的幽怨吗？如果我能对着你的玉棺守灵而眠。

心赏

"少年哀乐过于人，歌哭无端字字真"，龚自珍是一位感情真挚、热烈而外向的诗人。《己亥杂诗》是他四十八岁时从北京返回江南故乡途中的自传式组诗，从道光十九年（1839）农历四月二十三日起笔，至同年十二月二十六日止，共得诗三百一十五首，平均一天一首有余。其中情诗六十二首，约五分之一。编号一八二至一九七的十六首，作者注明"以下十有六首，杭州有所追悼而作"。据考证，他所追悼者，可能是他的潘姓表妹。

龚自珍少年时和表妹相爱，两小无猜，青梅竹马。不幸表妹早逝，龚旧情难忘，十三年后写了十六首诗以悼之，可谓念兹在兹，情深一往。其表妹对他有意而无法言明，"心绪曾凭阿母传"见组诗之"一八六"："阿娘重见话遗徽，病骨前秋盼我归。欲寄无因今补赠，汗巾钞袋枕头衣。"诗人睹物伤情，此诗后两句避开正面抒写而从反面寄意，"偿得三生幽怨否"，似是询问逝者，又像自询自问。一击两鸣，更觉构思深曲而哀思无尽。

入山看见藤缠树

清 民歌

入山看见藤缠树[①]，出山看见树缠藤。

藤生树死缠到死，树死藤生死亦缠[②]！

注释

① 藤：蔓生植物，有白藤、紫藤等多种。缠：牵绊，围绕。② 亦：也。《书·康诰》："怨不在大，亦不在小。"

今译

进山看见长藤缠绕树，出山看见高树缠绕藤。藤活树死藤也缠到死，树死藤活树死死也缠。

心赏

这是一首脍炙人口传唱不衰的情歌，它以山里山外藤与树生死相缠这一感人的意象，比喻人间男女海枯石烂此情不渝的生死恋。这首民歌用词单纯而词法巧妙，它的基本词是"山""树""藤""生""死""缠"，然而却颠之倒之，反之覆之，极尽词法的变化，将一场生死恋表现得缠绵悱恻，地久天长。总之，这首民歌是一曲可遇而不可求的天籁，奔进的是滚烫而不会冷却的血泪，流溢的是馨香而弥远益清的芬芳。

时至今日，仍然有许许多多生死相依的爱情。古典文学名家程千帆相濡以沫四十年的爱妻兼才女沈祖棻因车祸不幸去世，他整理妻子的《涉江词》与《涉江诗》，"怆然成咏"《鹧鸪天》二阕："衾凤钗鸾尚宛然，眼波鬓浪久成烟。文章知己千秋愿，患难夫妻四十年。 哀窈窕，忆缠绵，几番幽梦续欢缘。相思已是无肠断，夜夜青山响杜鹃！"仅读此中一阕，其生死不忘之情，已是不让《入山看见藤缠树》专美于前了。

补 记

桃之夭夭，灼灼其华。现在已不是春天而是秋日，美好的七夕前后整整半月，我都在校正润色这本《古典情诗览胜》，朝夕相伴，共度晨昏，冥冥中也是有缘，而且是良缘，更可说是喜庆之缘。

如果将此书比喻为一条小小的溪流，它起源于三十年前，即二十世纪九十年代前期，我在台湾的两家报纸所开设的两个专栏："中国古代文人爱情诗欣赏"和"中国古代民间爱情诗欣赏"。泉源之水潺潺汩汩，数年之后汇成《在天愿作比翼鸟》与《千叶红芙蓉》两道溪流，海峡两岸的两家出版社分别为它们提供了奔流的河床，流过了春，流过了夏，流过了十余年的春花秋月，二〇一七年之初，中国青年出版社将两条溪流合而为一，起名为《浪漫芬芳——穿越千百年仍活色生香的爱情诗词》。合流之前，我在原书上作了较大的修订补充，然而因为不会现代的电脑，纯系原始的手工操作，又未能亲临合流礼成的现场，所以不但增添了出版社的工作负累，也在施工结束后留下了若干遗憾。

草草浮生至今八十有余，生命的河流也已经濒临出海之口，和我呼吸与共青春作伴的这条溪流，何尝不也是如此呢？不意在中青社管辖期满之后，它竟然为上海东方出版中心接纳，真是幸何如之！为了不愧对青眼有加的出版社的美意，也不负他日众多读者的热诚青睐，我支取了余生中半个月的金贵时间，作了认真的校读和修订，改正了文字的错讹，补正了漏失，译文更力求精当，对正文作了一些文字修饰与增补。

虽是原有的河床，但流水滔滔，生生不息，且沿途至终点均博引广济，毕竟有一番浮光跃金的新的气象，故易名为《古典情诗览胜》。大上海也是出海之口，感谢上海东方出版中心，让它得到了应该是最后也是最好的归宿。

李元洛

二〇二二年九月十五日于长沙